CHRIS McGEORGE

ESCAPE ROOM

NUR DREI STUNDEN

THRILLER

Aus dem Englischen von
Karl-Heinz Ebnet

Die englische Originalausgabe erschien 2018 unter dem Titel
»Guess Who« bei Orion, London.

Besuchen Sie uns im Internet:
www.knaur.de

Deutsche Erstausgabe September 2018
© Chris McGeorge 2018
© 2018 der deutschsprachigen Ausgabe Knaur Verlag
Ein Imprint der Verlagsgruppe Droemer Knaur GmbH & Co. KG, München
Alle Rechte vorbehalten. Das Werk darf – auch teilweise – nur mit
Genehmigung des Verlags wiedergegeben werden.
Redaktion: Claudia Alt
Covergestaltung: ZERO Werbeagentur, München
Coverabbildung: © FinePic / shutterstock
Satz: Adobe InDesign im Verlag
Druck und Bindung: CPI books GmbH, Leck
ISBN 978-3-426-22677-3

2 4 5 3 1

Für meinen Großvater John Board

Die Mitspieler

Morgan Sheppard – Moderator der Vormittagsshow *Ermittler vor Ort*. Seine Drogen- und Alkoholsucht sind allgemein bekannt. Früher als »Kinderdetektiv« bejubelt.

Amanda Phillips – arbeitet in einem Coffeeshop in der Waterloo Station. Hat für ihre Gäste immer ein Lächeln übrig. Träumt davon, Journalistin zu werden und beim Fernsehen zu arbeiten. Wird oft als »nett« und »freundlich« bezeichnet.

Ryan Quinn – Hotel-Reinigungskraft. Hat finanziell zu kämpfen und unterstützt seine Familie, die aus Hongkong nach London eingewandert ist. Ist stolz auf seine Arbeit, würde aber gern etwas anderes machen.

Constance Ahearn – bekannte West-End-Schauspielerin. Gegenwärtig in der Hauptrolle des neuen Musicals *Rain on Elmore Street* im Lyceum Theatre zu sehen. Gilt als eine der größten lebenden Theaterschauspielerinnen. Mit vielen Preisen ausgezeichnet. Bekennende Katholikin, häufig verantwortlich für Spannungen mit anderen, die ihre Glaubensvorstellungen nicht teilen.

Alan Hughes – renommierter Anwalt. Hat schnell die Karriereleiter erklommen, obwohl dunkelhäutige Anwälte an Londoner Gerichten nur einen geringen Bruchteil ausmachen. Gibt niemals auf und bietet immer Rechtsberatung an, selbst dann, wenn sie nicht vorgesehen ist. Im Moment eingebunden in einen maßgeblichen Fall, der über Karrieren entscheidet.

Rhona Michel – siebzehnjährige Schülerin. Ist gern für sich. Hört gern Musik über ihre großen violetten Kopfhörer. Leidet an schlimmer Klaustrophobie.

Simon Winter – Morgan Sheppards Therapeut, der ihn fast sein ganzes Leben begleitet hat. Rühmt sich seiner Professionalität und seiner Kenntnisse. Hat relativ jung den Doktortitel in Psychologie erworben und arbeitet seitdem als Therapeut in seiner Privatpraxis in einem Londoner Vorort.

Als ich zurückkomme, ist es ganz still in der Schule. Wenn ich was vergesse, hat mich meine Mum immer einen Schussel genannt, aber was das eigentlich ist, hat sie mir nie richtig erklärt. Jetzt war ich wieder ein Schussel. Ich war nämlich schon halb zu Hause, und als ich in meine Tasche sah, wusste ich sofort, dass ich es im Mathe-Raum liegen gelassen habe. Mein Notizbuch mit den Hausaufgaben für heute. Ich habe noch überlegt, ob ich es dort lassen soll, aber ich will Mr. Jefferies nicht enttäuschen. Deshalb bin ich jetzt hier.

Ich schleiche mich über den Sportplatz und dann durch den Haupteingang. Nach Einbruch der Dunkelheit – wenn keiner mehr da ist – sind Schulen richtig gruselig. Sonst ist es immer laut hier, überall sind Menschen, aber jetzt sind die Gänge leer, und meine Schritte klingen wie das Stampfen von Elefanten, weil alles so hallt. Ich sehe niemanden, nur einen Typen in einer grünen Latzhose, der mit so einer komischen Maschine den Boden putzt. Er sieht aus, als wäre er der unglücklichste Mensch auf der Welt. Dad sagt, wenn ich nichts lerne, wird mir so was auch blühen. Der Mann tut mir leid, und dann tut es mir leid, dass er mir leidtut, weil Mitleid nichts Schönes ist.

Ich gehe schneller und betrete den Mathe-Raum. Die Tür steht halb auf. Mum hat mir beigebracht, immer höflich zu sein, also klopfe ich sicherheitshalber an. Als ich die Tür öffne, quietscht sie wie eine Maus.

Ich sehe ihn nicht gleich. Die Tür klemmt wegen der Blätter und Übungshefte, die überall auf dem Boden liegen. Eines erkenne ich und hebe es auf. Meines. Mr. Jefferies hat sie am Ende der Stunde eingesammelt.

Etwas stimmt hier nicht, das wird mir jetzt klar, und ich hebe den Kopf und sehe ihn. Mr. Jefferies, den Mathelehrer, meinen Mathelehrer. Meinen Freund. Er hängt in der Mitte des Raums und hat einen Gürtel um den Hals. Sein Gesicht hat eine seltsame Farbe, und seine Augen sind so groß wie von einer Comicfigur.

Aber er ist keine Comicfigur. Er ist echt. Es dauert viel zu lange, bis ich weiß, was ich hier wirklich sehe – zu lange, bis mir klar wird, dass das kein schrecklicher Scherz ist.

Er ist da, direkt vor mir.

Mr. Jefferies. Und er ist tot.

Irgendwann fange ich an zu schreien.

1

Fünfundzwanzig Jahre später …

Ein lauter, an- und abschwellender Ton, der sich ihm ins Gehirn bohrte. Als er sich darauf konzentrierte, wurde ein Klingeln daraus. In seinem Kopf oder dort draußen – in der Welt, irgendwo anders. Irgendwo, das unmöglich das Hier und Jetzt sein konnte.

Bbring, bbring, bbring.

Tatsächlich – es kam von gleich neben ihm.

Die Augen offen. Alles verschwommen – finster. Was war da? Schwerer Atem – er brauchte eine Sekunde länger als sonst, bis ihm klar wurde, dass es sein eigener Atem war. Flackernd wie die Lichter in einem Kino schaltete sich seine Wahrnehmung an. Und dann, ja – er spürte, wie sich sein Brustkorb hob und senkte, dazu die in die Nase strömende Luft. Sie schien nicht zu reichen. Er wollte mehr, öffnete den Mund, aber der war wie ausgedörrt – seine Zunge raspelte über Sandpapier.

Herrschte jetzt Stille? Nein, das *Brring brring brring* war immer noch zu hören. Er fing gerade an, sich daran zu gewöhnen. Ein Telefon.

Er versuchte die Arme zu bewegen, es ging nicht. Sie waren über seinen Kopf gestreckt, sie zitterten leicht und waren ganz taub. An beiden Handgelenken spürte er etwas Kaltes – etwas Kaltes und Hartes. Metall? Ja, so fühlte es sich an. Metall an den Handgelenken – Handschellen? Er versuchte die kribbelnden Hände zu bewegen, wollte feststellen, woran er befestigt war. Eine Stange, die sich an seinem Rücken entlangzog. Und er war mit Handschellen daran gefesselt?

Beide Ellbogen pochten – beide angewinkelt, während er sich zu bewegen versuchte. Er saß an diesem Ding, was immer es sein mochte. Aber er saß auf etwas Weichem, und unwohl fühlte er sich nur, weil er ein Stück weit hinuntergerutscht zu sein schien. Halb saß er, halb lag er – eine unbequeme Stellung.

Er spannte sich an, stemmte sich mit den Füßen gegen den weichen Untergrund und schob sich hoch. Ein Fuß glitt weg, weil er keinen Halt fand (Schuhe, er trug Schuhe, er musste sich das erst wieder ins Gedächtnis rufen), aber es reichte. Sein Hintern war nun etwas erhöht, und damit ließ die Spannung in den Armen nach. Und da er sich jetzt nicht mehr auf die Schmerzen konzentrieren musste, nahm das Verschwommene um ihn herum langsam Gestalt an.

Als Erstes tauchten die Gegenstände links von ihm auf – die, die am nächsten waren. Er sah einen Nachttisch, der sich zwischen ihm und einer weißen Wand befand. Auf dem Nachttisch ein schwarzer Zylinder mit roten Ziffern. Eine Uhr. 03:00:00 leuchtete auf. 3 Uhr? Aber nein – die Anzeige änderte sich nicht, solange er hinsah. Beleuchtet wurde sie von einer Lampe daneben.

Es tat seinen Augen weh, wenn er sich auf dieses Licht konzentrierte. Der Raum war demnach ziemlich dunkel. Er blinzelte die Sonnenflecken auf den Augen weg und sah zur weißen Wand. Dort hing ein Bild, gerahmt. Ein Gemälde – ein Bauernhof im Hintergrund, davor ein Weizenfeld. Aber das weckte nicht sein Interesse. Das Bauernhaus stand in Flammen, rote Farbe züngelte in den blauen Himmel. Und im Vordergrund stand das grobe Abbild einer lächelnden Vogelscheuche. Je länger er hinsah, desto breiter schien das Lächeln der Vogelscheuche zu werden.

Er wandte den Blick ab und wusste nicht, was an dem Bild ihn so beunruhigte. Vor sich sah er jetzt seine Beine und Füße – schwarze Hose, schwarze Schuhe –, die sich über ein großes Bett erstreckten. Das dicke Federbett war nach unten gerutscht und hatte sich um das zerknüllte Laken gebauscht. Verschiedene Zierkissen waren um ihn herum verteilt.

Vor ihm eine vertraute Szenerie – so hätte es jedem erscheinen müssen. Schreibtisch, kleiner Flachbildfernseher, Wasserkocher, Schale mit Kaffee- und Teebeuteln, eine ledergebundene Speisekarte, hochkant und aufgeschlagen. Dann sah er endlich das Telefon – weit weg und nicht zu erreichen. Er bewegte leicht den Kopf und entdeckte hinten links einen begehbaren Schrank. Vorn rechts ein Fenster – die Vorhänge zugezogen, gespensterhaftes Licht sickerte herein.

Unverkennbar. Ein Hotelzimmer. Er war in einem Hotelzimmer. Und er war mit Handschellen an ein Bett gefesselt.

Das konnte doch nicht sein.

Drei scharfe Töne – die sich in sein Gehirn bohrten. Brring, brring, brring.

Das alles konnte doch nicht sein.

2

Er wusste nicht, wie lange er so dasaß und dem Klingeln lauschte. Ewig und überhaupt nicht. Schließlich war etwas Neues zu hören. Eine Stimme. Die Stimme einer Frau. Leicht roboterhaft.

»Hallo, Mr. Sheppard. Willkommen im allseits beliebten Great Hotel. Seit mehr als sechzig Jahren sind wir stolz auf unsere einzigartige Gastfreundschaft und rühmen uns eines erlesenen Angebots von Annehmlichkeiten, in deren Genuss Sie bei Ihrem Aufenthalt in unserem luxuriösen Ambiente kommen. Wollen Sie mehr über die Speisen unseres Zimmerservice erfahren, dann drücken Sie bitte die 1, wollen Sie mehr über unseren neu gestalteten Fitness- und Spa-Bercich erfahren, drücken Sie bitte die 2, für den Zimmerservice und den Weckdienst drücken Sie bitte die 3 ...«

Mr. Sheppard? Na, zumindest war das sein Name. Sie kannten seinen Namen? War ihm so was schon mal passiert?

»... mehr über die Live-Aufführungen in unserem Barbereich erfahren, dann drücken Sie bitte die 4 ...«

Hatte er zu viel getrunken, zu viel *eingeworfen*? Nach fast zwanzig Jahren Alkohol- und Drogenkonsum, Alkohol- *mit* Drogenkonsum, meinte er, dass es ein *zu viel* für ihn nicht geben konnte. Aber es war ihm früher schon mal passiert. Totaler Blackout, nach dem er irgendwo ganz woanders wieder aufgewacht war. Eine Achterbahnfahrt in einem Fugue-Zustand, für die er noch nicht mal die Fahrkarte gelöst hatte.

»… wollen Sie mehr über unsere Umgebung, Eintrittskarten für Veranstaltungen und den öffentlichen Nahverkehr erfahren, dann drücken Sie bitte die 5 …«

Er wusste, wie sich so was anfühlte. Nur, so war es jetzt nicht.

Weil …

Es wollte ihm immer noch nicht einfallen. Wo war er gewesen? Davor. Wo – was war das Letzte, woran er sich erinnern konnte? Jetzt befand er sich in einem Hotelzimmer, und davor – jemand tänzelte an den Rändern seiner Erinnerung. Eine Frau.

Er schluckte trocken und fuhr sich mit der Zunge über die Zähne. Da war etwas – der graue, modrige Nachgeschmack von Wein und etwas Chemischem.

»… wollen Sie früher auschecken, drücken Sie bitte die 6, wollen Sie das Auswahlmenü noch einmal hören, drücken Sie bitte die 7.«

Das alles konnte doch nicht sein. Er hatte hier nichts verloren.

Und das Telefon – das Telefon war verstummt. Aus irgendeinem Grund setzte ihm die Stille noch mehr zu. Wenn er sie hören konnte, konnte sie dann auch ihn hören? *Es ist ein Roboter, nur ein Roboter.* Aber vielleicht stand die Verbindung ja noch. Wäre einen Versuch wert.

»Wollen Sie das Auswahlmenü noch einmal hören, drücken Sie bitte die 7.«

Wieder versuchte er die Hände zu bewegen, wollte ein Gefühl in sie bekommen. Er ballte sie zu Fäusten, mehrmals, schnell hintereinander. Als er genügend Kontrolle über sie hatte, drückte er die Handgelenke mit einem Ruck gegen die Metallstange hinter sich. Die Handschellen klirrten. Ein lautes Geräusch, aber nicht laut genug. *Reine Zeitverschwendung. Es ist nur ein Roboter.*

»Wollen Sie das Auswahlmenü noch einmal hören, drücken Sie bitte die 7.«

Er öffnete den Mund, seine Lippen rissen auf, als wären sie seit Jahren nicht mehr bewegt worden. Er wollte etwas sagen, wusste aber nicht, was. Er brachte nur ein heiseres Röcheln zustanden.

»Wollen Sie das Auswahlmenü noch einmal hören, drücken Sie bitte die 7.«

Stille.

Er öffnete den Mund. Was er zustande brachte, hörte sich in etwa so an wie »Hilfe«. *Nur ein Roboter.* Immer noch nicht laut genug.

Stille.

Und dann lachte der Roboter plötzlich am anderen Ende der Leitung. *Doch kein Roboter.* »Gut, Mr. Sheppard, wie Sie wollen. Aber Sie werden sehr bald mit uns reden müssen. Ich bin schon äußerst gespannt, was Sie als Nächstes tun.«

Was? Er hatte keine Zeit mehr, über diese Worte nachzudenken, denn jetzt hörte er nur noch einen ganz schrecklichen Ton. Den dumpfen Ton einer toten Leitung. Die Frau war fort.

Er versuchte ruhiger zu werden – sein Herz pochte. Das alles geschah gar nicht wirklich, das alles konnte doch gar nicht sein, oder? Und vielleicht gab es das alles auch nicht. Vielleicht war alles bloß ein schlimmer Traum. Oder ein schlechter Trip. Er hatte es in letzter Zeit ziemlich wild getrieben. Aber noch während er das dachte, wusste er, dass dem nicht so war.

Dafür fühlte es sich viel zu real an.

Jemand würde kommen. Jemand musste kommen. Das Personal wusste offensichtlich, dass er hier war, das hieß, das ganze Hotel wusste, dass er hier war. Und er konnte sich nicht selbst ans Bett gefesselt haben, also ...

Ich bin schon äußerst gespannt, was Sie als Nächstes tun.

Wozu der Anruf? So war das mit Telefonen – am Telefon konnte man fast jeder x-Beliebige sein, und keiner konnte mit Bestimmtheit sagen, ob es echt war. Warum sollte dieser weibliche *Roboter/Nicht-Roboter* ihn anrufen? Er konnte das Telefon nicht erreichen. Diese Frau – könnte sie diejenige gewesen sein, die ihn ans Bett gefesselt hatte? Die, die sich einen kranken Spaß mit ihm erlaubte? Und wenn sie nicht zum Personal gehörte, hieß das vielleicht, dass keiner kam.

Nein. Das hier war ein Hotel. Natürlich würde jemand kommen. Irgendwann.

Er schloss die Augen. Er versuchte seine Atmung so weit zu verlangsamen, damit er hören konnte, was außerhalb des Zimmers vor sich ging. Verkehrsrauschen, rollende Koffer. Aber da war nichts. Stille.

Nun, das stimmte nicht ganz.

Er spürte es, bevor er es hörte. Ein Kribbeln im Nacken. Und dann, ganz leise, Atemgeräusche.

Er war nicht allein.

3

Es musste von Anfang an da gewesen sein – ein Geräusch, so natürlich, dass es ihm gar nicht aufgefallen war. Wenn er selbst die Luft anhielt, wurde es lauter. Dieses Atmen. Fast nicht zu hören – die Atemzüge eines Gespensts. Aber es war da. Ein leises, flaches Atmen.

Und je stärker er sich konzentrierte, desto lauter hörte er es. Überall um ihn herum. Nicht nur eine Person. Wie viele? Unmöglich zu sagen. Andere – mehrere –, die mit ihm in diesem Zimmer waren.

Er müsste wieder die Augen aufschlagen, klar, aber die weigerten sich irgendwie. Das Gehirn verband Punkte miteinander, die nicht da waren – versuchte vergeblich, allem einen Sinn abzuringen. War das irgendeine PR-Aktion? Sein Agent hatte ihn vor solchen Sachen gewarnt – die Boulevardpresse zahlte für Skandale. Und was gab es Schlimmeres als eine Hotelzimmerorgie?

Aber es passte nicht richtig zusammen. Würden sie ihn wirklich gewaltsam entführen, ihn an ein Bett fesseln, nur für eine Story? Das war nicht ihr Stil. Außerdem war er vollständig bekleidet. Ziemlich lahme Orgie.

Trotz allem musste er beinahe lachen. Jetzt würde er auch noch den Verstand verlieren. Das konnte man zur langen Liste der Punkte hinzufügen, die es anzusprechen galt.

Aber als Erstes – die Augen aufstemmen. Er bemühte sich. Vor ihm das Hotelzimmer. Und immer noch war das Atmen zu hören. Er musste sich umsehen. Er schob die Handgelenke so weit wie möglich nach links. Die kalten

Handschellen drückten sich ihm in die Haut, er versuchte es zu ignorieren. Auch sein Körper bewegte sich nach links, und er neigte den Kopf so weit, dass er über die Bettkante sehen konnte.

Er erwartete – *hoffte?* –, nichts als den Teppichboden zu erblicken. Stattdessen sah er etwas, was er nicht genau einordnen konnte. Bis ihm klar wurde, dass er den Rücken eines Menschen vor sich hatte. Er war mit einem braunen Anzug bekleidet und lag mit dem Gesicht nach unten auf dem Teppichboden. Als dieser Gedanke allmählich Gestalt annahm, zerrte er an den Handschellen und rutschte zurück in die Mitte des Betts.

Ein Mensch. Ein richtiger Mensch. Mit dem Gesicht nach unten.

Wieder Stille – bis auf das Atmen. Aber jetzt setzte noch etwas anderes ein. Ein scharrendes Geräusch wie Mäuse, die an Pappe knabbern.

Er zwang sich, über die rechte Seite des Betts zu blicken. Wieder riss er an den Handschellen. Dort war niemand. Der Teppich stumpf purpurrot. Aber er bemerkte etwas auf dem von ihm einsehbaren Teppichausschnitt. Etwas Blasses, Dünnes, das sich dorthin erstreckte, wo das Bett aufhörte. Und noch während er es betrachtete, begann es zu zucken. Haare. Das waren Haare.

Er warf sich zurück in die Mitte des Betts. Haare? Mein Gott.

Er starrte geradeaus in den schwarzen Spiegel eines Fernsehers. Konnte darin aber nichts erkennen – noch nicht einmal sich selbst. Darüber war er froh. Er wollte nicht wissen, wie erbärmlich er aussah. Die Schwärze – das Nichts – beruhigte ihn. Er würde sich auf diesen Fernseher konzentrieren, bis jemand kam und ihn rettete. Er würde sich weigern, irgendwas davon als gegeben hinzunehmen.

Und noch während er sich das einredete, ging sein Blick zur Bettkante, vorbei an seinen glänzenden Schuhen – etwas erhob sich dort. Ein Finger. Dann zwei. Dann eine ganze Hand, die sich am Federbett festhielt.

Ihm wurde flau. Das Scharren wurde lauter, das Atmen auch – überall um ihn herum. Und jetzt …

Sie wachten auf.

4

Ein Gesicht am Ende des Betts. Blond. Eine junge Frau – in den Zwanzigern. Sie sah aus, wie er sich fühlte – verwirrt und aschfahl. Ihre Augen füllten sich mit Panik. Sie sah sich erst um, ihr Kopf ruckte, dann entdeckte sie ihn, und sie duckte sich gleich wieder vor Überraschung.

»Hallo«, versuchte er zu sagen. Seine Stimme knarrte und ächzte, es klang eher wie eine Drohung, nicht wie eine Begrüßung. Er probierte es noch einmal. »Hallo.«

Die junge Frau tauchte wieder auf – nur ihre Augen. Ihr Blick huschte zu den Handschellen. Jetzt wirkte sie noch verwirrter. Aber, he, er würde ja nicht abhauen können, das half vielleicht, damit sie den Kopf wieder hob.

»Was …? Was ist hier los? Wo bin ich?« Sie klang kleinlaut und ängstlich. »Was haben Sie mit mir gemacht?«

Entsetzt sah er sie an. »Ich bin gerade erst aufgewacht, genau wie Sie.« Zur Bestätigung klapperte er mit den Handschellen. Das funktionierte. In ihrer Miene war jetzt etwas Neues – Verstehen. Kurz sahen sie sich an und teilten ihre Angst.

Noch mehr Bewegung neben ihr auf dem Boden, ihr Blick ging nach unten. Er konnte nichts erkennen. Aber was sie sah, ließ sie aufspringen und zurückweichen. Mit der Hüfte stieß sie gegen den Tisch, die aufgeschlagene Speisekarte stürzte um. Sie schrie kurz auf.

Jetzt konnte er sie deutlicher sehen. Jeans. Hellgelber Sweater. Eine ganz gewöhnliche junge Frau. Er bemerkte, dass sie etwas an der linken Brust hatte. Irgendeinen Sticker. »Es sind noch mehr hier«, japste sie.

»Ich weiß.« Das Reden fiel ihm immer leichter, als wäre er ein Motor, der allmählich warm wurde. »Wie viele?«

»Ich weiß ... ich kann nicht ...«

»Ich muss wissen, wie viele es sind.« Warum? Warum war ihm das wichtig? Vielleicht, weil jede weitere Person alles noch schlimmer machte.

Als sie seine Stimme hörte – seine volle Stimme –, musste das etwas bei ihr wachrufen. Sie sah ihn an – mit weit aufgerissenen Augen. Dieser Blick begegnete ihm fast täglich.

»Einen Moment«, sagte sie. »Sind Sie nicht ...? Kenne ich ...?«

Kenne ich Sie nicht? Das würde alles nur verzögern. Er war schon immer jemand gewesen, der nicht unbedingt auffiel – man erkannte ihn nicht gleich auf den ersten Blick, man musste schon zweimal hinsehen.

»Sie sind ...«

»Ja, ja.« Sonst genoss er das. Aber nicht jetzt. »Wie viele?«

»O Gott ... vier. Ein Mädchen. Zwei Männer. Und eine Frau. Ich weiß nicht, ob sie ...«

»Atmen sie?«

»Ich glaube schon. Sie bewegen sich ... jedenfalls die Frau und das Mädchen. Ich will es nicht nachprüfen.«

»Nein, nein, Sie müssen zur Tür gehen, okay?« Er verlor wieder ihre Aufmerksamkeit – sie schüttelte hektisch den Kopf. Hysterie – der Feind jeden Fortschritts. Er atmete tief ein. »Gehen Sie raus. Gehen Sie und holen Sie Hilfe. Sie müssen Hilfe holen, okay?«

»Was ist das?«, fragte sie. Ihr Blick streifte unruhig über den Boden. Er war froh, dass er es nicht sehen konnte.

»Ich weiß es nicht – aber, bitte, zur Tür.« Beinahe flehte er sie an.

Ich bin schon sehr gespannt, was Sie als Nächstes tun.
Die junge Frau hob den Kopf und sah nicht mehr auf den Boden. Sie verließ sein Blickfeld in Richtung Vorraum. Sie musste die Tür gesehen haben. In dieser Hinsicht hatte er sich also nicht getäuscht. Natürlich nicht. Zweimal wich die junge Frau mit übertriebenen Bewegungen einem Hindernis aus. Sie ging um die anderen herum. Er hatte sie nicht sehen und damit auch nicht wissen können, wo sie lagen.

Er zerrte an den Handschellen, rückte diesmal vor und verrenkte den Hals, konnte sie aber nicht mehr sehen. Dann hörte er sie die Türklinke betätigen. Sie rüttelte. Aber er hörte nicht, dass die Tür aufging. Warum ging die Tür nicht auf?

»Es ist abgesperrt«, sagte sie. »Sie ist ... das Licht an der Schlüsselkarte leuchtet rot. Ich kann nicht ...«

Ein anderes Geräusch. Ein anderes Scharren. Die junge Frau machte sich am Schloss zu schaffen – dem richtigen.

»Sie ... sie geht nicht auf. Es ist abgesperrt.«

Wie konnte abgesperrt sein?

»Sehen Sie vielleicht irgendwo die Schlüsselkarte? Eine Halterung an der Wand, mit der man die Lichter aktivieren kann?«

»Nein, nichts. Es gibt ...«

»Schauen Sie durch den Spion«, sagte er. »Vielleicht kommt jemand vorbei. Vielleicht kommt ...« *Jemand. Irgendjemand.*

Ein Schlag. Und dann: »Ich sehe bloß den Gang.« Weitere Schläge. Sie trommelte gegen die Tür. Bamm. Bamm. Bamm. Immer wieder, lauter und lauter, bis es klang, als wollte sie die Tür einschlagen. »He, wir sind eingesperrt! Ist da jemand? Wir können nicht raus!«

Und über den Schlägen hörte und spürte er noch etwas.

Die Anwesenheit eines weiteren Menschen. Ein Murmeln. Als würde ihm jemand ins rechte Ohr flüstern. Er drehte sich um und sah einer alten Frau mit langen, schwarzen Haaren direkt in die Augen. Sie starrten sich an, und dann, als sie anfing zu schreien, wünschte er sich, er könnte sich die Ohren zuhalten.

5

Er hatte das Gefühl, als würden ihm die Trommelfelle platzen. Die alte Frau stieß einen schrillen, heiseren Schrei aus, so laut, dass man glauben konnte, sie würde das ganze Gebäude aufschrecken. Sie sprang auf und drückte sich in die Ecke neben ihm, wo er sie kaum noch sehen konnte – sein blinder Fleck.

Das Schlagen hörte auf, dachte er zumindest. Ihm klingelten die Ohren. Er sah sich um, richtete den Blick dorthin, wo die junge Frau verschwunden war, kam aber nicht weit. Gesichter tauchten auf – zwei neue Gesichter. Wie die junge Frau gesagt hatte.

Ein Mädchen am Ende des Betts – jünger als die Frau an der Tür. Sie war vielleicht siebzehn, höchstens, und trug einen schwarzen Hoodie. Um den Hals schmiegten sich zwei große violette Kopfhörer, ein Kabel schlängelte sich hinunter in die Tasche ihrer Jeans. Sie versuchte aufzustehen, aber ihre Beine knickten ein, und sie fiel wieder außer Sichtweite.

Dem jungen Mann links von ihm erging es besser. Langsam kam er zu Bewusstsein, und als er die Augen geöffnet hatte, war er schlagartig wach. Er trug einen Overall, reinweiß. Auch trug er einen Sticker auf der Brust, ähnlich dem der jungen Frau. Etwas stand darauf geschrieben. Aus der Ferne unmöglich zu entziffern. Der junge Mann sah sich um, mehr verwundert als verwirrt. Als sein Blick auf Sheppard fiel, starrte er ihn bloß an.

Das Mädchen, der Mann, die Frau – wie viele, hatte die blonde junge Frau gesagt? Vier. Noch einer. Ein älterer

Mann. Der Mann, den er gesehen hatte, als er sich über den linken Bettrand gebeugt hatte.

Die blonde Frau kam von der Tür zurück, in ihrer Miene Enttäuschung und Entsetzen, vermischt mit Panik.

Die schreiende Frau musste sie ebenfalls gesehen haben, denn jetzt schoss sie auf die junge Frau zu und umrundete mit einer Geschwindigkeit das Bett, die man einer Person in ihrem Zustand kaum zugetraut hätte. Die Teenagerin wich ihr aus. Sheppard bekam mit, wie sie sich unter den Tisch warf und die Arme um die angezogenen Beine schlang.

Die schwarzhaarige Frau packte die Blonde an den Armen, schüttelte sie und hörte endlich auf zu schreien. »Was ist das hier?«, sagte sie. »Ist das ... die Strafe? Die mir auferlegt wurde?« Sie schob sich an der jungen Frau vorbei zur Tür. Dann ein lauter Rums, als wäre sie mit voller Wucht gegen die Tür geknallt.

Die blonde Frau, von der Älteren losgelassen, verlor das Gleichgewicht und stieß gegen den jungen Mann, worauf sie zusammen ins Stolpern gerieten und mit etwas – oder jemandem – kollidierten. Ein verärgertes »Au« aus einem neuen Mund war zu hören.

Die beiden rappelten sich auf und wichen vor der neuen Person mit der neuen Stimme zurück. Sheppard kannte ihren Blick – den entschuldigenden Blick im Angesicht unzweifelhafter Autorität. Er hatte ihn oft genug gesehen. Beide gingen sie herum zur rechten Bettseite, als würden sie Sheppard als eine Art Puffer benutzen wollen.

Sheppard konnte jetzt erkennen, was auf dem Sticker der blonden Frau stand – dem Sticker, den sie anscheinend alle trugen. Er war weiß und hatte einen roten Streifen am oberen Rand – ein Sticker, wie man ihn in Firmen in Seminaren zur Teambildung verwendete.

Hallo, ich heisse … über dem roten Abschnitt.

Und auf dem Weiß, mit schwarzem Filzstift gekritzelt: Amanda.

Sheppard sah es, gleich darauf fiel sein Blick unwillkürlich auf den eigenen Brustkorb. Er hatte sich noch gar nicht selbst betrachtet, so war er überrascht, als er feststellte, dass er ein weißes Hemd trug, ein Anzughemd, und auf der Brust einen eigenen Sticker hatte.

Hallo, ich heisse … Morgan.

Wieder ungläubiges Erstaunen.

Er sah auf. Die Blonde, Amanda, betrachtete ebenfalls ihren Sticker, dann sahen beide zu dem des jungen Mannes.

Hallo, ich heisse … Ryan.

»Stimmt das?«, fragte Sheppard und deutete mit dem Kopf auf ihren Sticker.

»Ja«, sagte sie. »Woher kennen die meinen Namen?«

»Amanda.«

»Ja. Aber alle nennen mich Mandy. Mandy Phillips.«

»Ja«, sagte er. »Ryan Quinn.« Er zeigte auf seinen Sticker – ja, er trug einen Overall und noch dazu einen ziemlich seltsamen.

»Morgan Sheppard«, sagte Sheppard, aber Ryan nickte bloß.

»Ich weiß. Ich kenne Sie von …«

»Warum ist die Tür abgesperrt?«, unterbrach Mandy, Gott sei Dank. »Ist das irgend so ein Reality-Zeugs?«

»Was?«, fragte Sheppard. Reality-Zeugs?

Im Grunde genommen ist alles so ein Reality-Zeugs.

Trotzdem hätte er fast losgelacht. Reality-Show, das meinte Mandy, und war ihm das nicht selbst schon durch den Kopf gegangen? Dann dämmerte es ihm. Warum sie sich beruhigt hatte, nachdem ihr klar wurde, wer er war.

»Wo sind die Kameras?«, fragte sie und sah sich um.

Er runzelte die Stirn. Ryan sah sie an und verstand nicht ganz, wovon sie sprach. Auch Mandy meinte also, dass hier bloß irgendeine Nummer abgezogen wurde. Sein Fernsehsender war ja ziemlich fies, keine Frage, aber selbst die würden nicht so tief sinken und Leute kidnappen und sie, wie es aussah, unter Drogen setzen.

»Tut mir leid, Amanda ... Mandy, aber das hier ist ... echt. Ich bin auch gerade erst aufgewacht, genau wie Sie.« Eine Zeit, in der Reality-TV nichts als eine Wunschvorstellung war. Warum nicht daran glauben? Aber das hier war real. Er spürte es. Und als er ihren Blick auffing, wurde ihm klar, dass sie es ebenfalls wusste. Sie sah es, aber das hieß nicht, dass sie es so wollte.

Ihr Lächeln erlosch. »Nein ...«

Er verlor schon wieder ihre Aufmerksamkeit. Aber er brauchte sie. Sie und Ryan. Er konnte sich nicht bewegen, das hieß, sie mussten seine Augen sein.

»Mandy. Ryan. Es ist wichtig, dass Sie Ruhe bewahren. Und dafür sorgen, dass die anderen auch ruhig sind. Und versuchen Sie doch, mich aus diesen Dingern zu befreien.« Er wies mit dem Kopf nach oben zu den Handschellen. Seine Hände waren mittlerweile vollkommen taub – und die Beine auf dem besten Weg dahin.

»Ein Schlüssel«, sagte Mandy.

»Ja ... ein Schlüssel. Schauen Sie, ob hier nicht irgendwo ein Schlüssel liegt.«

Das war nicht sehr wahrscheinlich. Wer immer ihn gefesselt hatte, hatte es aus einem ganz bestimmten Grund getan. Aus ... Halt! Eine neue Frage. Eine neue wichtige Frage. Warum war er der Einzige in Handschellen? Der Promi war gefesselt – sonst aber keiner?

Mandy schob sich an Ryan vorbei und machte sich auf

die Suche. Ryan rührte sich nicht. Er sah zu Sheppard, anscheinend versuchte er sich vorzustellen, was ihm durch den Kopf ging. Aber er wirkte ruhig, das war gut.

Als wollte sie demonstrieren, welches Verhalten man in so einer Situation eigentlich an den Tag zu legen hatte, erschien wieder die Frau mit den langen schwarzen Haaren und drehte gleich darauf erneut in den Vorraum ab. Ein Knall. Sie würde sich noch verletzen. »Reicht es nicht, wenn ich Reue zeige?« In ihrer schrillen Stimme. »Wir sind in der Hölle. Der Hölle.«

Sheppard wusste es besser. Es war nicht die Hölle. Die Hölle war kein Ort. Die Hölle lag in einem selbst, ganz tief in einem selbst. Das hatte er vor langer Zeit erfahren.

»Hölle. Hölle. Hölle«, schrie die Frau, beinahe im Singsang. »Und ihr seid alle eingesperrt mit mir. Warum? Warum nur?« Wieder warf sie sich gegen die Tür und gluckste. Durchgeknallt. Sie waren hier mit einer Durchgeknallten eingesperrt.

Wieder sah Sheppard zu Ryan. Der junge Mann schien tatsächlich mit etwas zu ringen, und je länger es dauerte, desto schlimmer musste es sein.

»Ryan.«

Er fuhr bei seinem Namen richtig zusammen.

Dann beugte er sich zu ihm hinunter und flüsterte ihm ins Ohr: »Ich muss Ihnen was sagen.«

Ein Räuspern. Ryan und Sheppard sahen sich an – das Räuspern war nicht von ihnen gekommen. Ihr Blick ging jeweils zu dem älteren Mann, der sich unsicher gegen die Wand und das Bett stemmte und aufzustehen versuchte. Als er es geschafft hatte, wurde er sichtlich wütend. »Was um alles in der Welt ist hier los?« Sheppard spürte, wie Ryan zurückwich. »Los! Raus mit der Sprache! Auf der Stelle.«

Er war ein auf altmodische Weise eleganter Mann in einem grauen Anzug mit langweiliger Krawatte, der eine gewisse Weltläufigkeit ausstrahlte. Seine dunkle Haut war faltig, das Kinn verschwand unter einem graumelierten Kinnbart. Die Haare waren schwarz, offensichtlich gefärbt, stellenweise schimmerten graue Strähnen. Seine Miene schien es sich in ihrem Zorn bequem gemacht zu haben, die runden Brillengläser saßen leicht schief. Auf seiner Brust, über der linken Brusttasche, sein Sticker – Hallo, ich heisse … Alan.

Alle Augen waren auf ihn gerichtet. Mandy unterbrach ihre Beschäftigung und sah zu dem Neuen. Sogar die Teenagerin unter dem Tisch starrte ihn mit großen Augen an. Ganz klar, dieser Mann war es gewohnt, dass man ihm zuhörte.

»Ich … ich …« Selbst Sheppard machte innerlich einen Rückzieher. Das war sonst nicht seine Art. Sonst bot er jedem Paroli. Aber seine kompromittierende Lage …

»Was glotzt ihr so?«, blaffte Alan und sah an sich hinab. »Was?« Er riss sich den Sticker weg und knüllte ihn zusammen. Dann strich er seinen Anzug glatt. »Man kann so was doch nicht einfach so hinkleben. Da bleiben doch Reste haften.« Er warf den Sticker in die Ecke und sah sich wieder um. »Und?«

Sheppard beschloss, ehrlich zu sein. »Ich weiß es nicht.«

»Sie wissen es nicht?«, sagte Alan. »Sie wissen es nicht? Natürlich nicht. Was ist das hier, irgendeine neue Fernsehserie? Irgendein Channel-4-Scheiß? Mein Gott, sagen Sie mir nicht, dass wir bei Channel 5 gelandet sind. Na, bei mir sind Sie jedenfalls an den Falschen geraten. Ich bin nämlich Anwalt, Sie Idiot. Ich kenne meine Rechte und die Rechte von jedem hier im Zimmer. Schauen Sie sich um! Da starren Sie gerade fünf Strafanzeigen an.«

»Zum letzten Mal«, sagte Sheppard frustriert, »das hier ist keine Fernsehsendung.«

»Natürlich nicht.« Alan sah hoch zur Decke. »Ich will jetzt bitte raus. Und ich will die Namen von allen, die an dieser Sache beteiligt sind.« Als keiner darauf antwortete, trat Alan erneut vor Sheppard. »Im Gegensatz zu Ihnen bin ich ein richtiger Mensch, ich beschäftige mich mit wichtigen Dingen. Wie zum Beispiel …« Er sah auf seine teure Uhr. »Mein Gott, der MacArthur-Fall. Ich muss um zwei in Southwark sein.«

Sheppards ausdrucksloser Blick schien Alan nur umso mehr aufzubringen. Alle anderen blieben stumm, keiner wollte seinen Zorn auf sich ziehen.

»Der größte Fall meiner Karriere, und Sie sperren mich ein. Na, wenn ich erst mal raus bin, werden Sie die ganze Härte des Gesetzes zu spüren bekommen. Und ich rede nicht von Ihrem Sender oder Ihrem Unternehmen. Sondern von Ihnen, Sheppard. Von Ihnen persönlich.« Alan unterstrich seine Worte mit Handkantenschläge durch die Luft.

Bewusstmachung durch Leugnung, durch Wahnsinn, durch Akzeptanz, durch Zorn und, wie Sheppard aus den Augenwinkeln sah, durch Rückzug. Die Teenagerin, deren Sticker er ohne Brille nicht entziffern konnte, beobachtete Alan, nahm dabei ihren Kopfhörer vom Hals und schob ihn sich über die Ohren. Plötzlich fühlte sich Sheppard sehr mit ihr verbunden, während sie noch weiter unter den Tisch rutschte – wahrscheinlich wäre sie am liebsten dort unten ganz verschwunden.

»Es tut mir leid«, sagte Sheppard, freilich ohne zu wissen, warum.

»Unsinn. Völliger Unsinn.«

Sheppard spürte eine Bewegung neben sich. Auch Alan

schien abgelenkt. Sheppard sah sich um. Ryan ging ans Fenster. Ihm wurde klar, was der junge Mann vorhatte. Ryan packte die Vorhänge, umklammerte sie fest und riss sie mit einem Ruck auf.

Sonnenlicht blitzte auf und stach sofort in den Augen. Nach der relativen Dunkelheit im Zimmer war das jetzt zu viel. Das Licht war zu viel. Wieder war alles verschwommen. Sheppard zwinkerte einmal, zweimal – versuchte die bunten Punkte wegzublinzeln. Er sah zum Fenster, sah hinaus. Gebäude. Hoch und schmal. Sie waren irgendwo weit oben. Die Gebäude kamen ihm bekannt vor, ihre Silhouetten konnte er mühelos in Gedanken nachzeichnen. Er blickte auf die Londoner City. Aber warum fühlte sich alles so falsch an? Warum fühlte sich alles …

Dann erinnerte er sich.

6

Einige Stunden früher …

Sie stürzten Arm in Arm ins Zimmer. Sie küsste ihn innig und gierig. Eine Leidenschaft, die er schon lange nicht mehr gespürt hatte. Es gelang ihm, die Schlüsselkarte in die Halterung zu stecken, und die Lichter gingen an. Sie waren in seinem Hotelzimmer, oben, über der Hotelbar, wo sie sich kennengelernt hatten. Sie zog ihn wieder zu sich, und er verlor sich in ihr und der Nacht.

»*Pas maintenant, Monsieur Television.* Jetzt nicht.«

Regelmäßig fiel sie ins Französische. Betrunken. Was seine Erregung nur steigerte.

Anfangs hatte sie nicht gewusst, wer er war – er hatte es liebenswert gefunden. Er spendierte ihr einen Drink, und den restlichen Abend googlete sie ihn auf ihrem Handy und wunderte sich, warum so viele Leute die ganze Zeit das Gespräch mit ihm suchten. Allmählich leerte sich der Festsaal des Hotels, in dem die Vernissage stattgefunden hatte, und sie saßen zu zweit an der Bar und plapperten in ihr Handy. Das ausländische Siri erkannte seinen Londoner Akzent nicht.

Sie stieß ihn aufs Bett und krabbelte auf ihn, knabberte hungrig an seinem Nacken – rutschte auf ihm hinauf.

»Pass auf den Smoking auf«, lachte er.

»*Oublies le costume!*«

»Du weißt, dass ich nicht die geringste Ahnung habe, was du sagst?«

Sie richtete sich auf und stieg von ihm herunter. »Hast du was zu trinken?«, fragte sie.

Er deutete zur Minibar. Wenigstens da war noch was übrig.

Ihr Kopf verschwand im Kühlschrank, dann zog sie eine kleine Flasche Weißwein und eine kleine Flasche Bourbon heraus. Sie kannten sich erst seit zwei Stunden, und schon wusste sie, was er am liebsten trank. Fühlte es sich so an, wenn man »die Richtige« gefunden hatte?

»*Est-ce que tu as de la glace?*«

»Noch mal«, sagte er und lachte wieder.

»Sorry«, antwortete sie. »Ähm … hast du Eis?«

Er zeigte zum Tisch, wo er den Eiskühler abgestellt hatte. Natürlich wusste er, dass bereits alles geschmolzen war. Sie nahm ihn, sah hinein und lächelte. »Ich hol welches.« Sie warf sich auf ihn und küsste ihn heißhungrig – die Eiswürfelreste platschten auf seine Hose. Es war ihm egal. Diese Frau war mal was anderes – was Neues.

Sie riss sich los. »*Je reviens.*« Und mit dem Kühler unter dem Arm eilte sie aus dem Zimmer und knallte die Tür hinter sich zu.

»Gut«, rief er ihr nach. Er erhob sich vom Bett. »Ich hätte im Französischunterricht besser aufpassen sollen«, murmelte er.

Er trat vor den Spiegel und nahm die Fliege ab, die sich bereits gelöst und am Kragen verhakt hatte, er zog das Jackett aus und hängte es über den Schreibtischstuhl. Dann musterte er seine Augen. Die Paranoia hatte vor einem Monat eingesetzt. Als er in der Sendung einen Beitrag über Leberzirrhose bringen musste. Die Leber verfügt über die wunderbare Fähigkeit zur Regeneration. Ein Besäufnis am Abend, und die Leber baut alles ab und ist anschließend wieder wie neu. Aber (jahrelanges) schweres Trinken schädigt das Organ so sehr, dass es irgendwann schlappmacht. Der Schaden wäre dann unwiderruflich. Erste Anzeichen dafür sind Bauchschmerzen (die durch Schmerzmittel unterdrückt werden könnten, sofern er

Schmerzen hätte), im fortgeschrittenen Stadium wird das Weiße im Auge gelb. (Zumindest hatte er sich diese Infos, neugierig geworden, nach der Sendung aus dem Internet geholt.) Er hatte sich nie für einen Hypochonder gehalten, trotzdem ...

Wenn deine Sorge begründet ist, bist du kein Hypochonder.

Sagt der Hypochonder.

Er sorgte sich eben um seine Gesundheit. Wie auch immer, es ging ihm gut. Er übertrieb.

»Ja ... m'appale Sheppard. M'apelle?« Er trat zurück und lächelte sich im Spiegel an. Er konnte sich nur an einen Satz aus seiner Schulzeit erinnern. *Je voudrais un torchon, si'l vous plaît.* Das hieß: Ich hätte gern ein Geschirrtuch. Damit würde er nicht weit kommen. *Merde.*

Er ging zum Fenster und zog die Vorhänge auf. Die Stadt erstreckte sich vor ihm. Er liebte den Blick auf die Skyline, egal, wo er sich befand. Es hatte schon was, wenn man von hoch oben auf eine Stadt blicken konnte, man kam sich dann vor wie der König der Welt. Wenn man die Straßen, die Wege, die Stadtautobahnen in ihrem Zusammenspiel erleben konnte als einen einzigen Organismus. Er war noch nie hier gewesen, in dieser Stadt. Aber das Gefühl war immer das gleiche.

Der Eiffelturm war beleuchtet, ein Signalfeuer, das auf alles Umliegende abstrahlte. Gestern war er oben gewesen und hatte es bedauert, sich wie ein Tourist benommen zu haben. Morgen stand ein Louvre-Besuch mit Douglas an (seinem Agenten, der woanders abgestiegen war, was »*eher dem Gehalt eines Agenten entsprach*«), jetzt aber dachte er über eine Planänderung nach.

Nach einem langen Ausschlafen und morgendlichem Sex würde er sich wahrscheinlich bloß noch ausruhen wollen. Vielleicht zum Schwimmen gehen. Den Tag in der Bar verbringen. Vielleicht könnte sie ja mitkommen.

Es war sein erster richtiger Urlaub seit Jahren. *Ermittler vor Ort* hatte ihn berühmt gemacht, aber das alles hatte seinen Preis – die Termine für die Dreharbeiten waren völlig verrückt. Wenn deine Sendung jeden Tag in der Woche läuft, brauchst du einen Wahnsinnsausstoß an Content und greifst in wahnsinnig viele Leben ein.

Affären, Diebstähle, uneheliche Kinder, unsinnige Prozesse vor Familiengerichten, weitere Affären – das alles hatte er im *Real Life*-Teil seiner Sendung erlebt. Den mochte er am liebsten. Da hatte er seinen Spaß.

Wenn man jeden Tag fünf Episoden abfilmte, erinnerte man sich kaum noch an die einzelnen Fälle. Alles verschwamm ineinander. Und natürlich konnte er sich an keine Namen erinnern. Einmal sah er zufällig eine *Ermittler vor Ort*-Episode und beobachtete sich selbst, als wäre er ein völlig Fremder. Er konnte sich nicht erinnern, irgendwas davon gedreht zu haben. Zum Teil lag das daran, weil es ihm scheißegal war. Zum Teil, weil er »überarbeitet« war. Überarbeitet und die ganze Zeit high.

Douglas hatte die Auszeit vorgeschlagen. Die Chance, den Akku wieder aufzuladen. Um als besserer Morgan Sheppard zurückzukehren. Sheppard war davon nicht so überzeugt gewesen, aber eines Tages hatte er, backstage, zufällig mit angehört, wie sich Douglas und der TV-Controller des Senders stritten. Der Controller sagte, Sheppard sei ausgebrannt – und gab kaum verhohlen zu verstehen, dass das seines Erachtens auch an seinem Drogenkonsum lag. Der Plan sah vor, dass Sheppard sich vierzehn Tage freinahm, einen Gang runterschaltete und »erfrischt« zurückkehrte.

Sheppard erzählte Douglas nicht, dass er das Gespräch

belauscht hatte. Er stimmte lediglich zu – und war danach bemüht, sich selbst von dem Vorhaben zu überzeugen. Vielleicht war es ja wirklich eine gute Idee, vielleicht hatte er den Bogen in letzter Zeit wirklich ein wenig überspannt. Douglas war überglücklich – so überglücklich, dass er sogar selbst mitkam (wahrscheinlich der Grund, warum er sich von Anfang an so dafür eingesetzt hatte).

So war er also vor fünf Tagen nach Paris gekommen. Bislang ging es ihm großartig. Und jetzt hatte er auch noch diese wahnsinnsgeile Frau kennengelernt. *Die sich Zeit zu lassen schien?*

Er wandte sich vom Fenster ab und ließ sich wieder aufs Bett fallen. Ruckelte hin und her, bis er richtig zu liegen kam und sein Kopf zwischen zwei Kissen platziert war. Es war bequem.

Er schloss die Augen. Er hatte gar nicht gewusst, wie müde er war. Wie spät war es? Er hatte auch seine Uhr nicht angelegt. Er war im Urlaub – wozu also? Er sollte sich entspannen. Aber er wollte nicht schlafen, wenn sie zurückkam. Das würde wahrscheinlich alles kaputt machen. Sie war ja so heiß. Und es war unglaublich lange her seit dem letzten Mal.

Trotzdem war er müde. Und seine Augen blieben geschlossen. Er hörte ein besänftigendes Geräusch. Fast ein Zischen. Das hatte er vorher nicht gehört, aber vielleicht war es schon die ganze Zeit da gewesen. Je mehr er lauschte, desto schneller schien er zu fallen.

Seine Gedanken lösten sich auf.

Dann war er weg.

7

Wie war das möglich? Wie konnte er eben noch in Paris gewesen sein, im nächsten Moment in London? Die Frau. Hatte die Frau ihm das angetan? Er befand sich nicht nur in einem anderen Zimmer, sondern auch in einem anderen Land. Wie konnte man von einem Land ins andere wechseln, ohne es zu wissen? Er würde es nicht als unmöglich bezeichnen, aber auch nicht unbedingt als möglich. Es lag irgendwo dazwischen in einem Graubereich.

Wie viel Zeit war vergangen? Wie lange war er weggetreten? Erst das rote Zimmer. Dann hier. Wie viel Zeit lag zwischen diesen beiden Punkten? Vielleicht überhaupt keine, vielleicht eine ganze Ewigkeit. Aber – nein. Er hatte seine ganz eigene Methode, um das in Erfahrung zu bringen.

Zum letzten Mal etwas getrunken hatte er im roten Zimmer mit dieser Frau. Im roten Zimmer. Wein und Bourbon. Das Zeug, das er auf der Zunge geschmeckt hatte. Jetzt waren Rachen und Gehirn wie ausgedörrt. Aber es fehlte dieses kratzende Gefühl. Das leise Schaben an den Rändern des Gehirns, als würde dort etwas vor sich hin moussieren, so wie er es kannte, wenn er seine Pillen nicht genommen hatte. Ausgedörrt also, aber noch leicht benebelt. Wenn er raten müsste – sechs Stunden mindestens, aber nicht mehr als zwölf. Dazu die Tatsache, dass es Tag war – Mittag. Zehn Stunden klangen plausibel. Zehn Stunden, die ihm komplett fehlten.

Er wandte den Blick von London ab. Und bekam gerade noch mit, wie Alan missbilligend grunzte. Er ging zum

Fenster hinüber. »Ich sollte jetzt auf der anderen Flussseite sein.«

»Halten Sie den Mund«, fuhr Ryan ihn an. Alan wirkte verblüfft, er trat vom Fenster weg, verschränkte die Arme vor der Brust und runzelte die Stirn. Ryan sah aus dem Fenster, sein Blick ging hin und her. »Wir sind in der Nähe des Leicester Square. Mit Blick nach Süden.« Er sah zu den anderen, als suchte er nach ihrer Bestätigung. Sheppard betrachtete ihn nur erstaunt, nachdem er das so schnell herausgefunden hatte. Ryan sah wieder zum Fenster. »Wir sind am Leicester Square«, wiederholte er mit Nachdruck.

»Versuchen Sie das Fenster zu öffnen«, sagte Sheppard und streckte die Arme aus, obwohl Ryan schon zum Hebel griff.

Es war ein Schiebefenster, eines, das aussah, als würde es sich wegen der Höhe, auf der sie sich befanden, nur wenige Zentimeter öffnen lassen. Ryan legte den Hebel um und schob an. Nichts. Er ächzte verwirrt, probierte es noch einmal und stemmte sich mit dem ganzen Gewicht gegen den Hebel. Nichts. Noch einmal, bis er vom Hebel abrutschte und hinfiel. Alan sah ihm nur zu, wie er sich wieder hochrappelte, machte aber keine Anstalten, ihm zu helfen. Ryan versuchte es ein letztes Mal.

»Es ist verriegelt«, sagte er. »Lässt sich keinen Millimeter öffnen.«

»Dann probieren wir es damit«, sagte Alan, und bevor ihn jemand stoppen konnte, packte er sich den Stuhl, den das Mädchen unter dem Tisch nach vorn geschoben hatte, hievte ihn in die Höhe und ließ ihn mit voller Wucht gegen das Fenster krachen. Der Stuhl und mit ihm Alan prallten vom Fenster ab, als wäre die Scheibe die Wand einer Hüpfburg. Er landete auf dem Boden, der Stuhl flog in die Mitte des Raums. Mandy, die die Schubladen des

Schreibtischs durchsuchte, konnte sich gerade noch rechtzeitig wegducken.

Ryan streckte Alan die Hand hin, um ihm aufzuhelfen.

»Sie können diese Fenster nicht einschlagen. Die sind massiv und bruchsicher.« Eine präzise Aussage. Alan kniff die Augen zusammen, genau wie Sheppard. Sehr präzise.

»Und überhaupt, wo wollen Sie denn hin?«, fragte Mandy und sah von den Schubladen auf.

Alan ignorierte Ryans Hand und zog sich am Schreibtisch hoch. »Gut, ich bitte vielmals um Entschuldigung, dass ich es zumindest versucht habe. Sie scheinen sich ja alle schon eingerichtet zu haben. Unsere Bekloppte hier ist vielleicht die einzige Vernünftige unter euch allen.« Er sah sich um, bis er das Mädchen mit den Kopfhörern entdeckte. »Und was hast du uns zu erzählen?«

Das Mädchen sah ihn nur mit großen Augen an. Alan entzifferte ihren Sticker.

»Rhona? Was hast du hier so vor, Rhona? Nur Musik hören und ansonsten auf das Ende der Welt warten? Ihr Teenager seid doch alle gleich dämlich.«

»Lassen Sie das«, sagte Sheppard und ließ die Handschellen klappern. Neue Schmerzen und der Blick nach oben bestätigten, was er sich dachte – seine Handgelenke waren aufgescheuert. Das Metall schnitt ihm ins Fleisch.

»Halten Sie sich da mal schön raus.« Alan ging auf ihn los. »Sie sind eine wandelnde Peinlichkeit. Ich lese nämlich Zeitungen, ich weiß von Ihren Süchten, und das ist die schlimmste Sucht überhaupt – die Gier nach Aufmerksamkeit. Jedenfalls herzlichen Glückwunsch, Sie haben es geschafft, dass alle Sie in der Glotze begaffen. Und jetzt haben Sie uns hier einsperren lassen.«

»Zum letzten Mal, ich weiß nicht, warum wir hier sind.«

»Unsinn! Ihr Typen vom Fernsehen wisst immer, wenn

irgendwo was Idiotisches abläuft. Geht es hier um den MacArthur-Fall? Wollen Sie mich aus dem Weg haben?«

»Es geht nicht um Ihren bescheuerten Fall«, sagte Mandy, die immer noch die Schubladen durchsuchte.

Alan lachte und sah von Sheppard zu Mandy und wieder zu ihm. »Bescheuert. Darauf haben wir uns also geeinigt, was? Bescheuert? Sieht sich einer von euch überhaupt die Nachrichten an?«

»Wir dürfen nicht den Kopf verlieren«, sagte Ryan. »Wir stecken alle mit drin.« Er legte Alan eine Hand auf die Schulter – eine Geste, die nicht gut ankam.

Alan schüttelte ihn ab. »Ja, aber einige stecken tiefer drin als andere.« Mit einem Nicken wies er auf Sheppard. »Warum sind Sie gefesselt und alle anderen nicht?«

Die Frage, die er sich selbst schon gestellt hatte – Alan war nur einen Zacken langsamer als er.

Sheppard biss die Zähne zusammen – schloss die Augen und atmete durch. »Ich weiß es nicht.« Es würde nicht helfen, wenn er die Fassung verlor.

Mandy war mit der Durchsuchung der Schubladen fertig, hatte aber keinen Schlüssel gefunden. Jetzt stand sie bloß da und wurde mit jeder Sekunde blasser. Sie hatte etwas in den Händen. Sie legte es aufs Bett. Sheppard sah den im Licht glänzenden Aufdruck. Die Bibel. Das Einzige, was in allen Hotelzimmern zu finden war. »Ich muss mir … das Gesicht waschen.« Sie sah aus, als würde sie jeden Moment ohnmächtig werden. Sie taumelte außer Sichtweite. Sheppard hörte das Öffnen einer neuen Tür. Das Badezimmer. Warum hatte keiner daran gedacht, im Badezimmer nachzusehen?

Als sich Sheppard zum Vorraum hindrehte, tauchte die Frau mit den schwarzen Haaren auf. An ihrer Brust – Hallo, ich heisse … Constance. Sheppard beobachtete sie. Was ihr wohl durch den Kopf ging?

»Ich meine … vielleicht ist er ja gefährlich. Vielleicht ist er nicht ohne Grund gefesselt«, führte Alan weiter aus. »Jedenfalls weiß ich, dass ich jetzt verdammt noch mal da draußen in London sein sollte.«

Sheppard sah nach wie vor zu Constance. Ihr Schweigen zermürbte ihn. Ihre großen, fast comichaften Augen wurden durch ihre Panda-Mascara noch zusätzlich betont. Ihr Blick fiel auf die Bibel, sie packte sie und drückte sie sich gegen die Brust.

»Man darf kein Schindluder treiben mit heiligen Worten«, sagte Constance mit so leiser, so rauer Stimme, dass es wahrscheinlich sonst keiner hörte.

Die Situation verschlimmerte sich zusehends, und das vor Sheppards Augen – und er konnte sich noch nicht mal rühren.

»Wir sollten die Ruhe bewahren«, sagte Ryan.

»Nein, das sollten wir nicht. Wir sollten nicht die Ruhe bewahren. Es geht hier nicht darum, die Ruhe zu bewahren.« Wieder Alan.

»Zur Hölle. Hölle. Hölle. Hölle. Hölle.« Constance.

Das Mädchen mit den Kopfhörern, den Mund fest verschlossen, sah von einem zum anderen.

Und dann – ein Schrei. Ein hoher, verzweifelter Schrei. Einer, der durch das gesamte Zimmer gellte und jedem durch Mark und Bein ging.

Sheppard sah zu Constance. Auch wenn er bereits wusste, dass sie es nicht war.

Der Schrei kam von Mandy. Aus dem Badezimmer.

Und damit wurde alles noch schlimmer.

8

Der Schrei schien überhaupt nicht mehr aufzuhören, aber irgendwann war er vorbei, und dann herrschte Stille. Und irgendwie schien die Stille noch schlimmer zu sein. Keiner rührte sich – Alan und Ryan waren in ihrem Gespräch erstarrt, das Mädchen spähte um den Schreibtisch herum, Constance sah in Richtung Badezimmer.

Sheppard war hochgefahren, als er den Schrei gehört hatte. Die Handschellen schnitten ihm in die Gelenke, er schrie vor Schmerzen auf. Sein Fluchtreflex war überwältigend. Mit Panik und Angst kam er nun mal nicht gut zurecht. Selbst wenn er in kaltem Schweiß gebadet aufwachte und sein Herz dreimal so schnell schlug wie sonst und er schon dachte, er hätte es nun doch übertrieben, wusste er insgeheim immer, dass er es überstehen würde. Aber jetzt, hier in diesem Zimmer, hatte er Angst – richtige Angst.

Ein dumpfer Aufprall – Mandy, die gegen Constance krachte, als sie aus dem Vorraum auftauchte und wieder in sein Blickfeld geriet.

Constance stieß sie von sich weg, als wäre sie eine Aussätzige.

Mandy sah zu Sheppard. Ihre Augen waren nichts als glasige Spiegelungen ihrer selbst. Tränen liefen ihr übers Gesicht, sie war kreidebleich, schweißnass.

»Was ist?«, fragte Sheppard.

Ryan, der es noch vor den anderen wahrnahm, eilte zu Mandy und fing sie gerade noch auf, bevor sie zu Boden sinken konnte.

»Da … im Badezimmer …« Sie war kaum zu verstehen.

»Was?«, fragte Sheppard und beugte sich so weit wie möglich vor.

»Ein Mann. Ein Toter – glaube ich.«

Sheppard hatte das Gefühl, als würde das Bett unter ihm wegbrechen – als falle er ins Bodenlose.

Ein höhnisches Lachen. Nicht unbedingt die zu erwartende Reaktion, aber Alan schien vor sich hin zu kichern. »Ein Toter. Ein Toter in der Wanne. Wir haben alle eine Menge durchgemacht. Wir sind alle etwas durch den Wind – wir müssen einen kühlen Kopf bewahren. Der Verstand ist eine fragile Sache.« Er ging zu Mandy und tätschelte ihr den Arm – der ungelenke Versuch, ihr Trost zu spenden.

Mit tränennassen Augen sah Mandy ihn an. »Da drin … ist ein Mann. Ein Mann in einem braunen Anzug.«

»Na, wenn da drin ein Mann ist, wer sagt dann, dass er nicht ebenso schläft wie wir hier draußen?«

Mandy mahlte mit dem Kiefer. »Sie dürfen gern selbst nachsehen.«

Alan runzelte die Stirn. Gedankenverloren strich er über einen seiner Manschettenknöpfe und räusperte sich. »Gut.«

Sheppard sah zu Mandy, während Alan um die Ecke verschwand. Die junge Frau weinte still vor sich hin und barg das Gesicht an Ryans Schulter. Sheppard glaubte ihr. »Alan, gehen Sie nicht hinein.«

Aber es war zu spät. Er hörte, wie die Badezimmertür aufging.

Sheppard ließ den Blick durchs Zimmer wandern, während er sich auf die Geräusche aus dem Badezimmer konzentrierte. Er konnte sich nicht mehr als fünf Zentimeter bewegen, und die Situation hatte sich verändert. Sein Blick blieb am Fernseher hängen, und dann brauchte er ein paar

Sekunden, bis er bemerkte, dass etwas anders war. Er war an – der Fernseher war an. Beim letzten Mal war der Bildschirm noch schwarz gewesen. Irgendwie musste er angegangen sein, jetzt war in der Mitte des Bildschirms ein goldener Slogan sichtbar.

Wir hoffen, Sie genießen Ihren Aufenthalt. In verschnörkelter, kaum leserlicher Schrift.

Und noch etwas war in der Ecke zu erkennen. Ein kleines blaues Rechteck mit weißen Ziffern, etwas, was man zu sehen bekäme, wenn man einen sehr alten Videorecorder angeschlossen hätte. Sheppard musste die Augen zusammenkneifen, um es lesen zu können. »Ihr Pay-per-View startet in: 00:00:57.« Die Uhr zählte herunter – keine Minute mehr. Wie hatte sich der Fernseher angeschaltet? Und was war ihr Pay-per-View?

Sheppard wollte die anderen darauf aufmerksam machen. In diesem Augenblick ging die Badezimmertür auf, und Alan erschien. Sein Gesicht glich in allem dem von Mandy. Er nahm die Brille ab und putzte sie mit einem Tuch aus seiner Brusttasche.

»Die Situation scheint mir etwas ernster zu sein, als ich ursprünglich angenommen habe.«

Ryan löste sich von Mandy und wollte selbst nachsehen.

Alan hob die Hand. »Ersparen Sie sich ein paar schlaflose Nächte.«

Ryan stutzte, dann nickte er.

»Er liegt mit dem Gesicht nach unten, ich kann also nicht viel erzählen, aber es ist Blut zu sehen … viel Blut. Um den Körper herum«, sagte Alan sehr nüchtern. Ob er auch vor Gericht so klang? »Keiner geht da hinein. Glauben Sie mir, Sie wollen damit nichts zu tun haben.«

Sheppard fiel nicht mehr ein als: »Haben Sie ihn erkannt?«

Alan fuhr herum. »Das ist ja eine interessante Frage.«

»Es muss einen Grund geben, warum wir alle hier sind. Ich ...«

»Was halten Sie vor uns geheim, Mr. Sheppard? Ich gehe davon aus, dass Sie über alles im Bilde sind. Ich gehe davon aus, dass das irgendein perverses Spiel ist, und ich gehe weiterhin davon aus, dass wir alle gegen unseren Willen hier hineingezogen wurden. Haben Sie darauf irgendetwas zu erwidern?«

Sheppard starrte ihn an und balancierte auf dem schmalen Grat zwischen Angst und Wut. Nur am Rande nahm er wahr, dass sich das Fernsehbild verändert hatte.

Eine neue Stimme meldete sich. Etwas dumpf. Aus den Fernsehlautsprechern. »Nein. Ja und noch mal ja.« Alle im Zimmer drehten sich zum Fernseher um. Auf dem Bildschirm ein Kopf im Profil. Sheppard versuchte krampfhaft zu erkennen, wer es war. Ein Mann, das Gesicht allerdings war hinter einer abstoßenden, schreiend bunten Pferdemaske verborgen – etwas, was man an Halloween erwarten würde. Die Augenlöcher waren so ausgeschnitten, dass das Comicpferdegesicht große grüne menschliche Augen hatte. Es hatte etwas Beklemmendes – Derbes – an sich. Sheppard lief es vor Abscheu und Angst kalt über den Rücken.

Die Gestalt auf dem Fernsehbildschirm lachte. »Es freut mich, dass wir alle so gut miteinander auskommen.«

9

»Hallo, alle zusammen«, sagte der Pferdemann. Er klang aalglatt, die schlechten Lautsprecher des Fernsehers verliehen ihm dazu etwas Abgehobenes, Andersweltliches.
»Hallo, Morgan.«
Jemand schrie auf. Constance – er glaubte, es war Constance. Seine ganze Aufmerksamkeit gehörte der Pferdemaske. Er wusste nicht, warum, aber er wusste: Sie steckten in großen Schwierigkeiten. Und er wurde das Gefühl nicht los, dass er es am schlimmsten getroffen hatte.
»Was soll das?«, fragte Alan und trat vor den Fernseher. »Wer sind Sie?«
War das eine Unterhaltung? Oder eine Aufzeichnung?
Die Pferdemaske reagierte. Also eine Unterhaltung. »Sie kennen mich nicht, noch nicht zumindest. Aber ich kenne Sie. Sie alle. Vor allem Sie, Morgan Sheppard. Ich habe Ihr Wirken sehr genau verfolgt. Was nicht schwer war.«
Alle Blicke waren auf ihn gerichtet wie immer. War er ein Fan – ein durchgeknallter, besessener Fan? Sheppard hatte im Lauf der Jahre seinen angemessenen Anteil an seltsamen Anhängern gehabt, aber auch Horrorgeschichten von anderen Promis gehört.
»Was soll das hier?«, hörte Sheppard sich selbst sagen. »Was wollen Sie?« Irgendwas lief hier ziemlich falsch – mehr als jemals zuvor in seinem Leben.
Die Maske hatte ihn gehört. Das hieß, es musste irgendwo ein Mikrofon geben. Vielleicht auch eine Kamera. Irgendwo – man hatte sie seit dem Aufwachen höchstwahrscheinlich beobachtet.

»Wie tief die Mächtigen gefallen sind«, sagte die Pferdemaske. Er genoss es – der kranke Schweinepriester genoss das alles. »Ans Bett gefesselt, und im Kopf werden die Möglichkeiten durchgespielt – sämtliche Möglichkeiten, um hier rauszukommen. Es überrascht mich, dass Sie sich noch nicht die Hände abgenagt und die Tür eingeschlagen haben – nachdem Sie doch so talentiert sind.«

Sheppard sackte in sich zusammen. Das hatte er nun nicht gerade getan, aber er hatte an den Handgelenken gezerrt. »Was haben Sie mit uns gemacht?«

Die Pferdemaske ging darauf nicht ein. »Haben Sie sich jemals selbst betrachtet, Morgan Sheppard? Werfen Sie jemals einen Blick in den Spiegel, sehen Sie den kaputten Junkie, der sich für jede Form von Aufmerksamkeit prostituiert? Mit seinem von Fernsehverträgen und Youtube-Kommentaren bestimmten Leben? Den Typen, der über andere skrupellos hinwegtrampelt?«

»Sie haben uns hierhergebracht?« Der Versuch, ihm irgendwas entgegenzusetzen. Um nicht noch mehr zu hören.

»Trotzdem nennen manche Sie einen ›Ermittler‹. Trotz allem. Dabei sind Sie der Bastard aus einem Conan-Doyle-Albtraum. Dieser Begriff passt nicht auf Sie.«

»Sie haben uns hierhergebracht.« *Hör auf damit, bitte hör auf.*

»Klar hab ich das, Sie Idiot.« Die Maske zuckte, als der Typ unter ihr den Kopf verdrehte. »Sie verstehen, ich möchte sehen, ob Sie Ihrem vorgeblichen Ruf gerecht werden. Oder, genauer, dem, was Sie von sich selbst behaupten. *Ermittler vor Ort*, was für eine Farce.«

»Wovon redet er?«, fragte Mandy und warf Sheppard einen unsicheren Blick zu.

Sheppard hörte nichts. Gedanken, zu viele Gedanken, die in einem toten Meer trieben.

Der Pferdemann räusperte sich, obwohl ihm die Aufmerksamkeit aller sicher war. »Wie Sie mittlerweile wahrscheinlich wissen, wurden Sie in ein Hotelzimmer eingecheckt. Im Great Hotel in Central London, um genau zu sein. Sie befinden sich im vierundvierzigsten Stock. Es handelt sich nicht unbedingt um eine Luxussuite, aber meine Leute haben hier und dort einige Änderungen vorgenommen.

Als Erstes wurden die Türen, die Leitungen und das Fenster versiegelt. Es gibt für Sie keinen Weg nach draußen, solange ich nicht die ausdrückliche Anweisung dazu erteile. Es gibt für Sie kein Entkommen, solange ich das nicht will. Im Fall eines Feuers, na ja …« Er gluckste. »Zweitens wurde der Raum in guter Heimwerkermanier schalldicht isoliert. Sie haben mit Ihrem Geschrei und dem Gepoltere bereits einigen Lärm veranstaltet, aber seien Sie versichert, keiner wird Sie hören, keiner wird Ihnen zu Hilfe eilen. Sie können so laut schreien, wie Sie wollen, keiner auf der anderen Seite der Wand wird Sie hören.

Es war mit einigem Aufwand verbunden, Sie alle hierherzubringen. Mehr als nur ein paar Touren in Gepäckbehältern. Zum Glück ist keiner von Ihnen aufgewacht. Das Personal glaubt, in diesem Zimmer würde eine äußerst exklusive Party stattfinden, weshalb es gebeten wurde, Sie nicht zu stören. Sollten Sie aus irgendeinem Grund die Rezeption anrufen, erreichen Sie die Frau, die Sie wahrscheinlich bereits gehört haben.«

»Die Frau?« Fragend sah Ryan zu Sheppard.

Sheppard brauchte eine Weile. »Da … war eine Frau am Telefon. Ich dachte, es wäre so eine automatische Ansage, aber … Sie … So bin ich aufgewacht.«

»Sie gehört zu meinen Leuten. Natürlich. Und jetzt hat sie alle Telefonate aus diesem Zimmer deaktiviert …«

»Sie hat da was gesagt. *Ich bin schon sehr gespannt, was Sie als Nächstes tun. Was passiert als Nächstes?*«

Der Pferdemann hielt inne. Sheppard stellte sich seinen sehr geringschätzigen Blick unter der Maske vor. »Heute werden wir uns mit einem kleinen mörderischen Spiel vergnügen. Sie haben bereits festgestellt, dass einer unserer Gäste nicht mehr unter uns weilt. Er ist nämlich von einem meiner Mitarbeiter auf brutale Art und Weise ermordet worden. Und jetzt zur Pointe: Dieser Mitarbeiter – der Mörder – ist in diesem Augenblick bei Ihnen im Zimmer. Einer der Anwesenden ist der Mörder. Die anderen dienen bloß der Ablenkung, sie sorgen für falsche Fährten oder wie immer Sie das nennen wollen.«

Was? Der Mörder … des Toten in der Badewanne. Der Mörder war mit ihnen im Zimmer?

»Sehen Sie sich um, Morgan. Fünf Leute. Fünf Verdächtige. Ein Mörder. Einer von denen ist nicht wie die anderen.«

Sheppard war nicht der Einzige, der sich umsah. Auch die Blicke der anderen gingen hektisch hin und her. Langsam zog sich jeder in seine sichere Ecke zurück.

Er wusste, wohin das führen würde.

»Der Deal sieht folgendermaßen aus, Morgan Sheppard. Mir scheint, Sie sind der Einzige hier, auf den die Bezeichnung *Ermittler vor Ort* zutrifft. Ich gebe Ihnen drei Stunden. Drei Stunden, um den Mordfall aufzuklären und herauszufinden, wer von Ihren Mitgästen das Opfer kaltblütig ermordet hat.«

»Warum machen Sie das? Warum sollte ich das tun?« *Es ist meine Schuld. Es ist alles meine Schuld, dass die anderen hier sind.*

Wieder gab die Pferdemaske dieses tiefe und humorlose Glucksen von sich. »Sie haben noch nie etwas nur zum

Wohle der Öffentlichkeit getan. Langweilige Menschen brauchen einen Anreiz, um nicht-langweilige Dinge zu tun. Man benötigt immer einen gewissen Anreiz. Also, wie wär's damit? Wenn das Spiel beginnt, wird ein Timer in Gang gesetzt. Der Timer auf dem Nachttisch neben Ihnen.« Sheppard sah zu ihr und dann wieder zur Pferdemaske. »Sie ist nicht anzuhalten, bis sie auf null heruntergezählt hat.«

Sheppard schwieg.

Die Maske schwieg.

Schließlich war Mandy zu hören. »Was passiert bei null?«

»Wenn es Morgan Sheppard nicht gelingt, in drei Stunden den Mörder zu identifizieren, werden Sie alle sterben. Und nicht nur alle in diesem Zimmer. Sondern alle im Hotel. Meine Leute haben im gesamten Gebäude Sprengsätze verteilt. Ich drücke auf einen Knopf, und das Great Hotel verwandelt sich in einen großen Schutthaufen.«

Mehrere entrüstete Aufschreie. Von wem – von allen? Er wusste es nicht. Er war nicht mehr im Zimmer. Sondern in einem leeren Raum, wo es nur ihn und den Mann im Fernseher gab.

»Es sind Schulferien, Morgan. Wie viele Touristen sind Ihrer Meinung nach hier abgestiegen? Wie viele junge Familien – wie viele Kinder, die nur *Wicked* sehen und bei Hamleys Spielzeug kaufen wollen? Sie alle fliegen in die Luft.«

»Sie sind krank«, sagte Alan. »Durch und durch verkommen.«

Wieder wandte sich die Maske um. »Drei Stunden. Ein Mord. Das sollte für unseren guten Sheppard doch ein Klacks sein. Mehr noch, es sollte eine große Erleichterung für Sie sein, wenn Sie einige hundert Tote nicht auf dem

Gewissen haben. Aber Regeln sind Regeln. Und so, wie man seine Versprechen halten muss, so muss man sich auch an die Regeln halten. Sonst endet alles im Chaos. Obwohl ich mir denke, dass es diesmal so oder so im Chaos enden wird.«

Er hätte jetzt einen Drink gebrauchen können. Ein paar von seinen Pillen. Die Wirklichkeit überwältigte ihn, und in diesem Fall halfen sie immer.

»Apropos Regeln, in der Nachttischschublade liegt ein Regelbuch, falls ich was vergessen haben sollte. Aber eigentlich ist es ganz einfach. Drei Stunden. Höre ich die falsche Antwort, sprenge ich das Gebäude in die Luft. Weigern Sie sich zu kooperieren, sprenge ich das Gebäude in die Luft. Sorgen Sie für zu viele Probleme, sprenge ich das Gebäude. Ein Schritt außerhalb der Reihe – und ich sprenge. Das Gebäude. In die Luft. Kapiert?«

Eine plötzliche Bewegung. Ryan stürzte zur Tür. Er verschwand um die Ecke, und Sheppard hörte ihn pochen.

»Lassen Sie uns raus! Lassen Sie uns raus!«, brüllte Ryan.

»Da hat jemand offensichtlich nicht zugehört«, sagte die Maske.

»He, lassen Sie uns raus!« Noch lauter. »Bitte. Lassen Sie uns raus!«

Die Maske sprach nun Sheppard direkt an. »Sie können keine Ermittlungen durchführen, solange Sie angekettet sind. Verzeihen Sie, dass ich Ihnen überhaupt Handschellen angelegt habe. Sie sind nur etwas … unberechenbar. Das sind Süchtige immer.«

Dieses Wort. Süchtiger. Ein hässliches Wort.

»Außerdem finden Sie vielleicht einen Verwendungszweck für die Handschellen.«

Ryan kam zurück.

»Sie sind verrückt«, sagte Sheppard. »Völlig irrsinnig.«

»Das heißt einiges, wenn Sie das sagen.« Sarkasmus? Unmöglich zu sagen bei der monotonen Redeweise des Pferdemannes. »Sie finden im Regelbuch neben Ihnen einen Schlüssel. Die anderen werden Ihnen die Handschellen aufschließen. Und dann kann die Show endlich beginnen.«

»Bitte, lassen Sie uns gehen. Lassen Sie uns gehen.« Zerren an den Handschellen. Ein Sichwinden. Bis die richtige Frage kam. »Wer sind Sie?«

Die Maske betrachtete ihn so lange, dass er schon dachte, er würde keine Antwort mehr bekommen.

»Ich gebe Ihnen eine zweiminütige Gnadenfrist, bevor das Spiel beginnt. Weil ich ein guter Mensch bin.«

Der Bildschirm wurde schwarz.

10

Das konnte nicht sein – es war einfach nicht möglich. Und dennoch war es so.

Alle sahen sie ihn der Reihe nach an, als hätte er Antworten parat. Das Zimmer wirkte jetzt größer. Jeder beanspruchte seinen Platz. Sie waren zusammengeworfen und wieder auseinandergerissen worden. In ihren Gesichtern war das Misstrauen zu lesen.

»Was ...?«

»Ich ...«

»Aber ...?«

Stimmen überschlugen sich. Er konnte sich nicht konzentrieren. Er musste sich konzentrieren. Er schloss die Augen und atmete ein. Als er sie wieder aufschlug, ging Ryan links am Bett vorbei, öffnete die oberste Schublade und nahm einen mit »Regeln« beschrifteten Ordner heraus. Er schlug ihn auf und nahm tatsächlich einen kleinen Schlüssel heraus. Er legte den Ordner aufs Bett und sah mit einem Schulterzucken zu Sheppard.

Der Schlüssel war so nah gewesen. Und so fern.

Sheppard lächelte traurig, als sich der junge Mann zu den Handschellen beugte.

»Einen Moment!«

Ryan verharrte. *Nein, nein, nein.* Er sah sich um.

Alan fixierte sie beide mit seinem finsteren Blick. »Vielleicht ist es in unser aller Interesse, diesen Mann nicht loszumachen.«

»Was soll das?«, rief Sheppard.

»Warum?«, fragte Ryan.

»Ich meine ja bloß«, antwortete Alan. »Es gibt keinen Grund, warum wir irgendwas, was wir gehört haben, glauben sollten. Was, wenn dieser Mann hinter allem steckt? Was haben Sie …« Er sah zu Mandy. »Sie … was haben Sie vorhin gesagt?«

»Was?«

»Sie haben gesagt, hier würde nur eine Nummer abgezogen werden? Ja, warum eigentlich nicht?«

»Sie sind ins Badezimmer gegangen«, erwiderte Mandy. »Sie haben den … Mann gesehen.«

Alan zuckte mit den Schultern. »Ich meine nur, was, wenn die einzig gefährliche Person in diesem Zimmer schon Handschellen trägt?«

Sheppard stöhnte auf. Er musste diese Dinger loswerden. »Soll das Ihr Ernst sein? Sie haben gehört, was die Maske im Fernseher gesagt hat? Sie müssen mich losmachen.« *Und dann? Ich kann es nicht. Ich kann es einfach nicht.*

»Wir *müssen* hier überhaupt nichts«, sagte Alan. »Das alles ist Ihre Schuld, egal, wie Sie es betrachten wollen. Ihr Typen vom Fernsehen seid doch alle gleich. Wenn die Pferdemaske die Wahrheit sagt, wären Sie derjenige, der uns alle rettet? Da geht es mir wirklich gleich viel besser.«

»Und was wird Ihrer Meinung nach in drei Stunden passieren?«, fragte Ryan und wandte sich wieder an Sheppard. *Ja. Nimm den Schlüssel. Nimm den Schlüssel.*

»Leere Drohungen«, sagte Alan. Er war wirklich vorbehaltlos von sich überzeugt. »Sollen wir einen Kerl ernst nehmen, der unter einer Pferdemaske steckt?«

»Mehr haben wir im Moment nicht«, sagte Sheppard. »Er hat uns hierhergebracht. Er hat uns *alle* hierhergebracht, und wenn Sie auch nur in etwa so ticken wie ich, dann wollen Sie jetzt nicht hier sein an diesem gottverdammten Ort – genauso wenig wie ich.«

»Mein Gott …«, entfuhr es Constance.

»Tut mir leid«, unterbrach Sheppard. »Wer sagt, dass seine Drohungen nicht ernst gemeint sind?«

Ryan nickte ihm zu. »Das reicht.«

»Sie machen einen Fehler«, sagte Alan, während Ryan erneut zu den Handschellen griff. *Ja. Gott sei Dank.*

Ryan fummelte herum. Einen entsetzlichen Augenblick lang dachte Sheppard, es wäre vielleicht der falsche Schlüssel. Vielleicht erlaubte sich die Maske bloß einen fiesen Scherz mit ihnen. Aber dann klickte es, und Sheppards taube Arme fielen nach unten. Er rutschte vom Bett und richtete sich mühsam auf.

Er streckte die Arme, um die Blutzirkulation anzuregen. Unter den Hemdsärmeln waren die aufgeschürften, blutverkrusteten Handgelenke zu sehen. Sie brannten, wenn man sie berührte.

»Danke«, sagte Sheppard. Ryan nickte.

Er kämpfte mit dem Federbett, schwang die Beine über die Seite und stand zu schnell auf. Alles drehte sich. Er hielt sich an der Wand fest, damit er nicht umfiel.

Das Zimmer richtete sich aus. Von hier oben sah alles gleich viel kleiner aus – die Menschen waren weniger einschüchternd. Er strich sich übers Kinn und spürte kratzige Stoppel, länger, als er sie in Erinnerung hatte.

Sie wurden beobachtet. Er wusste es. Er brauchte einen Plan. *Wir müssen hier raus.*

Langsam drehte er sich um. Er wollte vermeiden, dass ihm schon wieder schwindlig wurde. Der Nachttisch. Der Timer. Immer noch auf 03:00:00. Er zählte noch nicht herunter. Die zwei Minuten. Wie viel Zeit war vergangen? Der Ordner mit der Aufschrift »Regeln« auf dem Bett, wo Ryan ihn hingeworfen hatte. Er war umfangreich – viele Seiten. Ryan hatte sich nur die erste angesehen. Er hob ihn hoch.

Schwer – vollgepackt mit Blättern. Es würde mehrere Stunden dauern, sie alle zu lesen.

Aber dieser Gedanke war sofort hinfällig, als er den Ordner aufschlug. Auf der ersten Seite standen vier simple Wörter – *Hör auf das Pferd*. Und dann – nichts mehr. Er ließ die Seiten durchratschen. Leere Seiten auf leere Seiten. Nichts. Keine weiteren Regeln. Ein Witz. Nur noch ein letzter Satz auf der letzten Seite.

Der Junge hat gelogen.

Was zum Teufel hatte das zu bedeuten? Wütend schleuderte Sheppard den Ordner hin – er prallte vom Bett auf den Boden, wo er mit einem dumpfen Geräusch aufschlug.

»Da steht nichts drin – nichts.«

Was hatte er erwartet?

»Und was jetzt?«, fragte Ryan.

Zurück zum Zimmer. Die hilflosen Gesichter, sogar das Mädchen, sahen zu ihm. Wie viel hatte sie unter ihren Kopfhörern mitbekommen?

Sheppard antwortete nicht. Er schob sich an Ryan vorbei in den Vorraum. Er sah genauso aus, wie er ihn sich vorgestellt hatte. Die Eingangstür, rechts davon ein offener Schrank mit leeren Kleiderbügeln, zusätzlichen Decken und einem kleinen Safe, links davon eine Tür, die zum Badezimmer führen musste. *Nicht dran denken, was da drin ist. Einfach nicht dran denken.* Ein Toter – er konnte es nicht ertragen, einen Toten zu sehen. Nicht, solange es nicht absolut nötig war.

Er ignorierte das Badezimmer und ging zur Eingangstür – als Erstes sah er die darauf angebrachten Feuerschutzhinweise, die Fluchtwege und den Sammelpunkt im 44. Stock. Am Türgriff war ein Schild eingehängt, *Nicht stören* oder *Bitte Zimmer reinigen*, was man eben gerade wollte. Er legte die Hand auf den Griff und genoss es, das kalte Metall zu spüren. Wieder etwas zu spüren. Er drückte den Griff und zog an. Nichts. Zog noch einmal. Nichts.

Mandy hatte recht. Das Licht an der Schlüsselkarte leuchtete rot. Konnte man sie umgehen? Hatte die Maske sie irgendwie␣gehackt? Er sah sich um. Es gab tatsächlich eine Halterung für die Karte, aber die Karte fehlte. Aufs Geratewohl betätigte er den Lichtschalter. Die Lichter gingen an. *Was?* Er schaltete sie wieder aus. Das konnte eigentlich nicht sein.

Wieder sah er zur Tür. Man konnte sie unmöglich eintreten. Eine Feuerschutztür, die nach innen, nicht nach außen aufging. Er strich mit den Fingern über die Türkanten. Er glaubte einen Luftzug von außen zu spüren – vom Flur –, aber das konnte er sich auch nur einbilden.

Er spähte durch den Spion mit der Fischaugenlinse in den Hotelflur. Teppichboden in gedeckten Farben, nichts als weitere Türen links und rechts. Gleich gegenüber eine Tür mit dem Schild 4402. Er ballte die Faust, hatte sie schon erhoben, hielt dann aber inne. Es hatte keinen Sinn, gegen die Tür zu hämmern. Das hatten die anderen auch schon versucht, es war zwecklos.

Klaustrophobie machte sich breit. Egal, wie groß das Zimmer war, plötzlich kam es ihm sehr beengt vor. Ein Drink wäre jetzt toll, vielleicht auch ein oder zwei Pillen. Er musste raus – warum kreisten seine Gedanken um die Minibar?

Er fuhr herum. Immer noch waren alle Blicke auf ihn gerichtet, interessiert beobachteten sie ihn. Keiner sah aus, als könnte er ihm helfen – sogar Alan hatte nichts zu sagen. Als er zum Fenster ging, machten sie ihm bereitwillig Platz. Vielleicht hofften sie, dass er den Weg nach draußen kannte. Er war in vielen Hotels gewesen, und er hatte sie nie anders als durch die Eingangstür betreten und verlassen.

Er legte die Hände aufs Fensterbrett und sah hinaus auf die Londoner Skyline – ein sonniger Tag. Das London Eye ragte zwischen den Häusern auf, Waterloo Station lag links, Westminster rechts. Sie waren so hoch oben, dass die Wahrzeichen allesamt zur Gänze in seinem Blickfeld lagen.

Er überlegte, ob sie jemandem ein Signal senden könnten. Ein hohes Gebäude lag gleich gegenüber und verdeckte einen Großteil des Sonnenlichts. Es sah wie ein Büroturm aus. Er kniff die Augen zusammen, um irgendetwas in den Fenstern erkennen zu können. Niemand war in den Büros zu sehen – es schien, als hätten alle schon Feierabend gemacht.

Als Nächstes ... was sollte er als Nächstes tun? Die Eingangstür kam nicht infrage. Das Fenster ebenso wenig. Die Lüftung? Vielleicht die Lüftungsschächte?

Er sah zum Bett und der Wand darüber. Es dauerte einen Moment, bis er ihn entdeckte, da er ebenso cremefarben gestrichen war wie die Wand.

Er stieg aufs Bett und hoffte, dass er nicht umfiel. Seine Handgelenke brannten, als die Hemdmanschetten über die wunde Haut rieben, aber er hielt das Gleichgewicht und näherte sich der Wand. Der Luftschacht, so sah es jedenfalls aus, war groß genug zum Durchkriechen. Er bekam den mittleren Stab des Gitters zu fassen und zog an. Er rührte sich nicht. Er sah zu den Kanten. Überall Flachkopfschrauben. Er versuchte eine zu umfassen, aber sie saßen bombenfest.

Er drehte sich um. »Hat jemand irgendwas einstecken?«, fragte er. »Einen Penny vielleicht? Kleingeld?« Alle sahen nach. Nach ein paar Sekunden nur leere Gesichter – nichts.

Das Vertrauen war verschwunden.

»Hier, probieren Sie es damit«, sagte Ryan und reichte ihm den Handschellenschlüssel.

Sheppard drehte sich wieder um, versuchte den Schlüssel in den Schlitz der Schraube zu stecken. Aber er war zu dick und verlor sofort den Halt.

Nichts. Tür. Fenster. Gitter. Kein Weg nach draußen.

Irgendwas musste es geben – etwas, was er noch nicht versucht hatte. Am liebsten hätte er mit der Faust auf die Wand eingeschlagen. Ihm wollte einfach nichts einfallen. Er warf Ryan wieder den Schlüssel zu und sah sich weiter um. Kein anderer Ausgang. Ein völlig normales Hotelzimmer.

Nur war es das eben nicht. Es war schon seit einiger Zeit nicht mehr normal. Seitdem die Pferdemaske sich zu diesem kleinen Spiel entschlossen hatte. Aber wenn die Pferdemaske eines wusste, dann, dass Sheppard nicht in der Lage war, das zu tun, was von ihm verlangt wurde. Sheppard war schon lange keiner mehr, der in Kriminalfällen ermittelte. Er war nur der Moderator, der Frontmann. Einer, der über Dinge quasselte, die nicht wichtig waren, der kühne Behauptungen aufstellte, *die nicht wichtig waren.*

Er will dich scheitern sehen.

Was sollte er tun? Sich in einer Ecke zusammenrollen und aufs Sterben vorbereiten?

Denn wenn sich Sheppard hier umsah, sah er kein Hotelzimmer mehr.

Er sah einen Sarg.

11

Sein Leben war nur so dahingerast. Ein Wimpernschlag, schon war er hier in diesem Zimmer. Der Ruhm rauschte vorbei, und zum ersten Mal überhaupt wünschte er sich, er wäre nicht berühmt. Obwohl er genau das immer gewollt hatte. Mit vierzehn hatte er seinen Agenten kennengelernt. Drei Jahre hatten seine Eltern versucht, ihn fernzuhalten vom Rampenlicht, was ihn in seinem Wunsch allerdings nur bestärkt hatte.

»Hallo, Kleiner«, hatte der Mann gesagt. Jahrzehnte war das her. Aber immer noch sehr nah.

War er schuld daran gewesen – der Mann, den er als Douglas kennenlernen sollte, der Mann, den er als seinen einzigen Freund betrachtete? Oder seine Eltern? Oder er selbst – war er selbst schuld daran gewesen?

Douglas hatte ihn damals auf ein Eis eingeladen. Er hatte ihn gefragt, ob er nicht zu alt sei für ein Eis, aber mit vierzehn schmeckte das Eis auch nicht schlechter als früher. Die Leute starrten ihn an, sie mussten ihn im Fernsehen gesehen haben, die Leute redeten immer noch davon, was er getan hatte – es war großartig.

»Was wünschst du dir am meisten auf der Welt, Morgan?«

»Ich möchte berühmt sein.«

»Das bist du schon. Was du vor ein paar Jahren gemacht hast – unfassbar. Du willst Ruhm? Auch den hast du schon. Aber berühmt bleiben – na, dabei könnte ich dir allerdings helfen.«

Und Morgan lächelte. Er lächelte immer.

Jahre später, in diesem Zimmer, glaubte Sheppard, er würde nie wieder lächeln. Ruhm? Vergiss es. Davon hatte er genug. Er hatte von allem genug, von der Sendung, dem Buch, den Zeitungsartikeln. *Wenn er dafür bloß nicht hier sein müsste.* Und jetzt würde er aus einem ganz anderen, ganz neuen Grund berühmt werden. Weil er alle auf dem Gewissen haben würde.

Ein schriller Piepton riss ihn aus seinem Selbstmitleid. Irgendwo im Zimmer *piepte* es. Sheppard stieg vom Bett und sah sich um, lokalisierte das Geräusch – der Nachttisch. Die zylindrische Digitaluhr hatte zu laufen begonnen. Aus 03:00:00 war 02:59:54 geworden. Sechs Sekunden – mehr sogar – waren schon aufgebraucht. Die Zeit schwand vor seinen Augen. Das Piepen hörte auf. Der Countdown nicht.

Drei Stunden, um einen Mord aufzuklären.

Sheppard sah sich um. Ryan beobachtete ihn eindringlich mit gefährlich hoffnungsvollem Blick. Wahrscheinlich dachte er, dass Sheppard in seiner Fernsehsendung meistens genauso aussah, nur verwechselte Ryan Ausdruckslosigkeit (beim Ablesen des Teleprompters) mit Nachdenklichkeit. Der Teleprompter war immer Sheppards bester Freund – hinter dem kleinen schwarzen Kasten stand ein ganzes Team von Leuten, die eigentlichen Gehirne. Das war Fernsehen. Reines Blendwerk.

»Sie schaffen das, oder?«, sagte Ryan. »Sie können uns hier rausbringen?«

Und hinter Ryan waren die anderen. Er sah, wie die Hoffnung auch auf sie übersprang. Sogar Alan wirkte etwas weniger wütend. Am schlimmsten aber war Mandy – sie sah aus, als wäre sie von ihm vollkommen überzeugt.

Ich kann niemanden rausbringen. Es gibt keinen Weg nach draußen.

Der Mörder – in diesem Zimmer.

Keiner von ihnen sah aus, als wäre er zu einem Mord fähig. Aber einer hatte ihn begangen.

Sheppard betrachtete seine Hände, er konnte die anderen nicht mehr ansehen. Seine Hände zitterten leicht – sein Körper, sein Gehirn lechzten nach einem Drink und ein paar Pillen. Als Antwort darauf schmerzten auch seine Schultern. Aber das war nicht sein größtes Problem, oder?

Du schaffst es nicht.

Sein einziger, wirklicher Erfolg lag fünfundzwanzig Jahre zurück. Vieles konnte passieren in fünfundzwanzig Jahren, vieles war passiert. Als er jetzt zurückdachte, musste er erkennen, dass nicht vieles von Belang passiert war. Hatte er sein Leben vergeudet – nur halb gelebt? Vielleicht war das hier ein passendes Ende.

Er dachte an die Karriereratgeber, die er gelesen hatte – Bücher, die einem erklärten, wie man Polizist, wie man Detektiv wird. Die meisten Infos waren aus Fernsehkrimis und Romanen geklaut. Mordermittlungen waren eine große Sache. Aber nicht für eine einzelne Person. Es gab einen Sherlock Holmes, eine Miss Marple, einen Hercule Poirot. Aber das war nicht die Wirklichkeit.

Der Held brachte alles wieder in Ordnung. Jedes Mal. Blödsinn. *Und dennoch …*

Was, wenn er wirklich dazu in der Lage wäre? Die Chancen standen schlecht für ihn – drei Stunden. Fünf Menschen. Ein Toter. Das konnte doch nicht sein, oder? Unwahrscheinlich, aber nicht unmöglich.

Das mag ich an dir, Morgan. Du bist ein Dreckskerl. Das hatte Douglas einmal gesagt, und bis jetzt hatte er es nie so richtig verstanden. Der Kerl mit der Pferdemaske gab ihm eine Chance, über sich hinauszuwachsen; etwas, was er allein niemals geschafft hätte. Die Chance, ein wahrer Held zu sein.

Sheppard sah auf. Die Hoffnung verunstaltete nicht mehr die Gesichter der anderen, weil er sie jetzt selbst spürte. Ein Zitat aus einem Buch, das er vor langer Zeit gelesen hatte, fiel ihm ein: »*Mord ist das größte Verbrechen, das ein Mensch begehen kann. Aber wenigstens hat man damit einen guten Ausgangspunkt.*« Damals hatte er darüber gelacht – aber es stimmte. Er musste es tun – ins Badezimmer gehen und sich dem stellen, was dort war.

Er schob sich an Ryan vorbei und trat um die Ecke in den Vorraum. Vor der Badezimmertür blieb er stehen. Er legte die Hand auf den Griff und atmete tief durch.

»Was haben Sie vor?«, fragte Mandy.

Die Zeit verflüchtigte sich aus dem Zimmer. Sie standen in einem Stundenglas und versuchten mit ausgestreckten Händen den durchrieselnden Sand aufzufangen.

»Ich kläre einen Mord auf«, sagte er und stellte fest, dass er doch noch ein letztes Lächeln übrig hatte.

12

Anders als im düsteren Hauptraum herrschte im Badezimmer gleißende Helligkeit. Sheppard hob den Arm vor die Augen, schloss hinter sich die Tür und blinzelte unter dem Ellbogen hervor. Als er sich an das grelle Licht gewöhnt hatte, erkannte er ein Marmorwaschbecken, eine blitzblanke Toilettenschüssel, Handtücher auf dem Handtuchheizkörper, ein Stapel weitere darüber. Er war schon mal hier gewesen, oft sogar, überall auf der Welt. So musste er gar nicht nach rechts blicken, um zu wissen, dass dort die Wanne stand, die auch als Dusche benutzt werden konnte, mit Duschgel- und Shampooflächchen auf der Ablage. Aber er sah sie nicht – ein halbtransparenter cremefarbener Duschvorhang war vorgezogen.

Er wollte nicht daran denken, was in der Wanne lag, also starrte er auf sein Bild im Spiegel über dem Waschbecken. Er machte einen Schritt nach vorn und fasste sich ans Gesicht, zur Bestätigung dessen, was er sah. Er wirkte älter als beim letzten Mal, als er sich selbst betrachtet hatte. Tiefe, schwarze Tränensäcke unter den Augen. Sein Haar sah stumpf aus, Bartstoppeln bedeckten das halbe Gesicht. Und viel mehr Runzeln um die Augen, Mund und auf der Stirn. Ein Fremder, der sich sein Gesicht übergestreift hatte.

Als er sich auf das Waschbecken aufstützte, knirschte es unter der Hand. Sein Blick fiel auf die kleinen Seifenstücke und Zahnpastatuben, aber die hatte er nicht gespürt. Er hob die Hand. Eine Brille.

Ihm wurde flau im Magen, als er sie nahm und hin und her drehte. Egal, wie lange er sie sich besah, es war seine

Brille. Kein Zweifel. Er war kurzsichtig und setzte sie viel zu selten auf. Er trug sie nie in der Öffentlichkeit. Nie. Keiner wusste, dass er eine Brille brauchte, noch nicht einmal Douglas.

Er hob den Kopf und sah sich in die Augen.

Wer steckt hinter all dem?

Er schob den Gedanken beiseite. Nicht jetzt. Jetzt hatte er eine Aufgabe vor sich. Er war dankbar, dass er die Brille hatte. Er setzte sie auf. Er war immer der Meinung gewesen, dass er mit Brille ziemlich dämlich aussah. Egal.

Er krempelte die Ärmel hoch und betrachtete seine wunden Handgelenke. Es sah aus, als würde er zwei gezackte scharlachrote Armbänder tragen.

Er drehte den Hahn auf und hielt das linke Handgelenk unter den kalten Wasserstrahl.

Er stöhnte auf. Es brannte. Er hielt das rechte Handgelenk darunter.

Nachdem er fertig war, griff er zum Toilettenpapier. Das Ende war, wie erwartet, zu einem Dreieck gefaltet. Er betupfte sich die Handgelenke. Danach war das Papier hellrot.

Er atmete tief durch – es gab jetzt kein Entkommen mehr. Er drehte sich zur Wanne um. Sie war groß und reinweiß, nur eine dünne Linie zog sich außen nach unten in Richtung Boden. Auf halber Strecke war sie eingetrocknet. Sie war rot wie seine Handgelenke. Blut.

Zumindest klebte am Duschvorhang kein Blut. Als Sheppard sich näherte, sah er aber die Gestalt durchscheinen – ein vom Vorhang verzerrter, schwarzer Körper.

Seine Nase nahm den unverkennbaren Geruch auf – dunkel und metallisch.

Bevor er es sich anders überlegen konnte, packte er den Vorhang, zählte still bis drei und riss ihn mit einem Ruck zur Seite.

Der Geruch wurde noch schlimmer. Er zwang sich, den Blick auf die Wanne zu richten – und dann sah er ihn. Mein Gott, er sah ihn. Jetzt wusste er, warum Mandy geschrien hatte. Er musste sich zusammenreißen, um nicht selbst laut loszubrüllen.

Ein Mann in einem braunen Anzug lag mit dem Gesicht nach unten in der leeren Wanne. Seine Stellung sah nicht sehr bequem aus, trotzdem hätte man meinen können, er würde schlafen – wäre da nicht das Blut gewesen. Das viele Blut. Es hatte sich um seinen Oberkörper gesammelt und quoll unter ihm heraus. So viel – viel zu viel. Es war die gesamte Wanne entlanggeschwappt, sodass es aussah, als würde der Mann in Scharlachrot baden.

Das viele Blut. *Konzentrier dich auf was anderes.*

Der Tote hatte graue, schütter werdende Haare – grau-weiße Haarbüschel standen in seltsamen Winkeln vom Kopf ab, dazwischen war die bloße Haut zu sehen. Beide Hände, blutbesprenkelt und faltig, lagen am Körper an. Sheppard wollte nicht daran denken, was er als Nächstes tun musste – er beugte sich in die Wanne hinein, langsam, um sich so weit wie möglich vom Blut fernzuhalten, und legte dem alten Mann einen Finger an das eiskalte Handgelenk. Er wartete dreißig Sekunden. Kein Puls. Hatte er etwas anderes erwartet?

Ein alter Mann. Tot. Und jetzt?

Die Wunde befand sich vorn – Sheppard musste ihn umdrehen. Ihm wurde übel, wenn er nur daran dachte. Umständlich ging er auf die Knie, stützte sich am Wannenrand ab, verlor das Gleichgewicht und rutschte mit der Hand in die Wanne. Abrupt zog es ihn nach vorn – er spürte das kalte, klebrige Blut.

Angewidert zog er die Hand zurück und wischte sie, ehe er sich versah, an seinem Hemd ab. Ein roter Streifen an der Brust, ein Geruch, der ihm jetzt anhaften würde. Sofort bedauerte er es.

Er beruhigte sich wieder. Wie vorgehen? Er packte den Mann mit der einen Hand an der ihm zugewandten, mit der anderen an der abgewandten Seite. *Mach es schnell. Mach es schnell.*

In einer einzigen Bewegung hievte er den Mann hoch, drehte ihn um und legte ihn gegen die schräge Wanneninnenseite. Der Mann glitt ein wenig nach unten.

Nicht ins Gesicht sehen. Er konnte sich nicht dazu überwinden. Das halb geronnene Blut quoll unter dem Körper heraus.

Er konzentrierte sich auf den Oberkörper und dachte an die unzähligen Tatortfotos, die er in seiner Sendung gesehen hatte. Immer Standfotos. In der Vergangenheit aufgenommen. Vor langer, langer Zeit. Niemals in seiner Anwesenheit. Niemals war er mit dabei gewesen, hatte es gerochen und gespürt.

Das Jackett stand offen, darunter waren ein hellgrünes Hemd und eine blaue Krawatte sichtbar. Glaubte er zumindest. Die Farben waren mit Rot verschmiert. Der Anzug war ruiniert. Schwer zu sagen, woher das Blut wirklich kam. Es gab so viel davon. Aber es schien vor allem aus dem unteren Bereich des Bauches zu stammen.

Näher ran. Das Hemd war aufgerissen, unten links. Er ging so nah ran, wie er es wagte, und entdeckte schließlich die Wunde. Zwei Wunden, zwei tiefe Wunden gleich über dem Hosenbund. Klaffende Wunden, so tief, dass wahrscheinlich innere Organe verletzt worden waren. Die Eingeweide? Sheppard wusste es nicht. Glatte Wunden. Dicht nebeneinander. Stiche. Vielleicht ein Messer?

Zwei. Jemand hatte diesem Mann ein Messer in den Körper gerammt, es herausgezogen und noch einmal hineingestoßen. Um sicherzugehen. Wahrscheinlich auf die gleiche Stelle gezielt. Ein heftiger Angriff, nach dem vielen Blut zu schließen.

Das war es. Damit hatte es sich mit seinen Vermutungen. Eine Messerattacke. Würde jemand, der mehr Ahnung hatte als er, mehr herauslesen? Würde so jemand anhand der Verletzungen wissen, wer ihn umgebracht hatte? Wer von denen dort draußen zu einer solchen Vorgehensweise fähig war?

Noch während er darüber nachdachte, wanderte sein Blick hinauf zum Brustkorb des Toten. Der abgetragene Anzug. Krawatte und Hemd, Farben, die nicht zueinander passten. Zum Gesicht. Den weißen Bartstoppeln. Den geschlossenen Augen. Den …

Sheppard fuhr zurück, krachte gegen den heißen Heizkörper und landete unsanft auf dem Hintern. Die Schmerzen spürte er nicht. Er rappelte sich auf, kroch in die Ecke und quetschte sich neben die Toilette. Er atmete tief aus.

Nein …

13

Vorher ...

Er wurde am Beginn der Einfahrt abgesetzt. Sie brausten so schnell davon, als hätten sie am Straßenrand eine kaputte Waschmaschine abgestellt, sie sahen ihm noch nicht mal mehr in die Augen. Als wäre er von einem Dämon besessen.

Das Haus sah nett aus – groß. Die hübsche Seite von London. Nicht das, was er als Kind gewollt hatte, aber nett. Ein ruhiges Viertel.

Er ging über die Kiesanfahrt und achtete die ganze Zeit darauf, dass es dabei vernehmlich knirschte. Die Eingangstür ging auf, bevor er sie erreicht hatte. Als hätte derjenige hinter der Tür nur auf ihn gewartet.

Er war alt – faltig. Und er sah aus, als würde er sich die Haare färben, graue Strähnen schimmerten zwischen dem Braun hindurch. Er hatte freundliche grüne Augen, die hinter einer runden Brille lagen, und er sah wie jemand aus, der jeden Morgen die Zeitung las, über das Wetter grummelte und seine Steuererklärung als ein großes Abenteuer ansah. Aber er hatte etwas Nettes an sich. Ein netter Mann für ein nettes Haus in einem netten Viertel. Wie langweilig.

»Du musst Morgan sein«, sagte er, als Morgan an der Tür ankam.

Morgan sagte nichts.

»Waren das deine Eltern im Auto? Ich hatte gehofft, noch mit ihnen zu reden.«

Seinetwegen hätte er das ruhig tun können.

»Egal, irgendwann erwische ich sie schon.«

Der Mann sah auf ihn herab.

»Sind Sie ein Seelenklempner?«, fragte er.

Der Mann lachte. »Ich bin Therapeut, ja.«

»Ich muss zu einem Seelenklempner, haben sie gesagt. Das war Bedingung.«

»Na ja, manchmal müssen wir alle mal über unsere Probleme reden. Aber ich werde dich zu nichts zwingen, wenn du nicht willst. Wenn man so was wie du durchgemacht hat, dann ist es gut, wenn man die Möglichkeit bekommt, sich damit auseinanderzusetzen.«

Morgan sah ihn nur an.

Plötzlich ging ein Ruck durch den Mann. »Wie dumm von mir, ich hab mich ja noch gar nicht vorgestellt.« Er streckte ihm die Hand hin. »Ich bin Simon Winter.«

Morgan nahm sie. Sie fühlte sich an wie ein benutzter Teebeutel. Aber er schüttelte sie trotzdem. Und als er nach drinnen gebeten wurde, ging er hinein.

14

Nein ...

Wie lange war es her? Fünf Jahre? Sechs? Simon Winter lag in der Badewanne – tot.

Sheppard rang nach Atem. Unmöglich, dass es sich wirklich um Winter handelte. Das konnte einfach nicht sein. Er musste sich zwingen, zur Wanne zurückzukriechen. Er spähte über den Rand. Simon Winter. Kein Zweifel. Lag einfach so da, nachdem das Leben aus seinem Körper geströmt war.

Sheppards Blick verschwamm, Tränen liefen ihm übers Gesicht. Er gab ein Geräusch von sich, das sich anhörte wie von einem sterbenden Tier. *Nein. Nein. Nein. Nicht er.* Wie war Winter hierhergekommen, hier in dieses Hotelzimmer?

Fragen – zu viele Fragen –, vor seinen Augen aber eine unumstößliche Tatsache. Simon Winter, sein alter Therapeut, war tot. Er hatte es hier nicht nur mit einem Toten zu tun – jemand ließ ihm eine Botschaft zukommen. Der Mann unter der Pferdemaske kannte ihn und wusste, was Winter ihm bedeutet hatte.

Sheppard schlug sich die zitternde Hand vor den Mund, als er wieder zu wimmern anfing. Was musste Winter für eine Angst gehabt haben? Sheppard nahm die Brille ab und wischte sich über die Augen.

Er betrachtete die Brille, dann Winter. Eine Botschaft – die Botschaft, dass die Pferdemaske nicht nur wusste, wer Sheppard war. Er kannte ihn gut – zu gut. Die Ansprache im Fernseher, die Brille, von der keiner wusste, jetzt Simon Winter.

Wieder kamen ihm die Tränen. Keiner wusste, dass er

sich während des größten Teils seines Lebens mit Simon Winter getroffen hatte. Und jetzt war der alte Mann hier. Winter hatte seinetwegen sterben müssen, davon war er nahezu überzeugt. Wann hatte er Winter zum letzten Mal lebend gesehen? Was hatten sie als Letztes zueinander gesagt? Er konnte sich nur erinnern, dass es keine freundlichen Worte gewesen waren.

Der alte Mann hatte seine Rolle zu spielen. Jeder Krimi, jeder rätselhafte Mord brauchte eine Leiche. Und jede Leiche war wieder ein neues Rätsel. Wäre Winter noch am Leben, wenn …?

Nein. *So etwas darfst du nicht denken, Morgan.* Fast so, als würde Winter zu ihm sprechen. *Wenn du so etwas denkst, bist du bald so tot wie ich.*

Sheppard wischte sich über die Augen, dann machte er sich daran, Winters Taschen zu durchwühlen. Er durfte das Zeitlimit nicht außer Acht lassen. Er fasste in die linke, blutdurchtränkte Tasche. Es fühlte sich an, als würde er seine Hand in die Wunde drücken.

Ihm wurde übel.

In der Tasche war nichts, er zog die Hand heraus und bemühte sich, das klebrige, geronnene Blut zu ignorieren.

Rechte Tasche. Brieftasche. Er zog sie heraus und ging sie durch. Das Übliche. Die Karte für den öffentlichen Nahverkehr. Bankkarte, irgendeine Punktekarte für eine Buchhandlung. Nichts, was ihm irgendetwas verraten hätte, was er nicht sowieso schon wusste. Dr. Simon Winter, fünfundsechzig Jahre alt.

Er legte die Brieftasche zurück, hielt inne und meinte sich an etwas zu erinnern, konnte es aber erst nicht benennen. Intuitiv hob er mit zwei Fingern das linke Revers des Jacketts an. Die Innentasche. Mit der freien Hand griff er hinein und fand das Gesuchte.

Er zog ein kleines Notizbuch heraus. Er hatte es also immer noch, nach all den Jahren, immer noch am selben Platz. Bei ihren Sitzungen hatte Winter immer wieder in sein Jackett gegriffen, das Notizbüchlein herausgezogen, sich etwas aufgeschrieben und es wieder eingesteckt. Das war eine Marotte von ihm gewesen, die Sheppard gleichermaßen fasziniert und frustriert hatte – warum ließ Winter es nicht einfach draußen offen liegen, wenn er sich sowieso alle paar Minuten was notierte?

Das Notizbuch war vom Blut relativ unversehrt geblieben, sah aber alt und abgegriffen aus. Ohne weiter darüber nachzudenken, schlug er es auf, blätterte es durch und erwartete, auf aktuelle Notizen zu stoßen. Stattdessen hatte die verblichene Schrift den Anschein, als wäre sie uralt. Er ging die Aufzeichnungen über die diversen Patienten durch, bis er eine Seite umblätterte und seinen eigenen Namen entdeckte.

Morgan Sheppard. *Halt, wie das?* Er hatte Simon Winter seit Jahren nicht mehr konsultiert, trotzdem hatte er ein Notizbuch mit Aufzeichnungen von einer ihrer Sitzungen bei sich? Das Notizbuch musste Jahre alt sein.

Sheppard betrachtete die Notizen – es kam ihm vor, als verletze er damit eine Art Privatsphäre. Datiert waren sie auf den 06.06.1997 und handelten von einer Sitzung bei ihm. Winter schien sich die üblichen Dinge aufgeschrieben zu haben – Sheppards Stimmung, seine Laune, was er sagte. Dazwischen waren bestimmte Wörter dick unterstrichen – sie fanden sich auf der ganzen Seite. »Aggressiv. Missgelaunt. Außerdem neuer düsterer Albtraum, in dem …«

Die Wörter schienen aus keinem bestimmten Grund hervorgehoben. Warum unterstrich er »außerdem neuer düsterer Albtraum …«, nicht aber, wovon der Traum handelte? Fragen, die vor Jahrzehnten aktuell waren. Wichtiger war, warum Winter das Notizbuch jetzt bei sich hatte. Eine weitere Botschaft vom Mann mit der Pferdemaske? Hatte er die Leiche präpariert? Wie konnte Sheppard irgendjemandem in dem Zimmer trauen? Wie konnte er sich überhaupt auf irgendetwas verlassen?

Er schob sich das Notizbuch in die Tasche. Er konnte keinen klaren Gedanken fassen, solange sein toter Therapeut ihn anstarrte. Winter war mehr als das gewesen – er war sein Freund gewesen. Ein Freund in einer Zeit, in der er sich auf niemanden verlassen konnte, noch nicht einmal auf seine Eltern. Hatte Winter freundliche Erinnerungen an ihn? Oder hatte alles, was geschehen war, seine Wahrnehmung getrübt? Denn Sheppard hatte ihn als etwas Selbstverständliches angesehen. Wie er es immer tat. Winter sah nicht aus, als hätte er Schmerzen gehabt – zumindest das konnte er sagen.

»Es tut mir leid«, sagte Sheppard und unterdrückte neue Tränen.

15

Sheppard stürzte aus dem Badezimmer, geriet ins Stolpern und wäre fast in den Schrank geflogen.
Sheppard. Dieses Rätsel, davon war er mehr und mehr überzeugt, war einzig und allein um ihn herum aufgebaut, und alles, was ihm dazu einfiel, waren unmögliche Fragen mit unmöglichen Antworten. Winter, Blut, Sonnenlicht, London, Paris, Handschellen, eine Brille und eine Pferdemaske – das alles wirbelte ihm durch den Kopf. Ein einziges Durcheinander. Und ihm blieben drei Stunden, um hinter das Rätsel zu kommen – nein, weniger als drei Stunden.
Ihm fiel ein, was die Französin im roten Zimmer gesagt hatte. Sie hatte ihn einen guten Menschen genannt. Und hatte es wirklich so gemeint.
Ein guter Mensch. Dabei hatte sie ihn doch gar nicht gekannt – nicht mal im Entferntesten.
War sie eingeweiht? War es ihre Aufgabe gewesen, ihn in jenes Zimmer zu locken? Seine Gefühle für sie waren echt gewesen – oder so echt, wie er es überhaupt noch hinbekam –, nur, hatte sie ihn getäuscht? Er hatte es ihr leicht gemacht; hatte ohne zu zögern nach ihrem Köder geschnappt und angebissen.
Sheppard schloss die Tür zum Badezimmer, als könnte er die Schrecknisse darin einschließen. Nein, dafür war es zu spät. Er sah auf. Hatte er alle hier mit diesen Schrecknissen infiziert – sah nicht jeder etwas blasser, etwas weniger lebendig aus?
Constance saß auf dem Stuhl am Schreibtisch und hielt

die Bibel umklammert, als hinge ihr Leben davon ab. Das Mädchen mit den Kopfhörern kauerte immer noch unter dem Tisch. Alan und Ryan standen am Fenster und unterhielten sich flüsternd. Mandy blickte als Einzige auf.

»Sie haben ihn gesehen?«

Jemand hatte Simon Winter getötet. Jemand, der hier mit ihm im Zimmer war.

»Ja«, antwortete er mit brüchiger Stimme. »Ich habe ihn gesehen.«

War Winter in der Wanne umgebracht worden – klar, bei dem vielen Blut. Aber es gab keinerlei Anzeichen für ein Handgemenge. Hieß das, dass der Mörder ebenfalls in der Wanne gestanden hatte? Das ergab keinen Sinn. Das Blut war geronnen – wie lange musste er demnach schon dort liegen? War Winter getötet worden, bevor oder nachdem Sheppard entführt worden war? Ohne Timeline – etwas, woran er den zeitlichen Ablauf festmachen könnte – tappte er im Dunkeln.

Jemand lachte – ein unbeschwertes Glucksen. Sheppard und Mandy sahen auf. Constance drehte sich auf dem Schreibtischstuhl herum und lachte.

»Seien Sie still«, herrschte Sheppard sie an.

Jeder hörte alles. Sheppard verstand, was Alan und Ryan sagten. Sie unterhielten sich über die notwendigen Vorkehrungen, um das Fenster einzuschlagen und ob dies einem Fluchtversuch überhaupt förderlich sei. Keine Geheimnisse. Das Zimmer war wie ein Amphitheater – man hörte jedes einzelne Wort, egal, in welcher Ecke es geäußert wurde.

»Mandy.« Sheppard nahm sie zur Seite und senkte so gut wie möglich die Stimme, obwohl ihm klar war, dass die anderen alles mithören konnten. »Wissen Sie irgendwas über diese Frau?«

»Die?«, antwortete Mandy. »Die Verrückte?«

»Ja.« Er hatte nicht viel erwartet, aber Mandy nickte.

»Na ja ... ja«, sagte sie in einem Ton, der nahelegte, dass er es selbst wissen müsste. »Sie ist doch ziemlich berühmt. Ich meine, nicht so berühmt wie Sie, aber ... Sie haben nie *Rain on Elmore Street* gesehen?«

Irgendwie kam ihm der Titel bekannt vor, aber er verband damit nichts Konkretes.

»Ein Musical übers West End. Übers Lyceum Theatre, glaube ich. Das ist Constance Ahearn – die Hauptdarstellerin.«

Vage Erinnerungen, am Theater vorbeigekommen zu sein; die großen Markisen; die in der Dunkelheit leuchtende Werbetafeln, während sich die Besucherschlange um den ganzen Block zog. *Rain on Elmore Street.*

Constances Lachen bestätigte diese Erinnerungen. Er vermutete, dass ihre Schauspielkunst eher auf der extrovertierten Seite angesiedelt war.

»Sie müssen dafür sorgen, dass sie still ist.«

Mandy runzelte die Stirn. »Ich vermute ...«

»Bitte. Ich muss nachdenken.«

Mandy nickte kurz. Sie ging zu Constance, legte ihr einen Arm um die Schultern und flüsterte ihr etwas zu. Die Frau hörte auf zu lachen, stand auf und folgte Mandy ums Bett herum zur anderen Seite, wo sie sich mit dem Rücken zu den anderen hinsetzte. Mandy war gut in solchen Dingen.

»Sie haben die Leiche gesehen?«

Sheppard zuckte zusammen, als er von Ryan angesprochen wurde. Ryan und Alan hatten ihre Aufmerksamkeit jetzt auf ihn gerichtet. »Ja. Ich musste sie sehen – ihn. Ich musste ihn sehen.« *Du erzählst es ihnen nicht. Warum erzählst du es ihnen nicht?* Machte er das um ihret- oder seinetwillen? Es hatte keinen Sinn, ihnen zu sagen, dass er den alten Mann in der Badewanne kannte, oder? Was würde er damit erreichen – außer weitere nutzlose Spekulationen, die sie nur an ihrer Befreiung hindern würden? »Sieht so aus, als wäre er an einer Stichverletzung gestorben. Zwei Stichverletzungen – im Bauchbereich.«

Ryan sah ihn an. »Ach ja?«

Und da war sie. Die Wahl – zwei Wege, zwei Möglichkeiten. »Ich weiß nicht«, sagte Sheppard. *Gott, hilf mir.* »Ich ... ich bin noch am Überlegen, was zu tun ist.«

»Aber vielleicht kenne ich den Typen«, sagte Ryan.

Sheppard zog die Augenbrauen hoch, als Alan Ryan an der Schulter fasste.

Als würde er ein Unrecht wittern, mischte sich Alan in das Gespräch zwischen Ryan und Sheppard ein. »Stopp! Normalerweise kostet meine Meinung siebenhundert die Stunde, aber die gibt es jetzt umsonst. Sagen Sie nichts. Oder reden Sie ruhig – ich bin ja nicht Ihr Vater. Aber wir befinden uns hier in einer höchst brisanten Lage, und alles, was in diesem Raum geäußert wird, ist fragwürdig. Mr. Sheppard weiß sicherlich, dass alles, was gesagt wird, vor Gericht keinerlei Bestand hat.«

»Ich will nur helfen«, sagte Ryan.

»Machen Sie das Fenster auf, das würde uns helfen.«

»Wie würde uns das helfen?«, fragte Sheppard.

»Wir müssen der Welt draußen eine Botschaft zukommen lassen. Wenn wir das Fenster einschlagen, sieht das vielleicht jemand. Und ruft die Polizei.«

»Wir sind im vierundvierzigsten Stock, im Gebäude gegenüber ist niemand, wer soll uns da sehen?«, entgegnete Sheppard.

Alan schnaubte verächtlich. »Immer noch besser als das, was Sie tun. Was tun Sie überhaupt?«

»Ich ... ich mache mir Gedanken.« Hoffentlich klang das in Alans Ohren weniger jämmerlich als in seinen eigenen.

»Ja, das hab ich mir gedacht«, sagte Alan lächelnd. »Sie sehen, ich kenne solche Leute wie Sie. Mit denen habe ich tagein, tagaus zu tun. Der Unterschied ist nur, meistens sitzen sie in Handschellen auf der Anklagebank und liegen nicht gefesselt auf dem Bett.« Zur Betonung hielt er beide Handgelenke hoch. »Alle sind sie Lügner – sie belügen die Welt, sie belügen andere Menschen, sie belügen sich selbst. Aber Sie, Sie sind im Fernsehen und verbreiten Ihre Lügen in aller Welt, damit sie noch ein wenig unerträglicher werden.

Sie sind eine einzige Witzfigur, Mr. Sheppard. Und Ihre tolle Ermittlermasche wird hier nicht fruchten. Sie können ja noch nicht mal sich selbst retten. Warum zum Teufel sollten Sie dann irgendeinen anderen retten? Und vergessen Sie nicht, während die Uhr runtertickt ... vergessen Sie nicht, dass Sie der Grund sind, warum wir hier sind.«

Plötzlich spürte er jeden Quadratzentimeter seiner Haut. Glitschig, klebrig, schlimmer, als er gedacht hatte. Er ertrank in Schweiß. Was würde er jetzt für einen Drink geben – selbst für eine halbe Pille? Es fühlte sich an, als würde alle Kraft aus ihm herausfließen.

»Ich muss es probieren«, sagte er mit schwacher Stimme. In seinem Kopf summte es mit einem Mal – schwach, müde. Er müsste sich hinsetzen. Er müsste etwas trinken.

»Ich weiß«, sagte Alan, der verschwommen vor ihm stand, ihn zu sich heranzog und ihm ins Ohr flüsterte. »Und wenn ich sehe, wie Sie in diesem Zimmer herumtorkeln und wie ein Idiot nach Antworten suchen, dann erfüllt mich Ihr erbärmlicher Anblick mit klammheimlicher Freude.«

Alan ließ ihn los. Er schwankte. Seine Beine fühlten sich

unendlich dünn an – so dünn, dass sie ihn nie und nimmer tragen konnten.

Gesichter wandten sich ihm zu.

Dann kam ihm der Boden entgegen.

16

Vorher ...

Er saß vor dem Spiegel. Es hatte schon was, dieses Bühnen-Make-up – die Falten waren zugekleistert, die tiefen Ringe unter den Augen kaschiert. Er sah unglaublich jung aus wie eine Comicversion seiner selbst. Unter den Bühnenscheinwerfern kam er dann einfach perfekt rüber. Der unbefleckte Mann.
Und nicht der abgehalfterte, gelangweilte Sack, der er eigentlich war.
»Warum bist du hier, Douglas?«
Douglas saß in der hinteren Ecke und las die Broschüre, die vor der Sendung an alle Studiogäste verteilt wurde. Das Regelbuch. Er warf es beiseite. »Was denn, kann ich meinem Lieblingsklienten keinen Besuch abstatten?«
Sheppard musste lächeln. »Hm-hm.« Auch eine Art, zur Sache zu kommen.
»Hör zu«, sagte Douglas, sprang auf und ging, wie Sheppard im Spiegel sah, auf und ab. »Ich wollte nur sichergehen, dass alles in Ordnung ist. Nach unserem letzten Gespräch.«
»Mir geht es gut.«
»Schön, schön – großartig.« Ein hochgereckter Daumen. »Weil du ziemlich verrückte Sachen gesagt hast.«
»Ich werde nicht aussteigen, Douglas. Wenn du das hören wolltest.«
»Ich möchte hören, dass du glücklich bist. Du siehst nicht glücklich aus.«
»Es geht mir gut.«
Die Tür hinter ihm ging auf. Die Praktikantin steckte den Kopf herein. »Noch drei Minuten, Mr. Sheppard.«

Er nickte. Sie ging.

Sheppard erhob sich und fummelte an den Manschettenknöpfen herum. Douglas kam nach vorn und packte ihn an den Schultern.

»Das hier ist doch was, Morgan. Du hast dir hier was aufgebaut.«

Sheppard lächelte. »Ich weiß.« Er fasste in sein Jackett und zog den Flachmann heraus. Er nahm einen Schluck.

»So kenne ich dich.« Douglas strahlte. »Wie geht's der Schulter? Du nimmst deine Medikamente?«

»Ja, Chef.«

»Mach sie platt da draußen.«

Sheppard nickte, lachte und ging.

Durch die Kulissen eines Fernsehstudios zu laufen war wie ein Gang durch die Schützengräben. Er bewegte sich auf einem schmalen Grat. Die, die ihn sahen, hielten inne und wünschten ihm viel Glück. Er erwiderte ihr Lächeln. Aber in Gedanken war er ganz woanders.

Er hatte sich volllaufen lassen. Hatte Douglas gesagt, dass er aussteigen wolle. Er habe kalte Füße bekommen, so hatte Douglas das genannt. Er machte die Sendung doch erst seit einem halben Jahr. Sie war der Hit. Aber es war zu viel. Es war nicht das, was er sich vorgestellt hatte. Es war zu … zu … zu fies?

Beim Verlassen des Clubs war er auf der Treppe gestürzt. Des Clubs, wo alle ihre Geschäftsbesprechungen stattfanden. War mit der Schulter irgendwo dagegen gekracht. Douglas hatte einen Arzt empfohlen. Der ihm Pillen verschrieb.

Er nahm das Döschen aus der Tasche und ließ zwei herausgleiten. Warf sie sich ein. Damit die Schmerzen weggingen. Vielleicht ein wenig zu gut weggingen.

Er näherte sich von hinten der Bühne. Es war dunkel.

Aber er sah die Praktikantin mit ihrem Headset, sie hielt die Hand hoch. Hinter ihr das Licht. Sie lächelte ihm zu und zählte an den Fingern von vier nach unten.

Vier.

Drei. Die Wirkung des Alkohols und der Pillen setzte ein und half mit, dass seine Lippen dieses Grinsen bildeten, sein Markenzeichen. Ihm war, als hätte er das immer schon so gemacht. Und würde es ewig weitermachen.

Zwei. Und das war okay, oder?

Eins.

Er sprang auf die Bühne. Die Scheinwerfer überstrahlten alles außerhalb des Set. Das Publikum, fanatische Anhänger, stumm. Sie wollten nur sehen, wie er ihr Lieblingstänzchen aufführte. Und wer war er, um es ihnen zu verwehren?

»Kamera eins«, hörte er den Regisseur im Ohrknopf.

Er richtete den Blick auf die Kamera, die auf einem Kran über ihm schwebte. »Heute bei *Ermittler vor Ort*: Hat die internationale Pop-Sensation Maria Bonnevart heimlich was mit Matt Harkfold, dem Sänger der *Red Lions*, während sie von Chris Michael von *FastWatch* ein Kind erwartet? Wir werden uns die Indizien später in der Sendung vornehmen. Dann gehen wir in unserer Rubrik *Wahre Verbrechen* der Frage nach, wie die Polizei in South London auf die jüngste Diebstahlserie reagiert, bei der es die Täter ausschließlich auf Industrie-Kühlanlagen abgesehen haben. Hoffen wir, dass die heiße Spur in diesem Fall nicht schon wieder erkaltet ist.« Pause für Gelächter. Ausgiebig. *Mein Gott.* »Aber zunächst beschäftigen wir uns in unserer Reihe *Aus dem wahren Leben* mit Sarah, die aus guten Gründen vermutet, dass ihr Mann Sean, mit dem sie seit fünf Jahren verheiratet ist, eine Affäre mit ihrem Babysitter unterhält. Mal sehen, ob wir Licht in diese Sache bringen können. Ich bin Morgan Sheppard, und Sie sehen *Ermittler vor Ort*.« Applaus. Den man nur als stürmisch bezeichnen konnte.

Sheppard trat zur Seite, während von der Decke ein Fernsehbildschirm herunterkam und die Titelmelodie einsetzte, worauf eine kurze Einspielung über Sarah und Sean folgte. Das war natürlich nur für das Live-Publikum. Für die Zuschauer zu Hause wurde das Video im Regieraum mit Live-Aufnahmen gegengeschnitten. Sheppard achtete nicht auf das Video. Er kannte es schon – sein Produzent bestand darauf, dass er sich jedes Video vor der Sendung ansah.

Nur mit Mühe konnte er das alles überhaupt noch auseinanderhalten. Irgendeine Ehefrau, irgendein Ehemann, Geschlechtsverkehr – manchmal nicht mit der richtigen Person. Sein Team stellte ein paar Nachforschungen an und sagte ihm dann, ob der Typ schuldig war oder nicht.

Das zumindest war der Deal. Aber was hatte denn den Wunsch in ihm geweckt, aus der Sendung auszusteigen? Sheppard hatte herausgefunden, dass in neun von zehn Fällen die Einflüsterungen seines Teams einfach nur geraten waren. Fünfzig-fünfzig.

Sie hatten keinen Lügendetektor wie andere Sendungen, weil Sheppards Ruf garantierte, dass sie »solche Dinge nicht brauchten«.

War Sean schuldig? Die Stichwortkarte in seiner Hand sagte Ja.

Ist Sean wirklich schuldig?

Das Video war zu Ende, der Bildschirm schwebte hinauf unter die Decke. Und gab den Blick frei auf eine Stuhlreihe, die die Produktionscrew in der Zwischenzeit aufgebaut hatte. Stille.

Nun …

Er sah in die Zuschauermenge. Unkenntliche Schemen in der Dunkelheit.

Entscheide dich, was du werden willst.

»Sheppard«, sagte der Regisseur. »Wach auf.«

»Nun ...«, sagte Sheppard, »okay. Heißen wir Sarah auf der Bühne willkommen. Applaus für Sarah.« Er hob die Hand, während eine Frau auf die Bühne kam.

Applaus.

»Großer Gott, Sheppard. Deinetwegen bekomm ich noch einen Herzinfarkt.« In seinem Ohr.

Die Frau nahm auf dem Stuhl in der Mitte Platz. Wie man es ihr wahrscheinlich gesagt hatte. Jung und blass und traurig. Nicht gemacht fürs Rampenlicht. Ein Mauerblümchen. Verhalten winkte sie dem Publikum zu.

Sheppard setzte sich neben sie, als der Applaus verebbte.

»Also, Sarah, wie geht es Ihnen?«, begann Sheppard.

»Gut«, antwortete sie. Mit leiser, ängstlicher Stimme. Kaum zu hören.

»Also, Sarah, Sie haben mich ...« – *den Sender* – »angerufen und mir davon erzählt, woraufhin ich ...« – *das Team* – »Ermittlungen aufgenommen habe. Nun, es scheint eine ziemlich schlimme Sache zu sein.« *Krieg ist schlimm, der Tod ist schlimm – das hier ist sinnleeres Theater um nichts und wieder nichts.* »Könnten Sie vielleicht in Ihren eigenen Worten dem Publikum Ihre Geschichte erzählen?«

Sarah wiederholte im Grunde die gesamte Geschichte, die zuvor im Video erzählt worden war. Wiederholungen waren ein wichtiger Aspekt der Sendung – keiner sollte den Faden verlieren, außerdem musste sich das Team auf diese Weise nicht so viel Inhalt einfallen lassen.

»... und deshalb hab ich ihn wegen der SMS zur Rede gestellt ...« Die SMS, jetzt schon. Er musste das Tempo rausnehmen.

»Unglaublich. Sie haben auf seinem Handy also mehrere SMS von der Babysitterin gefunden und ihn deswegen zur Rede gestellt?«

»Äh ... ja.«

»Und was stand in diesen SMS?« Er sprach ganz langsam.

Sarah legte den Kopf zwischen die Hände und dämpfte damit das an den Kragen ihres Tops geklammerte Mikro.

»Ich weiß, es ist nicht leicht, Sarah. Aber ich bin doch für Sie da. Alle hier sind für Sie da, nicht wahr?«

Das Publikum, aufgefordert vom Mitarbeiter am Rand der Bühne, der das entsprechende Schild hochhielt, gab etwas von sich, was sich wie eine kollektive mitfühlende Lautäußerung anhörte. Das alles war vorher eingeübt worden. Jetzt war die Menge eifrig bei der Sache und kriegte sich vor Ungeduld kaum noch ein.

Wieder sah Sarah mit feuchten Augen zu Sheppard. »Sie haben sich verabredet. In Hotels, in Bars, überall ... in Holiday Inns, Premier Inns, Sie wissen schon, immer in den billigsten Absteigen.«

Scheiße. Musste sie diese Namen nennen? »Stopp sie, Sheppard«, sagte der Regisseur. »Wir können es uns nicht leisten, dass uns da jemand aufs Dach steigt.«

»Billige Hotels im Zentrum von London«, sagte Sheppard. Unternehmen mochten es nicht, wenn sie in der Sendung erwähnt wurden. Negative Konnotationen. Nenne den Namen eines Orts, und die Leute werden ihn mit den Affären in Verbindung bringen. »Also, stand in diesen SMS irgendwas über die Beziehung zwischen Sean und diesem Mädchen?«

Sarah sah ins Publikum. »Er hat gesagt, dass sie die Liebe seines Lebens ist.« Ein kollektives Aufstöhnen. »Er hat gesagt, dass er sie liebt, wie er noch nie jemanden geliebt hat, und eines Tages würden sie zusammen abhauen und auch das Kind mitnehmen.«

Ein erneutes Seufzen. Papageien, die einander nachahmten. Sein treu ergebenes Publikum. War es das, was er wirklich wollte? Der kleine Junge, der er mal gewesen war, meldete sich zu Wort. *Machst du Witze? Das ist genau das, was du immer wolltest. Darauf hast du die ganze Zeit hingearbeitet.*

Sheppard sah zu Sarah. Eine wirkliche Frau. Mit wirklichen Problemen. Die glaubte, er hätte die Lösungen. Nicht das Team von arroganten Idioten hinter der Bühne. Sondern er.

Sarah sah zu ihm. Sah ihn wirklich an. *Sind Sie der Mensch, der Sie vorgeben zu sein?*

»Sheppard!«, brüllte der Regisseur. Sheppard zuckte zusammen. »Verdammte ...«

»Nun, ähm ...«, stammelte Sheppard und sah von Sarah zum Publikum. »Es scheint, als wäre er der größte Drecksack, den man sich nur vorstellen kann, aber wir wollen nicht voreilig sein. Sollen wir ihn auf die Bühne holen, meine Damen und Herren?« Das Publikum johlte wie ein Lynchmob.

Sheppard stand auf und schlenderte an den Rand der Bühne, wo er dem jungen Mann, der nun von der rechten Seite erschien, den Rücken zuwandte. Das Publikum buhte lautstark, und er wartete, bis sich alle wieder beruhigt hatten, bevor er auf den Absätzen seiner glänzenden, spitzen Schuhe herumfuhr.

Sean sah aus wie ein Welpe mitten auf der A1. Langsam, vorsichtig ließ er sich nieder, so als wäre der Sessel eine mit einer Sprengladung versehene Stolperfalle. Er trug ein schmuddeliges T-Shirt und aufgerissene Jeans. Wahrscheinlich vom Produktionsteam eingekleidet. Unter dem

V-Ausschnitt ragte ein Schlangen-Tattoo heraus, das sich den Hals hochrekelte. Er sollte einschüchternd wirken, aber alles, was dazu notwendig gewesen wäre, war aus seinem Gesicht gewichen. Er war frisch rasiert, hatte aber einige Stellen stehen lassen. Und er schien fahrig zu sein. Nicht wegen irgendwelcher Drogen, sondern wegen einer schlaflosen Nacht. Waren das die Nerven, oder war er wirklich schuldig?

Er ist schuldig. Sagen die anderen, oder?

Mund öffnen. Auf Autopilot. »Sean, willkommen in unserer Sendung.« Pause, aber kein Applaus. Das Publikum hatte seine Schlüsse schon gezogen. »Sean, Sie haben die Anschuldigungen gehört, was können Sie zu Ihren Gunsten erwidern?«

»Das stimmt alles nicht«, antwortete Sean. Breiter Manchester-Akzent. Unruhiger Blick – Sheppard, Publikum, Sheppard, Publikum. »Ich würde Sarah nie betrügen. Wir haben ein Baby.« Er drehte sich zu seiner Frau um. »Ich liebe dich. Ich liebe dich, Sarah. Ich dachte, du weißt das.«

»Ich weiß gar nichts«, sagte Sarah. »Wie blöd war ich, dass ich dir geglaubt habe.«

Du weißt, worauf es hinausläuft ..., sagte sich Sheppard. *Das ist dein Lieblingsteil. Und lüge nicht und behaupte, dass dem nicht so ist.*

Es war an der Zeit, auf den Höhepunkt zuzusteuern. Das wollten sie so. Das wollte er so.

»Sean, Kumpel, was hat es mit diesen SMS auf Ihrem Handy auf sich? Sarah ist auf sie gestoßen, ich habe sie selbst gesehen.« Jeden einzelnen Punkt betonen. »Wollen Sie *sie* als eine Lügnerin bezeichnen, Sean? Wollen Sie *mich* als einen Lügner bezeichnen?«

Sean rutschte hin und her. »Nein.«

»Dann müssen Sie das irgendwie erklären. Ich nehme an, diese SMS waren nicht für Ihre Mutter bestimmt, oder?«

Gelächter. Sheppard sah auf seine Karte. *Schuldig.*

Das war es, was du immer wolltest. Hunderte im Publikum, unsichtbar hinter dem Scheinwerferlicht, und dann die Hunderttausenden da draußen.

»Diese SMS waren für Sarah«, sagte Sean, was alles andere als plausibel klang. Vielleicht war er wirklich schuldig? Fünfzig-fünfzig, oder? *Zieh's durch.*

Sheppard schritt auf und ab, dann drehte er sich um, sah Sean unumwunden an und ging auf ihn zu. »Diese SMS waren also für Ihre Frau bestimmt? Hmmm. Das passt aber nicht zusammen, Sean. Das passt einfach nicht. Sie kommen hier doch nicht auf die Bühne und lügen mir ins Gesicht, Sean. Richten Sie Ihren Blick aufs Publikum, auch ihnen allen lügen Sie ins Gesicht. Sie belügen jeden, der sich diese Sendung ansieht, Sean.« Sheppard neigte sich zu ihm hin, sodass er nur noch wenige Zentimeter von Seans Gesicht entfernt war. Dem Publikum gefiel das – es hatte etwas so Urtümliches. Hunderte Augenpaare waren auf ihn gerichtet. Und hinter ihnen – unendlich viele. *Immer.* »Und wissen Sie, was das Schlimmste ist? Sie belügen auch die Frau, die hier sitzt, gleich neben Ihnen. Und Sie gefährden eine Beziehung, in der es auch um ein Kind geht, und warum? Weil Sie mit einer Babysitterin herummachen müssen. Denken Sie gut nach, bevor Sie darauf antworten, Sean. Vergessen Sie nicht, mit wem Sie es zu tun haben.« *Ja.* »Denn jetzt haben Sie es mit Morgan Sheppard zu tun. Und wissen Sie was?«

Sheppard lächelte Sean an, bevor er von ihm abließ. Das Publikum explodierte, genau aufs Stichwort. »Ihm entgeht nichts!«

Und alles trat in den Hintergrund. Sean – Sarah – das Set.

Es gab nur noch ihn und sein Publikum – das ihn liebte. Und das, wusste er, würde er nie aufgeben können.

Er verschrieb seine Seele. Denn er wollte nicht erlöst werden.

17

Er hatte keine Ahnung, wohin es ihn verschlagen hatte, aber er konnte sich einreden, dass das alles nur ein Albtraum war. Als er die Augen öffnete und die Gesichter der fünf mit ihm eingesperrten Menschen sah, wurde ihm gleich wieder elend zumute. Fremde, bei denen er sich fast wie zu Hause fühlte – Mandy, Alan, Ryan, Constance und das Mädchen mit den Kopfhörern. Eine skurrile Familie.

Die Lichter schienen zu grell zu sein, sein Körper schmerzte vor Verlangen. Pillen, Alkohol – wenn er nicht bald das eine oder beides bekam, würde er zusammenklappen. Volle Kanne. Und wenn das geschah, würde er keinem mehr helfen können.

Wie lange war er weggetreten?

Er versuchte aufzustehen, konnte aber nicht. Mandy streckte ihm die Hand entgegen. Er griff danach, und sie zog ihn – überraschend kräftig – hoch. Die anderen traten einen Schritt zurück, als wäre er ansteckend.

»Geht es wieder?«, fragte Mandy.

»Ich nehme nicht an, dass jemand unter Ihnen Arzt oder Krankenschwester ist?« Sheppard rieb sich den Hinterkopf. Kopfschmerzen kündigten sich an, vor allem im Bereich, auf den er gefallen war.

Alle schwiegen, nur Ms. Ahearn murmelte leise vor sich hin.

»Haben Sie Fieber? Setzen Sie sich«, sagte Mandy und deutete aufs Bett.

Sheppard schüttelte den Kopf. »Dafür ist keine Zeit. Ich bin nur ohnmächtig geworden. Das passiert.«

»Das Leben auf der Überholspur, was?«, sagte Alan.

Sheppard fiel keine passende Erwiderung ein. Sein Körper fuhr herunter ... nein ... er fuhr nicht herunter. Er ging eher in den abgesicherten Modus.

Wo war er? Winter war tot, was jetzt? Er wusste nichts über diese Menschen, aber das musste sich ändern. Im Moment war denkbar, dass jeder in diesem Zimmer Winter hätte ermorden können. Fünf Leute. Fünf Verdächtige. Die Wahrscheinlichkeit, der Mörder zu sein, betrug zwanzig Prozent. Dass er meinte, es müsste ein Mann gewesen sein, hieß noch gar nichts – zumindest bis jetzt nicht. Er war kein Experte. Jeder war schuldig, bis seine Unschuld erwiesen war.

Du hast ihnen immer noch nicht erzählt ...

Er würde nicht drum herumkommen. Winters Identität war der einzige ernst zu nehmende Hinweis, den er hatte. Aber wenigstens konnte er der Reihe nach vorgehen und damit den Schaden begrenzen. Vielleicht kannten sie Dr. Winter ja auch.

Er sah zum Nachttisch. Das Regelbuch war fort. Er blickte sich um. Ryan blätterte es durch. Dann fiel sein Blick auf den Nachttisch. Der Timer. Er war fast fünf Minuten ohnmächtig gewesen.

Fünf Minuten weniger ...

Sobald er wieder in die Gänge kam, konnten fünf Minuten den Unterschied zwischen Leben und Tod ausmachen.

Er musste mit ihnen reden. Aber ohne Indizien, ohne gesichertes Wissen konnte jeder alles behaupten. Möglich, dass sie ihn alle schon angelogen hatten.

Im Hintergrund, im roten Zimmer, lauerte die Frau. In Paris. Wenn er nur schnell genug den Kopf drehte, könnte er sie erhaschen. Wie gern wäre er wieder bei ihr, wie sehr wünschte er sich, das alles wäre bloß ein schlechter Traum.

Die anderen widmeten sich wieder ihren jeweiligen Beschäftigungen. Alan starrte immer noch aufs Fenster. Constance betrachtete murmelnd ihre Bibel. Ryan hielt das Regelbuch in der Hand. Das Mädchen mit den Kopfhörern war in seiner eigenen kleinen Welt versunken. Nur Mandy sah ihn weiterhin besorgt an.

Sheppard nahm sie zur Seite und zog sie in den Vorraum am Eingang.

»Ich muss die Leute befragen. Mit ihnen reden. Vielleicht finde ich etwas heraus, was mir einen Hinweis liefert, wer … wer ihn umgebracht hat. Vielleicht finde ich heraus, warum wir alle hier sind.«

»Befragen?«

»Ja. Das sollte vertraulich sein, aber …« Sheppards Blick ging zur Badezimmertür. »Ich denke, es muss reichen, wenn wir es hier machen.«

»Okay.«

»Ich muss über die Leute nachdenken, über mögliche Motive, zeitliche Abläufe.« Die Dinge, die er bei der Lektüre seiner Krimis gelernt hatte. »Jeder sollte im rechten Teil des Zimmers bleiben. Niemand sollte hören können, was hier gesprochen wird.«

Doch er wusste, dass das unmöglich zu bewerkstelligen sein würde. Alan an der entfernten Wand spitzte schon jetzt die Ohren, dabei hatte er sie beide noch nicht einmal im Blickfeld. Jedes einzelne Wort, das irgendjemand im Zimmer äußerte, konnte von den anderen gehört werden – außer vielleicht von Constance, die wirr vor sich hin brabbelte.

»Okay. Mit wem wollen Sie als Erstes reden?«

»Mit Ihnen?«

Mandy lächelte. Das gleiche nervöse Lächeln, das er bei jedem bemerkte, der in seine Fernsehshow kam. Ein Lächeln, das aussah, als hätte der Betreffende etwas zu verbergen. Aber das hatte jeder im Scheinwerferlicht.

Auch Sheppard lächelte. Und in diesem Moment wusste er, dass er es wirklich versuchen würde. Er war ein Scharlatan – das armselige Abziehbild eines Ermittlers, zum Teufel, das armselige Abziehbild eines Menschen. Aber er würde sich anstrengen und alles versuchen, um sie zu retten. Um die Unschuldigen zu retten.

Denn das hier hatten sie nicht verdient.

Und wenn noch Zeit blieb, würde er vielleicht sogar noch versuchen, sich selbst zu retten.

18

Ich komme so gut wie nie ins Zentrum von London, zumindest nicht auf dieser Flussseite, nicht, wenn es sich vermeiden lässt. Touristen wollen ja nichts anderes sehen. Aber kaum war ich nach London gezogen, war mir klar, dass ich hier im Zentrum nichts verloren habe. Die vielen Leute, alle sind immer so gehetzt, jeder tut so, als wäre er wahnsinnig beschäftigt – und jeder ist einem nur im Weg. Ich hasse es.«

Sheppard wusste, was sie meinte. Immer herrschte dieser unglaubliche Trubel. Er erinnerte sich, als er als Kind zum ersten Mal in die Oxford Street kam, wusste er nicht einmal, dass es so viele Menschen auf der Welt gab. »Sie haben früher woanders gelebt?«

»In Manchester. Da war es viel ruhiger. Obwohl ich im Stadtzentrum gewohnt habe. Ich bin wegen der Uni nach London gezogen und geblieben.«

»London ist teuer, wie kommen Sie zurecht?«

»Ich arbeite als Barista in einem Coffeeshop in der Waterloo Station. Ich versuche beim Fernsehen Fuß zu fassen. Ich habe Journalismus studiert, anders als Sie ... Ich will eher hinter die Kamera. Von meinem Job kann ich leben, mehr oder weniger. Dann hat mir mein Bruder auch noch Geld gegeben, und, na ja, ich hatte eine reiche Tante, die mich mochte.«

Sie betonte das *hatte*, damit Sheppard seine Schlüsse ziehen konnte.

»Trotzdem, allmählich geht mir das Geld aus, und wenn nicht bald was passiert, muss ich zurück in den Norden.

Damit mir noch was vom Ersparten bleibt. Nicht, dass ich das will. Das Stadtzentrum finde ich grauenhaft, aber ich mag die ruhigeren Viertel von London. Die Atmosphäre dort, Sie wissen schon. Die Stimmung.«

Sheppard nickte. »Wo wohnen Sie?«

»In Islington. In einer WG. Zusammen mit einem Schauspieler, der sich mühsam durchschlägt, und einem professionellen Drogensüchtigen. Nur einer beherrscht sein Metier perfekt. Sie werden sich sicherlich denken können, wen von den beiden ich meine. Die Zeiten sind hart, aber wir kommen zurecht.«

»Reden wir über den heutigen Tag. Können wir der Reihe nach durchgehen, was passiert ist?«

Mandy dachte kurz nach. Ging es ihr genauso wie ihm – war es auch für sie so, als würde sie sich an einen Traum zu erinnern versuchen? Aber wenn man glaubte, man bekäme ihn zu fassen, entglitt er einem wieder.

»Der Tag unterschied sich kaum von den anderen Tagen. Bus dreiundsiebzig zur Waterloo, zu einer unmöglichen Zeit. So gegen acht, zu dieser Jahreszeit könnte es aber auch mitten in der Nacht sein, Sie wissen schon. Ich arbeite im *CoffeeCorps*, im Bahnhofsgebäude. Ein kleiner frei stehender Kiosk. Wenn Sie diesen Film mit Matt Damon gesehen haben, der läuft da direkt vorbei. Wie heißt er gleich wieder?«

»Mandy«, unterbrach Sheppard eingedenk des Timers auf dem Nachttisch. Er hatte noch viel durchzugehen.

»Entschuldigung. Also, ein fürchterlicher kleiner Kiosk, ziemlich beengt. Eigentlich haben da drin nur zwei Leute Platz, aber die Geschäftsführung stellt immer drei rein wegen der Ersten Hilfe oder so. Egal, es war so viel zu tun wie immer, und dann ging es auf meine morgendliche Pause zu. In der gehe ich immer runter zur South Bank. Es ist nett dort. Die Leute lassen sich dort mehr Zeit, weil es schön ist. Man sieht die Themse, das London Eye, die City. Ganz in der Nähe und trotzdem weit genug entfernt. Ich gehe oft zu einem Café, Nancy's heißt es, es gehört zu keiner Kette. Ich weiß, aber ich hasse *CoffeeCorps*. Mir geht es gar nicht darum, dass ich keine Großkonzerne unterstützen möchte – ich mag nur deren Kaffee nicht.«

»South Bank ist nicht weit von hier«, sagte Sheppard mehr zu sich selbst als zu Mandy.

»Nein. Ich weiß noch, ich habe auf das Great-Hotel-Gebäude geblickt. Ich habe mir nie träumen lassen ...« Sie verstummte.

»Und dieses Café?«

»Ja, ich ... sorry. Ich bin also wie immer zu Nancy's. Der Typ, der es betreibt, kennt mich schon und weiß, was ich will, er macht also meine Bestellung. Es ist dort nie viel los, was ich schade finde. Es ist ein kleines Café – richtig nett. Es gibt ein paar Tische, aber die sind nie voll. Lediglich ein paar Gäste waren an dem Morgen da.

Während der Typ mir meinen Kaffee macht, gehe ich nach hinten auf die Toilette. Es war sehr heiß, ich wollte mir das Gesicht waschen. Ich schloss die Tür, klappte den Toilettensitz nach unten und betrachtete mich im Spiegel. Meine Haare waren ganz zerzaust, ich wollte sie wieder zurechtmachen. Ich lehnte meine Handtasche gegen das Waschbecken und suchte nach einem Clip, als ... als etwas passiert ist.«

»Etwas ist passiert?«

Mandy sah ihn an. Sie schien sich alles erst durch den Kopf gehen zu lassen und ihre Gedanken darauf abzuklopfen, ob alles einen Sinn ergab, bevor sie sie äußerte. Sheppard konnte das nachvollziehen, im Grunde aber war es ihm egal. Bislang ergab nichts irgendeinen Sinn. »Da war so ein Geruch – ein komischer Geruch. Ich habe mich umgesehen … ich weiß nicht … ich konnte ihn nicht lokalisieren. Er wurde stärker. Ich weiß noch, es brannte in der Nase. Ein chemischer Geruch, glaube ich. Und dann wurde mir schummrig. Und dann – danach kann ich mich an nichts mehr erinnern. Erst wieder, als ich Sie gesehen habe, wie Sie mit den Handschellen ans Bett gefesselt waren.«

Sheppard nickte. Das entsprach exakt dem, was er selbst erlebt hatte. Ein chemischer Geruch, ein Brennen, dann die Ohnmacht. »Klingt, als wären Sie mit Gas betäubt worden. Als wären *wir* mit Gas betäubt worden.«

»Bei Ihnen war es genauso?«, fragte Mandy.

»Ja. Aber warum Gas? Das ergibt keinen Sinn. Haben die Täter einfach nur gewartet, bis jemand die Toilette benutzt, um die betreffende Person zu betäuben? Oder, falls man gezielt Sie haben wollte, warum haben sie Ihnen dann nicht einfach was in den Kaffee gekippt? Jemanden mit Gas zu betäuben macht verdammt viel Arbeit.«

»Der Pferdemann hat gesagt, wir seien zufällig zusammengewürfelt worden. Vielleicht hatte ich nur Pech.«

»Vielleicht«, sagte Sheppard. »Aber ich weiß nicht, ob er die Wahrheit sagt. An diesem Punkt ist nichts gewiss. Sie sagten, Sie sind oft in diesem Café?«

»Ja. Drei- bis viermal die Woche, immer zur selben Zeit. Gegen halb elf.«

»Die Leute wissen, dass Sie dorthin gehen? Und erkennen Sie?«

»Der Typ weiß, was ich immer bestelle.«

Sheppard seufzte. Gas – an einem öffentlichen Ort. Wie wurde sie rausgeschafft? Wie kamen sie an den Gästen im Café vorbei – ganz zu schweigen von den Leuten draußen an der South Bank? Mit einem Pick-up rückwärts an den Laden heranfahren? Aber das würde Aufmerksamkeit erregen. Es klang nicht einleuchtend. »Wir haben beide das Gleiche erlebt. Das klingt nach einem Plan – nicht nach Zufall. Sie hätten Gas durch die Lüftung einleiten können, wie es bei mir der Fall war. Ich denke, jemand wusste, dass Sie dort auftauchen würden.«

Mandy schien verwirrt. »Aber noch nicht mal ich habe gewusst, dass ich auf die Toilette gehe. Ich war da noch nie.«

Es ergab einfach überhaupt keinen Sinn. »Sie haben Kaffee bestellt.«

»Ja.«

»Und wer war sonst noch im Café? Können Sie sich an jemanden erinnern?«

»Ich sagte doch schon, es war kaum jemand da. Nur einer. Ein Typ.«

»Hatten Sie den schon mal gesehen?«

»Den Typen? Nein.«

»Wie sah er aus?«

»Keine Ahnung. Ganz normal.«

Mandy entführt. Nur wenige Kilometer vom Great Hotel entfernt. Zu diesem Zeitpunkt musste Sheppard bereits entführt gewesen sein. Am Abend davor. Wo war er also, als das alles geschah? Ihn fröstelte. Das alles wollte er gar nicht wissen.

»War irgendwas ungewöhnlich?«

»Da war was, glaube ich. Vielleicht bilde ich es mir auch nur ein.«

»Im Moment nehme ich alles, was ich kriegen kann.«

»Von dem Moment an, an dem ich das Café betrat, habe ich Blicke auf mir gespürt. Sie wissen schon, dieses Gefühl, wenn man überzeugt ist, beobachtet zu werden. Ja, genau so war es. Aber das merkte ich erst, als ich auf dem Weg zur Toilette an dem Typen vorbeikam. Da fiel mir auf, dass er mich kaum aus den Augen ließ. Er lächelte irgendwie, als ich zu ihm sah, und ich erwiderte das Lächeln – eine Art Automatismus von der Arbeit. Aber er war auch irgendwie unheimlich. Ich weiß nicht, warum – ich kann es nicht benennen. Jedenfalls ging ich an ihm vorbei, und das war es dann. In dem Moment kam es mir gar nicht so vor, aber wenn ich zurückdenke ... es war irgendwie komisch.«

»Können Sie ihn beschreiben?«

»Wie gesagt, ganz ... normal. Ähm ... schlank, drahtig. Er hatte kurze braune Haare und eine Brille mit so einem dünnen Gestell. Ein Hingucker, ziemlich attraktiv. Wahrscheinlich Ihr Alter. Er trug einen schwarzen Anzug mit einer roten Krawatte. Er sah wie so ein Banker aus.«

»Hat vielleicht nichts zu bedeuten«, sagte Sheppard. *Hat vielleicht sehr viel zu bedeuten.* »Sie sagten, das war in Ihrer Pause. Ihren Kolleginnen würde es also auffallen, wenn Sie nicht zurückkommen?«

»Ja, ganz bestimmt. Und ich bin keine, die herumtrödelt – ich habe noch nie einen Tag gefehlt, und ich bin stolz darauf.«

Mandy musste also offiziell als vermisst gelten. Aber eine junge Frau, die während ihrer morgendlichen Pause verschwindet, löst noch keine Panik aus. Niemand würde die Polizei informieren oder eine Suche einleiten. Nicht in dieser frühen Phase. Man würde annehmen, sie hätte sich kurzerhand freigenommen. Immerhin war es ein wunderschöner Tag gewesen.

Mandy schien zur gleichen Schlussfolgerung gelangt zu sein. »Die Mädchen in meiner Schicht werden es komisch finden, dass ich nicht mehr gekommen bin. Aber wahrscheinlich würden sie mich decken. Wir sind befreundet. Ich würde das Gleiche für sie tun.«

Nein. Keiner würde zu ihrer Rettung kommen. Und

selbst wenn die Polizei eingeschaltet würde, hätte sie nicht die geringste Ahnung, wo sie suchen sollte.

Sheppard senkte die Stimme. Er sah sich kurz um, ob jemand sie beobachtete. Wie viele würden sie belauschen? »Sie haben den Toten gesehen, nicht wahr?«

Mandy schien seinen Hinweis zu verstehen. Auch sie sprach leiser. »Ja. Aber nur von hinten. Und ich will ihn nicht noch mal sehen.«

»Nein, müssen Sie auch nicht. Aber auch wenn Sie den Mann nur von hinten gesehen haben – vielleicht haben Sie ihn ja erkannt?«

»Nein.«

Sheppard runzelte die Stirn. Er zog Winters Brieftasche heraus, schlug den Führerschein auf und hielt ihn Mandy hin. »Erkennen Sie ihn vielleicht jetzt?«

Mandy betrachtete lange das Bild. »Simon Winter«, sagte sie dann kaum hörbar. »Nein. Ich kenne ihn nicht. Aber ich ...«

»Aber was?«

»Ich arbeite mit einer Abby Winter zusammen.«

Sheppard stutzte. Abby Winter. Er hatte den Namen lange nicht mehr gehört. Simons Tochter. Ein gutes Stück jünger als er selbst. Sheppard erinnerte sich an das erste Mal, als er sie gesehen hatte. Nach einer Sitzung. Er hatte Winters Praxis verlassen. Sie war noch ein Kind gewesen – bloß ein Kind. Sie saß auf der Treppe.

»Ich kenne dich«, hatte sie gesagt.

Morgan hatte sie angelächelt und sich neben sie gesetzt.

»Sheppard?«, sagte Mandy.

Abby. Jetzt war sie eine Waise – seinetwegen.

»Ich ... Sie kennen diese Abby?«

»Sie ist ... ich mag sie, aber sie ist ziemlich kaputt. Vermutlich auf Drogen – ich weiß nicht, auf was –, aber sie zittert oft und hat diesen komischen Schweiß überall auf dem Gesicht, Sie wissen schon.«

Sheppard nickte. Er wusste Bescheid. Mehr, als ihr bewusst war. Aber er hörte ihr nur halb zu. In Gedanken war er bei Abby – einem Mädchen, das ihm mal wichtig gewesen war. Jetzt war sie anscheinend drogenabhängig und arbeitete in einem lausigen Job. Wie lange war es her, dass sie sich gesehen hatten? Er sah eine quirlige, witzige junge Frau vor sich, mit einem umwerfenden Lächeln. Und jetzt ...

»Es ist irgendwie traurig. Sie ist ein netter Mensch, aber sie hat ziemliche Probleme. Ich denke, der Geschäftsführer hat sie bloß noch nicht rausgeworfen, weil er Mitleid mit ihr hat ... Alles in Ordnung?«

Wieder nickte Sheppard. »Ja, schon gut«, sagte er und wechselte das Thema. »Also, zurück zum Mann mit der Pferdemaske. Haben Sie seine Stimme erkannt?«

»Nein, überhaupt nicht. Obwohl ...«

»Obwohl?«

»Ich weiß nicht, es ist nur – vielleicht täusche ich mich, aber die Maske kommt mir bekannt vor.«

»Die Maske?«

»Ja. Ich weiß nicht, warum, aber ich glaube, ich hab sie schon mal gesehen ...« Suchend sah sie sich um, und dann ... Plötzlich fiel es ihr ein. »Das Theater. Die Aufführung. *Rain on Elmore Street.*«

»Constance Ahearns Stück?«, sagte Sheppard und sah ins Zimmer. Constance hatte sich wieder in einer Ecke verkrochen und schwieg. Ihr Blick traf den von Sheppard, worauf er sich wieder Mandy zuwandte. »Sind Sie sich sicher?«

»Nein ... Ich hab es vor einem Jahr gesehen.«

»Gut. Und jetzt denken Sie über dieses Café nach – an

alles, was an diesem Morgen passiert ist. Wenn Ihnen noch irgendwas Seltsames, Ungewöhnliches einfällt, müssen Sie es mir sagen. Und ich möchte Sie bitten, dass Sie auf die anderen beruhigend einwirken. Ich brauche jemanden, auf den ich mich verlassen kann, damit Ruhe herrscht.«

»Ich kann es versuchen. Ich werde Ihnen helfen«, sagte Mandy und schenkte ihm wieder ihr nettes Lächeln. Das fast zu nett war.

Aber irgendetwas verbarg sich hinter ihren Worten. Sheppard glaubte, es auf ihre Angst zurückführen zu können, nur was, wenn es etwas anderes war – etwas, was auf böswilligeren Absichten beruhte?

»Danke«, sagte Sheppard. Er konnte niemandem trauen. Eines aber nahm er Mandy ab: ihren Schrei, als sie die Leiche gesehen hatte. Sie hatte so unglaublich entsetzt geklungen. Es wäre schwierig, so etwas vorzutäuschen.

»Was wollen Sie machen?«

Sheppard seufzte und wandte sich zum Zimmer. »Sieht so aus, als würde ich als Nächstes mit Ms. Ahearn reden müssen.«

19

Mandy ließ Sheppard stehen, ging unbeholfen ums Bett herum, an Alan und Ryan vorbei, und nahm neben Constance Platz. Constance rückte an sie heran, und Mandy legte den Arm um sie und flüsterte ihr etwas zu. Alan und Ryan beobachteten ihn jetzt. Wie viel hatten sie mitgehört? Wie grauenhaft, dass sie alle so eng aufeinandersaßen. Er konnte die Angst spüren, die alle verströmten.

»Sie wissen, dass wir alles hören, was Sie sagen?«, sprach Alan ihn an.

»Ich weiß, es ist nicht ideal …«

»Ideal?«, spottete Alan. »So nennen Sie das? Es ist der reine Albtraum.«

Alan kam auf Sheppard zu.

»Ich muss als Nächstes mit Ms. Ahearn reden.«

»Nein«, sagte Alan. »Sie reden jetzt mit mir.«

»Nein, ich werde mit Ms. Ahearn reden.«

»Nein, Mr. Sheppard, ich bin der Meinung, dass ich besser geeignet bin, die Ermittlungen durchzuführen. Sie sind ein Windbeutel, ein Sack heißer Luft. Und in den kann man nicht unbegrenzt reinblasen, bevor er platzt.«

»Setzen Sie sich, Alan.«

»Nein, Sie werden als Nächstes mit mir reden.«

»Ja. Nach Ms. Ahearn.«

»Sie haben hier nichts zu bestimmen«, fauchte Alan ihn an. »Die Maske sagt, dass alles nur Ihretwegen geschieht, warum sollen wir Sie hier also Helden spielen lassen? Wer sagt eigentlich, dass nicht Sie den Typen da umgebracht haben? Im Grunde würde das nämlich ziemlich plausibel klingen.« In Alans Augen funkelte etwas, was Sheppard nicht einordnen konnte. Hatte er gehört, was Mandy erzählt hatte? Oder kannte er den Toten?

Sheppard wollte schon etwas in dieser Richtung äußern, aber ...

»Stopp.« Beide drehten sich um. Ryan, der immer noch den Ordner in der Hand hielt, hatte sich erhoben. »Ich bin als Nächster dran.«

»Und warum, bitte schön?«, fragte Alan.

»Weil ich Mr. Sheppard etwas erzählen muss. Etwas, was ich längst hätte sagen sollen.«

»Na, dann raus mit der Sprache. Es gibt hier keine Geheimnisse«, sagte Alan.

»Ich habe Ihr Gespräch mit Mandy gehört. Ich muss Ihnen ein paar Dinge gestehen. Können wir ins Badezimmer gehen?«

»Halt, einen Moment ...«, sagte Alan.

Sheppard fühlte sich überrumpelt. Er wollte nicht schon wieder dort hinein.

»Überlegen Sie sich gut, was Sie sagen, junger Mann. Es klingt ja fast so, als wären Sie der Mörder.«

»Halten Sie den Mund, Alan. Ich muss ...«

»Ich habe nicht gelogen. Wirklich nicht«, unterbrach Ryan ihn.

Ryan hielt die letzte Seite des Ordners hoch. DER JUNGE HAT GELOGEN.

»Erklärt mir einer, was hier vor sich geht?«, sagte Alan.

»Halten Sie den Mund, Alan.«

»Nein, Sie schweigen jetzt. Junger Mann, wovon zum Teufel reden Sie?«

»Halten Sie sich da raus, und lassen Sie mich meine Arbeit machen«, herrschte Sheppard Alan an.

»Ihre Arbeit?« Alan lachte. »Ihre Arbeit?«

Er brauchte einen Drink. Er brauchte seine Pillen. Aber keinen dummen alten Knacker, der ihm sagte, was er zu tun hatte. »Ich höre Ihnen zu, okay? Ich nehme Ihre Besorgnis zur Kenntnis. Aber mittlerweile, falls Ihnen das noch nicht aufgefallen sein sollte, ist fast eine halbe Stunde vergangen, und mir will bislang nichts Rechtes einfallen. Also werde ich das auf meine Art durchziehen.«

Alan rückte noch näher. »Sie nennen sich doch bloß Ermittler, weil die Leute gern auf alles ein Etikett kleben. Was Sie vor langer Zeit gemacht haben, hat nicht die geringste Bedeutung.«

»Leute ...«, versuchte Ryan die beiden zu beruhigen.

»Wissen Sie, was ich mir denke? Ich denke mir, es gibt im Moment nur eine Person, die mich von meinen Ermittlungen in diesem Mordfall abhalten möchte, und das ist der Mörder. Haben Sie den Mann in der Wanne umgebracht?«

»Leute!«

»Nein, hab ich nicht. Sie vielleicht?«

Ryan ging dazwischen, schob sie auseinander und übertönte ihr Geschrei: »Ich bin in diesem Hotel angestellt.«

Das genügte. Stille.

»Und können wir jetzt bitte ins Badezimmer gehen«, sagte Ryan.

20

Sheppard trat als Erster ein. Er zog den Duschvorhang vor und war bemüht, nicht in die Wanne zu sehen, aber Winter war natürlich immer noch da. Tot. Mit diesem traurigen Blick. Sheppard wurde übel. Er trat ans Waschbecken und spritzte sich erneut Wasser ins Gesicht.

Ryan warf einen vorsichtigen Blick zur Wanne, dann konzentrierte er sich ganz auf Sheppard.

»Erzählen Sie«, sagte Sheppard. Dieses dumpfe Pochen hinter den Augen. Dieses Gefühl im Rachen. Dieses Rumoren im Brustkorb. Seine Hände begannen zu zittern. Warum hatte er noch nicht in der Minibar nachgesehen?

»Es tut mir leid, ich hätte es Ihnen schon vorher sagen sollen«, begann Ryan. »Ich wollte es Ihnen ganz zu Beginn sagen.«

Vage erinnerte sich Sheppard. »Wer sind Sie?«

»Ryan Quinn. Wie gesagt. Ich lüge nicht.«

»Sie arbeiten hier?«

»Ja. Als Reinigungskraft. Deswegen trage ich das hier.« Er deutete auf seinen weißen Overall. Sheppard betrachtete den jungen Mann näher. Schwarze Haare, kurz geschnitten. Glatt rasiert, es sah nicht so aus, als könnte er sich einen Vollbart stehen lassen. Mitte zwanzig wahrscheinlich. Aber er war hochgewachsen. Fast größer als Sheppard. »Es ist nicht gerade ein Traumjob. Trotzdem. Ich komme in die Zimmer, putze, mache die Betten, lege frische Handtücher aus, falte das Klopapier zu so einem Dreieck.«

Sheppard dachte nach. »Daher wussten Sie so schnell, wo wir sind. In der Nähe des Leicester Square.«

Ryan nickte.

»Da haben Sie was ziemlich Wichtiges vor uns zurückgehalten«, sagte Sheppard. »Wo waren Sie, als wir einen Weg nach draußen suchten?«

»Das sagte ich Ihnen doch, oder? Es gibt keinen Weg nach draußen.«

Ryan und Alan, die sich am Fenster unterhalten hatten. Ryan, der ihn davon überzeugt hatte, dass es keine Fluchtmöglichkeit gab.

»Sie sind also Reinigungskraft im Great Hotel?«

»Ja. Ich bin seit einem Jahr hier. Meine Familie hat es nicht leicht. Meine Eltern sind kurz vor meiner Geburt aus Hongkong hierher gezogen. Sie haben eine Textilreinigung in Soho, aber das reicht nicht zum Leben. Ich muss sie unterstützen, finanziell. Ich hasse den Job. Aber es ist die einzige Möglichkeit, um uns über Wasser zu halten.

Ich teile mir mit zwei anderen den vierten Abschnitt. Das sind drei Stockwerke, dieses und die beiden darunter. Auf jedem Stock gibt es fünfunddreißig Zimmer.«

»Da gibt es viel zu putzen.«

»So große Hotels haben viele Angestellte. Wir fangen morgens um neun an und sind um drei fertig. Dann muss ich die öffentlichen Bereiche putzen.«

»Wo waren Sie heute Morgen tätig?«

Ryan zuckte zusammen – er sah weg.

»Ryan!«

»Kein Grund, mich anzublaffen.«

»Ryan, wo waren Sie?«

»Ich …« Er suchte nach Worten. »Ich glaube, ich war hier in diesem Zimmer.«

Und das war es – der Grund, warum er ihnen nichts erzählt hatte? So einfach? »Ryan, mein Gott.«

Der junge Mann hob abwehrend die Hände. »Es ist nicht

so, wie Sie meinen. Hier war alles in Ordnung. Das Fenster war geöffnet. Die Tür war nicht blockiert. Und es gab verdammt noch mal keine Leiche in …« Er sah zur Wanne.

Sheppard wusste nicht, was er denken sollte – außer dass Ryan jetzt der Hauptverdächtige war, ob es einem gefiel oder nicht. »Sie waren hier drinnen?«

»Ja. Ich hab im Badezimmer die Handtücher gewechselt und die Toilette geputzt. Ich hab einen Blick in die Wanne geworfen … da war niemand drin. Nichts. Sie müssen verstehen, ich hab damit nichts zu schaffen.«

»Erzählen Sie mir ganz genau, was Sie hier getan haben.« Wollte er, dass dem jungen Mann etwas herausrutschte und er sich versehentlich verriet, oder wollte er ihm damit helfen? Er war sich nicht sicher.

»Handtücher. Toilette. Wanne. Ich hab sie sogar ausgewischt und das Duschgel in der Halterung ausgetauscht. Dann den Spiegel gewienert. Und den Boden geputzt. Und ich hab neues Toilettenpapier eingelegt. Das war alles, ich schwöre es.«

»Moment, das war der ganz normale Zimmerservice … das heißt also, jemand war hier abgestiegen?«

»Ja.«

»Wer?«

»Das weiß ich nicht. Ich sehe die Gäste nur sehr selten. Tagsüber, wenn ich arbeite, sind sie meistens unterwegs. Manchmal treffe ich welche, wenn ich mit der Arbeit anfange. Aber dieses Zimmer liegt am Ende des Abschnitts, die Wahrscheinlichkeit ist also gering, dass mir jemand über den Weg läuft.«

»Hat etwas herumgelegen? Etwas, woraus man schließen könnte, wer hier gewohnt hat?«

Ryan dachte nach. »Nein. Es war alles sehr aufgeräumt. Das Bett sah sogar so aus, als hätte keiner darin geschlafen.

Nirgends Unordnung. Aber neben der Garderobe stand ein Koffer. Daher wusste ich, dass jemand da sein muss.«

»Und es ist nicht möglich, dass Sie zufällig den Namen des Gastes oder irgendwas anderes aufgeschnappt haben? Dass Sie ihn vielleicht draußen im Gang gesehen haben?«

»Na ja, möglich wäre es schon.«

»Gut.« Er wusste, was jetzt anstand. Ryan wusste es ebenfalls. Deshalb waren sie jetzt hier, klar? Hier bei dem Schemen, der sich hinter dem Vorhang abzeichnete, und dem damit einhergehenden Blutgeruch. »Ich muss Ihnen den Toten zeigen.« Er könnte Ryan auch einfach Winters Führerschein zeigen, aber er musste sehen, wie der junge Mann auf die Leiche reagierte.

Das ist grausam. Sicher, aber es war notwendig.

Ryan wappnete sich, er nickte.

Sheppard fasste zum Duschvorhang. Er wollte nicht hinschauen, wollte Winters Gesicht nicht noch mal sehen. Bevor er es sich anders überlegen konnte, riss er mit einem Ruck den Vorhang zurück.

Da lag Winter. Der Blutgeruch verstärkte sich. *Nicht hinsehen. Nicht zum Blut und dem ...*

Sheppard sah stattdessen zu Ryan.

Ryan ballte und streckte die Finger. Eine Technik, um sich zu beruhigen, allerdings funktionierte sie nicht. Ryan wirkte geschockt, blass. Nahm aber nicht den Blick vom Toten. Er starrte ihn an, atmete hastig und flach ein.

»Er heißt Simon Winter«, sagte Sheppard leiser als vorher. Der Gestank, mein Gott, der Gestank.

»Kennen Sie ihn – oder den Namen? War er hier abgestiegen?«, fragte Sheppard ein wenig drängend. Der Anblick Simon Winters machte ihn nervös.

»Ich ...« Ryan verstummte. Er dachte angestrengt nach. Sah Winter ins Gesicht.

Der junge Mann war fix und fertig. Nie und nimmer hätte er jemanden umbringen können. Oder? Wenn er so reagierte ...

»Ich hab ihn gesehen«, flüsterte Ryan kaum hörbar.

»Was?«

»Ich hab den Mann gesehen.«

»Heute Morgen?«

Langsam schüttelte Ryan den Kopf. »Nein, nicht heute. Ich ... ich glaube, so vor einem Monat.«

»Was?«

»Hier, im Hotel. Es ist schon lange her. Ich weiß nicht genau, wo, jedes Zimmer sieht gleich aus. Die gleiche Einrichtung, die gleiche Größe, die gleichen Gegenstände. Vielleicht war es auf diesem Stockwerk.« Ryan sah aus, als könnte ihm jeden Moment der kalte Schweiß ausbrechen.

»Vor einem Monat?« Es mutete seltsam an, dass Winter einen Monat zuvor genau in diesem Hotel abgestiegen sein sollte, um dann – von einem Verrückten gekidnappt – tot in einem der Zimmer aufzutauchen.

Außer es war tatsächlich ein enormer Zufall. Oder er hatte verdammt lange in der Kühlkammer gelegen.

Die Sache hatte fast etwas Komisches an sich. Die Situation war zu viel für ihn, und er wusste nicht, ob er darüber lachen oder weinen sollte.

Ryan stierte in die Wanne, als suchte er nach Antworten. »Ja, ich erinnere mich.«

»Woran?«

»An diesen Mann ... Winter, sagen Sie? Winter war hier. Und er hat sich ... sonderbar benommen.«

»Sonderbar?«

Ryan riss sich vom Anblick des Toten los und sah zu Sheppard. »Es ist mir erst jetzt wieder eingefallen. Wir sind hier in einem Hotel, da benehmen sich die Leute immer sonderbar. Vor allem die, die noch auf ihrem Zimmer sind, wenn man zum Putzen kommt. Die tun so, als würde man in ihren Privatbereich eindringen ... der ihnen doch gar nicht gehört.«

»Wie hat Winter reagiert?«

»Es war am Ende meiner Schicht. Daher weiß ich, dass es auf diesem Stockwerk gewesen sein muss, auch wenn es vielleicht nicht exakt in diesem Zimmer war. Mit den anderen Zimmern war alles gut gelaufen, ich war früh dran. Ich dachte schon, ich könnte früher Schluss machen. Ich hab angeklopft, wie ich es immer tue. Es kam keine Antwort. Also bin ich rein.

Da hab ich ihn gesehen. Er ist im Zimmer auf und ab gegangen. In der Hand hatte er ein Notizbuch und schrieb sich was auf. Daneben hatte er noch, na ja, so ein leuchtend gelbes Ding. Es sah aus, als ... Es klingt blöd, aber es sah aus, als würde er ...«

»Als würde er was?«

»Als würde er was ausmessen.«

Sheppard war überrascht. Ausmessen? Warum sollte er ...? Zu viele Gedanken auf einmal.

»Ich glaube, das Ding war ein Maßband. Und wahrscheinlich hat er auch seine Schritte abgemessen, er hat einen Fuß vor den anderen gesetzt. Und bei jedem Schritt ist er stehen geblieben und hat sich was notiert. Vielleicht hat er auch ganz was anderes gemacht. Vielleicht hat er eine Rede eingeübt oder etwas ausgearbeitet ... aber von der Tür aus hat es so ausgesehen.«

»Warum sollte er ein Hotelzimmer ausmessen?«, sagte Sheppard mehr zu sich selbst.

»Als er mich bemerkte, hat er sofort das Notizbuch und das gelbe Ding auf den Boden fallen lassen und sich davor gestellt. Er hat so getan, als wäre er bei was Schlimmem ertappt worden. Für vielleicht fünf Sekunden. Aber es ist mir länger vorgekommen. Wir haben uns nur angestarrt. Ich wusste nicht, was ich tun sollte. Dann hat er sich gefangen, sich entschuldigt und mich meine Arbeit machen lassen.«

»Was hat er gemacht, während Sie geputzt haben?«

»Er hat die Sachen vom Boden aufgehoben und ist gegangen. Ich hab ihn nicht mehr gesehen. Es war definitiv dieser Mann.«

Sheppard konnte einfach nicht anders. Er sah zu Winter. Was ging hier vor sich? »Haben Sie das gemeldet?«

»Was gemeldet? Ich wusste doch gar, was das alles soll, außerdem war ich nicht besonders misstrauisch. Am Ende meiner Schicht war alles schon wieder vergessen. Bis jetzt.« Er stockte. Dann hielt er sich die Hand vor den Mund. So blieb er, bis er sie schließlich wieder wegnahm. »Tut mir leid, der Geruch. Und das Blut.«

Sheppard nickte. »Ich … Sie können gehen, wenn Sie wollen.«

»Sie brauchen nicht noch was?«

Er hatte jetzt schon zu viel. Was hatte Winter vor einem Monat hier getan? »Nein. Aber geben Sie mir Bescheid, wenn Ihnen noch was einfallen sollte.« Er konnte sich nicht von dem Toten losreißen. Was hatte Winter zu verbergen? Die Badezimmertür wurde geöffnet und dann geschlossen. Er war mit Winter wieder allein.

Sheppard zog Winters Notizbuch heraus und blätterte es abermals durch – ohne genau zu wissen, wonach er suchte. Er sah zu dem alten Mann. Das Hotelzimmer ausmessen? Warum sollte er ein Hotelzimmer ausmessen? Es sei denn … Hieß das, dass Winter irgendwie mit dieser Sache zu tun hatte? War Winter daran beteiligt? Aber was

hatte dazu geführt, dass er jetzt tot in der Badewanne lag? Er konnte an dem Plan nicht beteiligt gewesen sein …
»Was hattest du vor?«
Winter antwortete nicht.

21

Sheppard wurde übel, als er ins Zimmer zurückkehrte. Er musste sich mit der Hand an der Wand abstützen. Schwindelgefühle – der kalte, harte Crash rückte näher. Wie lange hatte er schon keine Pillen mehr genommen? Seine Hand zitterte, der Schädel pochte, der Geruch aus dem Bad klebte ihm noch in der Nase, dazu das Gefühl, sich überall kratzen zu müssen. Ein Cocktail fürchterlicher Symptome – das Übliche.

»Was ist mit Ihnen?«

Er sah auf. Alan hatte auf ihn gewartet. Na großartig. Er stand mit verschränkten Armen direkt vor ihm und klang nicht gerade besorgt, eher gereizt.

»Nichts, es geht mir gut.«

Alan musterte ihn von oben bis unten. »Egal, ich will es kurz und schmerzlos hinter mich bringen. Und es wird nicht geflüstert.« Er drehte sich zu den anderen um. »Ich habe nämlich nichts zu verbergen.«

Sheppard sah über Alans Schulter hinweg in den Raum. Mandy und Constance saßen mit dem Rücken zu den anderen auf dem Bett. Ryan lief auf und ab. Und das Mädchen beobachtete alles.

»Ich habe mitbekommen, welche Fragen Sie Mandy gestellt haben – war ja auch kam zu überhören –, und ich nehme an, Sie haben sie auch Ryan gestellt. Also liefere ich Ihnen einen vollständigen Bericht darüber, was mir widerfahren ist. Ich habe mich in meiner Kanzlei aufgehalten, als ich genau wie die anderen mit Gas betäubt wurde. Wir haben uns nämlich unterhalten, als Sie im Badezimmer waren – sogar die verrückte Irin und die Teenagerin. Wir wurden alle mit Gas betäubt. Ich konnte es nicht nur riechen, sondern es aus der Lüftung strömen sehen. Eine Art farbloses, rauchiges Gas, das sich sehr schnell im Raum verteilt hat. Ich wollte noch die Lüftung abdecken, aber ich hatte anscheinend schon zu viel eingeatmet. Mir blieb noch nicht mal genügend Zeit, um Hilfe zu rufen. Ich bin zusammengebrochen und hier wieder aufgewacht.

Wie gesagt, ich war mit den Vorbereitungen zum MacArthur-Prozess beschäftigt, eine große Sache. Ein Fall, an dem sich Karrieren entscheiden. Gut, meine wurde schon vor langer Zeit entschieden, aber es ist doch immer wieder schön, wenn man seiner Sammlung eine weitere Trophäe hinzufügen kann.«

Sheppard versuchte sich zu konzentrieren. »Das muss für Sie sehr interessant sein ...«

Alan unterbrach ihn sofort. Er durchschaute ihn so leicht. Warum nur? »Sie spielen auf meine Hautfarbe an. Ja, Mr. Sheppard, ich bin ein Schwarzer. Ich habe verdammt hart geschuftet, um dorthin zu kommen, wo ich jetzt bin, und ja, ich musste dabei so manche Widerstände überwinden. Sie wissen, wie viele schwarze Rechtsanwälte es in London gibt? Wir machen eins Komma zwei Prozent aller Anwälte aus. Um also Ihre Frage zu beantworten, ja, es ist ›interessant‹.«

Sheppard nickte. Alan machte nicht den Eindruck, als ließe er sich von irgendwas unterkriegen. Wie alt war er? Falten unter den Augen, die sich die Wangen hinunterzogen. Falten auf der Stirn, die wie eingemeißelt schienen, was ihm etwas Finsteres verlieh. In den Fünfzigern? Ende fünfzig vielleicht?

»Aber das alles spielt natürlich keine Rolle mehr. Weil

ich jetzt hier bin. Und das heißt, der MacArthur-Fall ist am Arsch. Vielen Dank dafür übrigens.«

Sheppard runzelte die Stirn. »Genau.« Er konnte sich noch nicht mal zu einer Erwiderung aufraffen.

»Ich nehme an, Sie wollen erfahren, in welcher Beziehung ich zu dem Toten stehe«, sagte Alan und deutete mit einem Nicken zur Tür.

»Wie bitte?«

»Ich habe, müssen Sie wissen, vorher etwas geschwindelt. Ich habe den Mann erkannt. Aber es wäre sinnlos gewesen, das zu diesem Zeitpunkt zu erklären – jetzt liegt der Fall allerdings anders. In meiner Branche trifft man mit vielen Leuten zusammen, ich werde daher alles erwähnen, was mir dazu einfällt. Meine Kollegen sind der Meinung, ich könnte jemanden allein an seinem Hinterkopf erkennen – das habe ich soeben bewiesen. Das sowie die Tatsache, dass ich gestern diesem Mann in genau diesem Anzug begegnet bin, hat mir Gewissheit gegeben. Sie haben Mandy etwas gezeigt, ich vermute, seine Brieftasche. Jedenfalls heißt der Tote Simon Winter. Er ist Psychologe, der in seinem Haus in East London eine Privatpraxis betreibt. Der Psychologe meines Mandanten Hamish MacArthur. Winter ist ein Hauptzeuge. Mehr kann ich dazu nicht sagen.«

Sheppard war sprachlos. Alan schien es zu genießen.

»Sie fragen sich, warum ich Ihnen das alles so bereitwillig erzähle«, fuhr Alan fort und konnte sich ein Lächeln nicht verkneifen. »Sie wissen, viele Mandanten halten mit den Tatsachen hinterm Berg, selbst gegenüber denen, die ihnen eigentlich helfen wollen – bloß weil sie Angst vor möglichen Folgen haben. Das ist erbärmlich und schwach. Bringen Sie das nicht mit meiner Kooperationsbereitschaft durcheinander.

Ich denke, ich habe damit alles beantwortet, was Sie in Ihrer gloriosen Befragung zur Sprache bringen wollten. Soll ich jetzt allein den Weg zu meinem Fenster finden?«

»Warten Sie ...«, sagte Sheppard. Wie konnte er nur so unnachgiebig sein, sogar im Angesicht des Todes? Er war jemand, der gefährlich werden, jemand, der mitten im Chaos die Kontrolle an sich reißen konnte. Dennoch ...

»Machen Sie ruhig weiter, Mr. Sheppard. Ja, ich kenne Simon Winter. Allerdings habe ich mit ihm kaum ein Wort gewechselt.«

»Weil er nicht Ihr Zeuge ist.«

Alans Blick wurde noch finsterer. »Nein. Ich habe mich darauf gefreut, den Kerl vor Gericht auseinanderzunehmen.«

»Worum geht es in diesem Fall?«

»Ich kann keinerlei Einzelheiten verlauten lassen, Mr. Sheppard. In den Medien wurde viel spekuliert. Vielleicht lassen Sie sich vom Zimmerservice eine Zeitung bringen.«

Sheppard rieb sich die Augen. »Wenn Simon Winter hier ist, könnte es sein, dass die Person, die dahintersteckt, etwas mit dem Fall zu tun hat.«

»Natürlich. Deshalb halte ich es für das Beste, Ihnen gegenüber so offen wie möglich zu sein. Es könnte sein, dass es hier um den MacArthur-Fall geht.«

»Trotzdem wollen Sie mir nicht alles verraten?«

»Nein, Mr. Sheppard. Weil ich der Ansicht bin, dass ich das alles sehr viel besser als Sie aufdecken könnte. Ja, ich lasse mir nicht in die Karten schauen, aber ich tue, was nötig ist. Wenn mich das verdächtig macht, dann soll es so sein.«

Sheppard schüttelte den Kopf. »Natürlich macht Sie das verdächtig. Wie sollte ich es sonst auffassen?«

»Es spielt keine Rolle. Ich bin sowieso bereits der Hauptverdächtige. Sie wollen ein Motiv, Mr. Sheppard? Gut, ich habe ein verteufelt gutes Motiv. Der Mann dort drinnen war mir das gesamte vergangene Jahr über ein Dorn im Auge. Ich habe davon geträumt, ihn durch den Fleischwolf zu drehen. Aber das heißt nicht, dass ich das auch in die Tat umsetzen würde. Es ist klar, was hier vor sich geht. Die Pferdemaske versucht, mir den Mord anzuhängen. Und wenn Sie den Köder schlucken, bringen Sie uns alle um.«

»Sie haben ein verteufelt großes Ego, selbst wenn Sie sich gegen einen Mordverdacht wehren müssen.«

»Mein Ego steht hier nicht zu Disposition.«

Einiges an Informationen, in wenig verpackt. Alan präsentierte ihm Fakten, die der vermeintliche Mörder sicherlich für sich behalten hätte. Wenn das alles denn stimmte. Trotzdem, Alan hatte ein Motiv. Und er wusste, wie das Spiel lief.

»Die Verhandlung im MacArthur-Fall war also auf heute festgesetzt?«

»Ja. Aber der Prozess an sich ist nicht von Bedeutung. Er hat nichts mit diesem … mit diesem Fall zu tun, wobei es schon sehr nachsichtig ist, das hier überhaupt als einen Fall zu bezeichnen.«

»Haben Sie damit nichts zu tun? Oder wollen Sie es mir nur nicht sagen?«

»Als Anwalt bin ich verpflichtet, über gewisse Dinge zwischen mir und meinem Mandanten Stillschweigen zu bewahren.«

»MacArthur?«

»Ja.«

Sheppard sah, dass er Alan nicht würde umstimmen können. Wie sollte er es mit einem Anwalt aufnehmen?

Alan machte wirklich das, was Sheppard jeden Tag nur vorgaukelte. »Zwei Leute, die in diesen Fall involviert sind, befinden sich im selben Hotelzimmer. Das kann kein Zufall sein«, sagte er mehr zu sich als zu Alan. Hatte er selbst irgendwas mit dem MacArthur-Prozess zu tun? Er hatte geglaubt, die Pferdemaske hätte es nur auf ihn abgesehen, aber vielleicht ging es dem Mistkerl auch um Allan.

»Nein.«

»Ich brauche mehr Informationen, Alan.«

Alan lächelte. »Sie sind wirklich ganz schlecht, wissen Sie das?« Alan war bereit, für seine Überzeugungen zu sterben. Er kannte solche Menschen – die sich ihrer Ehre wegen ins eigene Schwert stürzen würden. Er gehörte nicht dazu, und er verstand sie auch nicht.

»Sie sind ein sehr erfolgreicher Mann, Mr. Hughes, das sehe ich«, sagte er und wählte seine Worte mit Bedacht. »Sie sind gern der Anführer, der alle Aufmerksamkeit ...«

»Bitte ersparen Sie mir Ihre psychologischen Gemeinplätze. Das ist nur peinlich.«

Sheppard hielt eine Hand hoch. »Sie sind ein Gewinner. Sie haben sich hochgekämpft, ein Nein als Antwort akzeptieren Sie nicht. Sie haben gewonnen. Und so soll es also auch enden? Wenn die Pferdemaske recht hat, werden wir alle sterben.«

»Sie fragen mich, ob ich sterben will? Natürlich will ich nicht sterben. Aber wenn es sein muss, will ich mit Würde abtreten.«

»Sie wollen nicht sterben. Sie meinen, wir hätten nichts gemeinsam. Aber das – das haben wir gemeinsam. Sie wollen nicht sterben, und Sie haben Angst. Wie jeder andere in diesem Zimmer auch. Wie ich. Ich habe schreckliche Angst. Und wenn ich Sie mir so ansehe, dann entdecke ich etwas davon auch bei Ihnen. Ob es Ihnen gefällt oder nicht, wir sind uns sehr ähnlich, Mr. Hughes. Wir sind beide Menschen, die sich keine Ruhe gönnen und immer die Klappe aufreißen, damit sie ihre Probleme vergessen können. Aber vor diesem Problem können wir nicht wegrennen.«

»Nein«, antwortete Alan.

»Ich denke mir, wir sind alle aus einem bestimmten Grund hier. Aber ich weiß noch nicht, aus welchem. Bis jetzt. Sie sind vielleicht der Schlüssel zu diesem Rätsel.«

»Ich wurde in meiner Kanzlei mit Gas betäubt. Ich war allein. Ja, vielleicht bin ich wegen meiner Beteiligung an diesem Fall ins Visier geraten. Aber Sie stellen die falsche Frage, Mr. Sheppard. Sie sollten lieber fragen, was die anderen hier miteinander verbindet, nicht, was mich mit Ihnen verbindet.«

Alan Hughes, der Verteidiger, der bequemerweise am Morgen des Prozesses verschwindet. Der Hauptzeuge, der ebenfalls verschwindet.

Da musste es einen Zusammenhang geben. Vielleicht wollte die Pferdemaske wissen, wer Simon Winter umgebracht hatte. Und Alan sah wie der Hauptverdächtige aus.

War die Pferdemaske Hamish MacArthur? Aber Sheppard hatte nie zuvor von ihm gehört. Und MacArthur hätte ihn wirklich sehr gut kennen können. Wenn man diese Theorie verwarf, was hatte Winter dann mit allem zu tun? Warum war Simon Winter hier? Vielleicht war er mehr als nur ein Opfer. Sheppards Gedanken rasten im Kreis – als würden sie sich selbst jagen. Zu viele lose Fäden … die sich nicht verknüpfen ließen. Die Idee wäre nicht schlecht. Aber falsch.

»Sechs Leute werden gekidnappt. Ein Mordrätsel wird gestellt. Was übersehen wir?« Zu sich selbst.

Die Antwort überraschte ihn. »Fünf Leute wurden gekidnappt. Wir müssen davon ausgehen, dass der Mörder und das Opfer schon vorher da waren«, sagte Alan.

Ryan. Ryan war da gewesen. Aber sein Blick, als er Winter gesehen hatte. Ein Blick, den man nicht vortäuschen konnte.

Zog Alan hier ein Spiel mit ihnen ab? »Ich denke mir, die Pferdemaske wollte, dass Simon Winter stirbt, also hat er einen von uns engagiert, um den Mord in die Tat umzusetzen.«

»Wie also finde ich den Mörder?«, platzte Sheppard heraus. Schwach. Sehr schwach. Er benahm sich wie ein Schwächling.

»Vielleicht ist es eine Frage der Einfachheit. Vielleicht ist der Mörder der mit der einfachsten Geschichte. Mörder sind gewöhnlich keine großen Geschichtenerzähler.«

»Ihre Geschichte erscheint mir einfach genug dafür.«

Alan lachte. »Ja, vermutlich. Aber was anderes habe ich Ihnen nicht anzubieten, Sheppard.«

»Gut.« Er musste es sein. Aber er hatte noch zwei weitere zu befragen und schon jetzt viel zu viel zum Nachdenken. Zuerst musste er von allen ihre jeweilige Geschichte erfahren. »Wenn Ihnen noch was einfällt, teilen Sie es mir bitte mit.«

»Mache ich«, sagte Alan und klang nicht sehr überzeugend.

»Und, Mr. Hughes, nachdem Sie ehrlich zu mir waren, möchte ich auch ehrlich zu Ihnen sein. Sie sind mein Haupttatverdächtiger.«

Wieder lachte der Anwalt. Ein heiseres, freudloses Lachen. »Und ich bin ehrlich zu Ihnen, Sheppard. Sie sind meiner.« Er lächelte und zwinkerte ihm zu, dann entfernte er sich. Mit einem gewissen Glitzern in den Augen. Leicht zu übersehen. Wissend.

Ein kalter Schauer lief ihm über den Rücken. Diese Blasiertheit. Alan wusste Bescheid – er wusste von Sheppards Verbindung zu Winter. Aus irgendeinem Grund wusste er es. Sheppard wusste nicht, warum, aber das jagte ihm mehr Angst ein als alles andere.

22

Noch zwei. Er sah zur Uhr. 2:14. Wo war die Zeit hin? Wie konnten schon fünfundvierzig Minuten vergangen sein?

Er räusperte sich, um die Aufmerksamkeit auf sich zu lenken. Keiner sah zu ihm – alle hingen ihren Gedanken nach.

»Ms. Ahearn?«

Langsam sah Constance sich um. Mandy flüsterte ihr etwas zu, worauf sie sich erhob. Sie trug, passend zu ihren Haaren, ein schwarzes, fließendes, sich weit bauschendes Kleid. Ein durch den Raum schwebender, wehklagender Geist. Noch immer umklammerte sie die Hotelbibel so fest, dass sich ihre weißen Fingerknöchel abzeichneten, als sie auf Sheppard zukam. Ihr Make-up war verschmiert, ihr Gesicht glich einer verwaschenen Malerpalette. Sie wirkte alt, trug ihr Alter aber mit Würde.

Als sie sich eine Haarsträhne hinters Ohr steckte, wurde auf der linken Wange ein frischer Kratzer sichtbar. Wahrscheinlich hatte sie ihn sich mit einem ihren langen, manikürten Fingernägel selbst zugefügt.

Sheppard führte sie in den Vorraum. Es war zwecklos, aber wenigstens gab es dort den Anschein von Privatsphäre. Und die anderen taten so, als würden sie nicht zuhören.

»Tut mir leid, dass es hier stattfinden muss. Aber mehr Platz haben wir nicht«, sagte Sheppard. Es wäre ein Fehler gewesen, mit Constance ins Badezimmer zu gehen. Es war schon schlimm genug hier draußen. »Am besten konzentrieren Sie sich ganz auf mich. Vergessen Sie einfach, dass noch andere da sind, vergessen Sie, wo wir sind.«

Constance sah ihn an und öffnete den Mund. Er rechnete fest mit irgendeiner irrsinnigen Reaktion, stattdessen schien sie recht gefasst zu sein. »Ja.« Wieder fielen ihr die schwarzen, zerzausten Haare ins Gesicht. Als käme sie frisch aus einem Horrorfilm.

»Ich muss Ihnen ein paar Fragen stellen. Dinge, die ich zum Fall wissen muss. Ich muss alles über die hier Anwesenden in Erfahrung bringen, und ich werde nichts fragen, was ich nicht wissen muss. Sie verstehen?«

Constance starrte ihn nur an, ein Auge war frei, das andere wurde von ihren Haaren bedeckt. »Ja.«

»Gut.« Wo anfangen? Weiter hatte er sich keine Gedanken gemacht. Er senkte den Blick. »Sie sind religiös?«

Constance lachte. Er glaubte schon, sie hätte seine Frage gar nicht gehört. Aber dann: »Ja, Mr. Sheppard. Und jetzt sind wir in der Hölle. Wir werden bestraft. Nicht nur Sie. Sondern wir alle. Wir müssen Buße tun. Wir alle.«

»Und wofür müssen Sie Buße tun?«, fragte Sheppard.

Constance runzelte die Stirn. Dann sah sie zu Boden. Er musste sanfter vorgehen.

»Okay, fangen wir mit was Einfacherem an. Wissen Sie noch, wo Sie waren, bevor Sie hier aufgewacht sind?«

»Ich war …« Sie dachte nach. »In meiner Garderobe, glaube ich.« Mit schneidender Stimme – einer zum Singen ausgebildeten Stimme, die einen ganzen Zuschauerraum ausfüllen konnte.

»In Ihrer Garderobe? Im Theater? Soweit ich weiß, spielen Sie die Hauptrolle in einem Stück, richtig?«

Constance reagierte ungehalten. »Einem Musical. Es ist ein Musical. *Rain on Elmore Street*. Seit drei Jahren. Ich habe keine Vorstellung verpasst. Achtmal die Woche.«

»Was haben Sie an diesem Morgen getan?«

»Geprobt. Die männliche Hauptrolle hat sich krankgemeldet, also mussten wir mit der zweiten Besetzung ein paar Szenen durchgehen. Amateure beide.« Constance verstummte. Reckte die Nase und schnüffelte wie ein Hund. »Ist das Blut? Ich möchte nicht hierbleiben.«

»Tut mir leid, ich werde schnell machen. Sie waren also allein in Ihrer Garderobe?«

»Ich habe meine eigene Garderobe, aber man ist ja nie wirklich allein.«

»Pardon?«, erwiderte Sheppard.

»Ich bin empfänglich, Mr. Sheppard. Ich gehöre zu den wenigen, die imstande sind, die Verirrten zu sehen – jene, die sich auf dem Weg ins nächste Leben verirrt haben. Ich kann durch Menschen hindurchsehen. Ich sehe ihre Aura.«

Er unterdrückte ein Seufzen. »Ah.« Das musste reichen. »Gut.« Sie war verrückt. Geister und Auren. Das bewies alles.

»Ihre Aura ist sehr gestört, Mr. Sheppard. Hell und Dunkel vermischen sich. Sagen Sie mir, halten Sie sich für einen guten Menschen?«

»Was?«, stammelte Sheppard.

»Ich kann es noch nicht sagen, das ist alles.«

Sagen Sie mir, halten Sie sich für einen guten Menschen?

Das hatte Simon Winter in einer der letzten Sitzungen zu ihm gesagt.

»Sie sind Katholikin. Fromm, allem Anschein nach. Aber Sie glauben an das ganze Zeugs?«, fragte Sheppard. *Lenk sie von dieser Frage ab. Lenk sie ab.*

»Es gibt mehr im Himmel und auf Erden, als Sie sich vorstellen können. Außerdem habe ich es mir nicht ausgesucht. Es ist mir zugefallen.«

»Sie sehen von jedem die Farben, können Sie auch den Mörder in diesem Zimmer sehen?«

Constance lächelte und fletschte wie ein Tier die Zähne. »So funktioniert das nicht.«

»Natürlich nicht«, rutschte es ihm ungewollt heraus.

»Es steht Ihnen frei, es nicht zu glauben, Mr. Sheppard. Aber dadurch ist es nicht weniger wahr.«

Zurück zum Eigentlichen. »Sie waren in Ihrer Garderobe. Und dann?«

»Ich habe mich fertig gemacht. Vor allem meinen Text memoriert. Der musste für die zweite Besetzung leicht abgeändert werden. In meiner Branche ist der Auftritt auf der Bühne wie das Atmen. Es ist einem nicht mehr bewusst. Ich kannte meinen Text in- und auswendig, und dann meinten sie, ihn ändern zu müssen. Obwohl sie wussten, dass mir das gegen den Strich geht. Sie wussten es, und sie haben es trotzdem getan. Und nur wegen diesem Dreckskerl und seiner beschissenen Angst vor dem Krebs. Ich kann einen neuen Text nicht an einem Tag auswendig lernen. Ich kann es nicht. Ich will es nicht, Mr. Sheppard.«

»Okay?«

»Ich war sehr aufgebracht. Ich habe gedroht, auszusteigen, wissen Sie? Fünfmal habe ich gedroht, aus der Vorstellung auszusteigen. Aber ich hab's nicht getan. Weil sie mich sowieso absetzen wollen. Sie wollen eine Jüngere. Deswegen bin ich geblieben. Und dann bin ich in meine Garderobe gegangen und habe meinen Text gelernt. Wie ein braves Mädchen. Und dann habe ich was gehört. Ein … Zischen. Und dann war da so ein scheußlicher Geruch.«

»Ja. Ein Geruch.« Sheppard konnte nur mit Mühe Constances weitschweifigen Erläuterungen folgen und konzentrierte sich auf die Abschnitte, die ihm schon jetzt bekannt vorkamen. »So wurden anscheinend alle ausgeknockt und hierhergebracht.« Neue Frage: Wurde der Mörder ebenfalls mit Gas betäubt? Oder wurde nur so getan, als ob? Wenn dem so war, dann musste der Betreffende ein sehr guter Schauspieler sein. Und Constance war auf jeden Fall impulsiv genug, dass man ihr einen Mord wie den an Simon Winter zutrauen konnte. Sie konnte sogar ihre Anspannung hinter vorgespieltem Stress verbergen.

»Ja. Gas. Klingt plausibel«, antwortete die Frau. »Danach kann ich mich an nichts mehr erinnern, bis … bis ich hier aufgewacht bin.«

»Sie glauben, wir sind in der Hölle, haben aber kein Problem damit, dass wir noch am Leben sind?«

Constance kicherte. Ein keckerndes Geräusch. »Es gibt mehr als eine Hölle. Das hier ist die Hölle auf Erden. Wir müssen Buße tun.«

»Und Sie wollen mir nach wie vor nicht erzählen, wofür Sie Buße tun müssen?«

»Nein, Mr. Sheppard. Die größere Frage, die Sie sich stellen sollten, lautet: Wofür sollen Sie Buße tun?«

Mit einem Mal kribbelte es überall, als wäre ihm etwas unter die Haut gekrochen. Wie machte sie das bloß? Wie schaffte sie es, so zu ihm durchzudringen? Seine Abwehrmechanismen zu umgehen?

»Ms. Ahearn.«

»Nein. Ich will nichts mehr hören. Ich habe denjenigen im Badezimmer nicht umgebracht, wer auch immer es sein mag. Ich kann noch nicht einmal vor dieser Tür stehen, ohne das Gefühl zu haben, mich jeden Moment übergeben zu müssen – das sollte reichen, mehr brauchen Sie gar nicht zu wissen. Wie sind Sie auf die Idee verfallen, ich könnte einen Mann umbringen? Nur weil ich mich weigere, mich Ihnen gegenüber, einem Fremden, über mein Privatleben auszulassen?« Jedes Wort übertrieben betont. Als würde sie Shakespeare rezitieren.

Eine Sackgasse. Sheppard war klar, dass er nicht weiter an sie herankommen würde. Constance war stur. Er zog Winters Brieftasche heraus und wartete, bis sie sich beruhigt hatte. Dann zeigte er ihr Winters Führerschein. »Kennen Sie diesen Mann?«

Constance betrachtete ihn. Zu lange. »Ich glaube nicht. Ich vergesse nie ein Gesicht.«

»Er heißt Simon Winter. Kommt Ihnen der Namen bekannt vor?«

»Nie von ihm gehört.«

»Sicher?«

»Ja, ich …« Ihr Blick kehrte zum Führerschein zurück. Ein weiteres langes Innehalten. »Ich habe ihn schon mal gesehen.«

»Was, wann?«

»Ich … ich versuche mich zu erinnern«, antwortete sie. Sie bemühte sich wirklich. »Ich habe ihn nach einer Vorstellung in der Theaterbar gesehen. Vor ein paar Wochen. Einmal in der Woche lasse ich mich in der Bar blicken, um Autogramme zu geben. Es sind immer viele Gäste da. Die Bar war voll.«

»Warum erinnern Sie sich dann an Simon Winter?«

»Ich erinnere mich nicht an ihn speziell. Sondern wegen seines Begleiters.«

»Was?«

»Sie haben sich an der Theke unterhalten. Ich weiß nicht, was sie gesagt haben. Es war laut, ständig kamen Leute auf mich zu. Aber hin und wieder, wenn die Menge sich teilte, konnte ich sie sehen. Der andere war jünger, er trug einen Anzug, rote Krawatte, und er hatte eine eckige Brille. Er hatte die dunkelste Aura, die mir jemals untergekommen ist. Ich konnte den Blick nicht von ihm wenden. Dieser Mann war böse, Mr. Sheppard.«

Ein Mann. Rote Krawatte. Brille. Derselbe, den Mandy gesehen hatte? War er es? War er der Mann unter der Pferdemaske?

»Können Sie sich sonst noch an etwas erinnern? Haben Sie irgendwas gehört?«

»Nein. Aber ich habe immer wieder zu ihnen gesehen. Sie waren in ein Gespräch vertieft. Das heißt ... Winter hat die meiste Zeit geredet, und der Böse hat nur zugehört. Winter hat dem bösen Menschen etwas gegeben. So ein Notizbuch. Oder ein Taschenbuch. Sie haben nichts getrunken, ich habe mich schon gefragt, warum sie überhaupt da waren. Dann wurde ich abgelenkt, ich musste mehrere Minuten Autogramme schreiben, und dann glaubte ich, sie seien fort. Ich *hoffte*, sie seien fort. Aber als ich wieder hinsah, saßen sie immer noch auf ihren Plätzen. Und ...« Constance schluckte.

»Und was?«

»Sie starrten mich unumwunden an, Mr. Sheppard. Dieser Winter und der andere, der böse Mensch. Sie starrten mich an. Als wüssten sie, dass ich sie beobachtet habe. Und die Augen des Bösen. Sie sahen aus ... als stünden sie in Flammen ... sie sahen so erhitzt aus. Ich habe so was noch nie gesehen. Ich hatte große Angst. Als wäre ich ein kleines Mädchen. Aber aus irgendeinem Grund konnte ich auch nicht wegsehen. Bis meine Assistentin kam und mich in die Garderobe zurückbegleitete. Und die ganze Zeit hat er mich angestarrt.«

Sheppard lief es kalt über den Rücken. Wenn es sich bei dem Betreffenden tatsächlich um die Pferdemaske handelte, bestärkte das seine Vermutung, dass Winter mit beteiligt war. An diesem Komplott, diesem Plan. Winter hatte davon gewusst. Und mit der Pferdemaske zusammengearbeitet. Dem bösen Menschen. *Hatte ihm ein Notizbuch gegeben.* Das Notizbuch, in das Ryan ihn etwas hineinschreiben sah?

»Danach habe ich versucht, nicht an diesen Mann zu denken. Ich habe versucht, alles zu vergessen. Aber in den letzten Wochen konnte ich nicht schlafen. Denn wenn ich die Augen schloss, sah ich immer ihn vor mir.«

»Meinen Sie, dass er uns das alles antut?« Ein Mann im Anzug mit roter Krawatte. Constances »böser Mensch«. Er schien das Bindeglied zwischen ihnen zu sein. Sheppard dachte nach – hatte er mal jemanden gesehen, auf den diese Beschreibung zutreffen konnte? Vielleicht – er sah viele Männer im Anzug. So jemand wäre ihm kaum aufgefallen. Außerdem konnte er die meiste Zeit nicht unbedingt als aufmerksam bezeichnet werden – meistens nahm er seine Umgebung eher etwas »verschwommen« wahr. Ihm war niemand aufgefallen, der einen ausgesprochen »bösen« Eindruck vermittelt hätte.

Constance sah traurig zu ihm auf. »Natürlich ist er es, Mr. Sheppard. Dieser Mann ist nämlich nicht nur böse. Er weiß, was ich getan habe, so wie er auch jeden anderen hier im Zimmer kennt. Er kennt Sie. Er weiß, was Sie zu verbergen haben. Er ist der Teufel.«

Constance machte einige Schritte zurück. Entfernte sich. Sheppard konnte sich nicht rühren. Nach Constances Aussage war dieser Mann also böse. Und er hatte mit Winter gesprochen. Constance hatte ihrem Entführer in die Augen gestarrt. So musste es sein.

Fast hätte es Sheppard vergessen. Dankbar wechselte er das Thema. »Die Maske, die er trägt. Kommt die Ihnen bekannt vor? Vielleicht aus Ihrem Stück?«

»Nein. Ich kann mich nicht ... vielleicht. Wir haben einmal für eine Traumszene Pferdemasken eingesetzt. Ist es wichtig?«

Keine Ahnung. »Ich weiß es nicht.«

»Unsere Requisitenwerkstatt stellt alles im Haus her.«

»Dann kann man sie also nicht irgendwo anders erwerben?«

»Wieso ist Ihnen das wichtig? Wir wurden vom Teufel hierhergebracht.«

»Ich …« Keine gute Antwort, außer dass er auf dem Boden der Tatsachen bleiben musste. Wie einfach wäre es, sich genau wie Constance aus der Realität zu verabschieden. Das würde den anderen aber nichts nützen.

»Bitte beeilen Sie sich, Mr. Sheppard. Dieser Mann, er kommt. Und er kommt, Sie zu holen«, sagte Constance und trat noch weiter zurück.

Sheppard hielt sie nicht zurück. Seine Kehle schnürte sich zu, er bekam kaum Luft. Der Böse unter der Pferdemaske. Der Mann, der ihn nur allzu gut kannte. Die Brille, die Aufführung, der Psychologe tot in der Wanne. Der Böse kannte ihn besser, als er sich selbst kannte.

Und er kommt, Sie zu holen.

Den Teufel gab es nicht.

Warum ging es ihm mit diesem Wissen nicht besser?

Constance kehrte zu Mandy zurück. Sheppard sah ins Zimmer. Ihre Worte hallten ihm immer noch in den Ohren.

Sagen Sie, sind Sie ein guter Mensch?

Er hatte keine Ahnung.

23

Das Mädchen mit den Kopfhörern beobachtete ihn. Er wusste nicht, ob er sie schon mal hatte zwinkern sehen, was ihn irgendwie leicht beunruhigte. Sheppard wollte eine Pause – das tun, was die anderen taten, einen Augenblick nur still für sich nachdenken. Aber er konnte nicht. Er musste weitermachen. Er winkte das Mädchen zu sich.

Auf ihrem schwarzen Hoodie der Sticker HALLO, ICH HEISSE … RHONA. Für ihn war sie einfach das »Mädchen mit den Kopfhörern«. Sie sah etwas länger zu ihm, dann schälte sie sich unter dem Tisch hervor. Sie stand auf und kam auf ihn zu, ohne ihre roten Kopfhörer von den Ohren zu nehmen.

Sie sahen sich an, bis die Stille zermürbend wurde und Sheppard sie anzusprechen wagte.

»Hallo.«

Sie sagte nichts.

»Rhona? Ja?«

Sie verharrte so reglos wie eine Statue.

»Was hörst du?«

Sie starrte ihn nur an. Vielleicht konnte sie ihn nicht hören. Aber da war etwas in ihren Augen. Ein Funken Verständnis.

»Was hörst du dir an?«, probierte er es erneut.

Nichts.

Plötzlich spürte Sheppard Ärger in sich aufkeimen – mit einem Mal kam alles zusammen. »Gut, dann stehen wir die nächsten zwei Stunden eben bloß rum. Wie sich so eine

Explosion wohl anfühlt?« Noch im selben Moment bedauerte er seine Worte. Das alles ging an ihm nicht spurlos vorüber, trotzdem – so konnte er nicht mit einer verletzlichen Jugendlichen reden.

Das Mädchen runzelte die Stirn, öffnete den Mund und schloss ihn wieder. Sie sah sich um, wahrscheinlich um sich zu vergewissern, dass keiner im Zimmer zu ihr sah, dann nahm sie die Kopfhörer ab und legte sie sich um den Hals.

»Sie sind unverschämt«, sagte sie. Ihre Stimme klang jünger, als sie aussah, und weicher, als sie wirkte. »Mit dem Reden hab ich es nicht so. Ich höre die Stones. Greatest Hits. Volume Two.«

»Ah, die Stones. Was ist dein Lieblingssong?«

»Die Leute mögen Paint It Black, aber ich finde 2000 Light Years From Home besser.«

Sheppard lächelte. »Unkonventionell, aber ich stimme definitiv zu.« Der Böse. Simon Winter. Und ein Hotelzimmer voller Wahrheit oder Lügen. Auch er fühlte sich 2000 Lichtjahre von zu Hause entfernt. »Du bist ein bisschen jung für die Stones.«

»Ich bin siebzehn«, sagte sie. Wie zur Verteidigung. Als müsste sie sich ständig rechtfertigen. »Und ich habe Geschmack.«

»Zweifellos. Ich gehe nicht davon aus, dass das Ding, mit dem du deine Sachen hörst, sich mit dem Internet verbinden oder telefonieren kann.«

Ihre Mundwinkel zuckten. Sie zog das Gerät aus der Tasche ihres Hoodie – ein alter Retro-Discman. »Sie dürfen es gern versuchen und damit jemanden anrufen, wenn Sie wollen.« Kids in ihrem Alter hatten sonst ein iPhone oder Ähnliches, jedenfalls musste ihr sein Blick bekannt vorkommen, denn sie fügte hinzu: »Bessere Klangqualität.«

Sheppard sah vom Gerät zu ihr. »Warum kannst du in

einer solchen Situation so cool bleiben? Hast du auch nur irgendwie mitbekommen, was hier los ist?«

»Ich hab den Fernseher gehört. Als Sie noch ans Bett gefesselt waren. Ich hab gehört, dass ein Toter im Badezimmer liegt. Und einer von uns ein Mörder ist. Ansonsten interessiert mich nicht, was die Leute sagen. Ich muss sie nicht mehr hören. Wenn ich schon sterben muss, dann sitz ich lieber in der Ecke und höre meine Musik. Besser kann man nicht abtreten. Jedenfalls nicht unter den Möglichkeiten, die uns bleiben.«

»Das ist …« Sheppard suchte nach dem richtigen Wort. Je mehr er darüber nachdachte, desto mehr hielt er das für das Vernünftigste, was er hier bislang gehört hatte. »Das hört sich sehr erwachsen an«, sagte er.

Bei dem Wort erwachsen verzog das Mädchen das Gesicht. »Mein Dad hat mir beigebracht, dass man immer mit dem Schlimmsten rechnen muss. Alles andere ist dann eine freudige Überraschung.«

»Das macht sich toll auf Partys«, sagte Sheppard. »Aber du weißt, ich kann nicht einfach nur in der Ecke sitzen und darauf warten, dass ich sterbe.« Auch wenn es verlockend klingt. »Ich werde nicht zulassen, dass andere Schaden nehmen, nicht solange ich es verhindern kann.« Rede dir das nur ein. »Deshalb muss ich dir ein paar Fragen stellen.« Sheppard kannte den Typ. Ein Mädchen, das das Gute in der Welt nicht kannte und deshalb die Schattenseiten für völlig normal hielt. Sheppard hatte genügend Schrecklichkeiten selbst erlebt, aber er wusste auch, dass es dort draußen Gutes gab, zum Beispiel das Gute, das er in Dr. Winter glaubte wahrgenommen zu haben. Und das Gute war auch in ihm, auch wenn es sich nicht immer so anfühlte. »Als Erstes, erinnerst du dich, wo du warst, bevor du hierhergekommen bist?«

»Zu Hause«, sagte das Mädchen. »In meinem Zimmer vor meinem Laptop. Mein Dad und ein paar Kumpel von ihm waren unten und haben sich Fußball angesehen. Ich versuche sie immer mit meiner Musik zu übertönen, trotzdem ist jedes Mal zu hören, wenn sie jubeln. Die Idioten. Statt über Lautsprecher hab ich also über Kopfhörer gehört. Da ist es ein bisschen besser. Dann hab ich mitbekommen, wie sie nach dem Spiel ins Pub aufgebrochen sind wie immer.«

»Wohnt noch jemand bei euch?«

»Sie meinen eine Mutter? Nein, so was hab ich nicht.«

»Jeder hat eine Mutter.« Kurz blitzte das Bild seiner Mutter auf. Eine furchtbare, unerträgliche Frau.

»Es gab mal eine Frau. Aber die ist abgehauen.«

»Gut«, sagte Sheppard. Er gab es auf und kratzte sich am Kinn. Seine Handrücken juckten. »Du bist also einfach ohnmächtig geworden? Und hier wieder aufgewacht? Hast du vielleicht irgendwas gerochen?«

Das Mädchen mit den Kopfhörern schien sich zu erinnern. »Ja. Da war was. So ein komischer Geruch, irgendwie chemisch. Und dann wurde mir schummrig. Ich konnte mich auf nichts mehr konzentrieren. Und dann war ich hier.«

»Wie bei den anderen.«

»Ja, ich erinnere mich. Aber warum hab ich es vergessen?«

»Das sind die Drogen. Unter ihrem Einfluss fühlt sich alles wie ein Traum an.«

»Genau.«

»Es ist wichtig, dass du dich erinnerst – ich möchte wissen, ob du allein in diesem Zimmer warst.«

»Klar war ich allein – es ist doch mein Zimmer.«

»Und du warst allein im Haus?«

»Ja«, antwortete das Mädchen, als redete es mit einem Kleinkind.

»Du bist dir sicher, dass alle gegangen sind? Du kennst diese Leute?«

»Ja. Mein Dad. Seine Kumpel Bill und Matthew. Aber ich muss sie mit Mr. Michael und Mr. Cline ansprechen.«

»Wie gut kennst du sie?«

»Eigentlich gar nicht, jedenfalls nicht sehr gut. Aber mein Dad kennt sie. Er ist schon seit Jahren mit ihnen befreundet. Sie arbeiten alle für einen Immobilienmakler in Angel.«

»Trägt einer von ihnen eine Brille?«

»Was zum Teufel reden Sie da? Nein, keiner von denen.«

Wirklich blöd. Es klang nicht so, als wäre es wichtig. Aber man konnte ja nie wissen …

Sheppard hatte ein Bild im Kopf. Der Böse. Eckige Brille. Anzug. Rote Krawatte. Der Mann, den Constance beschrieben hatte. Der Mann, den Mandy an diesem Morgen vielleicht gesehen hatte. Also konnte er nicht an zwei Orten gleichzeitig gewesen sein, oder?

»Es ist immer das Gleiche am Freitag. Mein Dad und seine Kumpel haben einen halben Tag frei. Schon komisch, dass anscheinend keiner von den Chefs am Freitagnachmittag noch arbeitet. Wie auch immer, sie kommen immer zu uns, sehen sich irgendeinen Sport im Fernsehen an, dann ziehen sie ab ins Pub. Ich geh aufs College, in die Therapie, dann komme ich nach Hause.«

Sheppard erstarrte. »Was?«

»Ich geh aufs College. St. Martin. Ich hab ein Stipendium für Kunst und Design.«

»Nein. Du gehst zur Therapie?«

Das Mädchen mit den Kopfhörern kniff die Augen zusammen. »Ja. Was ist damit? Jennifer Lawrence geht auch zur Therapie.«

»Nein. Es ...« Wähle deine Worte mit Bedacht.

»Ich bin da vor allem wegen ungelöster Familienprobleme. Außerdem leide ich an Klaustrophobie, mit der ist es eigentlich besser geworden ... bis ich mit fünf anderen Leuten und einem Toten in ein Hotelzimmer gesperrt wurde.«

Das erklärte ihr Verhalten zum Teil. Warum sie sich unter den Tisch gezwängt, die Augen geschlossen und die Kopfhörer aufbehalten hatte.

Er beschloss, sie nicht weiter zu bedrängen. »Hast du dich mit deinem Therapeuten getroffen?«

»Nein. Ich bin wie immer zu ihm, aber es war keiner zu Hause. Was komisch war, Dr. Winter hat sonst nie eine Sitzung verpasst. Es muss dann schon etwas Ernstes sein.«

»Dr. Winter.« Natürlich, wer sonst? Er ist das Verbindungsglied, oder? Überrascht. Warum war er jetzt überrascht?

»Ja.« Offensichtlich registrierte sie etwas in seiner Miene. Vielleicht war er so blass, wie er sich fühlte. »Was?« Sie hatte es nicht gehört. Sie hörte die Stones. Sie hatte keine Ahnung.

Sheppards Hand zitterte, als er Winters Brieftasche zückte und aufschlug. Er hielt sie dem Mädchen hin.

»Ist er das?«

Verwirrt betrachtete sie den Führerschein. »Ja. Wie sind Sie ...« Sie unterbrach sich. Ihr Gehirn zog gegen ihren Willen seine Schlussfolgerungen. Mit weit aufgerissenen Augen sah sie Sheppard an. Und bevor er sie aufhalten konnte, stürzte sie ins Badezimmer.

Überrumpelt eilte Sheppard ihr nach.

Mittlerweile hatte er sich ans Badezimmer gewöhnt – an das grelle Licht, den Geruch, trotzdem drehte sich ihm der Magen um. Das Mädchen hatte den Vorhang zur Seite gerissen und starrte in die Wanne. Als sie den toten Winter erblickte, fiel sie auf die Knie und klammerte sich mit beiden Händen an den Wannenrand.

»Was …«, krächzte sie. »Nein …«

Sheppard stand hinter ihr und wusste nicht recht, was er tun sollte.

Sie weinte nicht. Sie kauerte nur auf den Knien und betrachtete den Toten.

Jeder Gedanke daran, ob das Mädchen diesen Mann ermordet hatte, war schlagartig ausgelöscht.

Sheppard trat um sie herum und ließ sich neben ihr nieder. Nein, das Blut. Geh nicht näher ran…

Das Mädchen betrachtete Dr. Winter, als stünde er ihm sehr nahe. Ein Ersatzvater. Solche Gefühle hatte Sheppard bei ihr nicht erwartet.

Eine Weile saßen sie nur da. Er wusste, dass er weitermachen musste.

»Es tut mir leid«, sagte er.

»Wer war es?«, fragte sie.

»Das werde ich herausfinden.«

»Ich bringe ihn um«, sagte sie. Er glaubte ihr. »Dafür wird er büßen. Warum hat er Dr. Winter das angetan? Dr. Winter hat nie jemandem was getan. Er hat nur helfen wollen.«

Er hatte nie was getan. Er war gut und nett. Und naiv.

»Wie lange kennst du ihn?«

Sie riss sich von Winter los und sah zu ihm. »Ich bin seit fünf Jahren in Therapie.«

Wir hätten uns begegnen können. »Hast du was dagegen, wenn ich frage, warum?«

»Ich hatte soziale Angststörungen. Richtig schlimm. Deshalb halte ich mich meistens raus. Es ist viel besser geworden, aber es ist immer noch da. Dr. Winter hat mir geholfen. Er hat mir gezeigt, wie man damit zurechtkommt. Er ist ... er war ... ein guter Mensch.«

Sagen Sie, sind Sie ein guter Mensch? Die stechenden Schmerzen in seinem Kopf wurden mit jedem Wort schlimmer. Am liebsten hätte er auf die Luft eingeschlagen, um die Schmerzen loszuwerden.

Das Mädchen sah ihn verwirrt an. Erst jetzt wurde ihm bewusst, dass er tatsächlich auf die Luft eingeschlagen hatte. Reiß dich zusammen.

»Wann hast du ihn zum letzten Mal gesehen?«

Ihr Blick ging wieder zu Winter. »Vor einer Woche. Meine übliche Sitzung. Er hat mir gesagt, dass ich ihn eigentlich nicht mehr brauche. Aber ich ... ich brauche ihn noch. Er sagt, ich komme mit allem besser zurecht. Aber das stimmt nicht. Ich brauche ihn.«

»War irgendwas komisch an dieser Sitzung? Vielleicht etwas, was er gesagt hat?« Vielleicht etwas, was er geplant hat. Trotz allem fiel Sheppard die Vorstellung schwer, dass Winter an dieser Sache beteiligt war.

Das Mädchen wischte sich die Augen, obwohl es nicht weinte. »Er hat die Sitzung vorzeitig beendet. Ich bin immer eine Stunde bei ihm, nach der Hälfte aber hat es an der Eingangstür geklopft. Seine Praxis liegt vorn, er hat daher nur durchs Fenster gesehen. Aber danach ging es ganz schnell. Er sagte mir, es sei etwas dazwischengekommen und ich müsste gehen. Er entschuldigte sich tausendmal und meinte, wir würden die Sitzung diese Woche nachholen. Mir war es egal. Er brachte mich über die Hintertür raus, durch sein Wohnzimmer. Dann schloss er die Tür zu seiner Praxis, und ich hörte noch, wie er die Eingangstür öffnete. Das war alles.«

»Hast du zufällig gehört oder gesehen, wer vor der Tür stand?«

»Nein. Ich dachte, es sei einer seiner anderen Freunde ...« Er nannte sie Freunde, weil »Patienten« zu klinisch klang, zu kalt, erinnerte sich Sheppard. »Ich dachte mir, jemand müsste ihn ganz dringend sehen. Daher nahm ich es ihm nicht übel.«

»Aber du warst noch im Haus?« Er hat eine Eingangs- und eine Ausgangstür. Wusstest du das?

»Ja. Sonst gehe ich immer über die Küchentür raus. Die Hintertür. Aber ... ich weiß nicht, warum ich diesmal geblieben bin. Ich fühle mich sicher bei ihm zu Hause. Mein Dad hat mich noch nicht erwartet, also hab ich mich einfach hingesetzt. Ich wusste, dass Dr. Winter nichts dagegen hat. Ich war ungefähr zehn Minuten da. Ich hab bloß dagesessen. Und dann ...«

»Dann was?«

»Ich schnüffle normalerweise nicht rum«, sagte sie wie jemand, der gerade das Gegenteil eingesteht. »Ich weiß nicht, was über mich gekommen ist. Aber ... so nach zehn Minuten hat der Drucker an der Wand gegenüber plötzlich was ausgespuckt. Vielleicht war es Intuition. Aber ich bin aufgestanden und hinübergegangen.«

»Was kam heraus?«

»Unzählige Seiten. Unmengen an Text. Ich hab nichts davon gelesen. Es sah aus, als würde ihm das jemand zufaxen. Ich dachte schon, es würde gar nicht mehr aufhören. Aber dann wurde die letzte Seite ausgeworfen ... oder die erste ... Ich hab sie genommen und mir angesehen. Es war eine Art Karte. Voller Kästchen und Maßangaben, sogar Koordinaten, glaube ich, waren eingezeichnet. Dann betrachtete ich die zweite Seite. Die Urkunde für irgendein Grundstück, glaube ich. Ich weiß noch, ich war überrascht. Was hatte Winter mit so was zu schaffen? Ich dachte schon, es müsste ein Irrtum sein, aber auf der ersten Seite, ganz oben, hatte jemand handschriftlich ›An Winter‹ gekritzelt. Unterzeichnet war sie mit ›C‹. Ich konnte damit nichts anfangen.«

Sheppard sagte nichts. Eine Karte. Mit Maßangaben. Möglicherweise die Zeichnung dieses Raums? Keine Frage, Winter steckte mit drin. Was hatte sie noch gesagt? Eine Grundstücksurkunde? Was zum Teufel hatte das alles mit dem hier zu tun?

»Ich hab die Blätter zurückgelegt. Dann hab ich mich umgedreht. Und bin zusammengezuckt. Da stand er nämlich. Dr. Winter. Er musste den Drucker gehört haben. Ich dachte schon, er würde wütend werden. Aber dann geschah etwas ganz Seltsames.«

»Was?«

Sie schwieg kurz und sah zu ihrem toten Arzt. »Er begann zu weinen. Wirklich. Er kam auf mich zu und plapperte etwas, was ich nicht verstand. Er sah, was ich mir angesehen hatte. Er sah es, und ich sah es. Nur irgendein blödes Dokument, aber er drehte völlig durch und sagte so was wie ›nein, nicht du.‹ Zu mir. Ich war so schockiert, dass ich nicht wusste, was ich tun sollte. Ich packte meine Tasche und verschwand. So schnell wie möglich. Als ich mich noch mal umdrehte, stand er da, heulte und ließ sich auf den Boden fallen. Das war das letzte Mal, dass ich ihn gesehen habe … bis jetzt.«

Sie biss sich auf die Lippen.

Sheppard wusste nicht, was er sagen sollte. Immer noch ging ihm durch den Kopf, was sie da gesehen hatte. Sie stellte noch vor ihm den Zusammenhang her.

»Meinen Sie, dass ich deswegen hier bin?«

Er hatte immer noch nicht begriffen. »Was?«

»Weil ich diese Sachen gesehen habe? Er sagte doch, ›nein, nicht du.‹ Als wollte er mich beschützen, könnte es aber nicht. Ich bin abgehauen, als ich ihm hätte helfen sollen. So wie er mir immer geholfen hat.«

»Wir können noch nichts mit Bestimmtheit sagen«, erwiderte Sheppard. Aber es passte. Das Mädchen hatte die Pläne gesehen. Constance hatte dem bösen Menschen in die Augen gesehen. Alan hatte an der falschen gerichtlichen Angelegenheit mitgewirkt. Ryan war über Winter gestolpert. Und Mandy hatte mit Winters Tochter zusammengearbeitet.

Der böse Mensch hatte Winter benutzt. Um Informationen über das Hotelzimmer zu bekommen. Und benutzte ihn jetzt als Ermordeten in einem Cluedo-Spiel. Aber wer war der Täter? Wer hatte ihn getötet? Vorausgesetzt, es war nicht der böse Mensch selbst gewesen ... das hieß, jemand im Zimmer log.

Sheppard richtete sich auf und streckte dem Mädchen die Hand hin. »Komm, du musst ihn nicht mehr ansehen. Das tut dir nicht gut.«

Es dauerte etwas, aber dann ergriff sie seine Hand. Er zog sie hoch und schloss den Vorhang.

»Ich kann es einfach nicht glauben«, sagte sie. Sie wirkte ganz verloren. »Ich kann nicht glauben, dass er tot ist.« Sie bewegte sich in Richtung Tür – es sah wenig zweckgerichtet aus.

Dann drehte sie sich noch einmal um. »Ich habe Angst. Jetzt habe ich richtige Angst.«

Damit verschwand sie.

24

Wieder war er allein im Badezimmer. Er wandte sich zum Spiegel. Er sah schlimmer aus als vorher. Seine Haut wirkte schmierig, und er nahm alles nur noch schemenhaft wahr.

Er versuchte sich auf sein Spiegelbild zu konzentrieren, aber an den Rändern verschwamm alles. Kalte Stromschläge zuckten durch seinen Körper, sein Herz ging dreimal so schnell wie sonst – er hätte damit ein Flugzeug antreiben können. Als der Brechreiz übermächtig wurde, beugte er sich über die Toilettenschüssel, konnte gerade noch den Deckel hochklappen und gab den ganzen Mageninhalt von sich – eine purpurne Flüssigkeit, vermischt mit Bröckchen, die einmal eine Mahlzeit gewesen waren. Sein Rachen brannte, er würgte, als noch mehr kam. Er übergab sich dreimal, dann war es vollbracht. Die Überreste trieben auf dem Wasser. Es stank nach Eisen – nach Säure und dem Ende.

Er legte den Kopf auf die Toilettenschüssel und tastete blind nach der Spülung. Er drückte darauf, sein Erbrochenes strudelte davon. Der Geruch blieb und vermischte sich mit dem Geruch von Blut. Er schloss die Augen. Wie leicht wäre es gewesen, einfach hierzubleiben, einfach einzuschlafen.

Seine Kehle brannte.

Irgendwie zog er sich wieder zum Waschbecken hoch. Er drehte den Kaltwasserhahn auf, schüttete sich eine Handvoll Wasser in den Mund und schlürfte ein paar Schlucke. Dann fühlte er sich besser. Weitere Schlucke, er spülte den

Mund und spie aus, um die letzten Reste des Erbrochenen loszuwerden. Er drehte das warme Wasser auf, und nach einigen Sekunden stieg heißer Dampf aus dem Waschbecken auf. Er schloss die Augen und genoss die Wärme im Gesicht.

Er wusste nicht, wie lange er so dastand, kaltes Wasser trank und gleichzeitig im heißen Wasserdampf badete. Aber er wusste, er war zu lang. Es ging ihm besser – er musste bloß Platz schaffen in seinem Magen. Aber der eigentliche Crash stand noch bevor. Er brauchte einen Drink oder Tabletten oder beides. Der Crash würde schlimmer sein als das hier.

Alan. Mandy. Constance. Ryan. Und das Mädchen mit den Kopfhörern. *Einer von ihnen ist nicht wie die anderen.* Wer war der Mörder? Sie hatten ihm alle plausible Geschichten aufgetischt. Sie alle schienen ehrlich zu sein. Keiner hatte die Tatsache verschwiegen, dass er in der einen oder anderen Form mit Winter zu tun gehabt hatte. Sie waren alle miteinander verbunden auf eine Art und Weise, von der sie nichts wussten.

Alan schien am ehesten infrage zu kommen. Er hatte ein starkes Motiv – was er sogar selbst eingestanden hatte. Aber Alan erschien ihm nicht als jemand, der so impulsiv handeln würde. Er war ein Widerling, aber auch intelligent. Einen Zeugen umzubringen wäre unvernünftig, dumm. Aber wenn alles im Dienst eines größeren Plans stand ...

Constance käme infrage. Sie war Schauspielerin, es würde ihr leichtfallen, ihn von ihrer Geschichte zu überzeugen. Und sie war labil, ungestüm. Wer weiß, wozu sie fähig war? Jede Wette, dass es nicht viel brauchte, sie zu einem Mord anzustiften. Aber da war etwas in ihrem Gesichtsausdruck, als sie den bösen Menschen beschrieben hatte. Er glaubte etwas in ihren Augen gesehen zu haben.

Ryan arbeitete hier – hier in diesem Gebäude. Einer wie er, der sich hier auskannte, könnte ganz nützlich sein, wenn man einen Plan wie diesen in die Tat umsetzen wollte. Er war mit den Räumlichkeiten vertraut. Und er schien Geld für seine Familie zu brauchen. Er war sportlich und verfügte wahrscheinlich über einige Kraft. War es wirklich so abwegig, ihn für verdächtig zu halten?

Blieben das Mädchen mit den Kopfhörern und Mandy. Er konnte es sich nicht vorstellen. Die Reaktion des Mädchens auf den toten Dr. Winter – der alte Mann war für sie wie ein Vater gewesen. Sie waren befreundet gewesen. Und Mandy – bei ihr kam er immer wieder auf das eine zurück. Ihren Schrei. Als sie das Badezimmer betreten und Winter entdeckt hatte. So laut, so verängstigt, so bar jeder Hoffnung. Das war echt. Es konnte nicht anders sein. Bestimmt.

Die beiden kommen am wenigsten infrage. Und sind daher am wahrscheinlichsten die Täterinnen? Ein seltsamer Gedanke, den er aber nicht ganz abtun konnte. Schließlich war er Entertainer, und in seiner Fernsehsendung setzten die Produzenten regelmäßig auf diese Taktik. Den Verdacht vom eigentlichen Täter weglenken, damit das Überraschungsmoment umso größer war, wenn schließlich die Lösung präsentiert wurde. Vielleicht wusste der Mann unter der Pferdemaske davon. Trotzdem, das Mädchen mit den Kopfhörern? Mandy? Wirklich? Er konnte sich einfach nicht vorstellen, dass sie zu so einer Tat fähig waren.

Bist du zu so einer Tat fähig? Ein seltsamer Gedanke, ein ekelerregender Gedanke, aber nicht ungerechtfertigt. Immerhin litt er hin und wieder an Gedächtnisverlust. Aber könnte er so was tun? Noch dazu bei Dr. Winter?

Winter und der böse Mensch hatten das hier seit Langem geplant. Hasste Winter ihn wirklich so sehr? Um dafür Hunderte Unschuldige in den Tod zu schicken? Hatte er, Sheppard, das anderen angetan? Wenn, dann war es nicht seine Absicht gewesen. Was immer er getan hatte – er hatte es nicht so gemeint. *Vielleicht hast du deshalb Winter getötet. Du hast herausgefunden, was er vorhatte.* Mit einem üblen Gefühl musste sich Sheppard eingestehen, dass er sich selbst als Täter nicht ausschließen konnte.

Aber konnte er wirklich Winter die Schuld geben? Wahrscheinlich war das, was er Winter angetan hatte und wodurch er ihm den Grund geliefert hatte, ihn so sehr zu hassen, durchaus in voller Absicht geschehen. Der andere Sheppard, der hätte nichts davon getan. Der andere Sheppard, der noch der Meinung gewesen war, das alles ginge zu weit. Der andere Sheppard, der aus der Sendung hatte aussteigen, sich aller Aufmerksamkeit entziehen und wieder zu einem Niemand werden wollen.

Aber dieser Mensch war er nicht mehr. Er wurde von dem kleinen Kind beherrscht, das er einmal gewesen war. Das Kind, dem Aufmerksamkeit wichtiger war als alles andere. Das Kind, das »es« so sehr wollte und sich einfach holte. Und sich dann schwor, niemals mehr ein Unbekannter zu sein.

Sagen Sie, sind Sie ein guter Mensch?

Es war alles viel zu schnell geschehen. Der Alkohol und die Drogen. Sie erleichterten es ihm, weiterzumachen. Immer weiter. Er hatte sich zu etwas ganz Schrecklichem entwickelt. Und es war ihm egal geworden.

Eine Woge des Selbstmitleids erfasste ihn. Er konnte sich noch nicht mal selbst ansehen. Die blutunterlaufenen Augen, die klamme Haut, der verächtliche Blick. Er war kaputt. Nur noch ein Schatten dieses Trugbilds, das im Fernsehen zu sehen war.

Der Spiegel beschlug. Sein Gesicht verschwand im Dunst.

Dieser Mensch war er nicht. Nicht jetzt, nicht in diesem fürchterlichen Badezimmer. Er war bloß jemand mit zu vielen Fragen und keinen Antworten. Sein Leben lang war er ausgewichen, hatte sich weggeduckt, damit die Schwierigkeiten ihn nicht einholen konnten. Warum hatte er nicht gewusst, dass eines Tages so etwas geschehen würde? Dass eines Tages die Maus in die Falle gehen würde?

Reichte das, um Reue zu empfinden?

Er drehte die beiden Wasserhähne zu, eine letzte Dampfwolke stieg auf und vermischte sich mit dem Geruch von Blut und Erbrochenem.

An der Tür sah er sich um. Dr. Winters Schatten hinter dem Vorhang. Noch einmal zog er ihn beiseite.

Sagen Sie mir ...

»Ich bin kein guter Mensch, das war ich nie.« Endlich die Antwort. Nach so vielen Jahren.

Winters regloses Gesicht gab ihm zu verstehen, dass das nicht reichte.

25

Vorher …

Die Backsteinmauern vibrierten, als er eintraf. Er stieg aus dem Fond der Limousine und winkte den Leuten in der langen Schlange vor dem Einlass zu. Sie winkten zurück, einige kreischten glücklich. Mit einem Nicken näherte er sich dem Türsteher. Lächelnd hakte der große, stämmige Mann das Absperrband aus.

Langsam stieg Sheppard die Treppe hinunter. Er hatte bereits einiges intus und eine Pille zu viel eingeworfen. Seine Glieder fühlten sich angenehm taub an, fast so, als könnte er schweben, eine vertraute Flaumigkeit breitete sich im Gehirn aus. Er sah die Welt wie durch eine Wolke, aber der Alkohol zerrte ihn zurück auf die Erde. Das war das Coole an dieser Kombi. Er existierte in einem Zwischenreich. Einer neuen Realität. In der Realität, die er hinter sich gelassen hatte, konnte er allerdings geradeaus gehen. Hier musste er sich am Geländer festhalten, nachdem er auf den teppichbelegten Stufen beinahe gestolpert wäre. Sein Herz flatterte. Stufen waren der Feind des Betrunkenen.

Aber er schaffte es und erreichte unfallfrei das weite, offene Rund des Clubs. Es war unglaublich dunkel, blitzende Stroboskoplichter erhellten fragmentarisch den Raum. Vor ihm lag die Tanzfläche, seitlich befand sich die erhöhte Bar, an den Rändern gab es Sitznischen. Auf der Tanzfläche drängten sich die Gäste und sprangen zu einem Popsong auf und ab.

Er lächelte und schob sich über die Tanzfläche. Wenn sie ihn sahen, machten sie ihm Platz. Manche versuchten mit ihm zu reden oder griffen nach ihm. Er lächelte sie nur an. Bei den Lichtverhältnissen konnte er niemanden erkennen, keine Gesichtszüge wahrnehmen, er hatte keine Ahnung, wer wer war. Sie glichen allesamt Gespenstern. Und darüber war er fast froh. Er hatte keine Zeit für richtige Menschen.

Er ließ den Blick durch den Raum schweifen und suchte den VIP-Bereich. Entdeckte ihn gleich neben der Bar. Vertraute Gesichter hinter der Absperrung. Der Typ von der Security sah ihn und lächelte ihm zu.

»Mr. Sheppard.« Seine Lippen vollführten die entsprechenden Bewegungen. »Schön, Sie zu sehen.«

Er öffnete die Absperrung und ließ ihn durch. Sheppard erwiderte das Lächeln, patschte ihm auf die Schulter und steckte ihm verstohlen drei 20-Pfund-Scheine zu.

Der Code für *Ich will nicht gestört werden.*

Der VIP-Bereich war vom übrigen Club etwas abgesetzt. Eine Nische, klein, aber lang genug, um die Musik aus dem Hauptraum zu verändern. Zu dämpfen. Etwas heller war es auch, dank kleiner, in der Ziegeldecke eingelassener Lichter. Bequeme Sessel standen im Rund, Sheppard konnte die Gesichter der Gäste sehen, die hier saßen. Es war noch nicht viel los, aber er erkannte seinen PR-Manager, vertieft in ein Gespräch mit zwei klasse Frauen, die wie eineiige Zwillinge aussahen. Dazu seinen Regisseur und seinen persönlichen Assistenten, die keineswegs davon angetan schienen, sich miteinander sowie mit Douglas Perry unterhalten zu müssen, der offensichtlich auf ihn wartete und an einem komischen bunten Drink nuckelte, in dem eine Orangenscheibe und ein rosafarbenes Schirmchen steckten.

Auf dem runden, vor verschüttetem Alkohol schimmernden Tisch standen haufenweise leere Gläser, und noch während sein Blick darauf fiel, kam eine hübsche junge Bedienung und räumte alles ab. Er glaubte zu sehen, wie sie das Gesicht verzog, als sie das erste Glas auf ihr Tablett stellte.

Sheppard ließ sich auf einen der Sessel gleiten, erleichtert, dass jetzt keine Gefahr mehr bestand, einfach umzukippen. Douglas sah von seinem Handy auf. Ein Strohhalm hing ihm im Mundwinkel, er lachte laut auf. Wie hinüber war er bereits? Sein Agent hatte eine Vorliebe für Kokain und war selten ohne diese Droge anzutreffen. Er hatte sogar Sheppard dazu gebracht, einige Male zu probieren. Es war nicht unangenehm, nur mochte Sheppard die Nachwirkungen nicht. Seine Pillen waren ihm lieber.

»Hier ist er ja, der Mann der Stunde. Oder sollte ich sagen, der Mann des Jahres?«

Alle blickten auf. Alle drehten sich zu ihm hin, lächelten und klatschten. Die jungen Frauen in Gesellschaft seines PR-Managers machten den Eindruck, als hätten sie ihren Gastgeber liebend gern gegen Sheppard eingetauscht, konnten sich aber nicht aus dem Gespräch loseisen.

»Los, was willst du? Ich lade dich ein.«

»Hier ist doch alles umsonst, Doug«, sagte Sheppard. Er verschliff bereits die Worte.

»Genau. Deswegen lade ich dich auch ein«, sagte Douglas und lachte herzhaft. Er hob die Hand und winkte eine Frau in einem kurzen roten Kleid heran. Sie war hübsch und hatte lange Beine. Sheppard musterte sie von oben bis unten, während Douglas einen Bourbon für seinen Klienten und für sich noch mal das monsterhaft bunte Gesöff orderte.

Nachdem sie fort war, richtete Douglas seine Aufmerksamkeit wieder auf Sheppard. Sheppard nahm sich eines der Tütchen mit dem weißen Puder und legte eine Line.

»Also, junger Mann, wie geht's, wie steht's?« Douglas gerierte sich gern als älterer Gentleman, der womöglich sogar noch den Krieg miterlebt hatte. In Wirklichkeit war er fünfzig und so rückgratlos, wie man es sich nur vorstellen konnte.

»Mir geht's großartig«, sagte Sheppard und rutschte auf seinem Sitz herum. Er könnte noch eine Tablette vertragen. Von denen konnte er nie genug kriegen – nie war er zufrieden. Immer war es das eine oder das andere – entweder zu viel oder zu wenig. Und er wusste nie, was er schlimmer fand.

»Du siehst mir ein wenig angeschlagen aus, wenn ich das sagen darf, Kumpel.«

Sheppard lächelte, als die Frau ihm seinen Drink brachte. Er nahm ihn entgegen und kippte ihn auf ex. Ein Zittern lief durch sein Hirn, ein Energieschub. Schon besser. »Ist es jetzt besser?« Er stellte das Glas der Bedienung aufs Tablett und bestellte einen weiteren. Sie nickte und ging.

»Ha! Na, du hast es dir verdient. Du allein bringst meine Kinder durchs College, weißt du das?«

»Red nicht drüber.«

»Im Ernst, Sheppard, es ist fantastisch. Absolut fantastisch. Deine Einschaltquoten gehen durch die Decke. Die Sendung ist erfolgreicher als alles, was jemals im Vormittagsprogramm gelaufen ist. Hast du die Zahlen gesehen? Hat Zoe dir die Zahlen geschickt?«

»Ich hab die Zahlen gesehen. Sie hat sie mir geschickt.«

»Ich hab Zoe noch gar nicht gesehen. Wenn sie kommt, gibt sie dir die Zahlen.«

»Doug«, sagte Sheppard und lachte. »Ich hab die Zahlen gesehen.«

Douglas verstummte, dann lachte auch er. »Sorry, Kumpel. Sie sind so fantastisch. *Du* bist fantastisch. Du weißt noch, als ich dich unter meine Fittiche genommen habe? Du warst …«

»Vierzehn. Ja, ich weiß. Ich war dabei.«

»Vierzehn. Ich hätte nie gedacht, dass du es so weit bringen würdest. Ich meine, ich will ja nicht schlecht von den Toten reden, aber Gott sei Dank ist dieser Mathe-Lehrer damals ermordet worden.«

Sheppard wusste nicht, wie er darauf reagieren sollte. Also lächelte er. Douglas fand immer die taktloseste Art, um etwas zu sagen – dafür besaß er ein Talent. Deshalb hatte er auch zwei Ex-Frauen und vier Kinder, die ihn zum Kotzen fanden.

Trotz seines benebelten Geisteszustands dachte er an Mr. Jefferies. Den freundlichen, rundlichen Mathe-Lehrer, der ihm immer bei den Hausaufgaben geholfen hatte. Den Lehrer, der von der Decke hing, als man ihn fand.

»Worüber wolltest du mit mir reden, Doug?«, fragte Sheppard, als die langbeinige Frau mit einem weiteren Drink und Dougs Cocktail zurückkam. Diesmal hielt Sheppard sein Glas ins Licht. Die klare braune Flüssigkeit sah einladend, samtig aus. Sein Lebenselixier. Er nahm einen Schluck und sagte zu der Frau: »Lass mein Glas nicht leer werden, ja?«

Die Frau nickte. Sie wirkte benommen, aufgeregt. Offensichtlich ein Fan. Frauen ließen ihre Augen so komisch flattern, wenn sie ihn erkannten. Er konnte nie sagen, ob sie mit ihm schlafen oder ihn ermorden wollten. So oder so sahen sie jedenfalls einladend gefährlich aus.

Douglas nahm seinen neuen Cocktail entgegen. »Ich wollte mit dir über neue Möglichkeiten reden.«

»Mir schwant Übles«, entgegnete Sheppard. Der Alkohol hüllte ihn ein wie eine warme Decke an einem kalten Abend.

»Ich bin von mehreren darauf angesprochen worden, ob du vielleicht ein Buch schreiben könntest.«

»Ein Buch?«

»Ja, das sind die Dinger mit den Wörtern drin.«

»Sehr witzig, Doug. Worüber soll ich ein Buch schreiben?«

»Na ja, über irgendwas. Alles, was du willst. So interessant oder öde, wie du willst. Um ehrlich zu sein, es ist schnurzegal. Die Leute werden es kaufen, weil dein Name drauf steht. Bücher sind wie Fernsehen. Es dreht sich alles nur um den Typen hinter der Scheibe.«

»Ich weiß nicht, wie man ein Buch schreibt.«

»Man wird dir helfen. Zum Teufel, andere werden es für dich schreiben, wenn du willst. Du musst nur deinen Namen fürs Cover hergeben. Was meinst du?«

Sheppard lachte. »So einfach ist das?«

»Denk nur daran, was das Buch leisten könnte. Der Ermittler Morgan Sheppard erzählt davon, wie er den Mord an seinem Lehrer aufklären wollte, als er gerade mal elf Jahre alt war. Mein Gott, Morgan, das ist ein todsicherer Hit. Solche Titel landen auf der Bestsellerliste der *Times*.«

»Klingt verlockend«, sagte Sheppard und ließ den Bourbon im Glas kreisen. Er konnte es fast vor sich sehen. Das Buch im Schaufenster von Waterstones. Vielleicht mit einem geschmackvoll gestylten Cover. Sein Porträt hinten auf dem Umschlag, er selbst, wie er von abertausend Exemplaren lächelt. Ein hübscher, dicker Band, voll mit den Erzählungen des Kinderdetektivs.

»Also?«

»Ich sag nicht sehr oft Nein, Doug. Wäre also zwecklos, jetzt damit anzufangen.«

Douglas sprang fast aus seinem Sessel. »Ha! Ja, Sir, du bist fantastisch, Sheppard. Wir werden die Könige der

Welt. Du und ich. Morgan Sheppard ganz oben auf allen Listen. Du bist eine Marke. Wir werden Millionen scheffeln. Ich hab auch schon einige Verleger an der Hand, die bereit sind, fürs erste Buch ihren Arsch zu verpfänden.«

»Das erste? Wir wollen es doch nicht übertreiben, Doug.«

»*Wir wollen es doch nicht übertreiben*«, äffte Douglas ihn nach. »Das klingt nach einem Morgan Sheppard, der noch nicht genug hat. Bedienung!« Er winkte der Frau, um eine weitere Runde zu bestellen.

Die restliche Nacht verlor sich in den Ausdünstungen toxischer Substanzen. Sheppard und Douglas unterhielten sich über nichts Besonderes und wurden dabei immer betrunkener. Oft kamen kleinere Gruppen von meistens jungen Frauen zur VIP-Absperrung und baten Sheppard um ein Autogramm. Obwohl es sich eigentlich um eine Party des Senders handeln sollte, erkannte er keine einzige von ihnen. Douglas bestand darauf, dass er jeden Autogrammwunsch erfüllte, Sheppard beklagte sich nicht.

Irgendwann wurde die Musik lauter und das Licht dunkler, sodass Sheppard Douglas kaum noch sehen, geschweige denn hören konnte. Die beiden schrien sich an, verstanden aber kaum noch, was der jeweils andere sagte. Schließlich kam Sheppard zu dem Schluss, dass er wohl oder übel die riesige Tanzfläche überqueren musste, wenn er was finden wollte, wo er pinkeln konnte. Er deutete zu Douglas, und irgendwie bekam der Betrunkene mit, was er ihm damit zu verstehen geben wollte.

Sheppard stand auf. Die ganze Welt geriet ins Schwanken. Die Welt schwankte, nicht er. Er hatte sich nie besser gefühlt. Kinderdetektiv. Fernsehmoderator. Und jetzt auch noch Buchautor. Er verließ den VIP-Bereich und patschte dem Mann von der Security auf die Schulter, mehr um sich an ihm festzuhalten denn aus Freundlichkeit. Die Tanzfläche sah größer aus als vorher. Sie hob und senkte sich und pulsierte. Die Leute verschmolzen zu einer einzigen großen, dunklen Masse. Er zog den Kopf ein und marschierte durch sie hindurch.

Das Verrückte am Berühmtsein war die Tatsache, dass die Leute einen ständig anfassen wollten. Es war schon eigenartig. Es reichte ihnen nicht, wenn sie ihn sahen – sie mussten sich davon überzeugen, dass er real war. Beim Überqueren der Tanzfläche kam Sheppard wieder mal in den Genuss dieses Phänomens. Die Leute betatschten ihn, schüttelten ihm die Hand, umarmten ihn sogar. Und Sheppard war betrunken genug, um alles mit sich geschehen zu lassen.

Es dauerte eine gefühlte Ewigkeit, bis er die Tanzfläche hinter sich hatte und vor sich ein Neonschild mit der Aufschrift »John« und einem Pfeil entdeckte, der in einen schmalen Gang zeigte. John? Na ja, ein Männername, also folgte er ihm und fand schließlich die Toiletten.

Es dauerte eine halbe Stunde, bis er wieder im VIP-Bereich war. Als er Platz nahm, stellte er fest, dass sich Douglas drei weitere Gläser mit buntem Eismatsch genehmigt hatte. Die einzelnen Gruppen hatten sich mittlerweile vermischt, Douglas unterhielt sich angeregt mit den Zwillingen, während sein Produzent und der Verleger mitten in einer hitzigen Diskussion waren. Sein persönlicher Assistent Rogers sah blass aus … als könnte er jeden Moment ohnmächtig werden oder sich übergeben oder beides zugleich fertig kriegen.

Die anderen sahen sich um, als die Bedienung Sheppard einen weiteren Bourbon brachte.

»Danke«, sagte Sheppard und kippte ihn in einem Zug, ohne weiter darüber nachzudenken. »Noch einen, bitte.«

Die Frau nickte lächelnd.

Douglas lachte und deutete auf Sheppard. »Der Typ weiß zu feiern«, sagte er zu den jungen Frauen.

Sheppard erwiderte das Lächeln. »Ein bisschen.«

»Alles in Ordnung, Kumpel? Du warst lange weg.«

»Ha, sagen wir mal, wenn ich das nächste Mal pinkeln muss, setz ich mich eine Viertelstunde früher in Bewegung. Weißt du, was jetzt wirklich nötig ist? Jetzt ist es nötig, sich mal so richtig zu besaufen.«

Perry lächelte. »Na, darauf trink ich mal lieber.«

Wie aufs Stichwort und überraschend schnell kam die Bedienung mit dem nächsten Bourbon für Sheppard. Er wusste längst nicht mehr, wie viel er schon hatte – es hatte mal eine Zeit gegeben, da hatte er mitgezählt. Jetzt war es ihm egal. Sheppard stieß mit Douglas und den jungen Frauen an, in diesem Moment kippte sein Assistent Rogers schließlich doch noch um. Er krachte mit dem Gesicht auf den Tisch und sackte anschließend zu Boden.

Der gesamte VIP-Bereich brach in schallendes Gelächter aus.

Sheppard stieg auf den Tisch und gab dem DJ ein Zeichen, woraufhin der die Musik leiser stellte.

»Ein dreifaches Hoch auf den sturzbesoffenen Rogers«, brüllte Sheppard.

Der gesamte Club stimmte in ein lautes »Hipp, hipp, hurra« ein. Die Hälfte der Leute hatte wahrscheinlich keine Ahnung, warum, aber sie grölte trotzdem mit.

Von da an hatte er keinerlei Erinnerungen mehr an den Abend.

26

Sheppard stürzte so übereilt aus dem Badezimmer, dass er mit Mandy zusammenstieß, die neben dem Bett stand und dort scheinbar die Wand anstarrte. Bevor sie beide zu Boden gingen, packte sie ihn und hielt ihn fest. Alle anderen blickten nur kurz auf und wandten sich gleich wieder dem zu, was sie vorher getan hatten.

»Was ist?«, fragte Mandy. Sie musste es seinem Blick angesehen haben.

Sheppard setzte zu einer Antwort an, ließ es aber bleiben. Er wusste nicht, was er sagen sollte. Er schnappte nach Luft wie ein Fisch auf dem Trockenen. Seine Erwiderung auf Winter – »*Ich bin kein guter Mensch, das war ich nie*« – schien alles auf den Punkt zu bringen. Das und das Gefühl, dass der böse Mensch Sheppards Unzulänglichkeiten besser kannte als er selbst. »Was machen Sie da?«, fragte er Mandy.

»Ich betrachte das Bild. Es ist doch ziemlich seltsam, meinen Sie nicht auch?« Das Gemälde des brennenden Bauernhofs und der lächelnden Vogelscheuche war ihm gleich nach dem Aufwachen aufgefallen, seitdem hatte er allerdings keinen Gedanken mehr daran verschwendet. »Warum hängt so was in einem Hotelzimmer?«

»Keine Ahnung«, antwortete Sheppard. Ihm fiel ein, dass ihm genau dasselbe durch den Kopf gegangen war.

Sie strich mit der Hand über den Farbauftrag. »Ein trauriges Bild, finden Sie nicht auch? Ich mag Kunstwerke, ich denke gern darüber nach, was sie zu bedeuten haben. Aber das Bild hier jagt mir eine Scheißangst ein. Irgendwie weiß ich, dass eine Familie in diesem Haus ist, dass dort Kinder sind, die jetzt verbrennen. Und dann die Vogelscheuche mit ihrem Blick. Ihre Augen erinnern mich an die Augen von diesem Typen im Café.«

»Was sagen Sie da?«

»Es müssen doch Menschen in dem Haus sein, oder?«

»Nein. Das über die Augen.«

»Oh.« Mandy zog die Hand vom Bild zurück. »Mir ist was eingefallen. Der Typ im Café, der mich angesehen hat. Ich weiß jetzt, was mir so große Angst gemacht hat. Seine Augen. Das waren die Augen von jemandem, der nichts Gutes im Schilde führt. Genau wie die Augen dieser Vogelscheuche.«

Sheppard sah zum Gemälde. Die Augen der Vogelscheuche hatten etwas seltsam Menschliches an sich. Und sie schienen sich zu bewegen und ihn anzusehen. *Nein, das ist eine Illusion.* Aber es passte zu dem, was Constance gesagt hatte. Mandy war demselben Mann begegnet.

Was bedeutete …

Sheppard wurde erneut schwindlig. Er musste sich an der Wand abstützen. »Wir müssen hier raus.«

Mandy wich die Farbe aus dem Gesicht. »Aber …«

Du schaffst es nicht.

»Ich schaff es nicht.«

Die umständlichen Befragungen, die verlorene Zeit, während er einfach nur das Richtige hätte tun sollen. Zum Beispiel zu fliehen versuchen.

Alans Stimme aus einiger Ferne: »Na, schön zu wissen, dass er der gleichen Meinung ist wie wir.«

»Halten Sie den Mund, Alan.« Ryan.

Wer log? Jemand in diesem Raum musste lügen. Aber alle Geschichten waren in sich stimmig. Alle waren sie Winter oder Constances bösem Menschen begegnet. Alle waren sie deswegen hier gelandet. Aber wer log? Jemand, der mehr draufhatte als er, hätte es vermutlich sagen können. Er hätte es ihrem Blick angesehen.

Sheppard sah von Mandy zum Timer. Keine zwei Stunden mehr. Zu viel Zeit. Wenn der böse Mensch wusste, dass Sheppard es nicht schaffte, warum brachte er ihn dann nicht gleich um? Warum steckte er ihn hier in dieses Wartezimmer des Todes?

»Sheppard, was ist?« Wieder Mandy. Diesmal aber voller Angst.

Sheppard sah zu ihr. Er schob sich an ihr vorbei. Ignorierte ihre folgende Frage.

Im Moment gab es nur eins. Nur eins, um das Zittern und den Kollaps, den Crash abzuwenden. Dem unmittelbar bevorstehenden Tod die Schärfe zu nehmen. Obwohl der Böse vielleicht ein letztes Mal auflachte, wenn sich alles bloß als leere Drohung herausstellte.

Sheppard fiel vor dem Fernseher fast auf die Knie. Die anderen redeten auf ihn ein. Er war auf gleicher Höhe mit dem Mädchen. Die sich wieder die Kopfhörer übergestreift hatte, als sie unter den Tisch zurückgekrochen war. Er sah zu ihr, sie sah zu ihm. Er betastete das Schränkchen unter dem Tisch, suchte nach einem Griff und hoffte inständig, dass er recht hatte.

Es war wirklich die Minibar. Und selbst in der relativen Helligkeit des Raums hatte das Aufflackern des Kühlschranklämpchens etwas Tröstliches. Was man von dem Inhalt allerdings nicht behaupten konnte.

Die Minibar war fast leer, genau wie er befürchtet hatte. Ein jämmerlicher Anblick, wie es bei leeren Kühlschränken so oft der Fall war. Es gab nur zwei Gegenstände, auf dem obersten Regal – Miniflaschen, wie man sie von Flugreisen kannte. Seine Lieblingsmarke Bourbon.

Fast schlimmer als gar nichts.

Er griff sich ein Fläschchen – das kaum die Größe seines Zeigefingers hatte. Ein Schluck Alkohol, vielleicht zwei – es reichte kaum, um den Geschmack zu kosten.

Seine Lieblingsmarke – lieber nicht daran denken, was das zu bedeuten hatte.

Sheppard schob sich ein Fläschchen in die Hosentasche und packte das andere. Er stand auf und sah sich mit der Flasche in der Hand um.

Alan betrachtete ihn mit einer Art entgeisterter Abscheu. Die anderen waren bloß entgeistert.

»Ich glaube nicht, dass jetzt der geeignete Zeitpunkt ist, sich volllaufen zu lassen, Sheppard«, sagte der Anwalt. In einem ätzenden Ton, der sich durch die Haut brannte.

»Es sind nur zwei Fläschchen, Alan.«

»Ich wusste es. Ich wusste es, die Zeitungen hatten recht«, sagte Alan. »Ihre Hände zittern, Sie schwitzen wie ein Schwein. Alles Entzugserscheinungen.«

Sheppard stürzte sich auf Alan, packte ihn am Revers und stieß ihn gegen das Fenster. Alan gab ein wütendes Ächzen von sich.

»Da haben wir ihn also«, sagte Alan. »Unseren wahren Helden.«

»Können Sie nur mal für zwei gottverdammte Sekunden den Mund halten?«, fauchte Sheppard. »Es sind nur zwei Fläschchen.« Zu nah. Er spürte den Hass des älteren Mannes.

»Sheppard?«, sagte Mandy nervös.

Sie starrte in die Minibar. Auch Ryan sah hinein. Sheppard ließ Alan los. Der Anwalt richtete seine Krawatte und wischte sich übers Revers, als wäre es von Sheppard beschmutzt worden.

Sheppard trat vor die Minibar.

Mandy kniete sich nieder, fasste in den kleinen Kühlschrank und zog vom untersten Regal einen kleinen weißen Kasten heraus. Er hatte ihn nicht bemerkt, da er exakt den Freiraum ausgefüllt hatte und ihm deshalb nicht aufgefallen war. Sie hielt Sheppard den Kasten hin.

Auf den ersten Blick sah es wie ein Erste-Hilfe-Kasten aus. Aber mit schwarzem Marker, in derselben Handschrift wie auf dem Regelbuch, stand darauf geschrieben: »Mit den besten Empfehlungen, das Great Hotel.«

Er drehte ihn um. Auf der Unterseite stand nichts. Der Inhalt klapperte. Der Kasten war schwer.

Ein Erste-Hilfe-Kasten? Der Sheppards Begierden stillen könnte? Wenn der böse Mensch seinen Lieblings-Bourbon kannte, dann wusste er bestimmt auch, was er sonst noch brauchte. Vielleicht war dieser Kasten ein Geschenk.

Sheppard schob auch das zweite Bourbon-Fläschchen in die Hosentasche, packte den Kasten mit beiden Händen und ließ den Verschluss aufschnappen.

Nichts von dem, was er wollte. Weder Lebensmittel noch Wasser. Schlimmer noch, Sheppard war fassungslos.

»Was ist drin?«, fragte Ryan. Mandy wiederholte seine Frage.

Sheppard sah zu ihnen und leerte den Kasten. Sie betrachteten den auf dem Bett verstreuten Inhalt. Sechs Handys.

27

Handys? Sheppard sah zu den anderen – sie waren verwirrt, genau wie er. Sogar Constance auf dem Bett blickte auf, und das Mädchen mit den Kopfhörern streckte den Kopf unter dem Tisch hervor.

Wieder sah er zu den Handys – er konnte seines nicht entdecken.

»Was ist das?«, fragte Ryan.

Wahllos griff Sheppard sich eins – ein dünnes Handy – und tippte aufs Display. Das Hintergrundbild eines Hundes mit einem Geweih erschien. Und die Eingabemaske für das Passwort. Egal. Sheppard sah auf Anhieb das Entscheidende. Kein Empfang.

Wen sollte er anrufen? Die Polizei? Er hatte noch nie die Polizei angerufen. War das wie im Fernsehen?

Hier Notrufzentrale. Was haben Sie zu melden?

Wir sind von einem Typen mit einer Pferdemaske in ein Zimmer gesperrt worden. Ich muss in der nächsten eindreiviertel Stunde einen Mord aufklären, sonst sprengt er das Gebäude in die Luft. Nein, warten Sie – legen Sie nicht auf.

Sheppard wollte das Handy schon weglegen, als er ein Wimmern hörte. Er sah sich um – das Mädchen starrte das Gerät an. Er hielt es hoch, damit sie das Bild des geweihtragenden Hundes sehen konnte. Sie nickte. Er gab es ihr.

»Erkennen Sie Ihr Gerät?«, fragte Sheppard an alle gewandt, aber keiner rührte sich. Also griff er sich ein Klapphandy, das aufleuchtete, als er es öffnete. Einfacher blauer Hintergrund. Old style. Und in der Ecke – kein Empfang.

Er legte das Handy weg. Ryan nahm es sich. »Das ist meins«, sagte er und klappte es auf.

Alan näherte sich und nahm sich eins der übrigen Geräte. »Endlich kann ich Jenkins sagen, dass er meinen Bericht vorbereiten soll.«

»Ich denke, wir sollten erst die Polizei anrufen, ja?«, sagte Mandy und nahm sich ein anderes. An ihrem hing so ein Dongle.

Zwei Geräte blieben übrig. Ein BlackBerry und ein Smartphone. Keines gehörte ihm. Er nahm sich das Smartphone. Etwas älter als das letzte und an einer Ecke gebrochen. Hintergrundbild – eine junge Frau mit einem Baby in den Armen. Oben in der Ecke – kein Empfang.

Warte!

Drei Handys ohne Empfang. Und nach Alans und Mandys Mienen zu schließen möglicherweise drei weitere.

»Wie ist das möglich«, fragte Ryan, als ihm dämmerte, was Sheppard schon klar war. Er hielt sein Handy in die Höhe. Auch Mandy machte es so – das Ding, das an ihrem Gerät hing, baumelte in der Luft.

»Gottverdammt.«

Constance stöhnte auf. »Gott braucht keine Telefonmasten.«

»Halt die Klappe, du Betschwester«, giftete Alan.

Sheppard beachtete die beiden nicht weiter. »Hat jemand Empfang?«

Überall leere Gesichter.

»Kein Empfang«, sagte Mandy. »Aber wir sind doch im Zentrum von London.«

»Der Scheißkerl muss ihn irgendwie blockieren«, sagte Alan. »Den Empfang. Er spielt mit uns. Sorgt erst dafür, dass wir uns Hoffnungen machen, und zerstört sie dann wieder.«

»Wovon reden Sie?«, sagte Ryan.

»Erlebe ich ständig«, erzählte Alan. »So bricht man die Menschen.«

Constance rutschte auf dem Bett nach vorn und deutete auf Sheppard. Er reichte ihr das Smartphone. Sie nahm es, huschte sofort wieder zurück und nahm ihren vorherigen Platz wieder ein.

Blieb noch ein Handy. Das BlackBerry. Noch eines der Modelle mit einer kompletten Tastatur mit unmöglich kleinen Tasten für jeden Buchstaben. Aber wem gehörte es?

Er nahm es und drückte willkürlich auf eine der Tasten. Das Display wurde beleuchtet. Hinter den vielen Icons waren zwei Gesichter erkennbar. Ehefrau und Tochter. Jünger, als sie jetzt sein mussten.

Alkohol und Drogen, sie vernebelten ihm den Kopf. Legten einen Schleier über die Vergangenheit. Sorgten dafür, dass er ausschließlich im Hier und Jetzt lebte. Sie erschwerten die Erinnerung, doch sie war noch da. Er brauchte nur einen kleinen Anstoß, um das Gedächtnis wieder auf Trab zu bringen. Es reichte allemal, Winters Tochter wieder vor sich zu sehen. Und ihm fiel ein, wie er sie alle verletzt hatte. Winter war tot, und sie würden es vielleicht nie erfahren. Er verdeckte vor den anderen das Display, als enthüllte es alles, was er getan hatte.

Mandy zauderte. »Gehört es Ihnen?«, fragte sie lächelnd. Offensichtlich entsprach das Handy ganz und gar nicht Sheppards Stil. Was stimmte.

»Ähm … ja«, sagte Sheppard und sah auf. »Kein Empfang.« Er steckte es in die Hosentasche, neben die Bourbon-Fläschchen.

Lügen können einen Menschen zerstören, hatte Winter gesagt – in einer ihrer letzten Sitzungen. *Sie können ihn von innen heraus zersetzen.*

Offensichtlich hatte er, Sheppard, nichts gelernt.

28

Sie zogen sich in die verschiedenen Ecken des Zimmers zurück, hielten ihre Handys umklammert, auf der Suche nach einem Empfang. Sheppard beobachtete sie, er wusste, es war sinnlos.

Denn Alan hatte recht. Der böse Mensch spielte mit ihnen, er verführte sie dazu, Zeit zu vergeuden.

Es steckt mehr als das dahinter. Ja? Es musste einen Grund dafür geben.

Sein Handy hatte nicht im Kasten gelegen. Hatte das etwas zu bedeuten? Hatte er sein Handy im Pariser Hotelzimmer einstecken gehabt? Er konnte sich nicht erinnern.

Vielleicht also …? Sheppard vergewisserte sich, dass alle mit ihren Geräten beschäftigt waren, bevor er Winters BlackBerry herausholte. Es war nicht passwortgeschützt, er konnte sich alles ansehen, was er wollte. Er rief die Nachrichten auf und stellte fest, dass es keine gab. Sie mussten gelöscht worden sein. Er ging die übrigen Apps auf dem Homescreen durch. Das Gleiche. Keine E-Mails. Keine Benachrichtigungen. Keine Notizen.

Bis er zum Kalender kam. Der Tag war mit einem breiten gelben Streifen blockiert. Ein Streifen, der sich weiterzog. Laut dem Handy war Winter beschäftigt, von jetzt bis … Er tippte auf den Streifen, der sich nun ausdehnte und weitere Infos anzeigte. Das Ereignis begann um 05.00 Uhr am 25. Oktober (heute – dachte Sheppard) und erstreckte sich bis zum 31. Dezember im Jahr 2999. Das Maximum, was der Kalender erlaubte. Das Ereignis war überschrieben mit »4404«. Und der Ort? Sheppard scrollte nach unten: GH.

Sheppard ließ das Handy sinken. 4404. Dieses Zimmer? Das Zimmer, das Winter ausgemessen hatte? Wenn das hier Zimmer 4404 war (es musste es sein), dann war der Ort das Great Hotel. Es passte. Was trieb Winter mit dem bösen Menschen? Und warum kam er freiwillig in dieses Zimmer, wenn er wusste, was mit ihm passieren würde? Es sei denn, er hatte es eben nicht gewusst. Das Ereignis, das bis 2999 dauerte. Winter war bis zum Ende aller Zeit beschäftigt.

»Sheppard.« Er sah auf. Mandy stand vor ihm. Wie lange hatte er so vor sich hin gestarrt? Hinter Mandy sah er Alan auf- und abspringen. Es war fast komisch. Aber nur fast. »Nichts. Nirgends Empfang.«

»Nein«, sagte Sheppard.

»Wie ist das möglich?«, fragte Mandy und drehte ihr Gerät hin und her.

»Ich weiß es nicht«, sagte er halbherzig. »Vielleicht wird der Empfang blockiert, wie Alan gesagt hat. Vielleicht hat er die Telefone manipuliert.« Er war es leid, solche Vermutungen anzustellen. War es leid, im Dunkeln zu tappen. Denn mehr hatte er bislang nicht getan.

»Aber Handy-Blocker funktionieren so nicht«, sagte Ryan. »Außer die Pferdemaske hat einen Blocker, der das ganze Stockwerk ausschaltet. Aber das würde jemandem auffallen.«

»Was ist mit …«, begann Mandy.

»Dafür haben wir keine Zeit«, fiel ihr Sheppard ins Wort.

»Ich weiß«, sagte Mandy und lächelte fast. »Ich dachte mir bloß, Sie würden das haben wollen.« Sie hielt ihm eine dünne Metallscheibe hin. Sheppard brauchte einen Moment, bis er wusste, was es war. Eine Hundemarke vom Militär. Die hatte an ihrem Handy gehangen. Der Name PHILLIPS war eingestanzt – darunter eine Reihe von Zahlen.

Sheppard war verwirrt. »Ich weiß nicht recht, warum ich …«

Ryan schien Mandys Gedanken zu erraten. Seine Augen erhellten sich. »Kein Penny, aber es müsste reichen.« Mandy nickte.

Sheppard nahm die Marke entgegen und lächelte. Er lächelte – endlich hatten sie etwas. Er betrachtete die Marke. »Die Lüftung.«

»Kann ich die andere Hälfte haben?«, fragte Ryan.

»Warum?«

Mandy gab sie ihm. Er hielt sie hoch. Sie entsprach exakt der anderen Hälfte. »Das Badezimmer. Ich bin kein Klempner, aber es gibt vielleicht einen Weg aus dem Badezimmer. Über die Wasserleitungen.«

Sheppard wunderte sich, warum ihm das nicht schon früher eingefallen war. Die Luft im Lüftungsschacht. Und die Rohre in der Toilette.

»Wenn ich die Toilette aus der Wand reißen kann, gibt es dahinter vielleicht eine Art Öffnung.«

»Ja«, sagte Sheppard und sah auf die Hundemarke in seiner Hand. Es könnte funktionieren.

»Es gibt nur ein Problem«, sagte Mandy. »Was wird die Pferdemaske tun, wenn sie sieht, was Sie vorhaben?«

Sie hatte recht. Der böse Mensch musste nur auf einen Knopf drücken, und alles war vorbei. Aber einen anderen Weg sah Sheppard nicht.

»Ich glaube nicht, dass die Pferdemaske schon mit uns fertig ist. Ich glaube nicht, dass er sich sein kleines Spielchen selbst kaputt macht«, sagte Ryan. Er sah zu Sheppard. Beide nickten sich zu.

»Was, wenn Sie sich irren?«, fragte Mandy.

»Eine andere Möglichkeit haben wir nicht«, sagte Sheppard.

Mandy dachte schweigend nach und nickte schließlich. »Okay.«

»Ich geh durch den Lüftungsschacht, Ryan kann versuchen, im Badezimmer einen Weg nach draußen zu finden. Und Sie müssen hierbleiben. Sie müssen für Ruhe sorgen. Kümmern Sie sich darum, dass Constance ruhig bleibt, halten Sie Alan in Schach und das Mädchen … Ich verlasse mich auf Sie.«

»Gut«, sagte Mandy. »Sie wissen, was Sie tun?«

»Das ist mein Problem«, entgegnete Sheppard mit fester Stimme. »Es ist nur recht und billig, dass ich es mache.«

Mandy nickte und setzte sich neben Constance.

Ryan sah zu ihr, beugte sich zu Sheppard und senkte die Stimme zu einem Flüstern: »Sie hat recht. Sie würde viel besser in den Lüftungsschacht passen. Sie oder Rhona.«

Sheppard schüttelte den Kopf. »Rhona leidet unter Platzangst, und Mandy ist hier niemandem etwas schuldig. Es ist meine Aufgabe. Ich will nicht, dass sie verantwortlich ist, wenn der Pferdemaskenmann das in den falschen Hals bekommt. Sie soll nicht schuld daran sein, wenn wir alle sterben.«

29

Ryan schob sich rechts am Bett vorbei, Sheppard folgte ihm und drehte die Hundemarke zwischen den Fingern hin und her. Der Name PHILLIPS schimmerte im Licht. Er hatte Mandy nicht auf die Marke angesprochen, vermutete aber, dass es sich um einen Familienangehörigen handelte. Er nahm sich vor, es zu tun, falls ... nein, wenn er zurückkam.

Ryan deutete hoch zum Lüftungsschacht, der sich halb über dem Bett und halb über dem Nachttisch mit dem Timer befand. Sheppard sah nicht zur Uhr – falls es funktionierte, würde sich der Countdown erübrigen.

»Sie müssen das ganze Ding von der Wand nehmen. Hinter dem Gitter liegt der Luftentfeuchter. Der ist schwer.«

»Sie kennen sich hier gut aus«, sagte Sheppard.

Ryan lächelte. »Gehört zum Job.«

Selbst jetzt schweiften seine Gedanken ab. Eingehende Kenntnisse über das Zimmer. Der perfekte Job, um alles in die Wege zu leiten.

Aber warum? Welches Motiv hatte er? Welches Motiv hatten die anderen?

»Danke«, sagte Sheppard. »Sobald wir hier rauskommen, schulde ich Ihnen ein Bier.«

Ryan lachte zum ersten Mal. »Sobald wir hier rauskommen, schulden Sie mir eine ganze Brauerei.« Ryan verpasste Sheppard einen Schlag auf die Schulter und drehte sich um. »Ich mach mich mal an den Rohren zu schaffen.«

Sheppard nickte, während der junge Mann um die Ecke bog und die Tür zum Badezimmer öffnete. Dort blieb er stehen. Der Geruch schlug ihm entgegen. Er betrat den Raum, dann schloss er die Tür hinter sich.

Sheppard machte sich daran, das Gitter loszuschrauben. Kaum hatte er die beiden oberen Flachkopfschrauben gelöst, kam ihm auch schon das Gitter mit dem Gewicht des dahinter liegenden Luftentfeuchters entgegen. Mit einer Hand stemmte er sich dagegen, mit der anderen drehte er die unteren Schrauben heraus.

Hinter sich hörte er Alan, der endlich von seinem Handy gelassen hatte. »Verdammte Scheiße, das sind jetzt eineinhalb Tage.«

Sheppard hielt inne, hatte den Blick starr auf das Gitter gerichtet und lauschte gespannt. Was würde Alan alles zum Besten geben, wenn er glaubte, Sheppard sei so beschäftigt, dass er davon nichts mitbekam?

Mandy erhob sich vom Bett. Als sich die erste Schraube löste, hörte Sheppard leise Schritte auf dem Teppichboden, dann einen unterdrückten Laut und Geraschel. Als hätte Alan Mandy irgendwie überrascht und sie möglicherweise zu sich herangezogen.

»Hier ist unorthodoxes Denken gefragt«, flüsterte Alan wie zur Bestätigung dessen, was Sheppard soeben durch den Kopf gegangen war. Aber er hatte recht gehabt, in diesem Raum blieb kein Gespräch geheim. Sheppard konnte tatsächlich alles hören.

»Unorthodox?«, fragte Mandy.

Was hatte Alan vor? Immerhin war er nach wie vor sein Hauptverdächtiger.

»Wir haben es hier mit einem abgekarteten Spiel zu tun, jede Wette«, flüsterte Alan. »Es gibt keine Antwort. Oder wenigstens keine Antwort, die man als solche präsentiert hätte.«

»Wovon reden Sie?«

»Irreführung, Mandy. Der älteste Trick der Welt. Der Grund, warum Leute Zauberkunststückchen für echt halten und glauben, dass im Irak Bomben lagern. Die simple Kunst der Irreführung.«

»Davon verstehen Sie eine Menge, nehme ich an. So als halbseidener Rechtsverdreher.«

»Klar. Ich bediene mich ihrer ständig. Und ich sehe sie auch hier am Werk.«

Sheppard zog die erste Schraube heraus, das Gitter rutschte erneut ein Stück vor. Wie konnte ein Luftentfeuchter nur so schwer sein?

»Was, wenn es gar nicht *sein* Spiel ist?«, fuhr Alan fort.

»Ich habe keine Ahnung, was Sie meinen.«

»Warum bestimmt er, wo es langgeht? Weil es der Typ im Fernseher so gesagt hat, oder weil er hier der Fernsehstar ist?«

»Was für ein Spaß.« Eine neue Stimme mischte sich in die Unterhaltung.

Sheppard drehte sich um. Constance Ahearn blickte ihn unumwunden an. »Fluche dem König auch nicht in Gedanken und fluche dem Reichen nicht in deiner Schlafkammer; denn die Vögel des Himmels tragen die Stimme fort, und die Fittiche haben, sagen's weiter.«

Sheppard starrte sie an. Was war das denn? Aus der Bibel? Klang eher wie aus dem *Hobbit*. Aber ihr Kommentar hatte die beiden hinter ihm zum Schweigen gebracht.

»Halten Sie den Mund, Ms. Ahearn, Sie sind ja völlig durchgeknallt«, sagte Alan.

Sheppard richtete den Blick wieder zur Wand. Die letzte Schraube löste sich. Er packte das Gitter, das nun auf ihn zukam und viel zu schwer für ihn war. Er bekam es nicht richtig zu fassen und drückte mit aller Kraft dagegen. Plötzlich war jemand neben ihm.

Mandy war aufs Bett gestiegen und fasste mit an. Dankbar lächelte er ihr zu und griff um. Zusammen schafften sie es, den Luftentfeuchter herauszuziehen und auf dem Bett abzulegen.

Sheppard sah nach oben. Vor ihm tat sich ein schmaler Durchlass auf. Der in die Dunkelheit führte. »Unser Zimmer liegt am Ende des Gangs«, sagte er. »Der Schacht kann also nicht so lang sein. Ich muss es probieren.«

Mandy sah in den Lüftungsschacht und runzelte die Stirn.

»Ich bin schneller wieder da, als Sie denken«, sagte Sheppard. »Ohne hoffentlich Aufmerksamkeit zu erregen. Wer weiß, in zehn Minuten sind wir vielleicht draußen.«

»Wenn Sie so davon überzeugt sind«, erwiderte Mandy.

Sheppard sah vom Lüftungsschacht zu Mandy. Er war von gar nichts überzeugt. Aber das würde er natürlich nie zugeben.

»Sorgen Sie weiter dafür, dass alle friedlich bleiben, okay? Die Leute hier vertrauen Ihnen.«

Mandy nickte und stieg vom Bett.

Sheppard trat einen Schritt zurück und richtete den Blick wieder auf den Schacht. Er nahm Winters BlackBerry heraus und musterte es. Nein. »Hat jemand ein Handy mit einer Taschenlampen-App?«, fragte er. Mandy und Alan schüttelten den Kopf. Ryan war verschwunden, und Constance hatte sich in sich zurückgezogen. Nur von dem Mädchen kam eine Reaktion.

Die Teenagerin kroch unter dem Tisch hervor, wühlte in der Tasche ihres Hoodie und zog ihr Handy heraus. Sie warf es ihm zu.

Lächelnd fing er es auf. Er glaubte noch zu sehen, wie sie errötete, bevor sie wieder in ihre Höhle unter dem Tisch schlüpfte. Die Atmosphäre schien sich aufgelockert zu haben. Jeder machte einen glücklicheren Eindruck. Bis auf Alan.

Sheppard jedenfalls fühlte sich glücklicher. Bourbon in der Tasche und der Fluchtweg nur einen kleinen Schritt entfernt. Der Albtraum – fast vorbei. Der Crash schien zumindest vorläufig abgewendet. Das Jucken auf den Handrücken war verschwunden. Der Druck hinter den Augäpfeln hatte nachgelassen.

Sheppard schaltete die Taschenlampe an, erneut bekam er kurz den Hund auf dem Display zu sehen. Im Stillen schwor er sich, ihr das Handy unversehrt zurückzubringen.

Er fasste in den Schacht und drückte mit beiden Ellbogen gegen die Seitenwände. Einen Fuß stützte er auf den wackligen Nachttisch, mit dem anderen stieß er sich vom Bett ab.

Er musste einige Male mit den Ellbogen nachschieben, bis er sich in den Durchgang gehievt hatte. Es war eng. Mit den Schultern schrammte er gegen die metallene Oberseite. Die Beine zappelten hinten in der Luft. Wie ihn wohl die anderen im Zimmer sahen? Wahrscheinlich bot er einen eher komischen Anblick. Er steckte das Handy in die Brusttasche. Damit wurde der Gang so weit erhellt, dass er etwas erkennen konnte.

Mit den Füßen ertastete er die Schachtöffnung. Das Zimmer war jetzt hinter ihm. Das Zimmer, in dem er gedacht hatte, sterben zu müssen. Wenn er das hier hinter sich gebracht hatte, würde er nie wieder ein Hotel betreten.

Denn es war an der Zeit, endlich auszuchecken.

30

Sheppard schob sich weiter voran, schon jetzt taten ihm die Knie weh. Er kam sich wie eine Maus in einem Labyrinth vor, die zum Vergnügen der Pferdemaske, des Mr. TV, des bösen Menschen, herumgejagt wurde. Aber vielleicht führte dieses Labyrinth in die Freiheit. Und vielleicht unterlief dem Bösen ein Fehler, vielleicht hatte er das hier nicht auf der Rechnung. Er setzte sich wieder in Bewegung. Sein Rücken prallte gegen die Schachtoberseite, er zuckte vor Schmerz zusammen.

Weiter. Die Handylampe in seiner Brusttasche schwankte mit jeder Bewegung auf und ab, relativ bald wurde das Licht von der ersten Gabelung zurückgeworfen. Der Schacht teilte sich – links oder rechts. Zwei enge Gänge. Beide sahen aus, als könnten sie Sheppards Gewicht tragen. Als er die Gabelung erreichte, schloss er die Augen und dachte nach. Wenn das Fenster nach Norden hinausging (nahm er zu Orientierungszwecken an), dann lag die Wand mit dem Bett an der Ostwand. Er konnte hier also jetzt nach Norden oder Süden abzweigen. So oder so, er würde das Zimmer umgehen.

Er entschied sich aus keinem bestimmten Grund für Norden. Langsam streckte er die Arme in den neuen Gang, schob den Oberkörper um die Ecke, als er aber die Beine nachziehen wollte, schnitt sich die scharfe Kante in die Schienbeine. Kurz geriet er in Panik, schlug mit den Armen gegen die Seitenwände und versuchte sich um die Kante zu winden. Als er es endlich geschafft hatte, atmete er tief durch. Er hatte nie unter Platzangst gelitten, hatte sich allerdings auch noch nie in einer solchen Lage befunden. Es fühlte sich an, als würden sich die Wände um ihn schließen, als würde er langsam in einer Presse zerquetscht werden.

Das andere, an was er nicht gedacht hatte, war der Geruch. Nicht der Geruch des Lüftungsschachts, der leicht an verbrannte, heiße Luft erinnerte. Sondern sein eigener – eine kranke Mischung aus strengem Körpergeruch und frischem Erbrochenem.

Ermittler stinken nicht.

Er passte sich der neuen Richtung an. Kam in einen Rhythmus, bewegte sich wie ein verkrüppelter Hund, robbte auf den Ellbogen und schob mit den Füßen nach. Vorn, hinten, vorn, hinten.

Das Handylicht war einigermaßen hell, reichte aber nicht sehr weit – er konnte lediglich etwa einen Meter weit sehen. Die Atmosphäre war unheimlich – im Aluminium (oder war es Stahl?) des Schachts hallten die Gespräche wider, die scheinbar überall im Gebäude geführt wurden. Geisterstimmen erklangen, aber wenn er sich auf sie konzentrieren wollte, verschwanden sie plötzlich.

Vielleicht wirst du nur allmählich verrückt.

Er konnte definitiv Stimmen hören. Alan und Mandy und noch eine, sie schien die von Ryan zu sein. Sie klangen wie unter Wasser, einzelne Wörter waren nicht zu verstehen.

Der Schacht neigte sich nach unten, Sheppard bemerkte, wie er unwillkürlich schneller wurde. Eine weitere Abbiegung tat sich vor ihm auf – diesmal aber nur in eine Richtung, nach links. Er bog um die Ecke und stellte fest, dass der Gang sichtlich schmaler wurde. Wahrscheinlich führte er unter einem Fenster vorbei. Er machte sich dünn, zog den Bauch ein, zappelte wie ein Fisch, um durch die Öffnung zu passen. Dahinter wurde der Schacht wieder etwas breiter. Er konnte wieder die Arme abwinkeln, sich festhalten und vorwärts ziehen.

Das Handylicht war keine Hilfe mehr, weil es nach unten zeigte. Vor ihm tat sich nur noch Dunkelheit auf. Und dann war er felsenfest davon überzeugt, dass etwas in dieser Dunkelheit war, gerade außerhalb seiner Sichtweite, was ihn verhöhnte. Er hörte etwas, ein Schlurfen, jedenfalls etwas, was nicht von ihm kam – so eindeutig, dass sich der Gedanke verbot, er würde es sich nur einbilden. Was er aber natürlich tat.

Möglicherweise ... oder?

Nach einer Weile die nächste Entscheidung: geradeaus oder nach links? Links würde er bloß den Zimmerwänden folgen, also entschied er sich für geradeaus. Das hieß, er würde sich dem nächsten Zimmer und damit der Rettung nähern.

Er verdrehte den Oberkörper, fischte das Handy aus der Brusttasche und richtete den Lichtstrahl nach vorn. Der Schacht schien unendlich weiterzuführen. Zumindest so weit er sehen konnte.

»Morgan.« Ein Flüstern in seinem Ohr.

Er fuhr zusammen und knallte mit dem Kopf gegen die Schachtoberseite. Schmerzen schossen ihm in den Schädel. Eine Stimme. Er hatte sie gehört. Er hatte sie gehört, oder? Ihm stellten sich die Härchen im Nacken auf. Jemand war direkt hinter ihm. Jemand musste direkt hinter ihm sein.

Das Handy, fiel ihm ein, hatte eine Kamera. Er öffnete die entsprechende App und schaltete auf die Frontkamera um. Wieder sein Gesicht. Er entkam ihm nie. Er sah aus, als läge er im Sterben. Seine Haut war unglaublich blass und glich eher den Schuppen einer Schlange. Die Haare wirkten ausgedünnt. Die Augen im warmen Handylicht sahen fast gelb aus – der Fluch des Alkoholikers.

Sieh zu, dass du hier rauskommst. Geh zu einem Arzt. Schränk das Trinken ein.

Aber hinter ihm war nichts. Er versuchte über seine Schulter zu sehen, wollte sich vergewissern, schaffte es aber nicht. Je mehr er an die Stimme dachte, desto unwirklicher kam sie ihm vor. Vielleicht war sie lediglich durch den Schacht getragen worden. Vielleicht hatte jemand im Zimmer etwas gesagt.

Keiner nennt dich Morgan. Schon lange nicht mehr.

Keiner außer ihm. Er hatte es getan. Der Maskierte.

Er setzte sich wieder in Bewegung und ließ zur Beruhigung die Kamera an. Aber hinter ihm war nichts, hinter ihm war nie etwas gewesen. Er nahm die Kamera gerade noch nach unten, bevor er mit dem Kopf voraus gegen die Schachtwand stieß. Wieder eine Abbiegung? Nein, keine Kurve, keine Kreuzung. Um ihn herum überall Schachtwände. Aber da war etwas an der Wand, etwas Weißes.

Er richtete das Licht nach vorn. Vor ihm eine Metallplatte. Und daran, mit einem Klebstreifen befestigt, ein Blatt Papier. Sheppard betrachtete die darauf geschriebenen Worte und glaubte, er müsste sich übergeben. Es ging nicht weiter. Luft. Es war nicht mehr genügend Luft da. Er konnte an nichts anderes mehr denken als die Wörter auf dem Blatt.

Hier war mal eine Öffnung
Die ist jetzt nicht mehr da
– ☺ C

31

Sheppard rührte sich nicht. Er konnte nichts mehr tun. Er konnte den Blick nicht von den Wörtern auf dem Papier losreißen. Eine Sackgasse? Wie konnte hier eine Sackgasse sein? Der Böse hatte den Weg versperrt? Er hatte gewusst, dass er in den Lüftungsschacht klettern würde. Hatte es die ganze Zeit gewusst. Und hatte entsprechend vorausgeplant. Sheppard machte die Arme lang und legte die Handflächen gegen das kalte Metall. Er drückte. Nichts. Es gab nicht nach. Versperrt.

Es sei denn, es war gar kein Ausweg. Vielleicht erlaubte sich der Böse nur einen Spaß mit ihm. Vielleicht war er irgendwie im Kreis gelaufen. Denn wie konnte man einen Lüftungsschacht überhaupt blockieren – wie konnte man es so aussehen lassen, als gäbe es überhaupt keine Öffnung? Vielleicht hatte er lediglich eine falsche Abzweigung gewählt.

Er steckte das Handy wieder in die Brusttasche und zwängte sich mühsam zurück. Bald war er an der letzten Gabelung. Diesmal entschied er sich für links. Das hieß, er würde sich parallel zur Westwand ihres Zimmers und zur Ostwand des angrenzenden Zimmers bewegen. Kurz hielt er inne und lauschte. Er konnte nichts hören, abgesehen von einem leisen Stimmengemurmel, bei dem er überzeugt war, dass es von links kam. Nichts aus dem Zimmer nebenan.

Was, wenn dort niemand war? Was, wenn er niemanden auf sich aufmerksam machen konnte?

Dann kriech einfach weiter. So lange, bis du jemanden findest.

Es war anstrengend, sich vorwärtszuhangeln. Als er wieder das Knie anzog, um sich abzustoßen, spürte und hörte er, wie die beiden Bourbon-Fläschchen in der Hosentasche gegeneinanderstießen. Sie würden ihm Kraft geben – eine kleine Stärkung. Nur würde er sie kaum erreichen können, selbst wenn er wollte.

Er schob sich weiter, die Dunkelheit umhüllte ihn, die Schmerzen kamen in Schüben. Knie, Rücken, Schultern. Alles fühlte sich aufgescheuert an. Er robbte weiter, bis er sich seinem Gefühl nach dem Ende des Zimmers nähern musste.

Ja, hier war die Zimmerkante. Links, rechts oder nach oben – senkrecht nach oben. Er fischte das Handy aus der Tasche und besah sich die Möglichkeiten. Nach oben erschien ihm sehr anstrengend, also entschied er sich für rechts.

Im weiteren Verlauf versuchte er sich auf die leisen Stimmen zu konzentrieren, nur um sich von den Schmerzen abzulenken. Mandy und Alan. Worüber redeten sie? Er dachte an das, was er gehört hatte, kurz bevor er in den Schacht gestiegen war. Es fühlte sich an, als wäre es Stunden her. Er hoffte, dass dem nicht so war.

Alan hatte zweifellos etwas vor, und selbst wenn er Simon Winter nicht umgebracht hatte, war er gefährlich. Skrupellos. Jemand, der sich für unfehlbar hielt. Der andere mit Worten überzeugen konnte.

Erinnert er dich an jemanden?

Vielleicht war ihm Alan deswegen nicht geheuer. Weil sie sich so ähnlich waren.

Er hoffte, dass Mandy ihn in Schach hielt.

Etwa eine Minute später fiel das Handylicht auf etwas Weißes vor ihm. Er nahm das Gerät zur Hand und ließ es fast fallen. Wieder ein Blatt Papier, dieselbe Botschaft:

Hier war mal eine Öffnung
Die ist jetzt nicht mehr da
− ☺ C

Wieder eine Sackgasse, ebenso verschlossen wie die letzte. Er musterte die Schachtwände, konnte aber nichts entdecken, keine Verbindungen, keine Schrauben, mit denen der Böse (dieser C?) eine Abtrennung eingezogen hätte. Es war, als würde der Schacht hier einfach aufhören. Aber wie konnte das sein? Hatte er sich wieder im Kreis bewegt? Nein, er war der Südwand des Nebenzimmers gefolgt, es konnte gar nicht anders sein. In Gedanken ging er die eingeschlagene Route erneut durch. Ja, so musste es sein.

Er trommelte mit der rechten Hand gegen den Schacht, der das Echo der Schläge zurückwarf. »He! Hallo, ist da jemand? Kann mich jemand hören?«

Kein Laut außer dem Widerhall der eigenen Worte. Keine Stimmen. Keine Schritte außerhalb des Schachts. Nichts. Genau, was er mittlerweile erwartet hatte – das schlimmstmögliche Szenarium.

»Hallo, ist da jemand? Kommt schon!«, brüllte er. Und versuchte sich davon zu überzeugen, dass er noch über einen Rest Optimismus verfügte.

Dann probierte er es auch mit der linken Seite. Nichts.

Wieder sah er zur Botschaft auf dem Blatt. C. War C derjenige, der ihm das alles antat? Steckte C unter der Pferdemaske? War er derjenige, der gewusst hatte, dass er in den Lüftungsschacht steigen würde? Der ihn besser zu kennen schien als er sich selbst? Das Smiley schien ihn noch breiter anzugrinsen, jetzt zwinkerte es ihm sogar zu.

Er war überzeugt, dass es ihm zuzwinkerte.

Aber das tat es natürlich nicht. Er bildete es sich nur ein. Es musste so sein.

Und plötzlich brach es über ihn herein. Das Gefühl der völligen Überforderung. Der Crash, der sich wieder mal ankündigte. Er spürte ihn – seine Haut juckte überall, als würden Abertausende Spinnen auf ihm herumkrabbeln. Fast konnte er sie hören – fast hatte er ihre seidigen Netze vor Augen. Er schloss sie. Er war so müde. Und es wäre so einfach, sich von ihnen auffressen zu lassen.

Er robbte zurück. Er musste weitermachen. Musste hier raus. Wenn nicht raus, dann zumindest zurück ins Zimmer. Denn hier wollte er nicht enden – weigerte sich schlicht und einfach, in einem Lüftungsschacht zu sterben.

Er hielt die Augen geschlossen, bis er spürte, wie der Druck nachließ. Als er sie wieder öffnete, sah er den Weg nach oben. In seiner Panik beschloss er, ihm zu folgen. Er beruhigte sich und brachte tatsächlich die Beine nach vorn, dann streckte er die Hände aus und stand langsam auf. Er sah sich um und entdeckte eine weitere Abzweigung – nur eine nach links. Das hieß, er würde zum Zimmer zurückkehren. Es war ihm jetzt egal. Er krallte sich fest, zog sich den vertikalen Schacht hinauf und schob mit den Beinen nach.

Er versuchte sich vorzustellen, wo er sich befand. Er musste oberhalb des Zimmers sein. Über der Decke. Als er sich endlich wieder in der Waagrechten befand, richtete er den Blick nach vorn und sah Licht. Gelbe Lichtstreifen.

Eine weitere Öffnung? Als er näher kam, wurde ihm klar, dass es sich um das Gitter an der Unterseite des Lüftungsschachts handelte. Er sah in ihr Zimmer hinunter. Und die Stimmen waren deutlicher zu hören.

»... verrückt.«

»Ich? Bin nicht eher ich der Einzige hier, der noch bei Verstand ist?«

Er blickte hinunter. Auf die zerwühlten Bettlaken. Recht

viel mehr konnte er aufgrund seiner eingeschränkten Beweglichkeit kaum erkennen.

»Lassen Sie ihn doch ausreden, Mandy.« Ryan. »Vielleicht hält er dann wenigstens den Mund.«

»Er hat etwas Teuflisches im Blick.« Constance. Unmöglich zu sagen, von wem sie sprachen.

»Seien Sie still.« Alan.

Er sah ihre Schatten. Konnte sich vorstellen, wie sie herumstanden und über ihn sprachen. Alan. Mandy. Ryan. Constance. Vielleicht sogar das Mädchen.

Ist die Katze aus dem Haus ...

»Haben Sie gehört, was ich gesagt habe?«, kam es von Alan. »Dem ist nicht zu trauen.«

»Er versucht nur zu helfen«, antwortete Mandy.

»Helfen? Wem? Doch nur sich selbst. Warum sind wir immer noch hier, während er sich über den Lüftungsschacht aus dem Staub gemacht hat? Wir wissen doch gar nicht, ob er überhaupt zurückkommt.«

»Natürlich kommt er zurück. Das ist doch alles Blödsinn, was Sie sagen.«

»Wie wär's mit Folgendem: Tun wir nicht länger so, als hätten wir die Geschichten der anderen nicht gehört. Alle hatten irgendwas mit Simon Winter oder dem Typen mit der Pferdemaske zu tun, alle außer ihm. Warum hat er uns nichts darüber erzählt?«

»Wir wissen nicht, ob es der Typ mit der Pferdemaske ist. Und warum sollte Sheppard uns das sagen? Wir wissen doch schon, wer er ist.«

»Ja, Mandy«, sagte Ryan, »aber wie viel wissen wir wirklich über ihn? Vielleicht hat Alan recht. Es ist vielleicht weit hergeholt, aber es könnte ja trotzdem stimmen. Hier könnte alles Mögliche vor sich gehen. Das alles könnte inszeniert sein.«

»Er ist kein Ermittler. Nicht im eigentliche Sinn des Wortes. Er ist ein Schwindler aus dem Fernsehen. Und die lechzen alle nur nach Aufmerksamkeit. Ganz besonders er. Ich bin überzeugt, er würde alles tun, um im Rampenlicht zu stehen.« Alans Stimme.

Ein Seufzen. Es klang nach Mandy. »Sie beide sollten sich mal selbst hören. Mr. Sheppard sitzt genau wie wir hier fest. Im Moment versucht er uns rauszuholen. Warum sollte er jemanden umbringen? Das ergibt doch keinen Sinn.«

Sheppard wurde schlecht. Was? Darüber unterhielten sie sich? Wie zum Teufel konnten sie überhaupt auf die Idee kommen, dass er … Alan. Alan stachelte sie gegen ihn auf. Und bei Ryan schien es schon funktioniert zu haben.

»Warum soll es merkwürdiger sein, wenn er Winter umgebracht hat, als wenn es einer von uns gewesen wäre? Ich weiß mit Bestimmtheit, dass ich es nicht getan habe, und ich kann auch nicht sagen, ob es einer von den anderen hier war. Was haben Sie vorhin gesagt – das mit der Irreführung?«

Nein, nein, nein. Nicht Ryan.

»Genau«, sagte Alan mit kaum verhohlener Genugtuung in der Stimme. »Was, wenn es gar nicht sein Spiel wäre? Sondern unseres?«

Mehr wollte Sheppard nicht mehr hören. Er musste so schnell wie möglich ins Zimmer zurück. Die Lüftungsschächte waren ein Reinfall – eine Sackgasse. Sein Bemühen war von vornherein zum Scheitern verurteilt gewesen. Wenn er nicht schnell zurückkehrte, könnte alles noch viel schlimmer werden.

Er ignorierte das juckende Gefühl und bewegte sich schneller, als er es bislang für möglich gehalten hatte. Mandy würde sich nur noch eine begrenzte Zeit für ihn stark machen können.

Alan war es gewesen. Er musste es gewesen sein. So hatte er es geplant. Alle davon überzeugen, dass Sheppard Winter umgebracht hatte. Aber warum? Was sprang für ihn dabei heraus?

Und da dämmerte es ihm. Eine weitere Unstimmigkeit im Plan. Die so offensichtlich war, dass er sich wunderte, warum er sie nicht schon viel früher bemerkt hatte. Warum spielte der Mörder das alles mit? Warum hatte keiner die Tat gestanden? Denn er würde doch auch sterben, falls Sheppard scheiterte. Dem Täter musste also die Freiheit zugesichert worden sein. Aber wie würde das dann ablaufen?

Alan hatte Winter getötet. Der Grund spielte keine Rolle. Vermutlich hatte es irgendwas mit seinem so überaus wichtigen Fall zu tun. Vielleicht noch nicht mal das. Wenn er von Anfang an in den Plan eingeweiht gewesen war, könnte er mit dieser Tat einfach auch nur das Spiel in Gang gesetzt haben. Sheppard wollte ins Zimmer zurück und verkünden, dass Alan der Mörder sei.

Ehe er sich versah, kam er an eine weitere Abzweigung. Nach unten oder nach links? Das ergab jetzt keinen Sinn mehr – nach unten würde ihn zurück zu seinem Ausgangspunkt führen, robbte er nach links weiter, würde er erneut der Ostwand folgen, wenngleich auf einer höheren Ebene. Er war sich nicht sicher, aber er konnte sich kaum vorstellen, dass Lüftungsschächte so konzipiert waren. Warum zweigte keiner zu den anderen Zimmern ab? Ihm kam es mittlerweile so vor, als wäre das hier das gesamte Lüftungssystem. Hatte jedes Zimmer sein eigenes System?

Nein. Er wusste es besser. Die Sackgassen. C, der böse Mensch, hatte die Lüftungsschächte manipuliert. Er hatte Sheppards kleine Expedition vorhergesehen und alles im voraus geplant. Wahrscheinlich hatte er alles inszeniert –

das Auffinden der Handys, dann eines Gegenstands, mit dem man die Schrauben lösen konnte. Vielleicht hatte er sogar gehofft, dass das alles passieren würde. Damit Zeit verschwendet würde.

O Gott, die Zeit. Wie lange war er schon hier drin?

Vor ihm weitete sich der Gang etwas. Er sah, wie der Schacht eine Biegung machte, aber weiterführte. Beim Näherkommen stellte er fest, dass es sich um eine breite Kreuzung handelte. Er schob sich hinein und streckte sich. Das Handylicht kreiste und fiel auf etwas in der Mitte der Kreuzung.

Etwas Weißes.

Er kroch darauf zu. Und noch etwas war da – etwas, was das Licht reflektierte. Und dann, als er näher kam, sah er es. Das Rote – das Blut, das eingetrocknet war. Ein Messer, ein breites Messer – scharf, eines, das aussah, als könnte man damit Fische schuppen. Sofort war ihm klar: Das musste das Messer sein, mit dem Simon Winter getötet worden war. Und es war im Lüftungsschacht versteckt worden, weil Sheppard dort hineinkriechen würde. Das alles war Teil des Plans gewesen.

Eine unsinnige Traurigkeit überfiel ihn. Das Messer lag in einer Blutlache. Das Blut war geronnen, hatte sich verklumpt und sah aus wie Gelee, nicht wie etwas, was aus einem Menschen geflossen war. Neben dem Messer, scharlachrot befleckt, befand sich eine Botschaft auf einem weiteren Blatt Papier.

Das ist eine
Mordwaffe
– ☺ C

Wieder das Smiley. Die Unterschrift – C. Mit diesem Messer war sein Therapeut getötet worden – dieses Messer war in seinen Unterleib gerammt, herausgezogen und erneut hineingerammt worden. Wer hatte es hier abgelegt? Der Mörder? Oder C? Vielleicht war C der Mörder? Der durch die Schächte gekrochen war, um hier das Messer zu hinterlassen. C leitete ihn an – die ganze Zeit schon. Die Zeit, die ihnen davonlief.

C will, dass du versagst. Der Mörder will, dass du versagst. Der Maskierte will, dass du versagst. Er will, dass du stirbst. Und er will, dass du alle tötest.

Er musste das Messer ins Zimmer zurückbringen. Vielleicht befand sich darauf ein Hinweis, den er hier, unter den eingeschränkten Lichtverhältnissen, nicht wahrnehmen konnte. Die Sache war noch nicht vorbei. Wenn es keinen Ausgang gab, blieb ihm nichts anderes übrig, als weiterzumachen. Mit ein wenig Glück hatte er sich gar nicht so lange im Schacht aufgehalten, wie es sich anfühlte.

Er streckte die Hand aus und berührte das Messer. Langsam fuhr er mit dem Finger über die Klinge. Sie war definitiv scharf. Scharf genug, um Haut, Muskeln, Organe zu durchtrennen. Scharf genug, um ein Leben zu beenden. Mit Daumen und Zeigefinger fasste er nach dem Holzgriff, zog das Messer aus dem geronnenen Blut und versuchte das damit einhergehende schmatzende Geräusch zu überhören. Dann legte er das Messer ab und wischte sich etwas von Simon Winters Blut auf sein Hemd. Was er sofort bedauerte.

Überwältigt von der Situation, erinnerte er sich an die winzigen Bourbon-Fläschchen in der Hosentasche. Der Zeitpunkt, dachte er, war so günstig wie jeder andere. Umständlich holte er eines heraus. Es war noch kleiner, als er es in Erinnerung hatte. Er schraubte den Verschluss auf, warf noch einen Blick aufs Messer, dann kippte er den Alkohol in sich hinein. In weniger als einer Sekunde war das Fläschchen geleert.

Das erlösende Gefühl war so flüchtig, dass er sich fragte, ob er es sich nur eingebildet hatte. Wenigstens milderte es die Schmerzen etwas. An seiner Niedergeschlagenheit aber änderte es nichts. Er war mit dem Gedanken an Rettung in den Lüftungsschacht gestiegen.

Davon war er jetzt weiter entfernt als jemals zuvor.

C war noch lange nicht fertig mit ihm.

Leise stellte er das Fläschchen ab und hob das Messer auf. Mit einem letzten Blick auf die Blutlache und das Bourbon-Fläschchen machte er sich auf den Weg zurück ins Zimmer.

32

Sonnenlicht fiel Sheppard ins Gesicht, als er den Kopf ins Zimmer steckte. Er versuchte so geschmeidig wie möglich aus dem Schacht zu klettern, was darin endete, dass er mit dem Gesicht voran aufs Bett fiel. Das Messer landete neben ihm, gefährlich nah an seinen Augen.

Er drehte sich um und setzte sich auf. Alan stand mit verschränkten Armen da und starrte ihn an. Er schien offensichtlich wütend zu sein. Neben ihm, jeweils zu seiner Seite, waren Ryan und Constance. Mandy stand daneben, dazu das sichtlich beunruhigte Mädchen. Beide sahen nervös zum Messer, das die anderen noch gar nicht bemerkt zu haben schienen.

»Der gute Hirte kehrt zurück«, sagte Alan. In seiner Stimme schwang immer noch Genugtuung.

Sheppard erhob sich schnell – allerdings auf der anderen Seite. Das Bett stand somit zwischen ihm und den anderen.

Ryan betrachtete jetzt das Messer. »Was ist das?«

»Die Mordwaffe«, entgegnete Sheppard. »Ich hab sie im Lüftungsschacht gefunden.«

»Gibt es einen Weg nach draußen?«, fragte Mandy.

»Es gibt keinen Weg nach draußen. Er wusste, dass es jemand von uns über den Schacht probieren würde. Er hat ihn verschlossen.«

Sheppard wollte nach dem Messer greifen, aber Ryan schnellte vor.

Sheppard unterdrückte ein Stöhnen. »Soll das Ihr Ernst sein?«

»Keine unbedachten Bewegungen, bitte«, sagte Alan.

Abschätzig hob er die Hand. »Hören Sie mir eigentlich zu? Es gibt keinen Weg nach draußen. Sie müssen mich schon machen lassen, damit wir diese Sache hinter uns bringen. Das Messer ist das nächste Indiz. Ich komme der Lösung näher.«

»Und woher wussten Sie, wo Sie es finden würden?«, fragte Alan.

Constance, die sich hinter Alan zu verstecken schien, murmelte vor sich hin.

»Ich wusste nicht, wo ich es finden würde. Ich war im Lüftungsschacht, weil ich versucht habe, uns hier rauszubringen. Das tue ich nämlich, seitdem ich aufgewacht bin.«

Alan lächelte. »Sie sind skrupellos – Sie bringen jeden in diesem Zimmer in Gefahr. Außerdem haben Sie darauf bestanden, dass unbedingt Sie in den Schacht steigen. Keiner sonst durfte hinein. Aber wir haben unterdessen eine Entscheidung getroffen. Von Anfang an ging es immer nur um Sie – um den großen Fernsehstar, der sein Ego jetzt noch weiter aufblähen kann. Na, vielleicht dreht sich alles mehr um Sie, als ich mir eingestehen wollte.«

»Nein, nein«, erwiderte Sheppard. »Sie sind der Täter. Ich weiß es, Sie waren es. Und ich werde es beweisen.«

»Das Gestammel eines Alkoholikers und Drogensüchtigen, menschlichen Abschaums. Bringen Sie hier nichts durcheinander. Bewahren Sie sich wenigstens einen Rest Würde und Anstand.«

»Sie sind verrückt.« Sheppard geriet in Panik. »Das ist verrückt. Ich versuche nur ...« Aber er verlor den Faden. Er wusste nicht, was er sonst sagen sollte. Kurz blickte er zu Mandy. Sie sah weg. Nicht sie auch noch. Wenn sie es ebenfalls glaubte, dann war es vorbei. Ein für alle Mal. Das Mädchen, Rhona, hatte die Augen geschlossen. Ihr Gesicht war verzerrt.

»Warum sind Sie los und haben das Messer geholt?«, fuhr Alan fort. »Damit Sie noch einen von uns umlegen können? Damit Sie einem von uns das Messer in den Rücken rammen können?«

»Es sollte Ihnen klar sein, dass das keinen Sinn ergibt.«

Sie kamen jetzt auf ihn zu. Verringerten den Abstand zwischen sich und ihm.

»Ich glaube, es ergibt ganz wunderbar einen Sinn«, sagte Alan. »Sie haben Simon Winter umgebracht, nicht wahr? Welche Geheimnisse hätte er uns wohl erzählen können, wenn er noch am Leben wäre?«

Ryan trat um das Bett herum. Sheppard sah ihn flehentlich an. »Ryan, bitte, wir haben keine Zeit für so was.«

Ein schuldbewusster Ausdruck huschte über Ryans Gesicht, war aber sofort wieder verschwunden. »Für mich klingt es plausibel. Sie halten Dinge vor uns zurück. Wir wissen gar nichts über Sie. Jedenfalls nichts Richtiges.«

»Ich bin Ermittler«, sagte Sheppard mit genau der Stimme, mit der er als Kind immer Verkleiden gespielt hatte. »Ich kann nicht jedem alles erzählen. So funktioniert das nicht. Und außerdem ist der Mörder hier unter uns.«

»Ja«, kam es entschieden von Alan. »Das ist er.«

Ryan fasste von hinten nach Sheppards Hand, und bevor Sheppard wusste, was er tat, schloss sich etwas Kaltes um sein Handgelenk.

Nicht schon wieder.

Bitte, nicht schon wieder.

Mit Gewalt bog Ryan auch Sheppards anderen Arm nach hinten und legte ihm die zweite Handschelle an. Es war zwecklos, sich zu wehren. Es gab ja keinen Ausweg.

»Sie machen einen schrecklichen Fehler«, sagte Sheppard zu jedem, der ihm in die Augen sah. »Ich muss den Mordfall aufklären, oder wir werden alle sterben.«

Ryan drehte ihn um und versetzte ihm einen Stoß in den Rücken. Schob ihn voran.

»Machen Sie sich darum mal keine Sorgen, Morgan«, sagte Alan. »Ich habe den Mordfall schon aufgeklärt.«

Morgan.

Sheppard sah zu Alan. »Wie haben Sie mich gerade genannt, Sie Dreckskerl?«

Ein weiterer Stoß von Ryan. In Richtung Badezimmer.

Das alles ging zu schnell. Ryan schob ihn voran, und Sheppard stolperte vorwärts. Er drehte sich noch einmal zum Nachttisch um, bevor er außer Sichtweite war.

Der Timer. 01:02:43. Der unaufhörlich runterzählte.

»Nein, Sie können das nicht tun«, schrie er. »Er treibt doch sein Spiel mit euch.« Er konnte sich nicht wehren – dazu war er zu erschöpft, zu durstig, zu fertig. Mehr konnte er nicht tun, außer wie ein Häufchen Elend zu Boden sinken. Es war vorbei. Alles war vorbei. Alan hatte sie alle gekonnt manipuliert, und es blieb kaum noch eine Stunde Zeit.

Ryan ging an ihm vorbei und öffnete die Badezimmertür. Mit einem Nicken wies er hinein. »Machen Sie keine Faxen, ja?«

»Ryan.« Ein heiseres Flüstern. »Es war Alan. Alan hat ihn umgebracht. Ich weiß es. Sie müssen mir vertrauen.«

»Ich kann nichts und niemandem mehr vertrauen«, sagte Ryan. Er packte Sheppard an den Handgelenken und schob ihn ins Badezimmer. Auf der ersten Fliese geriet er ins Stolpern und stürzte gegen das Waschbecken. Er drehte sich um. Ryan sah ihn wortlos an.

»Wenn es Ihnen weiterhilft«, sagte er schließlich. »Ich habe nicht gedacht, dass Sie es sind.«

Damit schloss er die Tür.

33

Vorher …

Er saß auf seinen Händen – er wusste nicht, was er sonst mit ihnen tun sollte – und sah sich im Zimmer um. Winter starrte ihn an wie eine brillentragende Gottesanbeterin, während er selbst bemüht war, keinen Blickkontakt herzustellen. Nach der Uhr hatten sie nur noch zwanzig Minuten, aber die Sitzung verkürzte enorm die wertvolle Zeit, die ihn zum Trinken blieb. Im Moment steckte er mitten in einer handhabbaren Sucht – ein Tag ohne Alkohol kam ihm wie eine verpasste Gelegenheit vor, falls es aber nötig sein sollte, konnte er das Trinken auch sein lassen.

Winter räusperte sich. Sheppard versuchte sich auf die Gegenstände auf Winters Schreibtisch zu konzentrieren. In den unzähligen Jahren, in denen er dieses Zimmer jetzt kannte, kam es ihm so vor, als hätte sich nichts auf diesem Schreibtisch jemals bewegt – nicht einen Millimeter –, nicht einmal der exakt an der Mitte ausgerichtete Papierstapel und der Stift.

Erneut räusperte sich Winter. Sheppard gab schließlich nach und sah zu dem alten Mann, der wie immer bei diesen Sitzungen in seinem roten Lehnsessel saß. »Wir haben fünfundzwanzig Minuten hinter uns, Morgan, aber du scheinst nicht so offen zu sein wie sonst.«

Keine Frage, eine Aussage. *Damit es mal gesagt war*. Nichts, worauf man reagieren musste – außer dass er ihn Morgan genannt hatte, obwohl er ihn sehr freundlich gebeten hatte, das nicht zu tun. Alle nannten ihn Sheppard – was mittlerweile dazu führte, dass er, wenn er seinen Vornamen hörte, eine Sekunde brauchte, bis er sich angesprochen fühlte.

»Wie geht's mit der Arbeit?«, fragte Winter.

»Gut«, sagte Sheppard. Es lief gut. Die Sendung war um zwei weitere Staffeln verlängert worden, das hieß, sie würde noch mindestens zwei Jahre laufen – noch mal 120 Folgen. Wenn sein Leben nach dem Ausstoß an Content bemessen würde, hätte er vor langer Zeit schon gewonnen.

»Ich sehe mir dich im Fernsehen an, wenn ich gerade keine Sitzung habe. Gestern kam eine recht interessante Folge.«

»Wie fanden Sie sie?«, fragte Sheppard.

»Sie war ... gut.«

Er log. Um das zu erkennen, brauchte Sheppard keinen Abschluss in Psychologie. »Was hat Ihnen gefallen?«, fragte er, um ein wenig seinen Spaß zu haben.

Winter schien sich zu winden – *erwischt!* –, dann aber erkannte er, worauf Sheppard aus war, und er straffte sich und richtete die Brille. »Du arbeitest sehr viel.«

»Zwölf Stunden am Tag. Ich muss schon am Morgen im Sender sein für die Live-Einspielungen zu *Morgenkaffee* ...«

»Einen Moment, deine Sendung heißt doch *Ermittler vor Ort*?«

Sheppard seufzte. »Ja, aber die läuft nach *Morgenkaffee*. Manchmal überlassen die Moderatoren von *Morgenkaffee* mir die ›Heute in der Sendung‹-Ansage.«

»Warum musst du das live machen? Kann man das nicht aufzeichnen?«

»Ich streite mich deswegen ständig mit den Bossen. Sie wollen es live haben, weil es sich dann angeblich echter anfühlt. Wenn also *Morgenkaffee* eine Nachrichtensendung oder ein Feature über Socken für Katzen bringt, dann könnte ich einen Kommentar dazu abgeben.« *Ich hasse es. Ich hasse es. Ich hasse es.* Sheppard hasste *Morgenkaffee*. Er hasste die hochnäsigen Moderatoren. Er hasste die stupiden Live-Schaltungen. Und am schlimmsten, er musste deshalb zwei Stunden früher aufstehen. »Die Dreharbeiten für unsere Sendung beginnen um halb zehn. Das dauert meistens so bis acht Uhr abends, vier Tage in der Woche, dabei drehen wir vier, vielleicht auch fünf Episoden am Tag.«

Winter wirkte beeindruckt, aber das konnte auch bloß ein Trick sein. Schon seit geraumer Zeit hatte er von dem alten Mann die Schnauze voll. »Das ist wirklich viel Arbeit. Wie stehst du das durch?«

Ich werf mir wie ein Bekloppter Pillen ein und spül sie mit einer Flüssigkeit runter, die nur ein paar Promille von einem Farbverdünner entfernt ist. »Mit meiner positiven Lebenseinstellung.«

Winter lachte und wurde dann still. Er legte seinen Stift auf das Notizbuch, das er immer auf dem Schoß liegen hatte – ein eindeutiges Zeichen dafür, dass es nun ernst wurde. »Ich will nicht lügen – ich mache mir Sorgen um dich, Morgan.«

Sheppard unterdrückte ein Seufzen.

»Es ist gut, wenn du in deiner Arbeit aufgehst, aber es muss dabei ein Gleichgewicht zwischen Arbeit und Freizeit bestehen. Du siehst aus, als hättest du seit unserer letzten Sitzung nicht geschlafen.«

Ich hab geschlafen – sofern man zerhacktes Dösen im Suff als Schlaf bezeichnen kann. Sheppard musste an ein Gespräch mit Douglas denken – es war ironischerweise beim Bier geführt worden. Sein Agent hatte ihm erzählt, schwere Trinker würden vergessen, was normaler Schlaf sei und wie es sich anfühlt, wenn man richtig wach sei. Das konnte er jetzt bestätigen. Er ließ sich nur noch in einem halb bewussten Dämmerzustand durchs Leben treiben, hangelte sich von einem Auftritt zum nächsten, weil es sonst nichts mehr gab – immerhin war er dann beschäftigt.

»Ich möchte nur sichergehen, dass du dir nicht selbst schadest, wenn du dir zu viel zumutest. Irgendwann musst du Halt sagen, Morgan. Warum gönnst du dir nicht mal Zeit für dich selbst?«

Jetzt musste Sheppard lachen. »Haben Sie irgendeine Vorstellung, wie Fernsehen funktioniert? Hmm? Man kann nicht einfach blaumachen, wenn man Lust drauf hat. Ich bin das Aushängeschild einer der größten Morgenshows in diesem Land. Ich verdiene mich dumm und dämlich. Und außerdem habe ich einen Vertrag für zwei Jahre. Ich kann nicht einfach alles hinschmeißen und die Seele baumeln lassen.«

Winter schob sich auf seinem Sitz vor – seine übliche Haltung, wenn er eine Auseinandersetzung kommen sah. »Keiner spricht davon, dass du die ›Seele baumeln‹ lassen sollst, Morg…«

»Sheppard. Sheppard. Sheppard. Ich heiße Sheppard«, schrie er und erhob sich. Er ging zur Tür. *Es ist vorbei.* Er griff zur Klinke.

»Du sprichst nicht mehr darüber«, sagte Winter hinter ihm. Sheppard zwang sich dazu, die Klinke zu ergreifen, zwang seine Beine, ihn aus dem Zimmer zu tragen, überließ sich den Pillen und dem Alkohol, damit er nicht mehr zurückkonnte. Zurück in jene Zeit.

Trotzdem drehte er sich noch einmal um und sah zu Winter, der immer noch in seinem Sessel saß. »*Darüber?*«

»Du weißt, was ich meine«, sagte Winter leise.

Sheppard strich sich übers Gesicht, auf dem der Schweiß stand. »Was wollen Sie noch von mir, Sie alter Mann? Soll ich wieder weinen? Soll ich wieder schreien? Soll ich wieder ausführlich von diesem Albtraum erzählen? Ich bin keine kaputte Maschine, die es zu reparieren gilt, oder ein Rätsel, das gelöst werden muss. Es ist passiert – die Sache mit Mr. Jefferies ist passiert. Nicht alles muss von weltbewegender Bedeutung sein. Vielleicht habe ich getan, was ich getan habe, weil ich es eben getan habe. Vielleicht ist Ihr ganzer Psychokram einen Dreck wert, weil Menschen einfach spontan sind. Ich habe es getan, und jetzt lebe ich damit. Meißeln Sie das auf irgendeinen blöden Stein, weil sich das nie mehr ändern lässt. Ich bin der Mensch, den ich selbst geschaffen habe. Und die Welt dreht sich weiter. Wie sie es immer getan hat – und immer tun wird.« Aus irgendeinem Grund stiegen ihm Tränen in die Augen. Er schniefte, räusperte sich und wiederholte schließlich: »Ich habe getan, was ich getan habe, weil ich es getan habe.«

Winter erhob sich. »Du hast einen Mord aufgeklärt. Du hast den Mörder gefasst.«

»Ja. Faszinierend, was? Aber das heißt nicht, dass ich das Woche für Woche bis ins letzte Detail analysieren will.«

»Ich habe dennoch das Gefühl, dass wir das noch nicht hinreichend erkundet haben …« Winter kam auf ihn zu. Sheppard machte einen Schritt zurück.

»Wissen Sie was? Wir sehen uns nächste Woche«, sagte Sheppard, drehte sich um und öffnete die Tür.

»Wir haben noch zehn Minuten.«

»Verwenden Sie die zehn Minuten darauf, sich fürs nächste Mal ein paar originellere Fragen einfallen zu lassen.« Sheppard knallte die Tür hinter sich zu.

In Winters Flur atmete er durch. Er mochte es nicht, wenn er sich mit Winter stritt, aber die Drogen machten ihn ungeduldig. Er musste raus aus diesem Haus. Das entschuldigte jedoch nicht Winters Verhalten. Erneut hatte er über etwas reden wollen, was er nie richtig verstehen würde. Sheppard wollte es tief in sich vergraben – als würde er jede Nacht eine weitere Schaufel Erde auf das Grab seiner Erinnerung werfen. Bald würde nichts mehr zu sehen sein, und er wäre sie los. Bis dahin aber wollte er nichts als seinen Spaß haben.

Schnelle Schritte auf der Treppe überraschten ihn, und vor ihm tauchte Abby Winter auf. Sheppard hatte sie irgendwann nach einer Sitzung bei Winter kennengelernt; damals war sie noch ein Kind gewesen. Jetzt war sie neunzehn und wunderschön. Sie wurde rot, als sie ihn sah.

»Sheppard, tut mir leid, ich habe die Tür gehört und gedacht, es wäre keiner mehr da.«

Er wusste nicht, ob es sein noch vorhandener Groll gegen Winter war oder er bloß alles vergessen wollte, jedenfalls sagte er: »Magst du Cocktails? Ich kenne ein gutes Lokal nicht weit von hier, die haben fantastische Cocktails. Hast du Lust?«

»Ich ...« Abby lachte verlegen und wand sich ein wenig. »Äh ... ja, natürlich. Natürlich hab ich Lust.«

Natürlich. Na ja, natürlich, natürlich. »Toll.«

»Ich sollte es meinem ...« Abby deutete zu Winters Praxis.

»Ach, stör ihn nicht. Er ist mit Papierkram beschäftigt.«

Abby schien ihm das nicht ganz abzunehmen, aber es war ihr wahrscheinlich egal. »Gut. Ich mach mich nur noch fertig.« Sie lief wieder die Treppe hinauf.

Sheppard lächelte und nahm eine Pille. Er setzte sich auf die Treppe und wartete. Es lief gut – es konnte keine schlechte Idee sein, auf keinen Fall. Und falls doch, war es Sheppard egal. Abby war hübsch, sie war witzig, und er würde nicht mit ihr schlafen. Er brauchte bloß jemanden, der ihm Gesellschaft leistete. Allein trinken machte in der Öffentlichkeit keinen Spaß, noch nicht mal ihm. Rhythmisch trommelte er mit den Fingern gegen die Stufen. Dann nahm er noch eine Pille.

Wieder eine Schaufel Erde, die in die Grube fiel.

Fünf Wochen später ...

Es war fünf Wochen her, dass er mit Abby zum ersten Mal aus gewesen war. Seitdem waren sie fast jeden Abend unterwegs. Er zweifelte nicht, dass Winter davon wusste, aber es kümmerte ihn nicht. Abby war es wert – sie war besser drauf, als man von der Tochter eines faden Psychotherapeuten erwarten durfte. Sie passte zu ihm, wenn er sie in die besten Clubs in London ausführte. Sie vertrug einiges und hatte sogar ein paar Pillen probiert. Sie war großartig, sprühte vor jugendlicher Energie, mit der er manchmal kaum mithalten konnte. Fast so, als wollte sie gegen irgendwas rebellieren – vielleicht gegen eine strenge, muffelige Schlaftablette von Vater (*war nur geraten*).

Er legte seinen Arm um sie und zog sie zu einem Kuss heran. Sie schlang die Arme um ihn, während sie gleichzeitig in der Tasche nach ihren Schlüsseln kramte.

Wie lange hatten sie hier schon gestanden? Er wusste es nicht. Ewig schon und überhaupt nicht.

»Ich kann sie nicht finden«, sagte sie und verschliff leicht die Worte. So viel wie er vertrug sie nun auch wieder nicht. Wie zum Beweis fiel ihr die Tasche aus der Hand und landete auf dem Boden, der Inhalt verstreute sich über die Willkommen-Fußmatte.

Beide brachen in schallendes Gelächter aus. Bis ihm bewusst wurde, dass sie beide für die Tageszeit viel zu laut waren. Er drückte ihr den Zeigefinger auf die Lippen und konnte kaum sein eigenes Lachen unterdrücken, geschweige denn ihres.

Sie hob die Schlüssel auf, die wundersamerweise zum Vorschein gekommen waren. Triumphierend hielt sie sie in die Höhe und zeigte dieses Lächeln – das Lächeln, bei dem er alles Schlechte in der Welt und alles Schlechte in sich selbst vergaß. Es gab nur noch sie. Und er wollte für immer bei ihr sein.

Schwankend beugte sie sich vor und suchte nach dem Schloss. Sie rutschte ab, kratzte über die Tür und hinterließ eine frische Schramme auf dem Metall. Der nächste Versuch war von Erfolg gekrönt.

Aber bevor sie den Schlüssel umdrehen konnte, schien die Tür von allein aufzugehen. Er war erstaunt … bis er den alten Mann im Morgenmantel vor sich sah, mit blitzenden Augen, verschränkten Armen und einem Stirnrunzeln, bei dem der Wein sauer werden konnte. Er sah zu ihr, dann zu ihm.

»Geh nach oben, Abby«, sagte er.

Sie verzog den Mund. »Aber …«

»Geh nach oben.«

Lange sah Abby Sheppard an, dann wollte sie ihn umarmen.

»Fass ihn nicht an. Geh nach oben.«

Ohne ein weiteres Wort ging Abby an ihrem Vater vorbei und verschwand im Haus. Sheppard hörte sie zwei Stufen auf einmal nehmen und ihre Zimmertür zuknallen.

Er sah zu Winter. Wie lange war er aufgeblieben, um diese kleine Show abzuziehen? Und war es das wert gewesen?

»Simon«, begann er, nachdem sie lange geschwiegen hatten.

»Nenn du mich nicht Simon, Junge. Interessiert es dich überhaupt, was ich heute Nacht durchgemacht habe, während ich auf meine Tochter gewartet habe? Du hast sie nach unserer Sitzung ausgeführt, oder? Am Nachmittag.

Wo zum Teufel habt ihr die letzten vierzehn Stunden gesteckt?«

Vierzehn Stunden – das hieß also, dass es jetzt ... Halt, die Sitzung am Nachmittag war um ... Nein, er hatte es vergessen. »Hier und da. Sie ist mitgekommen, weil sie es so wollte.«

»Sie ist neunzehn. Viel zu jung für das, was du im Sinn hast.«

»Ich dachte immer, neunzehn wäre alt genug«, erwiderte er, und erst jetzt, als er es schon ausgesprochen hatte, fiel ihm wieder ein, dass er das eigentlich für sich hatte behalten wollen.

Winter schwieg. Dann griff er in die Tasche seines Morgenmantels und holte zwei kleine Behältnisse heraus. Er hielt sie auf der offenen Handfläche ins Licht. »Du weißt, was das ist?«

Sheppard versuchte sich zu konzentrieren. Eines sah aus wie irgendein Röhrchen, das andere wie ein Tablettenfläschchen. Mehr kriegte er nicht zusammen. »Sollte ich es wissen?«

»Das ist Ketamin. Ich hab es in Abbys Zimmer gefunden.«

»Das Pferdenarkosemittel«, sagte er und war mit einem Mal stolz auf sein Wissen.

»Nein. Ein weitverbreitetes Missverständnis. Mit Ketamin werden Tiere ruhiggestellt, ja, aber meistens wird es bei Menschen verwendet.« Sheppard musste lachen, was schnell in einen Schluckauf ausartete. Selbst wenn Winter eine Stinkwut hatte, konnte er den Arzt, der er war, nicht außen vor lassen. »Wichtig ist nur, dass Abby es genommen hat.«

»Ich nehme kein Ketamin«, sagte Sheppard mit schwerer Zunge.

»Nein, aber du schluckst und trinkst so ziemlich alles, was dir in die Finger kommt. Und du hast meine Tochter damit vertraut gemacht, es ist also sehr wohl gerechtfertigt, wenn ich dich dafür verantwortlich mache. Dieses Leben, das du führst – das ist nichts für meine Tochter, Junge. Das wünsche ich niemandem, also auch nicht meiner Tochter.«

Sheppard schnaubte. »Verstehe schon.«

»Gut.«

»Nein, nicht das«, sagte er und hielt sich am Türrahmen fest. »Sondern Folgendes: Sie sitzen den lieben, langen Tag in Ihrem Sessel und erheben sich über das Leben anderer Menschen. So, jetzt bin ich mal an der Reihe. Sie lieben Ihre Tochter. Sie lieben sie so sehr, dass Sie sie am liebsten in Watte packen und zu Hause einsperren würden, damit sie nicht mit den bösen Jungs in Berührung kommt. Sie ist alles, was Sie haben. Weil Ihre Frau ganz dick und kurz vorm Platzen ins Krankenhaus eingeliefert wurde, aber nur die kleine Abby wieder rausgekommen ist.« Irgendwo wusste er, dass dieser letzte Satz seiner üblen Laune geschuldet war.

Winter gab ein leises Pfeifgeräusch von sich, schwieg aber lange. Seine Augen waren feucht. Ein Windstoß drohte Sheppard umzublasen, wieder hielt er sich am Türrahmen fest. Winter schlug seine Hand weg.

»Ich glaube nicht, dass ich dich weiter behandeln kann, Morgan.«

»Was?« Das traf ihn völlig unvorbereitet. Ein Schlag in den Magen. Was hatte er denn erwartet? Winter war die einzige Konstante in seinem Leben, ein Umstand, über den er immer nur gelästert hatte. Wie konnte er Dinge wie eben sagen und erwarten, dass Winter das einfach so hinnehmen würde? Es war nicht die Schuld des alten Mannes.

So fühlte er sich am darauffolgenden Morgen, als er die Versatzstücke seiner Erinnerung zwischen den leeren Flaschen um sein Bett zusammensetzte. Jetzt aber, hier vor Winters Haustür, war der Psychotherapeut für ihn nichts anderes als ein egoistischer alter Furzer.

»Ach, halten Sie doch den Mund«, sagte Sheppard ein wenig zu laut. »Wegen Abby? Ihnen ist schon klar, wie bescheuert das klingt? Sie wollen mich nicht mehr sehen, weil Sie so analfixiert auf Ihre Tochter sind? Ihre Aufgabe ist es doch, mir zu helfen.«

»Nein, Junge, du musst dir schon selber helfen. Aber davon bist du weit entfernt. Du weigerst dich standhaft, dich zu ändern. Du bist der halsstarrigste Junge, der mir jemals untergekommen ist.«

»Ich bin kein Junge.«

»Ich hätte schon längst aufhören sollen. Unsere Beziehung hat etwas Unbeständiges angenommen, und, ja, zum Teil liegt das auch an deiner Beziehung zu meiner Tochter. Wenn wir weitermachen, werden meine persönlichen Gefühle meine Arbeit beeinflussen.«

»Und was sind Ihre persönlichen Gefühle?«

»Ich kenne dich, seitdem du elf bist, Morgan. Ich habe dich gekannt, bevor du dich selbst gekannt hast. Dieser verängstigte kleine Junge, der in meinem Wartezimmer saß. Ich konnte immer über das, was aus dir geworden ist, hinwegsehen und den kleinen Jungen erkennen. Aber jetzt ...«

»Sagen Sie, was Sie zu sagen haben«, zischte Sheppard.

»Du widerst mich an.«

Sheppard wusste nicht, was er erwartet hatte. Plötzlich war er wie steif gefroren, ein unkontrolliertes Zittern lief durch seinen Körper. Winter bedeutete ihm mehr, als ihm jemals klar gewesen war, er bedeutete ihm mehr als sein eigener Vater. Und jetzt – war Winter von ihm angewidert?

»Warten Sie.« Am liebsten hätte Sheppard die letzten zehn Minuten zurückgespult, um alles komplett anders anzugehen – sogar im volltrunkenen Zustand erkannte er die Bedeutung dessen, was hier geschah. »Ich brauche Sie.«

»Tut mir leid, Morgan. Aber du kannst nicht mehr kommen.« Winter wollte die Tür schließen, aber Sheppard drückte mit der Hand dagegen.

»Das … kann nicht …« Er konnte keinen klaren Gedanken mehr fassen.

»Weißt du«, sagte Winter und ließ die Tür los, »jemand ist zu mir gekommen, reiner Zufall. Aber das hat das Fass zum Überlaufen gebracht. Ein weiterer Patient, und er hat mir erzählt, was ein gewisser Morgan Sheppard getan hat. Ich wollte es anfangs nicht glauben – zum Teil kann ich es immer noch nicht glauben. Aber mit der Zeit – na ja –, es passt alles zusammen.«

»Wer ist zu Ihnen gekommen?«

»Ich bin Psychotherapeut, Morgan. Ich weiß, wie Menschen funktionieren. Und ich habe immer vermutet, dass tief in dir etwas verborgen ist. Jetzt weiß ich, was es ist. Dieses Wissen werde ich nicht mehr los. Und deshalb kann ich dich nicht mehr behandeln.«

Wieder versuchte Winter, die Tür zu schließen, wieder hielt Sheppard dagegen. »Nein«, stöhnte er. War die Tür erst einmal geschlossen, würde sie nicht mehr aufgehen.

Winter trat vor und löste Sheppards Griff mit erstaunlicher Kraft. Sheppard torkelte zurück. »Weißt du, was das Schlimmste ist?«, sagte Winter. »Du erinnerst dich noch nicht mal mehr. Die Drogen haben dich völlig kaputt gemacht, durch und durch. Du weißt noch nicht mal mehr, wer du wirklich bist. Es handelt sich um eine Bewältigungsstrategie, weißt du – man muss kein Arzt sein, um das zu sehen. Du wirfst dir einen Haufen Dreck ein, weil du vor dir selbst davonläufst. Vor dem, was du getan hast.«

»Und Sie lassen mich jetzt im Stich?«, sagte Sheppard. Der Boden tat sich unter ihm auf.

Winters Gesicht lief flammend rot an, dann ging er auf ihn los. Sheppard wich zurück und taumelte die Stufen hinunter.

»Verschwinde von hier«, sagte Winter fast traurig. »Bevor ich die Polizei rufe.« Dann schloss er die Tür.

Der Weg von der Tür zum Tor zog sich hin. Mit jedem Schritt wurden seine Beine schwerer. Das war's also. Er würde nie wieder hierherkommen können. Abby hatte er schon jetzt vergessen. Aber Winter war ihm wichtig gewesen. Aus irgendeinem Grund war ihm das entfallen. Und jetzt hatte er Winter von sich gestoßen. Wie jeden anderen auch.

Er wollte nicht zurückblicken, aber als er das Tor öffnete, konnte er nicht anders. Das Haus lag in Dunkelheit, als wäre nie etwas geschehen. Er kannte jedes Detail dieses Hauses. Beinahe sah er den elfjährigen Morgan vor sich, wie er auf den Stufen nervös von einem Fuß auf den anderen getreten war. Er war seit ewigen Zeiten in dieses Haus gekommen. Aber er wusste nicht mehr so richtig, warum.

Schon ewig und überhaupt nicht.

34

Was geschah mit ihm? Die Zeit geriet in Bewegung – das Badezimmer begann zu schaukeln. Gegenstände wurden abwechselnd scharf und unscharf. Sein Hirn sprang von einem Gedanken zum nächsten. Jetzt fielen die Spinnen über ihn her.

Ein Gedanke: Wie lange war er schon hier? War er jemals woanders gewesen?

Ein weiterer Gedanke: Der Arzt empfahl, die verschriebene Dosis nicht zu erhöhen. Außer es gehe ihm ganz fürchterlich.

Noch einer: Er konnte sich nicht mehr an ihren Namen erinnern, der Frau in Paris. Sie war so schön gewesen. Er hatte noch nicht mal ihre Nummer. Wie sollte er sie wiederfinden? Nachdem …

Das führte zu einem Lachanfall. Er würde verrückt werden. Oder vielleicht runterkommen. Mit der angemessenen Medikamentierung würde man alles wieder hinbiegen können. Ganz einfach, mühelos. Eine kleine Pille. Vielleicht auch zwei.

Behandle dich selbst.

Hatte er das gesagt oder gedacht oder beides?

Er wollte wieder lachen, unterdrückte aber den Impuls. Er richtete sich auf und versuchte die Arme hinter dem Rücken zu strecken. Sie hatten sich verkrampft.

Genau wie zuvor. Als alles angefangen hatte.

Es war noch nie sein Ding gewesen, über sich selbst zu reden. Wenn er es probiert hatte, war er sich immer wie einer dieser Idioten aus dem Fernsehen vorgekommen, die mit sich selbst quasseln. Damit die Zuschauer auch wirklich alles mitbekamen.

»Sheppard denkt, dass er jetzt sterben wird«, sagte er laut vor sich hin. Und gackerte dazu.

Draußen geschah etwas. Im Zimmer. Stimmen. Er konnte sich nicht genügend konzentrieren, um zu verstehen, was sie sagten. Als würde das alles dort draußen nicht existieren – zumindest nicht so wie das hier drinnen. Zwei separate Wirklichkeiten, miteinander verbunden von der größten Erfindung der Menschheit: einer bescheidenen Tür.

Er unterdrückte ein weiteres Lachen. Bis er etwas hörte. Schreie. Er spitzte die Ohren. Jemand schrie richtig laut; fast so laut, dass es den Nebel durchdrang, der sich um ihn gelegt hatte.

Es war Alan. Glaubte er zumindest. Noch immer verstand er nicht, was er sagte.

Etwas stimmte nicht.

Ein Laut. Ein schrecklicher Laut. Wie ihn überhaupt beschreiben? Ein Stöhnen, lauter und dringlicher, irgendwas zwischen einem Bekenntnis und einem Schrei. Dann ein Schrei. Nicht nur einer, sondern zwei. Von zwei Frauen.

Er fuhr vor Schreck derart zusammen, dass er mit der Schulter gegen die Toilette stieß, als er aufzustehen versuchte.

Dieses Spiel ist noch nicht vorbei.

Nein, nein, er schaffte es nicht. Er konnte nicht weitermachen. Das war's also. Ging gar nicht anders.

Aber Mandy und das Mädchen waren da drinnen.

Er versuchte sich vom Boden auf die Toilette hochzuhieven. Zu seiner Überraschung schaffte er es sogar. Er stand auf. Sein Kopf schwankte hin und her. Er hatte gedacht, er würde nie wieder hochkommen, aber so schwer war es gar nicht gewesen. Oder?

Seine Gier nach gewissen Dingen musste er abstellen. Die Spinnen mussten verschwinden. Sollten Sie ein andermal wiederkommen.

Nein. Nicht lachen.

Wieder ein Schrei. Von der gleichen Person. Jedenfalls von einer. Aufruhr. Laute Stimmen, Flüche und Schreie.

Er torkelte durch den beengten Raum. Was geschah da draußen? Warum schrien sie? Mit den gefesselten Händen verhakte er sich in der Handtuchstange, und er knallte mit dem Gesicht gegen die Wand. In der Stirn detonierten Schmerzen.

Er fing sich. Sah zur Badezimmertür. Er musste hier raus. Er musste wissen, was dort vor sich ging. Er taumelte zur Tür, drehte sich um und tastete mit den Händen nach der Klinke. Er drückte sie nach unten.

Nichts. Sie ging nicht auf. Obwohl das Schloss auf seiner Seite war, mussten sie eine Möglichkeit gefunden haben, die Tür zu verriegeln.

»He«, versuchte er zu schreien. Aber seine Kehle war so ausgedörrt, dass er nur ein Flüstern zustande brachte. Mühevoll räusperte er sich und probierte es ein weiteres Mal. »He.« Schon besser. Aber von draußen weiterhin Schreie und Kreischen.

»He, was ist los?« Er rammte die Schulter gegen die Tür. Er ging einen Schritt zurück und trat mehrmals mit dem Fuß dagegen. »He, was ist los?«

Bamm. Bamm. Bamm.

Sein kranker Humor assoziierte die drei Schläge mit dem dreimaligen Klingeln des Telefons. *Wollen Sie früher auschecken, drücken Sie bitte die 6 ...*

»Was ist da draußen los?«

Wieder holte er mit dem Fuß aus. Bamm.

Sie waren viel zu laut. Irgendwas stimmte nicht, ganz

und gar nicht. Wieder ein Schrei, der nicht von Mandy stammte, sich aber nach einer jungen Frau anhörte. Das Mädchen mit den Kopfhörern. Dazwischen hörte er Mandys Schluchzen. Ryan, der jemanden anbrüllte und allen klarzumachen versuchte, dass sie sich beruhigen sollten, der ihnen sagte ... das Messer wegzulegen.

Sheppard begriff, was da drin passiert war. Er hatte die Waffe ins Zimmer gebracht, in dem sich ein Mörder aufhielt. Alan hatte die Gelegenheit ergriffen, offensichtlich war er in die Enge getrieben worden und hatte erneut zugeschlagen.

Ein weiterer Mord. Nein.

Er musste da rein. Er musste es wissen.

Mit wiedererwachten Kräften warf er sich gegen die Badezimmertür und ließ auch nicht locker, als sein rechter Arm taub wurde. »He!«, schrie er fortwährend.

Schließlich verstummten die Stimmen, jemand trat auf die Tür zu. Er war so nah, dass er meinte, ihn spüren zu können. Jemand stand auf der anderen Seite.

»Komm schon, komm schon«, sagte er und wollte sich erneut gegen die Tür werfen. »Komm schon.«

Keine Reaktion. Es dauerte so lange, bis Sheppard schon glaubte, der andere hätte sich wieder entfernt. Vielleicht hielt man ihn immer noch für den Mörder, auch wenn da drin gerade etwas vorgefallen sein musste. Ihn einzusperren war vielleicht die beste Entscheidung, die sie jemals getroffen hatten. Nein, dachte Sheppard. So redete Winter.

Sheppard trat zurück und warf sich ein letztes Mal gegen die Tür. Stille. Und dann ... klick. Ganz langsam ging die Badezimmertür auf.

Er machte einen Schritt zurück.

Ryan stand vor ihm, sehr blass und sehr verunsichert.

»Es ... es tut mir leid«, sagte der junge Mann, der es nicht wagte, ihm in die Augen zu schauen. »Ich dachte, Sie wären es gewesen. Ich ... Er hat mich überredet. Sie wissen schon ...« Ryan fühlte sich schuldig und warum auch nicht? Am liebsten wäre es Sheppard in diesem Moment gewesen, wenn Ryan für alles die Schuld auf sich genommen hätte. Jetzt, nachdem Alan wieder zugeschlagen hatte und er sich um das angerichtete Chaos kümmern musste.

Sheppard trat vor. Er hatte keinen freundlichen Blick für Ryan übrig, sosehr er sich auch bemühte. Er drehte sich um und hielt Ryan die Handschellen hin.

»Oh«, sagte Ryan und betastete seine Taschen. »Natürlich.« Einige Sekunden später waren die Handschellen gelöst. Sheppard achtete darauf, dass er sie bei sich behielt. Ryan sah ihn traurig an.

»Wir werden sie brauchen«, sagte er und wandte sich zum Zimmer hin.

Noch ein Toter, der unnötig gewesen wäre. Alan Hughes, der Mörder. Sheppard, der wieder klar bei Verstand war, stellte sich die Szene vor, die ihn erwarten würde, und verließ das Badezimmer.

Er sah sich um – und alles war anders.

Wie erwartet drückten sich Ryan, Mandy und das Mädchen gegen die Wand. Sie waren sichtlich erschüttert und versuchten nicht zu der Leiche zu sehen, die den Teppichboden vor dem Fernseher vollblutete.

Alan Hughes lag mit dem Gesicht nach unten auf dem Boden, das Messer ragte aus seinem Rücken, ungefähr auf der Höhe des Herzens. Er wirkte ziemlich erbärmlich, wie er so dalag – das armselige Abbild seines früheren Selbst. Zu beiden Seiten der Klinge lief langsam das Blut aus der Wunde.

Eine Blutspur führte zum Fenster. Sheppards Blick folgte ihr. Er konnte es immer noch nicht ganz begreifen. Aber in gewisser Weise war es nachvollziehbar. Irgendwie fügte sich alles zusammen.

Denn am Ende der Blutspur stand, mit blutverschmiertem Kleid und einem breiten Grinsen im Gesicht, Constance Ahearn.

35

Constance? Wieso Constance? Aber es passte – auf verrückte Weise passte es. Er musste schnell handeln. Er warf Ryan, der schon auf Constance zuging, die Handschellen zu. Sheppard kniete sich neben Alan und tastete am Hals nach dem Puls. Nichts. Am Handgelenk. Auch nichts. Alan war tot. Das Messer steckte unterhalb des Schulterblatts. Es musste zwischen zwei Rippen hindurchgegangen sein und das Herz durchbohrt haben. Der massige, grimmige Anwalt jagte keinem mehr Angst ein. Er blickte auf. Mandy und das Mädchen drückten sich in die entfernte Ecke und hielten sich im Arm.

Constance stöhnte, als Ryan ihr die Handschellen anzulegen versuchte. Sheppard half ihm schließlich und hielt ihren Arm fest, mit dem sie um sich zu schlagen versuchte. Ansonsten gab sie nur verständnisloses Gebrabbel über Jesus und Gott und die Hölle von sich. Wie es von ihr nicht anders zu erwarten war.

»Das Gelobte Land ist voller Verräter. Das Gelobte Land ist hier.«

Ryan schaffte es, ihr die Handschelle um eines der Handgelenke zu legen, und hielt inne. »Wir sollten sie an einen Stuhl fesseln.«

Sheppard nickte, zog den unter den Schreibtisch gerückten Stuhl heraus und hielt ihn fest, bis Ryan sie darauf niedergedrückt hatte. Ryan schob ihren rechten Arm durch die Stuhllehne, worauf Sheppard sie mit der zweiten Handschelle fixierte, um sicherzugehen, dass sie sich nicht davonmachen konnte. Jedenfalls nicht so leicht.

Sheppard und Ryan richteten sich auf und traten von Constance zurück. Mit weit aufgerissenen Augen starrte sie sie an. Augen, in denen man sich verlieren konnte – das war ihm doch durch den Kopf gegangen, oder? Jetzt blickte er durch diese Augen in einen Abgrund, aus dem es vielleicht kein Entkommen mehr gab.

»Was ist passiert?«, fragte Sheppard an die anderen gerichtet.

Mandy und das Mädchen schienen zu keiner Reaktion fähig. Ryan räusperte sich, hatte aber sichtlich mit sich zu kämpfen, bevor er zu einer Antwort ansetzte.

»Wir haben uns nur unterhalten. Das war alles. Nur unterhalten. Dabei haben wir nicht darauf geachtet, wo das Messer abgeblieben ist – das hätten wir aber tun sollen. Wir waren alle etwas durch den Wind, nachdem wir Sie ins Badezimmer gesperrt haben. Alan sagte, wir hätten das Rätsel endlich gelöst. Er war sich so sicher, er war so davon überzeugt, dass Sie den Mann umgebracht haben und Ihr Name die Antwort auf die Frage der Pferdemaske ist. Das hat er gesagt – immer und immer wieder.

Er hat also rumgebrüllt, hat zum Fernseher gesehen, hat sich überall umgesehen. ›Wir haben ihn. Morgan Sheppard ist der Mörder.‹ Die ganze Zeit. Aber es kam keine Antwort. Kein Zeichen, dass die Pferdemaske überhaupt Notiz von ihm genommen hätte. Alan sagte, dass er sein Spiel mit uns treibt. Das hat ihn so wütend gemacht, dass er noch lauter wurde. Und dann hat er nur noch unverständliches Zeugs von sich gegeben. Dampf ablassen, verstehen Sie?

Wir haben nur dagestanden und ihm dabei zugesehen. Ich muss gestehen, ich habe mich von ihm kriegen lassen. Er hat mich überzeugt, dass Sie es waren. Glücklich war ich damit nicht, aber Alan hat sich richtig gefreut. Ich hab mich aufs Bett gesetzt und zum Fernseher gesehen. Ich meine, zu den flackernden Buchstaben dort. ›Wir hoffen, Sie genießen Ihren Aufenthalt.‹ Ich wurde den Eindruck nicht los, dass es was zu bedeuten hat. Wie auch immer, Rhona war, wo sie schon die ganze Zeit gewesen ist, und Mandy und Constance saßen auf der rechten Seite des Betts.«

Sheppard sah zu Mandy. Sie nickte stumm.

»Eine Weile lang ist nichts passiert. Alan hat sich etwas beruhigt. Jeder war erst mal mit sich selbst beschäftigt. Dann haben Mandy und ich uns unterhalten, und mir dämmerte, dass es vielleicht ein wenig voreilig war, Ihnen die Handschellen anzulegen und Sie ins Badezimmer zu sperren. Das habe ich Alan gesagt, dem hat das aber gar nicht gefallen. Wir hatten eine Diskussion darüber und haben uns alle um ihn gestellt, und da ist es dann passiert. Sie hat auf ihn eingestochen, als wäre es das Leichteste auf der Welt. Sie muss es ihm in den Rücken gerammt haben, als würde sie einen Kuchen zerschneiden. Alan hat einen Schrei ausgestoßen und ist vornübergefallen. Er war sofort tot.«

Sheppard seufzte. Alan hatte ihn von Anfang an genervt, aber das hieß noch lange nicht, dass er ihn tot sehen wollte. Er blickte von Alan zu Constance, die auf dem Stuhl hin und her ruckte und aussah, als hätte sie einen Heidenspaß dabei. Als mache sie ihre ganz eigene Rummelplatzfahrt.

Er sah zu Alan Hughes.

»Wir müssen ihn hier rausschaffen«, sagte Sheppard. »Er sorgt nur dafür, dass sich hier keiner mehr sonderlich wohlfühlt.«

Sheppard trat über Alan hinweg und packte ihn an den Füßen, während Ryan ihn an den Schultern fasste. Bei drei hievten sie ihn hoch. Langsam trugen sie ihn ins Badezimmer und bemühten sich, so wenig Blut wie möglich auf dem Teppichboden zu hinterlassen. Was ihnen größtenteils gelang, nur eine kleine Blutspur führte zu der Stelle, an der er gelegen hatte. Mit dem Rücken voran schob Ryan die Badezimmertür auf, Sheppard folgte. Drinnen legten sie Alan auf dem Boden ab – Blut tropfte über die weißen Fliesen.

Zwei Leichen. Es fühlte sich nicht mehr so ungewöhnlich an. Der Tod war zu ihrem festen Begleiter geworden. An diesem Tag.

»Sollen wir, Sie wissen schon …«, sagte Ryan und deutete mit dem Kopf zum Messer, »… es herausziehen? Es erscheint mir nicht richtig, es drinnen stecken zu lassen.«

Sheppard hatte zwar keine große Lust, das Messer anzufassen, trotzdem sollte er es wahrscheinlich entfernen. Nachdem er mit einem Blick sah, dass der junge Mann nicht die geringste Absicht hatte, den Vorschlag in die Tat umzusetzen, trat er vor.

Er beugte sich über den Toten, holte tief Luft und umfasste den Holzgriff. Die Spinnen waren immer noch da, dort auf dem Handrücken, aber er versuchte sie auszublenden. Mit der anderen Hand drückte er zu beiden Seiten der Klinge auf die Wunde – so tat man das immer in den samstäglichen Krankenhausserien. Und er zog am Messer. Es rührte sich nicht. Es steckte fest. Er zog erneut, es lockerte sich etwas. Beim dritten Versuch löste es sich, und mit ihm spritzte ein frischer Blutschwall auf Sheppards Hemd. Vergeblich versuchte er noch auszuweichen.

Ryan sah ihn nur an. »Krass.«

»Es hat festgesteckt«, sagte er, und plötzlich fügte sich eins ins andere. Winters Stichwunden waren tief, sehr tief gewesen. Deshalb hatte er angenommen, sie stammten von einem Mann. Aber wenn Constance ein Messer so tief in Alans Rücken rammen konnte, dann konnte sie auch Winter getötet haben.

»Was?«, fragte Ryan.

»Nichts. Na ja …« Sheppard ging zum Waschbecken und wusch sich Alans Blut weg. Mittlerweile vermischte sich alles – Winters Blut, Alans Blut, alles ein einziger hellroter Fleck auf seinem Oberkörper.

Er betrachtete das Messer im Licht, hielt es unter den Wasserhahn und sah, dass Ryan ihn anstarrte. »Ich werde es behalten«, sagte Sheppard. »Haben wir damit ein Problem?«

Ryan schüttelte den Kopf.

»Wie lang war ich hier drin?«, fragte Sheppard. »Wie viel Zeit bleibt uns noch?«

»Es tut mir leid, dass wir Sie eingesperrt haben.«

»Wie viel Zeit bleibt uns noch?«

»Aber Alan war so …«

»Ryan! Wie lange noch?«

Ryan sagte nichts, verließ das Badezimmer und hielt ihm die Tür auf. Sheppard wusste, dass er einen Blick auf den Timer werfen musste. Er schloss die Augen und drehte sich zögernd in Richtung des Nachttischs. Dann öffnete er die Augen. Sein Magen krampfte sich zusammen.

Ihm blieben noch siebzehn Minuten.

36

Constance Ahearn summte vor sich hin, als Sheppard wieder ins Zimmer kam. Sie sah zu ihm und lächelte. Er erwiderte ihr Lächeln nicht.

Er nahm kaum wahr, dass Mandy und das Mädchen mit den Kopfhörern auf der anderen Bettseite saßen und sich gegenseitig im Arm hielten. Ryan sah aus, als wüsste er nichts mit sich anzufangen. Plötzlich wirkte das Zimmer sehr viel leerer – Alans Ego war doch sehr raumfüllend gewesen. Jetzt war alles still. Die Pferdemaske hatte sich schon lange nicht mehr gemeldet. Blieben nur sie. Er und die jungen Leute und ein Mörder. Eine Mörderin. Sie musste es sein. Und sie war es auch, die Winter umgebracht hatte.

Sheppard ging zu ihr, beugte sich zu ihr hinunter, sodass er auf Augenhöhe mit ihr war, genau wie in seiner Fernsehsendung. Als wären soeben die Scheinwerfer angesprungen, als würde das Publikum toben.

Und wissen Sie was?

Ihm entgeht nichts.

Er hörte es, hinter sich. Das Publikum brüllte den Satz, angestachelt von den Assistenten, die eine Karte mit der Aufschrift »Schlagwort« hochhielten. Aber es war nicht real. Er halluzinierte. Er musste sich zusammenreißen. Durfte jetzt nicht die Kontrolle verlieren.

»Was haben Sie getan?«, fragte er Constance. Er klang sehr viel trauriger, als er gedacht hatte.

Constance starrte ihn an. In ihrem Blick nichts als Wahnsinn. Der war vorhin nicht da gewesen, oder? Er hätte es bemerkt. Sie lächelte. »Ich habe Sie gerettet. Ich habe Sie alle gerettet.«

»Was meinen Sie?«, fragte Sheppard. »Sie haben jemanden umgebracht.«

»Er war ein Lügner. Ein Ehebrecher. Einer, der sich der Völlerei hingab.« Constance versteifte sich auf dem Stuhl, die Handschellen klapperten, als sie die Hände zu bewegen versuchte. »Nichts Menschliches hat in ihm gewohnt.«

»Woher wissen Sie das alles?«

»Ich weiß es eben.«

»Sie sind verrückt«, sagte Ryan neben ihm.

Constances Blick schoss zu ihm. Dann zurück zu Sheppard. Sheppard hob die Hand, um Ryan Einhalt zu gebieten. Er war derselben Meinung. Aber Verrückte wussten nicht, dass sie verrückt waren.

»Sie haben uns also gerettet«, sagte Sheppard. »Glauben Sie das, weil Sie meinen, Alan habe Simon Winter umgebracht?« Das jedenfalls hatte er geglaubt.

»Ja und nein.«

»Haben Sie ihn umgebracht? Simon Winter.«

Constance starrte ihn lange an. »Nein.«

»Sie sind sehr gläubig. Was ist mit ›Du sollst nicht töten‹?«

»Kommen Sie mir nicht so von oben herab, Mr. Sheppard. Ich weiß, was ich getan habe, aber Gott wird es anders sehen. Er wird mir vergeben, wenn ich ins Himmelreich einziehe. Er hat jemanden gesandt, der mir sagt, was zu tun ist.«

»Wovon reden Sie?«

»Man konnte es sehen. Man konnte es in seinen Augen sehen.« Constances Augen weiteten sich. »Er hatte das Böse in sich. Und mir wurde gesagt, dass ich handeln muss. Um alle hier zu retten.«

»Wer hat Ihnen gesagt, Hughes zu töten?«

Constance wandte den Blick ab, als wollte sie der Frage ausweichen.

»Bitte, Constance«, sagte Mandy. »Antworten Sie ihm.«

Constance sah zu Mandy, sie entspannte sich sichtlich. Anscheinend traute sie der jungen Frau mehr als Sheppard. Sie beugte sich auf dem Stuhl nach vorn und flüsterte gehorsam: »Maria Magdalena.«

Sheppard nickte. Was hatte er erwartet? »Maria Magdalena. Sie sind wahnsinnig. Sie haben kaltblütig einen Menschen getötet. Verstehen Sie das, Ms. Ahearn?«

»Ich habe die Seele dieses Mannes gerettet, denn der Teufel hat in ihr gewohnt, und ich habe ihn erlöst. Sie hat mir gesagt, ich soll ihn töten. Sie hat mir gesagt, ich soll das Messer nehmen und es ihm in den Rücken stoßen. Sie hat gesagt, nur ich hätte die Kraft dazu – weil der Heilige Geist an meiner Seite weilt.«

Sheppard spürte das Feuer. Das Feuer, das auch in ihm brannte, wenn er auf dem Set war. Doch diesmal war nichts gespielt. Es war seine Wut, sie war echt, lodernd. Eine von Drogen und Alkohol unbeeinflusste Empfindung. Etwas, was er schon lange nicht mehr gespürt hatte. Abgesehen von seiner Angst natürlich. »Sie haben einen Menschen umgebracht. Und das heißt, dass Sie auch in der Lage gewesen wären, Winter umzubringen.«

»Warum sollte ich Simon Winter umbringen?«, erwiderte Constance abwehrend. Als könnte sie noch irgendwas zugunsten ihrer Unschuld vorbringen.

»Ich habe, ehrlich gesagt, nicht die geringste Ahnung. Vielleicht, weil Sie ihn in Gesellschaft Ihres bösen Menschen gesehen haben? Vielleicht, weil er einer der vier Reiter der Apokalypse ist. Vielleicht, weil er Sie einmal auf dem Fahrradweg mit dem Auto geschnitten hat. Ich weiß es nicht.«

»Dämonen, Mr. Sheppard. Wir verbüßen schon jetzt unsere Strafe.«

Und er erinnerte sich wieder. Constances erste Sätze, als sie durch das Zimmer gerannt war und sich gegen die Wände geworfen hatte. Was hatte sie da gesagt?

Ist das die Strafe, die mir auferlegt wurde?

Wir sind in der Hölle. Und ihr seid alle eingesperrt mit mir.

»Sie haben von einer Strafe gesprochen, nachdem wir hier aufgewacht sind. Was haben Sie damit gemeint?«

»Was?

Sheppard sah sich um. Ryan nickte. Er erinnerte sich auch. »Sie haben was von Erlösung gefaselt.«

»Ich weiß nicht, wovon Sie reden«, kam es von Constance. Ein wenig zu schnell.

»Wer sind Sie, Ms. Ahearn? Wer sind Sie wirklich? Was verbergen Sie vor uns?«

»Wir alle haben Geheimnisse. Das aber führt dazu, dass sie nicht relevant sind.«

Sheppard seufzte. »Das Erste, was Sie mir erzählt haben. Sie sagten, Sie seien bestraft worden.« Es war erst zwei Stunden her, fühlte sich aber an wie ein ganzes Leben. Wenn er den Fall nicht löste, wäre es wirklich ein ganzes Leben.

»Meine Familie ist streng katholisch, Mr. Sheppard.«

»Wirklich? Ist mir noch nicht aufgefallen«, entgegnete er, auch wenn sein Sarkasmus spurlos an ihr abperlen würde.

»Meine Tochter wurde schwanger und hatte eine Abtreibung. Ich habe sie enterbt, und sie ist um die halbe Welt nach Amerika gezogen. Nach Kalifornien. Sie wollte mit mir wieder Kontakt aufnehmen, aber ich habe mit ihr nie mehr gesprochen. Eines Tages ruft mich ihr Mann an.

Meine Tochter wurde von einem betrunkenen Autofahrer überfahren und mit ihrem neuen, ungeborenen Kind getötet. Ich habe um das Leben des einen Kindes gebetet und damit bloß erreicht, dass ein zweites getötet wurde.«

Sheppard runzelte die Stirn. Er wollte nicht grausam sein, aber das Erste, was ihm dazu einfiel, lautete: *Ist das alles?* Es war eine schreckliche Geschichte, sicher, aber er hatte schon mit ein bisschen mehr gerechnet … Das hier war eine Sackgasse.

»Ich sagte Ihnen, ich habe mit Ihren Ermittlungen nichts zu tun«, sagte Constance.

Constance war verrückt, aber in gewisser Weise konnte sie nichts dafür, wie er glaubte. Sie hatte schwerwiegende psychische Probleme, aber das zählte hier nicht. Wenn es Himmel und Hölle gab, dann hatte sie sich leider eine Suite im Letzteren verdient.

Sheppard hielt inne. »Tut mir leid. Aber ich glaube, Sie haben sehr viel damit zu tun. Ich glaube, Sie haben Simon Winter getötet.«

37

Sheppard drehte sich um und hob die Stimme, so wie es Alan vor einer halben Ewigkeit getan hatte. »Constance Ahearn. Die Mörderin ist Constance Ahearn.«

Er wartete einen Moment. Nichts geschah. Ryan sah sich erwartungsvoll um, während die beiden Frauen nur weiter vor sich hin starrten. So musste es gewesen sein. Sie musste es gewesen sein. Er wartete auf etwas, vielleicht eine Art Bestätigung. Hoffnung. Einen Grund, weiterzumachen – und sei es nur für ein paar Sekunden.

Constance Ahearn lachte wieder schrill auf. »Nicht ganz, Mr. Sheppard.«

Sheppard fuhr herum und sah zum Timer. Er zählte immer noch runter. Fünf Minuten.

Was lief falsch? Constance war die Mörderin. Sie war die Einzige, die infrage kam. Aber das Spiel ging weiter. Immer noch rückten sie alle mit jeder Sekunde ihrem Tod näher.

»Warum hat es nicht funktioniert? Wie kann es sein, dass es nicht funktioniert hat?«, fragte Ryan.

Es war nicht vorbei. Es konnte nicht vorbei sein. »Vielleicht haben wir was nicht richtig gemacht. Vielleicht muss sie was sagen.« Sheppard ging vor Constance in die Hocke. Die Frau wirkte ganz normal, als wäre überhaupt nichts passiert. Sie lächelte ihn an und legte den Kopf etwas schief, als würde sie ihr Haustier begrüßen.

»Sie wissen etwas«, begann Sheppard. »Ich weiß, dass es so ist.«

»Ich weiß alles und ich weiß nichts«, sagte Ahearn, sang

es fast mit ihrer melodischen Stimme. »Es hängt nur davon ab, welches ›alles‹ Sie wissen wollen.«

»Sie haben einen Menschen umgebracht. Sie haben jemanden ermordet, als wäre es nichts. Als würde man durch Butter schneiden. Sie haben das schon mal gemacht. Ich weiß, dass Sie es waren.«

»Wie ich Ihnen schon sagte, Mr. Sheppard, ich habe Dr. Winter nicht getötet. Warum sollte ich? Ich habe keinen Grund.« Constance zwinkerte ihm zu. »Aber ich weiß, wer es war.«

»Ich wusste es«, presste Sheppard heraus. »Warum haben Sie nichts gesagt?«

»Weil ich niemanden entehren will, indem ich es erzähle.«

Sheppard lachte ihr ins Gesicht. »Ihnen ist schon klar, dass wir sterben? Dass wir alle in die Luft fliegen, wenn der Timer auf null steht? Wir werden alle in einem Feuerball ausgelöscht.«

Constance lächelte. »Wie entzückend.«

Wütend erhob sich Sheppard. Ryan war neben ihn getreten, Zorn blitzte in seinen Augen. »Warum willst du es uns nicht sagen, du Miststück?« Constance lächelte ihn ebenfalls nur an. Ryan wandte sich an Sheppard. »Wir könnten sie zum Reden bringen.«

»Was meinen Sie?«, fragte Sheppard, obwohl er es bereits wusste. Er sah es in Ryans Blick. »Nein, das können wir nicht …«

»Sie haben es selbst gesagt. Wenn wir es nicht herausfinden, werden wir alle sterben. Ich muss ihr nur ein bisschen wehtun. Sie knickt schnell ein.«

Sheppard öffnete den Mund und schloss ihn wieder – hatte er Ryan als potenziellen Täter so schnell ausgeschlossen?

Ryan stellte sich hinter Constance. Sie folgte ihm mit den Augen, bis er in ihrem toten Winkel verschwand. Verwirrt sah sie zu Sheppard.

»Wir können das nicht tun«, sagte Sheppard. Wirklich nicht?

»Doch«, sagte Ryan und beugte sich hinter Constance nach unten. »Stellen Sie ihr einfach die Frage.«

»Was macht er dahinten? Dieser Dämon.« Constance sah zu Sheppard, als könnte sie ihn ganz und gar wahrnehmen. Sie sah seine Geheimnisse, seine falschen Entscheidungen, die gescheiterten Beziehungen. Sie sah ihn, sein wahres Selbst, hinter allen Verwerfungen und allem Zorn.

Mandy kam näher und erkannte, was Ryan vorhatte. »Nein, das können Sie nicht tun.«

»Wir müssen. Ob wir wollen oder nicht. Andernfalls werden wir alle sterben«, sagte Ryan. Er hatte sich bereits eine Rechtfertigung zurechtgelegt. Erstaunlich, mit welcher Überzeugung er nickte.

»Sheppard«, flehte Mandy, »sorgen Sie bitte dafür, dass das aufhört.«

»Wann werden Sie es einsehen, Mandy«, sagte Ryan, »Sheppard kommt nicht weiter. Er weiß nicht, wer es war, deshalb liegt es jetzt an uns, die Antwort herauszufinden.«

»Genau das will er doch«, rief Mandy. »Genau das will die Pferdemaske. Lassen Sie nicht zu, dass er Sie zu dem hier macht.«

»Ich komme da nicht ganz mit«, sagte Ryan. »Sagen Sie das, weil es Ihnen um das Wohlergehen von Ms. Ahearn geht oder weil Sie Angst vor dem haben, was sie sagen könnte?«

Stille. Ryans Blick wanderte von Mandy zu Sheppard und zurück.

»Ryan«, sagte Sheppard, als Mandy verzweifelt seufzte. »Kommen Sie, das ist doch verrückt.«

»Stellen Sie die Frage.«

»Ryan.«

»Sheppard, stellen Sie die Frage.«

»Ich …« Sheppard wusste nicht, wie er den Satz beginnen, geschweige denn vollenden sollte. Mit einem Blick zu Mandy ließ er sich wieder vor Constance nieder.

»Sheppard, nein«, sagte Mandy.

Sheppard sah zu ihr und lächelte ihr traurig zu. Sie erwiderte das Lächeln. »Ms. Ahearn, ich muss Sie fragen: Wer hat Simon Winter ermordet?«

Constance sah zu ihm, dann zu Mandy und dem Mädchen, versuchte, zu Ryan zu sehen, obwohl ihr das nicht gelang. »Ich werde es Ihnen nicht sagen. Aber Gott im Himmel wird uns verzeihen.« Sie stieß einen überraschten Schrei aus und wand sich. »Was machen Sie dahinten? Wagen Sie nicht, mir wehzutun.«

»Ryan«, sagte Sheppard.

Ryan verschwand hinter dem Stuhl. Sheppard konnte nur aufgrund von Constances Miene erahnen, was dort vor sich ging. Sie machte den Eindruck, als wäre ihr unbehaglich zumute – er nahm an, dass sich Ryan an ihren Fingern zu schaffen machte. Aber ihr Gesichtsausdruck änderte sich nicht. Aus dem Augenblick wurde eine ganze Minute, dann ertönte ein Aufschrei hinter dem Stuhl. Aber nicht von Constance.

Ryan erhob sich, er hatte Tränen in den Augen. »Ich kann es nicht«, sagte er, als wäre er ein Kind, das gerade beim Klauen von Süßigkeiten ertappt worden war. »Ich kann es nicht. Es ist vorbei. Wir werden alle sterben.«

Mandy atmete zitternd aus, was klang, als würde sie Tränen unterdrücken. Sie setzte sich mit dem Rücken zu ihnen aufs Bett. Ryan wischte sich die Nase und sah zu Sheppard.

»Tut mir leid«, sagte er, bevor er sich ebenfalls setzte.

Sheppard erhob sich und sah erneut und lange zu Constance. Ihre letzte Hoffnung. Die sie vergessen konnten. Es war wirklich vorbei. Am Ende läuft einem immer die Zeit davon.

Er ging zur Wand neben dem Fernseher und glitt an ihr nach unten. Als er auf dem Boden saß, fiel ihm eine letzte Möglichkeit ein. Und je länger er über sie nachdachte, desto plausibler erschien sie ihm. Sein Herz schlug schneller, er hatte die Lösung gefunden. Es war alles so einfach.

»Die Pferdemaske«, schrie er und klang dabei fast fröhlich. »Der Mörder ist die Pferdemaske.«

Er wartete einige Sekunden.

Nichts geschah.

Der Timer zeigte noch zwei Minuten an.

38

Sheppard sah von Ryan zu dem Mädchen und von ihm zu Mandy. Constance hinter ihm hatte zu lachen begonnen. Wahrscheinlich über die Aussicht zu sterben. Ihrem Gesichtsausdruck nach schien den anderen Ähnliches durch den Kopf zu gehen.

Er musste es noch mal probieren. »Constance Ahearn. Die Mörderin ist Constance Ahearn.«

Wieder wartete er. Nichts geschah. Die Sekunden verrannen. Das war's dann also. Sie würden wirklich sterben.

Warum auch nicht? Er hatte sich doch schon lächerlich gemacht. Er konnte sich selbst nicht beschützen, geschweige denn die anderen.

»Rhona Michel«, sagte er und drehte sich, als er es aussprach, von ihr weg. Er konnte ihr nicht in die Augen sehen. »Die Mörderin ist Rhona Michel.«

Wieder geschah nach einigen Sekunden Wartezeit nichts.

»Ryan Quinn, der Mörder ist Ryan Quinn.«

Eins, zwei, drei. Nichts.

»Amanda Phillips. Die Mörderin ist Amanda Phillips.«

Eins, zwei, drei. Nichts.

Hatte er erwartet, dass es so funktionierte? Zumindest hatte er sich eine Art von Reaktion erhofft. Vielleicht einen schnarrenden »Ähm-ähm-nein«-Laut wie in einem Comic. Das hätte der Pferdemaske ähnlich gesehen.

Er sah zum Fernseher. Er zeigte immer noch die flackernden, giftfarbenen Worte »Wir hoffen, Sie genießen Ihren Aufenthalt«.

Sheppard umfasste ihn mit beiden Händen und starrte auf den Schirm, als könnte er damit die Pferdemaske zum Vorschein bringen. »He, du. Du. Ich muss mit dir reden.« Die Wörter flackerten. »Du, du Scheißkerl. Komm schon.« Nichts.

Unendlicher Frust packte ihn. Abrupt – ohne darüber nachzudenken – sprang er auf, stemmte den Fernseher über den Kopf und wollte ihn auf den Boden donnern, spürte aber in letzter Sekunde eine Hand auf der Schulter. Mandy lächelte ihn traurig an. Er sah zum Mädchen mit den Kopfhörern und Ryan. In ihrem Blick erkannte er so etwas wie Ergebenheit.

Sheppard stellte den Fernseher ab und sank auf die wunden Knie. Der Timer glitt zur letzten Minute. Er sah zur Decke hoch, als wollte er eine höhere Macht um Hilfe anrufen, dann sagte er bloß: »Morgan Sheppard. Der Mörder ist Morgan Sheppard.«

39

»Wovor hast du am meisten Angst?«, hatte Winter ihn einmal gefragt, während er in seiner üblichen Therapeutenpose in seinem hohen Lehnstuhl saß. Ein Bein über das andere geschlagen, die Brille vorn auf der Nase, den Notizblock im Schoß – kein Zweifel, welchen Beruf Winter ausübte.

»Vergessen zu werden«, antwortete Sheppard nach kurzem Nachdenken.

Winter musterte ihn und beugte sich vor. »Fast alle Leute sagen, sie hätten am meisten Angst vor dem Sterben.«

»Sterben ist unvermeidlich. Aber den Leuten in Erinnerung zu bleiben ist ein Geschenk.«

Winter nahm die Brille ab und tippte damit gegen die Stuhllehne. »Du bist ein interessanter Mensch, Morgan.«

Sheppard lächelte. »Danke.«

Auch Winter lächelte, wenngleich ein wenig zu spät. »Ich weiß nicht, ob das als Kompliment gedacht war.«

Jetzt würde er tatsächlich in Erinnerung bleiben – das war das Einzige, was Sheppard mitnehmen konnte. Egal, wie diese Sache hier ausging, er würde als eine tragische Gestalt enden, die in einem Hotelzimmer als Geisel festgehalten worden war. Aber jetzt, während er so dasaß und in die Gesichter der Menschen sah, die er im Stich gelassen hatte, wünschte er sich, es könnte anders enden. Er wünschte sich, er hätte sie retten können.

Die Nennung des eigenen Namens hatte nichts bewirkt. Hatte er wirklich etwas anderes erwartet? Glaubte er wirklich, er habe in seinem Tran Winter umgebracht und die Tat schlicht und einfach vergessen? Nein, er klammerte sich an Strohhalme.

Aber jetzt gab es keine mehr.

Er sah von seinen Händen zu Ryan. Der junge Mann, der in dem Hotel gearbeitet hatte, in dem er jetzt sterben würde. In diesem Moment wirkte er sehr viel jünger, als er in Wirklichkeit war. Ein verängstigtes Kind, das versuchte, tapfer zu sein. Von Zeit zu Zeit spähte er zwischen den Händen hindurch und sah, dass noch alles an Ort und Stelle war. Ryan würde nie mehr seine Familie sehen, die Eltern, für deren Unterhalt er arbeitete.

Neben Ryan saß Mandy. Die junge blonde Frau, die bei seinem Aufwachen den Kopf über die Bettkante gehoben hatte. Zu diesem Zeitpunkt hatte sie verängstigt ausgesehen, jetzt wirkte sie stoisch, fast resigniert. Aufgrund der kurzen Zeitspanne, in der sie sich nun kannten, glaubte Sheppard zu wissen, dass sie nicht weinend und kreischend sterben würde. Sie war ein edler Mensch, jemand, der sein Leben nach moralischen Grundsätzen ausrichtete. Und dazu gehört es, still zu sterben.

Auf dem Boden saß Rhona, die Kopfhörer um den Hals gelegt, die Hände in den Hoodie-Taschen vergraben. Sie weinte lautlos für sich, Tränen liefen ihr über die Wangen. Hin und wieder wischte sie sie weg, als wäre sie wütend, dass sie weinte. Dann stand sie auf, ging an Constance Ahearn vorbei, würdigte die an den Stuhl gefesselte Frau keines Blicks und steuerte den Schreibtisch an. Dann kauerte sie sich unter den Tisch, genau so, wie sie die letzten drei Stunden dagesessen hatte. Ihr leerer Blick traf sich mit dem von Sheppard. Dann setzte sie sich die Kopfhörer auf.

Constance Ahearn schien aus ihrem entrückten Zustand zurückgekehrt zu sein. Sie war endlich still und betrachtete die Blutflecken auf ihrem Kleid. Sie hatte sich in ein Ungeheuer verwandelt, und jetzt, glaubte Sheppard, dämmerte ihr das zum ersten Mal. Letztlich hatte ihr Glaube sie nur in die Irre geführt und ihre schlimmsten Ängste weiter verstärkt. Das hatte mit dem Glauben nichts zu tun. Die Frau, deren größtes Problem die Entfremdung von ihrer Tochter gewesen war, gab es nicht mehr, an ihre Stelle war nun eine Mörderin getreten.

Sheppard ließ den Blick über seine vier Zimmergenossen schweifen, er wusste immer noch nicht, wer der Täter war. Vielleicht hatte er mit seiner ersten Ahnung richtiggelegen. Vielleicht hatte Alan Hughes Simon Winter getötet, vielleicht hatte es mit dem MacArthur-Fall zu tun. Aber irgendwie passte das alles nicht richtig zusammen. Darum ging es ja nicht, darum konnte es gar nicht gehen. Das waren nicht die vorrangigen Indizien. Und es war auch nicht das vorrangige Rätsel, wer Simon Winter getötet hatte.

Dreißig Sekunden noch. Wie viele Menschen, wie viele Kinder und Familien hielten sich im Hotel auf? Wie viele in der unmittelbaren Umgebung des Gebäudes? Wie viele Tote würde es geben? Würde man ihm die Schuld daran geben? Die vielen Familien, die erfahren würden, dass das Gebäude in die Luft flog, weil er ein einfaches Rätsel nicht hatte lösen können?

Eine simple Tatsache, vor der er davonlief, solange er sich erinnern konnte – eine Tatsache, von der er immer fürchtete, andere könnten sie herausfinden. »Ich bin kein Ermittler«, sprach er in die Stille des Raums. Keiner bewegte sich, keiner gab zu verstehen, dass er ihn gehört hatte. Der Satz hing einfach so in der Luft. Der Nachruf auf einen Albtraum.

Darauf hatte die Pferdemaske doch abgezielt, oder? Darum war es bei der ganzen Sache doch gegangen.

Zehn Sekunden, und zum ersten Mal seit langer Zeit dachte Sheppard wieder an seine Mutter. Sie vegetierte in einem Pflegeheim in North London vor sich hin. Und er dachte an seinen Agenten, der vermutlich den Verlust einer permanent sprudelnden Einnahmequelle beklagte. Die beiden Menschen, denen er wahrscheinlich fehlen würde. Ja, es gab viele Fans, die ihn beweinen würden, aber sie würden bald zu anderen Idolen weiterziehen, oft, ohne es überhaupt zu wissen. Die Lebenden waren sehr viel interessanter als die Toten.

Acht.

»Es tut mir leid«, sagte er. Wieder reagierte keiner, aber er wusste, es musste laut ausgesprochen werden. Er hatte sie im Stich gelassen. Er hatte sie alle im Stich gelassen. Und jetzt würden sie sterben. Seinetwegen.

Sieben.

Das Great Hotel würde in Schutt und Asche gelegt werden.

Sechs.

Ein komischer Ort zum Sterben.

Fünf.

Würde es Ermittlungen geben? Würde man nach der Pferdemaske fahnden?

Vier.

Oder würden sie alle auf seinem Grab tanzen, froh, dass sie ihn endlich los waren?

Drei.

Es tat ihm so schrecklich leid.

Zwei.

Manchmal wollen wir alle gesehen werden, hörte er Winters Stimme, und er sagte ihm, er solle den Mund halten. Er wollte in Frieden sterben.

Eins.

Er schloss die Augen. Würde es schnell gehen? Schmerzlos?

Null.

Das Krachen einer Explosion und blendend weißes Licht waren die einzige Antwort.

40

1992

Der Tote hing in der Mitte des Raums. Eine seltsame Gestalt an einem seltsamen Ort, das Gespenst von etwas Unmöglichem. Kaum merklich bewegte sie sich, schwankte. Weil ein Luftzug aus dem offenen Fenster kam, dachte er zuerst. Später wurde ihm klar, dass es wahrscheinlich vom Gestrampel und den letzten Zuckungen herrührte.

Er stand in der Tür und konnte sich nicht bewegen. Im Zimmer herrschte Chaos: Tische und Stühle waren umgeworfen, Papiere lagen am Boden. Nicht mehr der aufgeräumte, normale Raum, der er zwei Stunden zuvor im Mathe-Unterricht gewesen war. An der Tafel sah er sogar noch die Gleichung, mit der sie sich beschäftigt hatten. In diesen Raum zu treten, würde bedeuten, in eine tiefere, dunklere Welt zu treten – eine Welt, in der er keinesfalls sein wollte.

Er war ein Schussel. So hatte seine Mutter ihn immer genannt. Und diesmal hatte er sein Notizbuch vergessen. Er war schon halb zu Hause gewesen, als ihm einfiel, dass er es brauchte. Er hatte sich darin die Mathe-Hausaufgaben aufgeschrieben, die er am Abend noch machen musste, und konnte sich beim besten Willen nicht mehr darin erinnern, worum es ging.

In den Gängen war es still, in der Luft der Nachhall von Gelächter und Geschrei. Die Schüler waren längst fort, die meisten Lehrer wohl auch. Der Einzige, den er sah, war ein Hausmeister, der ohne große Begeisterung den Boden polierte. Er kannte ihn nicht. Der Mann sah zu ihm, als er an ihm vorbeikam, und lächelte traurig, als wollte er sich für sein bloßes Dasein entschuldigen.

Die Tür zum Mathe-Raum hatte offen gestanden. Da er nicht unhöflich erscheinen wollte, hatte er angeklopft. Keine Antwort, außer dass die Tür knarrend weiter aufging.

Mr. Jefferies sah fast komisch aus, als hätte man ihn an einem Kleiderständer aufgehängt – ein abgelegter, leerer Anorak. Seine Augen waren leblos, das Gesicht blass auberginenfarben, die Arme hingen schlaff nach unten. Der Gürtel um Mr. Jefferies' Hals wurde vom Kinn verdeckt und war kaum zu sehen. Das Leder war fleckig und hatte sich verfärbt. Er war um ein offenliegendes Leitungsrohr an der Decke gewickelt. Genau das Rohr, über das er sich immer beschwert hatte, weil es so einen seltsam zischenden Laut von sich gab, als würde jemand im ersten Stock die Toilette spülen. Jetzt hielt das Rohr ihn in der Luft. Mr. Jefferies war tot.

Irgendwann begann er zu schreien.

Er hörte Schritte hinter sich – jemand kam angelaufen und packte ihn fest an den Schultern. Er konnte den Blick nicht von der Szene losreißen, aber er roch das vertraute Parfüm von Miss Rain und hörte ihre weiche Stimme.

»Was um alles in der Welt ist denn los?«, fragte sie.

Er konnte nichts sagen, er zeigte nur in den Raum.

Er sah lediglich den Umriss von Miss Rain, die sich umdrehte. Und dann hörte er auch sie schreien.

In den nächsten Minuten brachen Lichter und Farben über ihn herein. Er war so verwirrt, dass er nicht wusste, was geschah. Er hörte weitere Leute an ihm vorbeieilen, und dann wurde er von jemandem weggeführt und ins Lehrerzimmer gebracht. Als er die Augen aufschlug, saß Miss Rain ihm gegenüber, hatte verweinte Augen und lächelte ihn traurig an.

»Willst du ein Glas Wasser?«

Bevor er etwas sagen konnte, stand sie auf und ging zur

Küchenzeile. Er sah auf seine Hände, während er den Wasserhahn hörte – sie zitterten. Er wollte, dass das Zittern aufhörte, aber es ging nicht.

Miss Rain stellte ein Glas Wasser vor ihn hin und nahm wieder Platz.

»Trink. Das hilft.«

Er nahm das Glas zur Hand. Das Wasser schwappte hin und her, als er es an die Lippen führte. Schwankte ganz leicht hin und her. Ihm wurde schlecht, als er einen Schluck nahm. Das Wasser war kalt. Einladend. Er nahm einen Schluck und stellte es wieder hin.

»Wie geht es dir – fühlst du dich besser?«

Eine dumme Frage, und nach dem Klang ihrer Stimme zu schließen wusste Miss Rain das auch. Er hatte keine Antwort. Konnte keine Antwort haben. Es gab nicht genügend Wörter, um zu erklären, wie er sich fühlte – zumindest keine Wörter, die er kannte. Es war nicht fair. Es war nicht fair, ihn das zu fragen.

»Bitte, kannst du mit mir reden? Ich muss wissen, wie du dich fühlst.«

»Ich …« So viele Wörter – viel zu viele Wörter. Warum brauchten die Menschen so viele Wörter? »Ich hab mein Notizbuch im Mathe-Raum gelassen.«

»Deshalb bist du zurückgekommen?«

»Ich musste es doch holen, und alles …«

»Nein …«

»… alles ist in Ordnung.«

Er verstummte – sein kleines Gehirn tickte zu langsam, viel zu langsam. Er konnte nicht denken. Er konnte noch nicht mal …

»Mr. Jefferies …«, sagte er langsam.

Miss Rain weinte jetzt. Er verstand nicht. Er verstand nicht, warum sie weinte. Sie betupfte sich die Augen mit dem Ärmel ihrer Strickjacke. »Ja, ich weiß. Alles ist in Ordnung. Alles wird gut. Du musst jetzt stark sein.«

Miss Rain kam herüber und setzte sich neben ihn. Er lehnte den Kopf an ihre Schulter, und sie umarmte ihn. Bald darauf weinten sie beide still vor sich hin.

Weitere Leute um ihn herum. Er schloss die Augen – kniff sie ganz fest zusammen, wie man es in den Filmen machte. Er hörte die Menschen in seiner Nähe, hörte zischelndes Flüstern. Miss Rain redete mit dem Direktor. Dann waren Sirenen zu hören, die langsam näher kamen, und noch jemand kam ins Lehrerzimmer gerannt.

Er schlug die Augen auf. Das Gesicht seines Vaters – ganz nah. Sein Vater zog ihn zu sich heran, und wieder fing er an zu weinen.

»Ich hab draußen im Wagen auf dich gewartet. Ich hab die Streifenwagen gesehen. Es tut mir so leid.«

Sein Vater umarmte ihn lange, hielt ihn so fest, dass er kaum noch Luft bekam. Aber in diesem Moment war es genau das, was er brauchte. Hier fühlte er sich sicher, er war ruhig. Er fühlte sich wie ein Kind, das von seinem Vater getröstet wurde. Aber irgendwo im Hinterkopf wusste er auch, dass das Kind in ihm mit Mr. Jefferies gestorben war. Das Kind in ihm hing mit seinem Lehrer dort im Mathe-Raum.

Seine Vater riss sich los und sah ihm in die Augen. »Rede mit mir. Alles in Ordnung?«

Schatten schimmerten in den hellen Augen seines Vaters – das Bild seines Lehrers, der von der Decke hing. Würde er das von nun an überall sehen – auf ewig und überhaupt nicht?

»Sag etwas.« Sein Vater war beunruhigt. »Bitte sag etwas, Eren.«

41

1992

Die nächsten Tage vergingen wie im Nebel. Bevor Eren nach Hause konnte, musste er mit der Polizei reden, stundenlang, wie er glaubte, obwohl es vielleicht nur ein paar Minuten waren. Die Zeit verging nicht mehr so wie vorher. Sein Vater hielt seine Hand umklammert, während Eren erzählte, wie er Mr. Jefferies gefunden hatte. Die Einzelheiten ließ er so schwammig, wie es die Polizisten zuließen. Er wollte nicht daran denken. Und er spürte schon jetzt, wie sich seine Seele um diese Erinnerung schloss wie eine Insektenpuppe, die ihn vor den tief in ihm liegenden Schrecknissen schützte.

In den Tagen danach kamen weitere Informationen ans Tageslicht. George Jefferies war tot. Er hatte sich mit seinem Gürtel im Mathematikraum erhängt. Laut Polizei hatte Mr. Jefferies' Mutter eingeräumt, dass ihr Sohn schon seit langer Zeit unglücklich gewesen sei. Eren hatte nie darüber nachgedacht, dass Mr. Jefferies' eine Mutter haben könnte. Sie sagte, er habe finanzielle Probleme gehabt und sei sehr einsam gewesen.

Polizisten kamen zu Eren und erzählten ihm das alles. Sie sagten, sein Lehrer habe sich das Leben genommen, ohne daran zu denken, dass einer seiner Schüler ihn finden könnte. Sie sagten, sie bedauerten es sehr.

Alle entschuldigten sich. »Es tut uns leid, dass dir das passiert ist.« »Es tut mir leid, dass du das sehen musstest.« »Die Schule bedauert alles aufrichtig und versteht, dass du Zeit brauchst.« Er verstand nicht, warum sich alle entschuldigten. Sie hatten doch gar nichts getan. Als er das seinem Vater erzählte, sagte dieser, die Leute entschuldigten sich eben, wenn sie eigentlich nicht wussten, was sie sagen sollten – was nicht einer gewissen Ironie entbehrte, da er – sein Vater – derjenige war, der am häufigsten sagte, wie leid ihm das alles tat.

Er durfte in der darauffolgenden Woche nicht in die Schule, er durfte auch nicht fernsehen. Sein Vater wollte nicht, dass er irgendwas in den Nachrichten sah. Von seinen Freunden erfuhr Eren allerdings, dass das Ereignis es gar nicht bis in die Nachrichten geschafft hatte. Es war nicht interessant genug. Mr. Jefferies, sein netter und witziger Mathe-Lehrer, hatte sich umgebracht, und der Welt war das völlig egal.

Seine Welt war leiser geworden. Er hörte nicht mehr die Vögel in den Bäumen und den Verkehr draußen. Er hörte nur noch die Stille. Farben waren nicht mehr so leuchtend wie vorher. Seine Welt war nicht mehr so aufregend, nicht mehr voller Hoffnung. Warum sollte man sich noch Hoffnung machen, wenn man einfach sterben konnte, jederzeit, überall. Er schlief viel. Sein Vater telefonierte mit einem Psychologen – ohne es ihm zu sagen, aber er hatte sich aus seinem Zimmer geschlichen und auf der Treppe gelauscht. Das Essen schien nicht mehr genießbar.

Am Mittwoch nach dem Vorfall klopfte es an der Tür zu seinem Zimmer. Er sagte nichts, sondern sah bloß auf seine Uhr. Es war 16 Uhr – wann war es 16 Uhr geworden?

Die Tür ging auf, und sein Vater steckte den Kopf herein.

»Eren, du hast Besuch.«

Eren wandte ihm nur den Rücken zu. »Ist mir egal.«

Sein Vater ging nicht darauf ein. »Dein Freund. Hier ist er.«

Eren drehte sich um und sah Morgan vor sich stehen. Morgan Sheppard mit seinem breiten Grinsen im Gesicht.

Morgan schaffte es sonst immer, ihn zum Lachen zu bringen, heute aber sah Eren, dass Morgans Lächeln aufgesetzt war.

»Ich lass euch beide mal allein.« Die Tür ging zu.

Morgan warf seinen Rucksack mitten auf den Boden, die Schulbücher fielen heraus. »Wie geht's?«

»Gut«, sagte Eren, obwohl er sich nie schlechter gefühlt hatte.

»In der Schule reden alle über dich«, sagte Morgan. »Stimmt das, was alle erzählen? Hast du Mr. Jefferies im Mathe-Raum gefunden?«

»Ja«, sagte Eren. Kurz blitzte wieder das Bild vor ihm auf. »Ich hab ihn gefunden.«

»Wir haben eine Ersatzlehrerin in Mathe bekommen. Sie ist eine ziemliche Ziege. Außerdem glaube ich, kann sie nicht rechnen. Und wir haben jetzt in der Bibliothek Unterricht, was nervig ist. Keiner darf mehr in diesen Raum.«

»Hmm«, sagte Eren, der gar nicht richtig zuhörte.

»Sadie sagt, in dem Zimmer spukt es jetzt. Sie sagt, deswegen dürfen wir nicht mehr rein«, erzählte Morgan, nahm sich eine von Erens Action-Figuren und setzte sich auf die Bettkante. »Sie sagt, dass Eric gesagt hat, dass Michaels Schwester Mr. Jefferies am letzten Abend noch am Fenster gesehen hat. Aber ich glaube, sie lügt, weil sie sich bloß wichtigmachen will, weil …«

»Weil er tot ist«, sagte Eren und richtete sich auf.

Morgan spielte am Arm der Action-Figur herum und winkte damit Eren zu. »Ja«, sagte er kleinlaut.

»Hast du …?«, begann Eren und rutschte zur Bettkante, bis er neben Morgan saß. »Was meinst du, warum hat er es getan?«

Morgan schwieg.

»Was kann so schlimm sein, damit sich jemand umbringt?«

»Vielleicht hat er was Falsches gemacht«, sagte Morgan und gab Eren die Action-Figur. Es war eine billige, nachgemacht Superhero-Figur, irgendein Typ mit breitem Grinsen und aufgeblähten Muskeln.

»Jeder macht mal was Falsches – aber deshalb bringt man sich doch nicht gleich um.«

»Vielleicht war er einfach zu traurig.«

Eren dachte darüber nach, aber das ergab auch keinen Sinn. Mr. Jefferies war immer so fröhlich gewesen. Immer hatte er gelächelt und mit ihnen gescherzt. Niemals hatte er auch nur ansatzweise den Eindruck gemacht, als wäre er traurig. Vielleicht hatte er es nur gut verbergen können.

»Er fehlt mir«, sagte Morgan. »Er fehlt uns allen. Er war nett.«

»Ja.«

»Und witzig.«

»Ja.«

Morgan schwieg, dann gluckste er. »Weißt du noch, wie er uns Filme hat sehen lassen, statt den Stoff durchzuziehen …«

Erens Blick war auf die Action-Figur gerichtet. Irgendwas geisterte ihm durch den Kopf. Irgendwas nagte an ihm. Und es wurde sogar noch stärker, wenn er die blöde Spielzeugfigur anstarrte. Aber er hatte keine Ahnung, was es sein könnte.

»… oder als er die ganze Stunde über Witze erzählt hat. Einmal sogar einen unanständigen, haha.«

Erens Blick fiel auf den Gürtel des Superhelden. Etwas …

»Weißt du noch, als er vor einem Monat so viel abgenommen hat? Und er hat sich die ganze Zeit die Hose hochziehen müssen. Er war ein guter Lehrer.« Morgan sah zu Eren und stupste ihm gegen die Schulter. »Willst du Super Nintendo spielen? Das lenkt dich ein bisschen ab.«

Eren sah mit weit aufgerissenen Augen zu Morgan. »Sag das noch mal.«

Morgan lächelte. »Super Nintendo. Ich bin ziemlich gut bei Super Mario World 2.« Morgan sah sich um. »Wo ist dein Fernseher?«

»Nein, nein. Das, was du davor gesagt hast.«

Morgan sah ihn verwirrt an. »Was? Über Mr. Jefferies? Dass ihm seine Hose immer runtergerutscht ist? Das weißt du doch. Er hat sogar einen Witz darüber gemacht.«

Eren sah zu Morgan und der Action-Figur in seiner Hand. Morgan hatte immer noch keine Ahnung, worum es ging.

»Ich weiß es noch«, sagte Eren. »Ich hatte es vergessen, aber jetzt weiß ich es wieder. Ich kann mich gut erinnern.«

»Was ist denn, Eren? Du siehst aus, als hättest du ein Gespenst gesehen.«

Eren sprang vom Bett.

»Okay. Das hätte ich so nicht sagen sollen.«

»Ich brauch deine Hilfe, Morgan«, sagte Eren, packte den Rucksack seines Freundes und warf ihn ihm zu.

Morgan fing ihn auf. »Was hast du vor?«

»Ich muss zur Schule«, sagte Eren. Irgendwo in seinem Kopf hatte etwas aufgeblitzt. Erinnerungen an Mr. Jefferies kamen zurück. Der Lehrer war glücklich, er war nett gewesen. Er war nicht besorgt oder traurig gewesen. Er hätte sich nie umgebracht.

Die Farben und Geräusche strömten in seine Welt zurück. Und auch, im dunkelsten Moment, ein klein wenig Hoffnung. Hoffnung, dass seine Welt nicht ganz falsch war.

Eren warf sich seinen Rucksack über die Schulter und wandte sich an Morgan, der immer noch verdutzt auf dem Bett saß. »Mr. Jefferies hat sich nicht umgebracht. Jemand hat ihn ermordet.«

Eren warf die Action-Figur auf den Boden.

Morgan brauchte ein paar Minuten, bis er zu ihm aufgeschlossen hatte, obwohl er mit dem Fahrrad und Eren zu Fuß unterwegs war. Eren wusste nicht, wohin er ging – er ging jedenfalls in Richtung Schule und nahm dabei die schmalen Wege hinten zwischen den einzelnen Grundstücken, die er so gut kannte.

Morgan radelte neben ihm her. »Was hast du vor?«

»Ich weiß es nicht«, antwortete Eren wahrheitsgemäß.

»Warum hast du gesagt, Mr. Jefferies wäre ermordet worden?«

»Weil es so war.«

»Er hat sich umgebracht, Eren.« Morgan saß auf seinem Rad, schob aber nur mit den Füßen an, um gleichauf mit Eren zu bleiben. Sie kamen an den großen Fußballplatz.

»Hat er nicht. Er hat sich nicht umgebracht. So was würde er nicht tun.«

»Eren, du machst mich noch ganz irre.«

Eren blieb abrupt stehen. Morgan bremste scharf und wäre fast gestürzt, als das Rad umfiel.

»Der Gürtel. Er hat sich mit einem Gürtel erhängt. Ich hab's gesehen. Aber Mr. Jefferies hatte gar keinen Gürtel.«

»Doch, hatte er.«

»Nein, er hatte keinen. Wegen seiner Hose.«

In Morgans Miene blitzte etwas auf. Wissen, das gleiche Wissen, das Eren jetzt antrieb. »Aber das war Wochen her. Er hätte sich seitdem einen Gürtel zulegen können. Hat er an dem Tag einen Gürtel getragen?«

Eren dachte nach. Er konnte sich nicht mehr daran erinnern. Es war ein kleines Detail, das man nicht absichtlich vergessen, das man sich aber auch nicht unbedingt einprägen würde. Ein Detail, das einem einfach durch die Lappen gehen konnte. Eren überlegte, ob Erwachsene den gleichen

Fehler machten. Ob dieses Detail auch ihnen bei ihren Ermittlungen durch die Lappen gehen könnte.

»Ich kann mich nicht erinnern«, sagte Eren. Morgan wirkte ebenso ratlos. »Aber es ist nicht wichtig, weil ich weiß, dass Mr. Jefferies keinen Gürtel hatte.«

»Woher?«, fragte Morgan.

Eren dachte nach. Eine gute Frage. Er hatte wirklich das ganz starke Gefühl, dass Mr. Jefferies keinen Gürtel gehabt hatte. Und er wusste, dass da noch was war. Etwas, was ihm bislang ebenfalls durch die Lappen gegangen war. Etwas, was nicht so war, wie es hätte eigentlich sein müssen. Aber er kam nicht drauf.

»Wir müssen herausfinden, wer Mr. Jefferies umgebracht hat.«

Morgan kratzte sich an der Stirn. »Eren, mir ist doch jetzt schon vieles zu hoch. Ich glaube nicht, dass ich einen Mord aufklären kann.«

»Wir sind es ihm schuldig.«

»Ich weiß nicht. Wenn du meinst, dass da was nicht stimmt, dann sollten wir vielleicht lieber zur Polizei gehen.«

Eren legte Morgan die Hand auf die Schulter. Morgan betrachtete ihn skeptisch. »Du redest doch immer davon, dass du berühmt werden möchtest. Kricket, Videospiele, Filmstars – was, wenn das alles gar nichts zählt? Was, wenn du dafür berühmt wirst? Was, wenn wir wirklich einen Mord aufklären?«

Mehr brauchte es nicht, und Morgans Augen funkelten. Der Junge war leicht zu überreden. Seitdem Eren ihn kannte, hatte Morgan das Bedürfnis, berühmt zu werden. Wofür, das war nicht so wichtig. Morgan wollte nur ein bekannter Mensch sein. »Okay«, sagte der Junge, »aber bist du dir sicher? Was ist, wenn wir herausfinden, dass Jefferies sich doch selbst umgebracht hat?«

Eren setzte sich wieder in Bewegung. »Hat er nicht.« Nie und nimmer. Das würde doch bedeuten, dass die Welt nicht so war, wie er sie sich vorstellte. Mr. Jefferies konnte sich nicht umgebracht haben. Oder, genauer gesagt, es durfte nicht sein, dass er sich umgebracht hatte.

Eren und Morgan trieben sich den restlichen Nachmittag ziellos herum. Die Schule war geschlossen. Sonst wussten sie nicht, wo sie hin sollten. Schweigend gingen sie nebeneinander her, Morgan schob sein Fahrrad. Gegen sechs kehrten sie zu Erens Zuhause zurück, und Erens Dad bestellte Pizza. Sie aßen und spielten Super Nintendo, bis es für Morgan Zeit war, nach Hause zu gehen. Keiner von beiden erwähnte noch mal Mr. Jefferies.

In den nächsten Tagen geschah nicht viel. Eren kehrte an die Schule zurück und wurde von den anderen Kindern bedrängt, weil sie die ganzen schrecklichen Einzelheiten hören wollten. Die Lehrer bemühten sich, dem Einhalt zu gebieten, aber Eren erzählte die immer gleiche kurze Geschichte aufs Neue – damit schienen alle zufrieden zu sein. Bald war es Schnee von gestern.

Nicht jedoch für Eren – bei Weitem nicht. Mr. Jefferies' Tod belastete ihn mehr als an jenem schrecklichen Tag. Stärker als je zuvor schwelte in seinem Hinterkopf der Gedanke – *er hat es nicht getan* –, und da war nach wie vor dieses nagende Gefühl, dass er bislang etwas ganz Wichtiges übersehen hatte.

Etwa eine Woche später gingen Eren und Morgan nach der Schule in den Park. Es war das erste Mal, dass die beiden allein waren, seitdem Eren seine Theorie aufgestellt hatte. Morgan balancierte auf einer kurzen, niedrigen Backsteinmauer, die zu einem am Parkrand abgerissenen Haus gehörte. Eren saß im Gras und zupfte Halme aus.

»Willst du ins Kino?«, fragte Morgan und streckte die Arme aus, um das Gleichgewicht zu halten. »Mein Cousin arbeitet jetzt dort. Wenn ich ihn nett bitte, lässt er uns vielleicht in *Reservoir Dogs* rein. Da wird einem Typen das Ohr abgeschnitten, und man sieht alles.«

Eren gab keine Antwort. Er zupfte weiter am Gras und dachte wieder an jenen Tag. Er dachte immer daran. Irgendwas gab es da zu finden in seiner Erinnerung.

»Eren. Eren. Eren. Eren«, rief Morgan. »Eren. Eren. Eren.«

»Was?«, fragte Eren genervt.

Morgan lächelte. »Was ist los mit dir? Du bist superstill.«

»Ich denke nach. Daran, als ich Mr. Jefferies gefunden habe.«

Morgan sprang von der Mauer, ließ sich ins Gras fallen und breitete theatralisch die Arme aus. »Immer noch? Das ist doch …« Eren sah regelrecht die flirrenden Zahnrädchen im Kopf seines Freundes. »Das ist doch jetzt zwei Wochen her.«

Zwei Wochen waren ein ganzes Leben, und Erens Erinnerung begann schon zu verblassen. Der schützende Kokon um die Erinnerung war zerstört. Er wollte nicht vergessen. Weil er wusste, dass dort die Antwort liegen musste. Dieses Gefühl war das stärkste, das er jemals empfunden hatte.

»Ich versuche mich zu erinnern«, sagte Eren und riss ein frisches Grasbüschel aus. »Aber es ist nicht leicht.«

»Warum sprichst du es nicht einfach laut aus? Vielleicht hilft es ja.«

Morgan war sonst eher etwas einfach gestrickt, aber sogar Eren musste zugeben, dass an diesem Vorschlag was dran war.

»Gut«, sagte er und baute sich vor Morgan auf, als wollte er vor seinem Freund ein Theaterstück aufführen.

»Fang am Anfang an«, sagte Morgan. »Außer du meinst,

wir können es sowieso bleiben lassen und uns *Reservoir Dogs* anschauen.«

»Morgan, konzentrier dich.«

»Aber das Ohr, Kumpel. Das Ohr.«

Eren ging nicht darauf ein. »Okay, es hat angefangen, als ich schon halb zu Hause war. Ich hab in meinen Rucksack gesehen, weil ich die Süßigkeiten finden wollte, die wir im Laden gekauft haben, und da ist mir aufgefallen, dass ich mein Notizbuch in der Schule hab liegen lassen. Ich und Benny Masterson haben damit in Mathe Tic-Tac-Toe gespielt, und ich hab einfach gewusst, dass ich es nicht in den Rucksack gepackt habe. Ich weiß nicht, warum. Ich hab es auf dem Tisch liegen sehen. Ich weiß nicht, wie, aber irgendwie schaff ich es immer ... ich schaff es immer, irgendwo was liegen zu lassen.«

»Wie damals, als du dein Notizbuch im Aquarium hast liegen lassen«, sagte Morgan und lachte.

»Ja, genau«, sagte Eren und musste ebenfalls lachen. »Also bin ich zurück zur Schule. Es war still. Stiller, als ich es dort jemals erlebt habe, sogar stiller als an einem Elternabend. Keiner war da bis auf den Hausmeister, aber den hab ich nicht gekannt. Er hat mit so einem Ding den Boden poliert. Die Tür zu Mr. Jefferies' Zimmer war offen. Und ich bin rein.

Und da war er. Und ich hab geschrien ...« Eigentlich wollte Eren nicht zugeben, dass er geschrien hatte, zumindest nicht Morgan gegenüber. »... und Miss Rain ist gekommen und andere Lehrer, aber ich hab die Augen zugekniffen und weiß daher nicht, wer noch alles da war. Wir sind ins Lehrerzimmer, und dann war mein Dad da. Und dann musste ich ewig mit den Polizisten reden.«

»Hmm«, sagte Morgan und kratzte sich am Kinn, höchstwahrscheinlich, damit er intelligent aussah.

»Ja?«

»Ich meine, na ja, vielleicht brauchst du ein bisschen Ablenkung«, sagte Morgan.

»Ich brauche keine Ablenkung. Ich will bloß herausfinden, wer Mr. Jefferies umgebracht hat!«, schrie Eren. So laut, dass die Jungs, die auf dem Platz Fußball spielten, zu ihnen herübersahen. Morgan stellte sich vor Eren.

»Eren, Alter, beruhige dich. Vielleicht musst du dir einfach noch mehr Zeit lassen. Mr. Jefferies hat sich umgebracht. Und er war wirklich traurig. Und er fehlt uns allen. Und es war wirklich ziemlich scheiße, dass du ihn gefunden hast. Aber es war Selbstmord. Und wenn du dauernd rumläufst und sagst, dass er ermordet wurde, dann ist das vielleicht nicht so clever.«

»Du glaubst mir immer noch nicht?«, sagte Eren und versuchte nicht zu weinen.

»Ich glaube, dass du ziemlich neben der Spur bist. Und vielleicht solltest du mal auf andere Gedanken kommen. Indem du dir vielleicht mal was anschaust, was genauso krass ist. Wie ein Ohr, das einem abgeschnitten wird. Wo man alles sieht.«

»Morgan, ich komme nicht mit ins Kino«, sagte Eren trotzig. Es war nicht fair. Er konnte seinen besten Freund nicht davon überzeugen, dass Mr. Jefferies ermordet wurde, wie sollte er dann überhaupt jemanden davon überzeugen? »Willst du nicht wissen, was passiert ist? Spürst du es nicht?«

»Was spüren?«

»Er hat es nicht getan. Er kann es gar nicht getan haben.«

»Weiß nicht, ich glaube schon, dass es möglich wäre. Die Polizei kann sich doch nicht irren. Die irrt sich nie. Das sagt meine Mum.«

»Aber was, wenn sie sich irrt? Was, wenn jetzt ein Mörder frei herumläuft? Und ich weiß, dass da noch was war.« Eren warf genervt die Hände hoch, Gras und Erde flogen durch die Luft.

»Vielleicht brauchst du so eine Reinigungsmaschine für dein Gehirn. So wie der Hausmeister eine hat. Du musst deine Erinnerung wegputzen.«

»Das ist doch dämlich …« Eren verstummte. Das war es. Das war es, was er immer übersehen hatte. Er starrte Morgan an.

»Was?«, sagte der andere Junge.

»Der Hausmeister. Ich hab den Hausmeister nicht gekannt.«

»Aber der Hausmeister ist doch Gerry«, sagte Morgan. Den Hausmeister ihrer Schule nannten alle nur Gerry. Er war ein kleines, verhuschtes Männlein mit riesigen Brillengläsern so dick wie Marmeladengläser. Tagsüber war er oft in den Räumen zu sehen, tauschte Glühbirnen aus oder kämpfte gegen die Tücken der interaktiven Whiteboards. Die Schule konnte sich bloß einen Hausmeister leisten, so hatte er immer viel zu tun.

»Das war nicht Gerry«, sagte Eren und wurde ganz weiß im Gesicht.

»Wer«, sagte Morgan, der ebenso blass wurde. »Wer war es dann?«

Sehr lange sagten daraufhin beide nichts.

42

1992

»Dieser Hausmeister also, du bist dir sicher, dass du den noch nie gesehen hast?«

Sie waren wieder in Erens Zimmer und saßen auf dem Boden. Eren malte auf einem Blatt Papier herum, Morgan sah ihm dabei zu. Unten sah Erens Vater Fußball. Sie konnten die Gesänge der Fans und die Jubelrufe hören, wenn die Heimmannschaft ein Tor schoss.

Eren hatte sich für Sport nie besonders interessiert, sehr zur Enttäuschung seines Vaters. Nach dem Tod seiner Mutter wollte sein Vater ihn für Fußball begeistern. Für Eren war das bloß der Versuch, eine Nähe zwischen ihnen herzustellen. Sie waren zu zwei Spielen gegangen, und Eren hatte so getan, als würde er sich freuen, wenn Arsenal, die Mannschaft seines Vaters, ein Tor schoss. Aber das konnte er nicht durchhalten, und irgendwann sagte er seinem Vater, dass es ihn einfach nicht interessiere.

»Ich hab ihn nicht gekannt. Ich hab ihn noch nie an der Schule gesehen.«

»Wie hat er ausgesehen?«, fragte Morgan.

»Braune Haare. Und er war groß, nicht dick, aber muskulös. Er hatte so eine grüne Latzhose an, und er hat mit dieser Maschine den Boden poliert.«

»Könnte er nicht einfach einer von der Reinigung gewesen sein? Einer von denen, die erst kommen, wenn die Schüler schon weg sind?«

Eren dachte nach. »Möglich. Aber er hat eher wie ein Hausmeister ausgesehen. Und er war bestimmt nicht Gerry.«

Morgan rieb sich die Augen und seufzte. »Und was bedeutet das jetzt?«

»Wenn dieser Typ nicht der Hausmeister war und auch keiner von der Reinigungsfirma, was hatte er dann dort verloren?«, fragte Eren mit einiger Entschiedenheit. Er hatte es gefunden, das eine Teil, das nicht ins Bild passte. Zum ersten Mal, seitdem er den Raum mit dem toten Mr. Jefferies betreten hatte, fühlte er sich wieder wohl. Er kam voran.

Von unten ertönte erneut Jubel, und Erens Vater rief: »Jawoll!« Arsenal hatte ein Tor geschossen.

»Du sagst das...« Morgan beendete den Satz nicht, aber Eren wusste genau, was er damit meinte.

»Ja, ich glaube, er war es. Ich glaube, er hat Mr. Jefferies umgebracht. Ich glaube, er ist in das Zimmer gegangen, und er ... er hat ihn umgebracht. Und es so hingedreht, als würde es aussehen, dass sich Mr. Jefferies aufgehängt hat. Dann ist er aus dem Zimmer, vielleicht hat er jemanden gehört, und er musste sich was einfallen lassen, damit er nicht auffällt. Vielleicht hat er diese Poliermaschine gesehen und so getan, als wäre er der Hausmeister. Und als ich an ihm vorbeigegangen bin, ist er abgehauen.« Entschlossen legte Eren seinen Stift weg. »Was hältst du davon?«

»Ich glaube nicht ... ich finde, es ergibt schon irgendwie Sinn. Es klingt schon so, als hätte es so passieren können. Aber...«

»Ja?«

»... das heißt nicht, dass es so gewesen sein muss.«

Eren kannte Morgan sein Leben lang. Die beiden waren seit dem Kindergarten miteinander befreundet. Nie hatten sie sich gestritten. Selbst als Elfjähriger verfügte Eren über eine grundlegende Menschenkenntnis, und er kannte Morgan besser als jeder andere. Wenn sein Freund ihm helfen sollte, dann musste er ihn bei seiner Abenteuerlust packen. Eren musste erfahren, was Mr. Jefferies zugestoßen war, um seinen Seelenfrieden wiederzufinden, Morgan hatte solche Probleme nicht. Morgan gehörte eher zu den Kids, die sich ein Leben wie im Kino wünschten.

»Morgan, stell dir vor, Mr. Jefferies ist ermordet worden, und wir schnappen den Mörder. Stell dir vor, wie berühmt wir dann werden. Die beiden Kids, die einen gefährlichen Täter geschnappt haben, der ihren Lehrer auf dem Gewissen hat. Dann sind wir besser als alle anderen. Besser als die Polizei. Wir sind die Superheroes.«

Eren fuhr vor Morgan mit der Action-Figur über den Teppichboden. Die Figur hatte immer noch dort gelegen, wo er sie eine Woche zuvor hingeworfen hatte.

Morgan sah ihn mit funkelnden Augen an. Er nahm sich die Figur. Und lächelte. »Okay. Also, was machen wir?«

»Wir müssen uns vergewissern, dass dieser Typ nicht nur eine Reinigungskraft war.«

»Wie machen wir das?«

»Es gibt ein Buch mit Fotos vom gesamten Schulpersonal. Ich hab es mal gesehen – es hat bei einem Elternabend ausgelegen. Wahrscheinlich haben sie es auf dem Sekretariat. Dieses Buch brauchen wir, damit wir wissen, ob der Typ da drin ist. Wenn ich ihn sehe, erkenne ich ihn wieder, ich kann ihn bloß nicht beschreiben.«

»Und was, wenn er drin ist? Und wenn er nicht drin ist? Was dann?«

»Das überlegen wir uns dann, wenn wir es wissen.«

Morgan nickte, schien aber nicht ganz überzeugt. »Okay.«

»Noch eins, wir dürfen auf keinen Fall mit anderen darüber reden. Nur du und ich dürfen wissen, was wir vorhaben. Wir könnten in Gefahr geraten, wenn herauskommt, dass wir ermitteln.«

Morgan kriegte sich gar nicht weiter ein vor Freude. Je größer die Gefahr, desto aufregender war es, keine Frage. »Okay.«

Eren hielt ihm die Faust hin. »Partner«, sagte er mit so tiefer Stimme wie möglich.

»Partner«, antwortete Morgan und stieß mit seiner Faust dagegen.

Unten heulte Erens Vater auf. Das andere Team hatte ein Tor geschossen.

Am nächsten Tag während der Pause fanden sich Eren und Morgan im Schulsekretariat bei der griesgrämigen Miss Erthwhile ein. Sie war eine alte Dame, die seit Anbeginn aller Zeiten in der Schule arbeitete und Kinder auf den Tod nicht ausstehen konnte. Sie hielt sich immer im Sekretariat auf, tunkte Kekse in ihren Kaffee und tippte langsam auf ihrem Computer vor sich hin. Sie hatte auch eine Erste-Hilfe-Ausbildung und war für das Krankenzimmer verantwortlich. Seitdem sie diese Aufgabe übernommen hatte, hatte sich die Zahl der Schüler, die sich dort krankmeldeten, allerdings mehr als halbiert. Keiner wollte mit ihr zu tun haben.

Eren und Morgan traten langsam an den Tresen heran, als näherten sie sich einem allmächtigen Drachen. Ähnlich wie ein Drache konnte auch Miss Erthwhile besiegt werden, man musste nur ihre Schwächen kennen.

»Hallo, Miss Erthwhile«, begrüßte Eren sie fröhlich.

Miss Erthwhile musterte beide von oben herab. Ihr Gesicht war nichts anderes als eine Ansammlung von Runzeln. Viele Gelehrte hatten über ihre Bemühungen, ihr Alter herauszufinden, ihr Leben gelassen. »Ja?«, erwiderte sie.

»Morgan und ich, wir haben uns überlegt, ob Sie vielleicht ein Buch haben, in dem alle, die an der Schule arbeiten, mit einem Foto abgebildet sind.«

Miss Erthwhile betrachtete sie mit ihren flinken Äuglein. »Das Ehemaligenbuch? So, und warum wollt ihr das haben?«

Eren und Morgan sahen sich an. »Wir, äh, arbeiten an einem Projekt«, sagte Morgan – um Ausreden war er nie verlegen. Da hatte er den Dreh raus.

»Projekt für was?«

»Erdkunde. Wir machen eine Karte von der Stadt, und der Lehrer sagt, wir sollen Fotos von allen Schülern und Lehrern besorgen, damit wir sie auf der Karte einkleben können. Damit man sieht, wo sie alle wohnen.«

Eren sah mit einiger Bewunderung zu seinem Freund. Selbst er musste zugeben, dass das kein schlechter Schachzug war.

»Hmm«, kam es von Erthwhile, während sie nach wie vor auf sie hinabblickte. »Wenn ihr mir eine Bestätigung eures Lehrers bringt, könnt ihr mal einen Blick reinwerfen.«

Morgan lächelte. »Dafür haben wir keine Zeit mehr, Miss Erthwhile. Wir müssen mit unserem Projekt morgen fertig sein, und wir wollen wirklich gleich damit anfangen.«

»Tut mir leid, ober ohne Bestätigung könnt ihr es nicht haben«, entgegnete Miss Erthwhile und machte keinen Hehl aus ihrer Freude, jemandem den Tag zu ruinieren. »Dieses Buch ist nicht für Kinderaugen bestimmt.«

Morgan und Eren tauschten einen Blick aus. Eren zuckte mit den Schultern und wusste nicht recht, was er jetzt tun sollte. Morgan beugte sich zu ihm hin und flüsterte ihm ins Ohr: »Jetzt pass mal auf. Ich hab das in einer Fernsehshow gesehen, es nennt sich, äh, umgekehrte Psychologie.«

Morgan streckte den Rücken durch und räusperte sich. Erthwhile betrachtete ihn amüsiert.

»Dann geben Sie uns das Ehemaligenbuch eben nicht«, sagte Morgan.

Erthwhile gluckste. »Genau.« Und damit setzte sie sich wieder vor ihren Computer und tippte langsam auf der Tastatur herum.

Morgan schien verwirrt. Wieder beugte er sich zu Eren hin. »Okay, es gibt da vielleicht noch ein paar andere Dinge zu beachten.«

Enttäuscht verließen die beiden Jungen das Sekretariat. Eren brauchte das Buch, ohne es konnten sie nicht herausfinden, ob der Mann, den er gesehen hatte, für die Schule arbeitete oder nicht.

Draußen im Gang schlug Eren mit der Faust gegen einen Spind. »Autsch«, sagte er und bedauerte es augenblicklich. »Wir brauchen das Buch.«

»Gibt es noch irgendeine andere Möglichkeit?«

»Nein«, sagte Eren und rieb sich die Hand.

»Gut«, sagte Morgan, »dann bleibt uns nur noch eins übrig.«

»Was?«

»Einer von uns muss ins Krankenzimmer.«

In der Englischstunde litt Morgan unter grauenhaften Bauchschmerzen. Der Lehrer eilte mit ihm ins Krankenzimmer und trug der Klasse auf, den Anfang von *Von Mäusen und Menschen* noch mal zu lesen. Eren wartete so lange, wie er es aushielt, also etwa zwei Minuten, dann schlich er sich aus dem Klassenzimmer.

In den Gängen war es still, was ihn an den schrecklichen Tag erinnerte, diesmal aber hörte er gedämpfte Geräusche aus den Klassenzimmern voller Schüler. Er nahm die Abkürzung über den Pausenhof, nickte Gerry zu, der einen Strauch stutzte, und kam zum Sekretariatsgang. Das Krankenzimmer lag in diesem Gang gleich gegenüber Miss Erthwhiles Büro, und Eren hörte die Schmerzenslaute seines Freundes. Entweder übertrieb er es mit seinen Bauchschmerzen, oder Erthwhile folterte ihn. Keiner kannte die Schrecken des Krankenzimmers.

Eren steckte den Kopf ins Büro. Es war leer. Er ging zu Erthwhiles Schreibtisch und begann die Schubladen zu durchwühlen. Die oberste war mit Süßigkeiten vollgestopft.

In der nächsten Schublade lagen Papiere. Allesamt voller Tabellen mit mehr Buchstaben und Ziffern, als Eren überhaupt kannte.

Zu Erens Enttäuschung war die unterste Schublade abgesperrt. Drei- oder viermal zog er daran, bis er den Klebezettel an der oberen rechten Ecke bemerkte. In Erthwhiles charakteristischer Handschrift stand darauf: »Schlüssel am Monitor.«

Eren sah zum klobigen Computerbildschirm, konnte aber keinen Schlüssel entdecken. Alles, was er sah, war ein weiteres Post-it, diesmal mit der Aufschrift: »Kaktus.«

Eren musste fast lachen, als er erkannte, dass es sich um Erthwhiles erhöhte Sicherheitsmaßnahmen handelte. Er griff zum kleinen Kaktus, der in einem kleinen Topf auf der Ecke des Schreibtischs stand. Dicht unter der Erdschicht fand er den Schlüssel.

Eren schloss die Schublade auf und zog sie heraus. Stapel von Büchern lagen dort drin – dicke Bücher mit erhaben gearbeiteten Einbänden. Die meisten waren Jahrbücher, die bis 1985 zurückgingen. Aber unter ihnen fand er das, was er gesucht hatte. Ein großes ledergebundenes Buch, auf dem in Goldlettern »Absolventen« aufgeprägt war.

Eren schlug es auf und ging die Seiten durch. Er entdeckte die lächelnde Miss Rain und gleich neben ihr das freundliche Gesicht von Mr. Jefferies. Er sah so munter aus. Und jetzt war er tot. Er schlug die Seiten um und fand schließlich den Teil, der mit »Reinigungspersonal« überschrieben war. Hier lächelte niemand, die älteren Frauen sahen ernst und unglücklich in die Kamera. Es waren alles Frauen, kein einziger Mann war darunter. Eren blätterte weiter, aber es gab nur eine Seite für das Reinigungspersonal. Der Mann war nicht aufgeführt. Er war nicht da.

Eren beruhigte sich. Er beschloss, das gesamte Buch erneut durchzugehen und jedes Bild zu betrachten. Zum ersten Mal wurde ihm bewusst, dass er diesen Mann hier unbedingt sehen wollte. Denn die Alternative wäre nur schrecklich. Also ging er das ganze Buch noch mal durch. Der Mann war nicht aufgeführt.

Eren schlug das Buch zu und nahm den Kopf zwischen die Hände. Wer war dieser Mann? Wie hatte er damals, als er an ihm vorübergegangen war, in den Gang gelangen können? War dieser Mann der Mörder? Es war die einzige Spur, die er hatte.

Eren legte das Buch zurück in die Schublade, verschloss sie und legte den Schlüssel wieder in den Kaktustopf. Er wusste nicht, wie es jetzt weitergehen sollte.

Er sah auf und zuckte zusammen.

Miss Rain stand in der Tür und beobachtete ihn.

Miss Rain war nett – sie fragte noch nicht mal, was er hier zu suchen hatte. Sie sagte nur, dass sich alle Lehrer Sorgen um ihn machen würden. Er schotte sich ab und nehme nicht mehr richtig am Unterricht teil. Das lag vor allem daran, dass er Grundrisse vom Mathe-Raum zeichnete und ansonsten darüber nachdachte, wie jemand einen

Mord so ausführen konnte, dass es wie Selbstmord aussah. Aber das sagte Eren ihr nicht.

»Ich verstehe das doch, Eren. Es war schrecklich. Es ist wirklich schrecklich. Und keiner nimmt es dir übel, wenn du dir noch etwas länger freinehmen möchtest.«

»Nein«, sagte Eren mit fester Stimme. »Ich kann nicht nur herumsitzen und nichts tun.« Er redete über seine Ermittlungen, aber Miss Rain bezog es offensichtlich auf seine Mitarbeit im Unterricht.

Sie lächelte traurig. »Du bist sehr stark und intelligent, Eren. Stärker und intelligenter als die meisten Elfjährigen. Du kannst Großes erreichen.«

Eren lächelte sie an und versuchte Morgan auszublenden, der draußen vor dem Fenster stand und Grimassen schnitt.

»Also, dieser geheimnisvolle Typ ist unser Mann«, sagte Morgan in der Mittagspause.

Es war ein schöner Tag, und Eren und Morgan waren ganz bis zum anderen Ende des Fußballplatzes gegangen, damit andere sie nicht behelligen und sie sich ungestört unterhalten konnten.

»Vielleicht. Möglich.« Eren dachte nach. Er dachte daran, was geschehen war, nachdem er an jenem Tag zu schreien begonnen hatte. Nachdem er wie ein Irrer nur noch geheult hatte. Wer hatte ihn abgeholt?

»Was?«

»Wir müssen ... andere Möglichkeiten in Betracht ziehen.«

»Andere Möglichkeiten? Was für Möglichkeiten? Du siehst an dem Tag, an dem Mr. Jefferies umgebracht wird, einen geheimnisvollen Typen? Das klingt für mich doch ziemlich gut. Er ist unser Mann.« Morgan kletterte auf den Zaun, hielt auf halber Höhe inne und hing gefährlich an einer Eisenstrebe. Eren war von Morgans Energie immer schon beeindruckt gewesen – nie konnte er still sitzen.

»Wir müssen uns mit jeder Möglichkeit beschäftigen. Wir wollen keinen Fehler machen.«

»Eren, wenn die Polizei den Fall nicht aufklären kann, warum sollen wir es dann können? Und was machen wir eigentlich? Auch wenn dieser Typ Mr. Jefferies – oder irgendein anderer irgendwen – umgebracht hat, was machen wir dann eigentlich?«

»Dann gehen wir zur Polizei. Wenn wir keine Beweise vorlegen können, werden sie uns nie glauben. Wie du schon gesagt hast, wir sind ja erst elf. Vieles ist uns noch zu hoch.«

»Genau«, sagte Morgan, sprang vom Zaun und kam ins Stolpern. Trotzdem breitete er die Arme aus wie die Turner, die man im Fernsehen zu sehen bekam. »Wir sind elf. Wir können das nicht lösen.«

»Warum nicht?«, sagte Eren. »Elfjährige, die einen Mordfall aufklären. Vielleicht sind wir die Ersten.«

»Das klingt toll, Eren. Aber schaffen wir es auch?«

Eren dachte lange darüber nach. »Ich muss es probieren.«

»Okay, und was jetzt?«

»Wir müssen in den Mathe-Raum.«

»Noch mal so eine Aktion?«

Eren und Morgan blieben länger an der Schule und taten so, als wollten sie in der Bibliothek lernen. Sie warteten bis 17 Uhr, bevor sie sich in den stillen Gängen zum Mathe-Raum auf den Weg machten.

Die Tür zu Mr. Jefferies' Klassenzimmer war verschlossen – ein rot-weißes Absperrband der Polizei war davor geklebt. ZUTRITT VERBOTEN.

»Ich hab den Direktor gehört«, sagte Morgan. »Sie lassen das Band da, damit die Schüler nicht reingehen. Die Polizei ist doch längst fertig.«

Eren nickte. Er sah zur Tür, plötzlich konnte er sich nicht mehr rühren.

Morgan stupste ihn an. »Komm schon, es ist doch bloß ein Zimmer.«

»Ich weiß, es ist bloß …« Eren verstummte. Er wusste nicht mehr, was es bloß war.

Morgan drückte die Klinke nach unten. Knarrend ging die Tür weit auf und gab den Blick frei auf das Klassenzimmer. Jemand hatte aufgeräumt natürlich. Alles war bereit für eine neue Klasse.

Morgan schlüpfte unter dem Band hindurch und trat in den Raum. Er blieb in der Mitte stehen, genau unter dem freiliegenden Leitungsrohr, und sah zur Tür.

Eren starrte mit weit aufgerissenen Augen in den Raum.

»Komm schon«, sagte Morgan. Als er Eren sah, der mit schreckensstarrer Miene zum Leitungsrohr sah, trat er schnell zur Seite.

Eren gab sich einen Ruck und schlüpfte ebenfalls unter dem Band durch. Er zitterte. Es war so kalt wie an jenem Tag. Jemand hatte das Fenster offen gelassen.

»Also, was suchen wir?«, fragte Morgan, griff sich ein Übungsheft, das jemand auf dem Tisch hatte liegen lassen, und blätterte es durch.

Eren blickte sich um. Es sah aus, als wäre hier nie etwas passiert. Keiner war gestorben. Keiner hatte jemals gelebt. Nichts deutete darauf hin, dass Mr. Jefferies jemals hier gewesen war. Von seinem Pult war alles fortgeräumt, was noch auf ihn hätte hindeuten können.

Eren ging um das Pult herum und wartete darauf, das gerahmte Foto von Mr. Jefferies' Hund zu sehen oder die zerlesene Ausgabe von *Der Fänger im Roggen*. Mr. Jefferies war immer gefragt worden, warum er Mathe-Lehrer geworden war, wenn er doch Bücher so gern mochte. Eren konnte sich noch ganz genau an seine Antwort erinnern.

»Mathematik ist mechanisch. Man kann daran arbeiten und immer besser werden, bis man der größte Mathematiker ist, der jemals gelebt hat. Aber zu schreiben wie Salinger, das ist eine Gabe, eine Gabe, die man nicht lehren kann, und eine, die ich leider nicht besitze.«

Es war nicht da. Das Buch war nicht da. Es war immer hier gewesen, hatte am Rand des Pults gelegen, genau an den Kanten ausgerichtet. Aber es war nicht da. Es war absolut zwingend, dass Eren es fand. Warum sollte es jemand wegnehmen? Warum war es nicht da, wohin es gehörte?

Eren riss die Schubladen auf. Sie waren alle leer. Nichts war noch da. Nichts von Mr. Jefferies. Er knallte sie zu.

»Vorsichtig«, sagte Morgan und näherte sich ihm. »Wir sollten nicht so viel Lärm machen.«

Erens Augen füllten sich mit Tränen, er glaubte nicht, dass er sie noch zurückhalten konnte. Er barg den Kopf in den Ärmeln seines Schulpullovers. »Er ist weg, Morgan. Sie haben ihn entsorgt. Sie alle. Die Erwachsenen.«

»Krieg dich wieder ein, Eren.«

»Es ist, als hätte es ihn nie gegeben.«

»Eren, krieg dich wieder ein.«

»Er ist weg. Ganz und gar weg.«

»Eren«, zischte Morgan, »er ist nicht weg, nicht ganz.«

Endlich hörte Eren seinen Freund, er blickte von seinem Ärmel auf und sah sich um.

Der Raum war makellos sauber, nur die Tafel war unberührt. Wer immer hier geputzt hatte, schien nicht in der

Lage gewesen zu sein, die letzten Dinge wegzuwischen, die Mr. Jefferies noch angeschrieben hatte. Eren sah die Gleichungen, an denen seine Klasse gearbeitet hatte, Mr. Jefferies' komplizierte Erklärung zu Pythagoras, und in der oberen rechten Ecke seinen Namen, den er am ersten Schultag dorthin geschrieben und nie weggewischt hatte. Eren musste traurig lächeln.

Morgan stand neben Eren, und gemeinsam betrachteten sie die Zeichnungen und Zahlen.

»Ich kapier es immer noch nicht«, sagte Morgan schließlich und musste lachen.

Auch Eren lachte, während sein Blick über die Gleichungen wanderte, bis er auf die linke untere Ecke fiel, wo Mr. Jefferies eine dreistellige Zahl hingeschrieben hatte.

»Einen Moment«, sagte Eren. »Was ist das?« Er deutete auf die Zahl.

391.

»Das?«, fragte Morgan verwirrt. »Bloß eine Zahl, Eren.«

»Aber sie hat nichts mit den anderen Zahlen zu tun. Sie steht hier völlig ohne Zusammenhang.«

»Es ist eine Zahl. Er war Mathe-Lehrer.«

»Erinnerst du dich, dass er das hingeschrieben hat?«, fragte Eren und betrachtete die Zahl eingehender.

Morgan warf die Arme hoch in Richtung Tafel. »Ich kann mich noch nicht mal erinnern, dass er das alles hier hingeschrieben hat. Ich hab nicht aufgepasst.«

»Ich kann mich nicht erinnern, dass er sie geschrieben hat«, sagte Eren, trat zurück und sah nach hinten, dorthin, wo er im Unterricht gesessen hatte. »Und sie ist in der unteren Ecke. Keiner von uns hätte sie sehen können.«

»Dann hat er sie also nicht im Unterricht hingeschrieben. Dann war sie also schon da. Oder auch nicht. Eren, so langsam klingst du, als hättest du sie nicht mehr alle.«

Eren wurde plötzlich wütend. »Was, wenn das Mr. Jefferies' letzte Botschaft war? Was, wenn es ein Hinweis darauf ist, wer ihn ermordet hat?«, fuhr er Morgan an.

»Soll das dein Ernst sein?« Morgan flüsterte nur, als sie draußen jemanden vorbeigehen hörten. Die Schritte blieben nicht stehen, und dann, irgendwann, waren sie nicht mehr zu hören. »Mr. Jefferies' letzte Worte waren also 391. Drei, neun, eins. Was soll das überhaupt bedeuten? Es bedeutet nichts, Eren. Und keiner würde auf die Idee kommen, dass sie was zu bedeuten haben. Du solltest dich nicht so dran festbeißen.«

»Nein. Nein, ich höre nicht auf«, sagte Eren und spürte wieder, wie ihm Tränen in die Augen stiegen. »Alle sollten sich dran festbeißen. Jemand hat Mr. Jefferies ermordet, und dieser Jemand kommt damit durch.«

Morgan schwieg. Eren schüttelte den Kopf. »Ich dachte, es würde dir helfen, wenn du hier drin bist.«

»Was redest du da?«

»Er hat sich umgebracht, Eren. Mr. Jefferies hat Selbstmord begangen und uns alle zurückgelassen. Er kommt nicht zurück. Wir müssen ihn einfach vergessen.« Morgans Gesicht war ganz versteinert, aber Eren sah auch die Traurigkeit darin.

Und dann ging Eren hoch. »Du glaubst mir nicht. Du hast mir nie geglaubt. Du bist genau wie die anderen. Du bist ein Idiot!« Bevor Eren sich versah, verpasste er Morgan einen Stoß. Der Junge fiel gegen einen Tisch und brauchte einen Moment, bis er sich wieder gefangen hatte.

Er ging zu seinem Rucksack, zog den Reißverschluss auf und holte etwas heraus. Er hielt es Eren hin.

Es war ein Foto. Das Foto eines Mannes – des Mannes, den Eren an jenem Tag den Gang reinigen sah.

»Ist er das?«, fragte Morgan.

Eren brachte kein Wort heraus.

»Ich hab ihn neulich in der Turnhalle gesehen. Er heißt Martin. Er ist der neue Hausmeister.«

Er warf Eren das Foto hin. Es fiel von seiner Brust auf den Boden. Das Gesicht des Mannes sah zu Eren hinauf. Er konnte nicht den Blick abwenden.

Morgan nahm seinen Rucksack und schulterte ihn. Er ging, drehte sich noch einmal um und sah wütend zu Eren. »Weißt du, ich bin ein Idiot. Du aber auch. Wir sind Kinder. Wir dürfen das.«

Morgan ging.

Eren fiel auf die Knie. Er hob das Foto auf, betrachtete es und weinte – er wusste nicht, wie lange.

43

1992

Die Ermittlungen, so kurzlebig sie gewesen waren, wurden damit für abgeschlossen erklärt. Eren und Morgan gingen sich aus dem Weg. Morgan sah ihn noch nicht mal mehr an. Eren hatte das Gefühl, als hätte ihn sein einziger Freund verraten. Keiner glaubte ihm, und vielleicht glaubte er nicht einmal mehr sich selbst. Schließlich hatte er keinen Verdächtigen – jedenfalls nicht zu diesem Zeitpunkt. Er ließ den Gedanken zu, dass Mr. Jefferies vielleicht doch nur ein trauriger Mensch gewesen war, der keine andere Möglichkeit mehr gesehen hatte, als sich umzubringen. Eren konzentrierte sich auf den Unterricht, denn er hatte einiges nachzuholen, da er seine freie Zeit mit ergebnislosen Ermittlungen verbracht hatte. Er kam sich dumm vor, und es war ihm peinlich.

In der Schule sprach er mit niemandem. Aus der Ferne bekam er mit, wie Morgans neues Projekt groß herauskam. Er hatte nämlich eine Band gegründet. Die anderen Schüler und Lehrer machten wie gewohnt weiter, als wäre nichts geschehen.

Die Schule und Erens Vater stimmten darin überein, dass Eren einen Therapeuten aufsuchen sollte, was er ohne Widerworte tat. In den Sitzungen redete er mehr als sonst, erwähnte aber nie, was seiner Meinung nach mit Mr. Jefferies wirklich geschehen war. Er mochte seinen Therapeuten – einen Mann namens Simon, den die Schule empfohlen hatte. Es machte Spaß – er ließ sich einiges einfallen, um Eren dazu zu bringen, über sich selbst nachzudenken. Er hatte die Sitzungen in guter Erinnerung.

Weihnachten ging vorüber, ohne dass irgendwas passierte. Eren saß mit seinem Vater, der Familie seiner Tante und seiner Großmutter am Tisch. Er lachte und machte Witze mit seinen Cousins, die in seinem Alter waren. Sie waren zwar nicht mit Morgan zu vergleichen, aber allmählich fühlte sich Eren wieder ganz wohl. Vielleicht war das ein Neuanfang. Er nahm sich eine Extraportion vom Truthahn und dem Rosenkohl. Er mochte Rosenkohl.

Das Jahr 1993 brach an, und Eren und sein Vater verdrückten Pommes am Strand und sahen das neue Jahr heraufziehen. Es war bitterkalt, das Meer plätscherte gegen den Sand wie gegen Samt.

Gegen Ende Januar begann Eren Zeitungen auszutragen. Es war kalt in diesem Monat, und jeden Morgen stapfte er durch den Schnee und brachte den Leuten ihre Zeitungen. Er hatte fünfundfünfzig Exemplare auf seiner Route. Die Zeit dabei vertrieb er sich mit Nachdenken.

Er dachte nicht an *das* zurück. Simon sagte, der Verstand sei etwas Magisches. Jetzt würde es zwar wehtun, aber es käme eine Zeit, an der er nicht mehr absichtlich *nicht* daran denken müsste. *Er würde es einfach vergessen?* Natürlich nicht ganz, es würde immer da sein, aber zwischen den alltäglichen Dinge, dem, was er sich vornahm, seinen Zielen und Absichten, würde er es vergessen.

Und er hatte allmählich das Gefühl, als könnte er wieder weitermachen. Der Rest der Welt machte doch auch einfach weiter wie gehabt, warum also er nicht auch? Die Morgensonne in der Januarluft war so kräftig, warum konnte sie die Vergangenheit nicht einfach wegbrennen? Darum war er auch so entsetzt, als er am ersten Samstag im Februar von Mr. Perkins, seinem Zeitungshändler, erfuhr, dass er ein neues Haus zu beliefern habe. Er kannte die Adresse gut. Es war Mr. Jefferies' Haus.

Eren dachte sich nicht viel dabei auf seiner Runde, doch als er um die Ecke zu Mr. Jefferies' ehemaligem Haus bog, wurden seine Beine immer schwerer. Mit jedem Schritt wurde er langsamer, mit jedem Schritt wurde es anstrengender. Er musste sich überwinden, sich dem Gebäude zu nähern, und nachdem er die Zeitung in den Briefschlitz gesteckt hatte, stand er nur da und betrachtete traurig das Haus.

Ein Geräusch kam von der Tür, und die Zeitung wurde durch den Schlitz gezogen. Ein Hund bellte, eine ältere Dame brachte ihn zum Schweigen. Bevor Eren sich umdrehen konnte, ging die Tür auf.

»Hallo, mein Lieber«, sagte sie und wirkte nicht im Geringsten erstaunt, warum er draußen im Schnee stand.

»Entschuldigen Sie, Ma'am«, sagte Eren. »Ich hab den Mann gekannt, der hier gewohnt hat. Er war mein Lehrer.«

Die alte Dame lächelte ihn an. »Du meinst George?«

Eren war überrascht. »Ähm ... ja, Ma'am. Entschuldigen Sie, aber kennen Sie ihn?«

»Ach, du armes Kind, ich bin seine Mutter«, sagte die alte Frau und lachte, während ein Cockerspaniel seinen Kopf mit der gefalteten Zeitung im Maul um den Türrahmen schob. »Los, komm lieber mal rein auf eine hübsche Tasse Tee. Du siehst ja aus, als würdest du dir den Tod holen.«

»Das geht nicht, Ma'am. Ich muss noch Zeitungen austragen.« Mit einem Nicken wies er auf seine Tasche mit den noch nicht verteilten Zeitungen.

Die alte Frau schüttelte den Kopf. »Unsinn. Keinem wird was fehlen, wenn er die schrecklichen Neuigkeiten mal nicht zu lesen bekommt. Die können alle auf ihre Zeitungen warten.«

Und bevor Eren sich versah, wurde er in das kleine Haus gelotst. Es roch komisch – nicht unangenehm, aber seltsam, und es sah genauso aus, wie man sich das Haus einer älteren Dame vorstellte. Alles war sehr massiv, alle Räume waren mit einem schreiend roten Teppichboden ausgelegt. Eren entdeckte eine winzige Küche, die vom Wohnzimmer abzweigte – die Anrichte war voll mit übereinandergestapelten Sachen. Das Wohnzimmer war ähnlich klein, dort gab es zwei scheußliche braune Stoffsofas und einen Sessel. Eren ließ sich auf einem der Sofas nieder und stellte seine Tasche ab. *Was soll ich hier?*

»Also«, sagte die alte Frau. »Einen Tee, ja?«

»Ich trinke keinen Tee, Ma'am«, antwortete Eren entschuldigend.

Die Frau lachte und ging in die Küche. »Doch, doch«, sagte sie.

Eren sah sich um. Er konnte kaum glauben, dass Mr. Jefferies hier gewohnt hatte. Das alles sah so ... alt aus. Er betrachtete sein Spiegelbild im kleinen Fernseher. Er sah aus, als fühlte er sich nicht wohl. Höchstwahrscheinlich, weil er sich wirklich genau so fühlte. Er konnte sich selbst nicht in die Augen schauen, also richtete er den Blick auf den Beistelltisch aus Glas. Ein paar Klatschblätter lagen dort sowie eine Zeitung mit einem nicht vollständig ausgefüllten Kreuzworträtsel.

Die Uhr tickte sehr laut.

Einige Minuten später kam die Frau zurück. Mit zittrigen Händen brachte sie ihm eine Tasse und Untertasse und reichte sie ihm. Die braune Flüssigkeit schwappte über und sammelte sich in der Untertasse, als sie von ihrer Hand zu seiner ging. Eren lächelte, während sie in die Küche zurückkehrte, um sich selbst eine Tasse zu holen.

»Wie, hast du gesagt, heißt du, mein Lieber?«, fragte sie bei ihrer Rückkehr. Behutsam ließ sie sich in ihrem Armsessel nieder.

Erens Mund war schneller als sein Gehirn. »Morgan Sheppard«, sagte er. Wenn sie Mr. Jefferies' Mutter war, kannte sie möglicherweise Erens Namen. Es war nicht sehr wahrscheinlich, aber Eren war schon unwohl genug – es war ihm lieber, wenn sie nicht erfuhr, dass er ihren Sohn gefunden hatte.

»Morgan. Was für ein schöner Name. Und du warst einer von Georges Schülern?«, fragte die alte Frau, führte die Tasse an die Lippen und schlürfte.

»Ja. Ich hatte bei ihm Mathe. Ich ... ich möchte nur sagen, dass es mir sehr leidtut, alles.«

Die Frau setzte die Tasse auf den Tisch und lächelte ihn an. »Wir können nicht ändern, was geschehen ist, mein Lieber. Keiner kann was dafür – du am allerwenigsten. Ich bin überzeugt, für dich ist es härter als für alle anderen. Ich meine, für alle Kinder. So was erleben zu müssen in deinem Alter. Wie alt bist du eigentlich?«

»Elf«, sagte Eren, trank von der Tasse, schluckte, stellte daraufhin sofort die Tasse weg und schwor sich, sie nie wieder anzurühren. Er hustete. »In zwei Monaten werde ich zwölf.«

»Da bist du ja noch ein kleines Kind«, sagte sie alte Frau, und ihre Stimme ächzte vor Traurigkeit. »Ach, mein Lieber, was für ein Unglück. Aber das Leben geht weiter, für uns alle. Mehr kann man nicht machen.«

»Haben Sie was dagegen, wenn ich Ihnen eine Frage stelle?«

»Nein, mein Lieber. Du musst ja so viele haben.«

Eren redete ganz langsam und wählte seine Worte mit Bedacht. »Wissen Sie ... wissen Sie, warum Mr. Je... George ... das getan hat?«

Die Frau spitzte die Lippen und nahm die Tasse wieder zur Hand. »Keiner von uns kann das wirklich wissen. Das ist der Fluch – der Fluch der Hinterbliebenen. Ich kann dir nur sagen, warum er es meiner Meinung nach getan hat. Ich glaube, er hat es getan, weil er keinen anderen Weg mehr sah. Es gibt auf der Welt zwei verschiedene Arten von Menschen, und du weißt immer erst, zu welcher Art du selbst gehörst, wenn es schon zu spät ist.«

»Zwei Arten von Menschen?«

»Ja. Sagen wir, du läufst durch den Wald. Es ist finster, und du weißt nicht genau, wo du bist. Du weißt nur, dass du weit weg bist von zu Hause, weit weg von allen, die du liebst. Und du läufst. Du läufst, weil du gejagt wirst. Von den wildesten und scheußlichsten Ungeheuern, die du dir ausmalen kannst. Die sind dir dicht auf den Fersen. Deswegen läufst du. Du läufst und läufst, weil du nicht willst, dass sie dich einholen. Die Bäume werden immer weniger, und plötzlich bist du am Waldrand. Du kommst zu einer Anhöhe, und du siehst, dass du auf der Spitze einer steil abfallenden Felswand stehst. Du drehst dich um, und die Ungeheuer kommen aus dem Wald. Du steckst in der Falle. Du wirst nie an ihnen vorbeikommen. Du siehst in die Tiefe, Hunderte Meter unter dir liegen spitze Felsen und das stürmische Meer. Die Ungeheuer kommen zu dir hochgekrochen, ganz langsam, aber sie kommen unweigerlich näher. Du hast jetzt also zwei Möglichkeiten – du gibst auf und lässt dich von den Ungeheuern schnappen, die mit dir dann machen können, was sie wollen, oder du springst von der Klippe auf die Felsen und ins Meer.«

»Und Mr. Jefferies ist gesprungen?«

Die Frau sah ihn mit ihren altersmüden Augen an. Er dachte, sie würde jeden Moment anfangen zu weinen, aber dann fing sie sich und schlürfte wieder ihren Tee. »Ja. George ist gesprungen. Bildlich gesprochen natürlich. Das war eine Metapher – du weißt, was eine Metapher ist?«

»Ja. Wenn man etwas sagt, das etwas ganz anderes ist.«

»Ja, du bist ein kluger Junge. George hat dir eine Menge beigebracht.«

Eren wies sie nicht darauf hin, dass Mr. Jefferies Mathematik unterrichtet und ein anderer Lehrer ihm das mit den Metaphern beigebracht hatte.

»George hatte Ungeheuer?«

Die Frau lachte, es klang völlig humorlos, aber nicht unfreundlich. »Wir haben alle unsere Ungeheuer, mein Lieber. Ich auch. Und du auch. Es gibt immer irgendwas, was uns durch den Wald jagt, auch wenn wir es nicht zugeben wollen. Aber um deine Frage zu beantworten, ja, George hatte seine Ungeheuer. Und die haben ihn irgendwann eingeholt.«

»Was waren das für Ungeheuer?« Eren sah, wie sich die alte Frau wand. »Tut mir leid, ich möchte nicht unhöflich sein«, fügte er schnell hinzu, »aber ich muss es wissen. Ich muss wissen, warum jemand so was macht.«

Die alte Frau lehnte sich zurück und sah ihn an. »Ich habe vergessen, wie es ist, wenn man elf Jahre alt ist. Ich habe achtmal dein Leben gelebt. Nur so ein Gedanke. Ich war auch einmal sehr wissbegierig. Aber das Leben treibt einem das aus.

Es war nun mal so, dass George immer schon sehr einsam war. Er hat sein Leben lang hier gewohnt, bei mir. Das, hat er gesagt, macht er, damit er sich um mich kümmern kann, damit es mir gut geht. Dabei hat er aber vergessen, dass es ihm selbst auch gut gehen sollte. Er hat nie eine Beziehung gehabt. Er braucht niemanden, hat er immer gesagt, aber ich konnte die Einsamkeit in seinen Augen sehen – sie war immer da.

Er hat seine Arbeit sehr gemocht. Er wollte immer schon Lehrer sein. Er ist völlig in seiner Arbeit aufgegangen.

Wenn er nach Hause kam, hat er korrigiert, dann hat er sich Sportsendungen angesehen – Fußball, Rugby, Kricket. Er wusste noch nicht mal, wie Kricket richtig funktioniert, hat aber trotzdem darauf gewettet. Und dann gab es da noch die Pferde. An einem Sonntag ist er mal in ein Wettbüro gegangen. Und dort ist er an die falschen Leute geraten. Bald darauf hat er viel zu viel gewettet. Die Sucht, mein Lieber, ist wie Krebs, aber ein Krebs, der dir vorgaukelt, dass du ihn willst. Ich habe versucht, es George auszureden, aber die Sucht hat sich nicht so leicht geschlagen gegeben.

Er hat sich Geld geliehen – Geld von den falschen Leuten, weil er glaubte, er könnte es zurückgewinnen. Aber das hat er natürlich nicht. Er hat alles verloren. Alles. Leute sind gekommen, hier ins Haus. Unappetitliche Leute, weißt du? Leute, die aussehen, als kämen sie geradewegs aus einem Film – zwielichtige Menschen. Sie haben George bedroht, sie haben ihn verprügelt, und ich konnte nichts dagegen tun. Einer ist oft gekommen – mit mir war er so nett, wie man es nur sein kann. Ich hab schon gedacht, na, vielleicht ist er anders als die anderen. Aber eines Abends, es war schon sehr spät, da habe ich gehört, wie er gekommen ist und George bedroht hat. George hat natürlich nichts unternommen, und ich bin nicht dumm, ich habe gewusst, dass da etwas getan werden muss, aber auf die richtige Art.

Als dieser Mann das nächste Mal kam, habe ich George gezwungen, sich mit mir an den Tisch zu setzen. Dem Mann habe ich gesagt, er soll Platz nehmen und wir würden alles freundlich und höflich besprechen. Er hat Platz genommen, war aber nicht sehr glücklich darüber. Das waren beide nicht. Und ich habe gesagt: ›Also, George, Martin, ihr müsst das jetzt in Ordnung bringen …‹

Eren erstarrte. Plötzlich lief es ihm kalt über den Rücken. Er brauchte eine kleine Weile, bis ihm klar wurde, warum es so war, aber als er sich darauf konzentrierte, traf es ihn schlagartig. Die Frau sprach weiter, aber er hörte sie gar nicht mehr. Was hatte sie gesagt? Sie konnte doch nicht …

»Tut mir leid, Ma'am.« Er presste die Worte heraus. »Wie hat dieser Mann noch mal geheißen?«

»Was? Oh, ähm, Martin. Ja. Ich habe ihn für einen netten Jungen gehalten, der anders war als die übrigen. Aber es stellte sich heraus, dass er der Schlimmste von allen war.«

In Erens Kopf verschwamm alles. Der Mann. Der Mann, der den Boden gereinigt hatte mit dieser blöden Maschine. Der Mann in der Hausmeisterkleidung. Der neue Hausmeister. Martin.

Ohne weiter nachzudenken, stand er auf. Die alte Frau erzählte immer noch. »Ich muss jetzt gehen«, unterbrach er sie.

Die alte Frau sah ihn verwirrt an. »Gut, mein Lieber, es war schön, dich kennengelernt zu haben.«

Bevor sie sich erheben konnte, hatte er schon das Zimmer verlassen und war im kurzen Flur.

»Komm bitte mal wieder, jederzeit«, rief sie ihm hinterher. »Morgan ist so ein netter Name.«

Dann war er durch die Tür und knöpfte sich gegen die Kälte den Mantel zu.

Er schaffte es noch um die nächste Ecke, bevor er sich in den Schnee übergab.

Eren fand Morgan in der Mittagspause in der großen Aula. Er stand mit seiner Band, einer zusammengewürfelten Truppe von Kids, die gerade nichts Besseres zu tun hatten, auf der Bühne. An der Gitarre war ein dicker Junge, an den Drums ein nerdig aussehendes Mädchen. Morgan war natürlich der Frontman und Sänger.

Sie veranstalteten gerade einen schrecklichen Radau, den Morgan gebieterisch unterbrach. Er ging zum dicken Jungen mit der Gitarre und den Pummelhänden.

»Eric, du warst total neben dem Takt.«

»Tut mir leid, Morgan«, näselte Eric.

»Du weißt doch, wie es richtig geht, oder?«

»Ich glaub schon.«

»Okay, Eric, tut mir leid, aber ich glaube, du solltest wirklich mal lernen, wie man Gitarre spielt.«

»Wirklich?«, sagte Eric.

»Tut mir wirklich leid, Kumpel. Vielleicht hättest du das Schlagzeug nehmen sollen. Da drischst du einfach drauf, und gut ist.« Morgan wandte sich an das Mädchen am Schlagzeug und zwinkerte ihr zu. »Du machst das fabelhaft, Clarice.«

Eren räusperte sich. Morgan und die anderen sahen auf. Morgan verzog das Gesicht, als er Eren erblickte. Nichts anderes hatte Eren erwartet.

Morgan schien sich mit seinem Schicksal abzufinden und klatschte in die Hände. »Okay, gönnt euch eine Pause. Fünf Minuten. Aber keine fünf Schokoriegel, Eric.«

Grummelnd verließen die beiden die Bühne und verzogen sich nach hinten. Morgan sprang von der Bühne und kam zu Eren.

»Na, wen haben wir denn hier? Eren«, sagte er und musterte ihn von oben bis unten.

»Ja«, sagte Eren.

»Gefällt dir meine Band? Die wird mich ganz nach oben bringen. Wir werden das nächste große Ding. Wir nennen uns Die Zukunft in Anführungszeichen.«

»Du meinst: ›die Zukunft‹?«

»Nein, ich meine Die Zukunft in Anführungszeichen«, sagte Morgan, als wäre das das Selbstverständlichste auf der Welt. »Du brauchst einen hippen Bandnamen, wenn du es in die Clubs schaffen willst. So hip wie Blur ... oder ABBA. Na ja, vielleicht nicht ABBA ... oder auch nicht Blur, wenn ich's mir recht überlege.«

Eren lächelte und war selbst überrascht, wie ehrlich er es meinte. Er hatte ganz vergessen, wie sehr ihm Morgans Umtriebigkeit, wie sehr ihm Morgan selbst gefehlt hatte.

»Was willst du?«, fragte Morgan. »Du siehst, ich bin wahnsinnig beschäftigt.«

»Ich muss mit dir reden«, sagte Eren und erzählte schnell, was er von Mr. Jefferies' Mutter erfahren hatte. Zu seiner Überraschung war Morgan wirklich fasziniert. Trotzdem blieb er skeptisch.

»Ich dachte, du hättest das alles vergessen, Eren.«

»Aber du musst doch zugeben, dass das komisch ist.«

»Martin ist ein häufiger Name.«

»Aber der Typ war da. An dem Tag. Dieser Martin.«

Morgan kratzte sich am Nacken. »Ja, das ist wahrscheinlich komisch.«

Eren lächelte. »Ich brauch dich nur noch ein letztes Mal. Und wenn ich falschliege, werde ich das alles für immer sein lassen. Dann finde ich mich damit ab. Aber eine Sache muss ich noch machen. Eine letzte Sache.«

Morgan sah zur Bühne mit dem Bandequipment. Dann sah er wieder zu Eren.

»Okay.«

Der Plan war ganz einfach: Martin beobachten, wenn er die Schule verließ, und ihm nach Hause folgen. Dort mussten sich belastende Indizien finden lassen, die bewiesen, dass er Mr. Jefferies getötet hatte. Dass es solche vielleicht gar nicht gab, hatte Eren noch nicht mal in Betracht gezogen. Es musste einfach etwas geben, was ihn mit dem Mord in Verbindung bringen würde. Eren war überzeugter als je zuvor, den Täter gefunden zu haben, und mit Morgans Hilfe würde er ihn stellen.

Morgan schien davon nicht ganz so überzeugt zu sein, fand es aber extrem aufregend, bei jemandem einzubrechen. Vielleicht ein wenig zu aufregend.

Sie hatten sich an dem Abend, an dem sie Martin beschatten wollten, bei Eren in seinem Zimmer getroffen. Morgan spielte Super Nintendo, während Eren unter seinem Bett herumwühlte.

»Ich weiß, ich hab sie hier irgendwo gesehen«, sagte Eren. Er suchte zwei Walkie-Talkies, die ihm seine Tante mal zu Weihnachten geschenkt hatte. Damals hatte er mit ihnen nicht viel anfangen können – er hatte ja keinen, mit dem er reden konnte –, jetzt aber schienen sie unerlässlich zu sein. Was war so eine Observierung ohne die richtige Technik?

»Hast du schon im Schrank nachgesehen?«, fragte Morgan, machte aber keine Anstalten, seinem Freund zu helfen.

»Ja«, sagte Eren, kroch unter dem Bett hervor und ließ sich darauf fallen. »Vielleicht sind sie oben auf dem Dachboden.«

Eren sah Morgan beim Spielen zu, bis er seinen Vater ins Pub aufbrechen hörte. Das machte er immer am Donnerstag, jede Woche, seitdem seine Mutter gestorben war. Pünktlich um acht Uhr.

»Morgan, komm, ich brauch deine Hilfe.«

Morgan maulte auf dem gesamten Weg zur Garage, nachdem Eren ihn dazu verdonnert hatte, mit ihm zusammen die Leiter von dort die Treppe hinaufzutragen. Fünf Minuten und einige zukünftige blaue Flecken später lehnte Eren die Leiter im Treppenhaus an die Luke zum Dachboden.

Er ging ins Zimmer seines Vaters und fand im Werkzeugschrank zwei Taschenlampen. Eine warf er Morgan zu. »Die Walkie-Talkies sollten in einer blauen Plastikverpackung sein.«

Morgan lächelte. »Gut, du hast das Kommando.« Er hob die Hand und salutierte.

Er lachte. Morgans albernes Getue hatte ihm wirklich gefehlt.

Eren stieg die Leiter hinauf und drückte gegen die Klappe, bis sie nachgab. Auf dem Dachboden war es stockfinster. Eren leuchtete mit der Taschenlampe in die Dunkelheit. Der Lichtstrahl strich über einige Kartons ganz in der Nähe. Sie sahen aus, als wären sie bloß dann da, wenn das Licht der Taschenlampe daraufﬁel. Aber keine blaue Verpackung. Er sah zu Morgan hinunter.

»Ich muss nach oben. Du bleibst besser da und hältst die Leiter fest.«

Morgan lachte. »Du glaubst doch nicht im Ernst, dass ich hier unten bleibe, während du da oben deinen Spaß hast?«

»Es ist doch bloß ein Dachboden, Morgan.«

Aber Morgan stieg ihm schon hinterher. Die Leiter war für Eren nicht hoch genug, so musste er sich mit den Ellbogen nach oben drücken, um ganz auf den Dachboden zu gelangen. Er half Morgan hoch.

Die beiden Taschenlampenkegel strichen durch den Raum, und Morgan und Eren blickten sich um. Es herrschte ein unglaubliches Chaos, unzählige Umzugskartons stapelten sich übereinander. Eren hatte keine Ahnung gehabt, dass sein Vater und er so viel Zeugs hatten. Aber nirgends konnte er eine blaue Verpackung entdecken. Vorsichtig trat er über die Holzbalken und näherte sich einigen Kartons.

Morgan, der seine Taschenlampe auf einem großen Haufen unterschiedlichster Gegenstände abgelegt hatte, ging auf einen großen Monitor zu und zerrte an ihm. »Wow, Computermonitore sind heute winzig verglichen mit diesem Monster.«

Eren ignorierte ihn. Er steckte sich die Taschenlampe in den Mund, nahm Kartons vom Stapel und sah nach, was sich dahinter befand. Und dort entdeckte er die blaue Verpackung, dummerweise genau unter dem größten Kartonstapel, den er bislang gesichtet hatte.

Während sich Morgan umsah und der Strahl seiner Taschenlampe durch den Raum irrlichterte, begann Eren Kartons umzuschichten, um an den gewünschten Stapel zu kommen. Er brauchte volle zehn Minuten, bis er alle Kartons zur Seite geräumt hatte. Erschöpft atmete er aus – schon jetzt spürte er den Muskelkater, den er am nächsten Morgen in den Armen haben würde. Er öffnete den Karton, und dort lagen die beiden Walkie-Talkies in ihrer Plastikhülle. Eren nahm sie heraus und erwartete eine Art Fanfarenstoß für seine Mühen. Stattdessen bekam er nur ein Wort zu hören.

»Eren.«

Morgan klang anders als vorher, weder aufgeregt noch begeistert. Er klang eher ... beunruhigt.

Eren blickte sich um, konnte Morgan aber nirgends sehen. Nur ein schwacher Lichtschein hinter einem Kartonmeer war zu erkennen.

»Eren, komm rüber.«

Eren schob sich zwischen den Kartons hindurch und wurde schon leicht unruhig, bis er endlich ganz hinten im dunklen Raum auf Morgan stieß. Im Lichtschein seiner Taschenlampe stand eine kleine alte Holztruhe.

»Was?« Eren versuchte seine Nervosität mit einem Lachen zu überspielen.

Morgan sah zu ihm, dann richtete er den Blick wieder auf die Truhe.

Eren sah ebenfalls dorthin.

Die Truhe war alt und wirkte sehr klapprig. Auf die Vorderseite waren teilweise abgeplatzte Buchstaben aufgemalt. »Lillith.«

»So hieß doch deine Mutter, oder?«, fragte Morgan.

Eren nickte still. Er hatte diese Truhe noch nie gesehen, er wusste noch nicht einmal, dass es sie gab. Sein Vater hatte ihm nie davon erzählt, er hatte ihm nur gesagt, dass die Sachen seiner Mutter bei ihrem Umzug zurückgeblieben seien. Sie hätten ihm das Herz gebrochen, also habe er sie weggegeben. Aber hier gab es etwas. Eine Truhe mit dem Namen seiner Mutter.

Eren ging vor ihr in die Hocke und strich über den Deckel. Allein durch diese Berührung musste er an sie denken, an ihre Wärme, ihre Umarmungen. Allein durch dieses hölzerne Ding, von dem er noch nicht mal gewusst hatte, fühlte er sich ihr näher. Er erinnerte sich an den Tag, an dem sie gegangen war, an dem sie einfach das Haus verlassen hatte. Sie sagte, sie komme wieder – aber das hatte sie nicht getan. Sie hatte es nicht wissen können. Hatte nicht vorhersehen können, dass der Wagen von der Straße abkommen und sie überfahren könnte. Man hatte ihnen gesagt, sie sei fast augenblicklich tot gewesen. Sein Vater tröstete sich mit dem *augenblicklich*, Eren aber entsetzte sich wegen dem *fast*.

Jetzt, in der Dunkelheit des Dachbodens, beleuchtet von ihrer beiden Taschenlampen, kam er sich mehr als jemals zuvor wie ein kleines Kind vor. Ein Kind, das sich nach seiner Mutter sehnte.

Er wollte die Truhe öffnen, aber der Deckel ließ sich nicht bewegen. Er leuchtete mit der Taschenlampe den Rand des Deckels ab, um ein Schloss zu finden. Es gab kein Schlüsselloch, stattdessen drei Zahlenräder mit Ziffern von 0 bis 9. Er seufzte.

»Es ist abgeschlossen«, sagte er und sah dorthin, wo er Morgans Gesicht vermutete. »Eine dreistellige Kombination.«

»Können wir nicht einfach raten? Oder alle Kombinationen durchprobieren?«, sagte Morgan. Eren wusste, dass er ihm nur helfen wollte, aber das änderte nichts an der Dämlichkeit der Antwort.

»Drei Ziffern. Bei jeder zehn Möglichkeiten. Das sind tausend Kombinationen.«

»Wow«, sagte Morgan und beleuchtete kurz sein eigenes Gesicht, um zu zeigen, wie beeindruckt er war. »Wie hast du das so schnell ausgerechnet?«

Eren seufzte. »Das haben wir heute Morgen in Mathe gemacht.«

»Oh, ich …«

»… hab nicht aufgepasst«, beendete Eren den Satz für ihn. »Ja, immer das Gleiche.« Er ließ den Lichtstrahl schweifen. »Es muss hier was geben, womit wir das Schloss aufbrechen können.« Er erhob sich und ging zu dem Haufen, den sich Morgan zuvor angesehen hatte.

»Aber wenn wir es aufbrechen, weiß dein Dad, dass wir hier oben gewesen sind«, sagte Morgan.

»Das ist mir egal.« Eren räumte den riesigen Monitor zur Seite und suchte nach etwas Hartem, Scharfkantigem.

»Aber vielleicht sind da Dinge drin, die du nicht sehen sollst. Vielleicht hat er es aus gutem Grund vor dir versteckt.«

»Ist mir egal«, schrie Eren, drehte sich um und leuchtete Morgan mit der Taschenlampe mitten ins Gesicht, sodass dieser blinzeln musste. »Das hat meiner Mutter gehört. Und ich bin ihr Sohn. Ich habe das Recht zu wissen, was da drin ist.«

»Schon gut, schon gut«, sagte Morgan und schob Erens Taschenlampe weg. »Es wäre nur einfacher, wenn wir die Kombination wüssten. Ich meine, vielleicht hat dein Vater sie irgendwo aufgeschrieben. Ich muss mir auch immer alles aufschreiben, sonst würde ich es vergessen.«

»Aufschreiben?«, wiederholte Eren. In seinem Kopf hatte es klick gemacht.

»Ja. Passwörter für Super Nintendo und so.«

Eren eilte zur Truhe, kniete sich davor nieder und fummelte am Schloss herum. »Leuchte mir mal hier hin.«

Morgan tat es.

Eren drehte an den Zahlen am Schloss. Das konnte doch nicht …? Es konnte nicht funktionieren. Es ergab keinen Sinn. Aber es war die einzige dreistellige Zahl, die er im Kopf hatte. Der Deckel sprang ein Stück weit auf.

»Was zum …? Hast du einfach …?«

»Denk nach, Morgan. Du musst es dir aufschreiben, wenn du was nicht vergessen willst. Wie lautet die einzige dreistellige Zahl, die uns in den letzten Monaten sonderbar vorgekommen ist?«

»Keine Ahnung, wovon du redest.«

»Doch, du weißt es. 391. An der Tafel. In Mr. Jefferies' Klassenzimmer. Die Zahlenkombination für dieses Schloss war 391.«

»Moment mal. Das kann doch gar nicht sein. Warum sollte die Kombination für die Truhe auf eurem Dachboden an Mr. Jefferies' Tafel stehen?«

»Das weiß ich nicht«, antwortete Eren und berührte den

Truhendeckel. Ein Kribbeln lief ihm über den Rücken. »Ich weiß es nicht.«

Erens Finger ruhten auf dem Deckelrand. Was war das? Wie war es überhaupt möglich? Es konnte kein Zufall sein. Tausend Kombinationen, und zufällig war es genau diese. Diese eine Zahl, die an der Tafel ihres toten Lehrers gestanden hatte – die Antworten auf die Fragen, die ihn umtrieben, mussten in dieser Truhe sein, und das war der Grund, warum er sie nicht öffnen konnte.

Morgan ließ sich neben ihm nieder und legte ebenfalls die Hände auf die Truhe. Er hob den Deckel an, Eren half ihm dabei. Die Truhe ging auf, der Deckel klappte zurück. Drinnen nur Schwärze.

Die beiden leuchteten in die Truhe und fürchteten schon, sie könnte leer sein. Aber das war sie nicht. Sie war zur Hälfte voll mit Papieren, die mit Büroklammern zusammengehalten wurden. Es gab auch einige Fotos von Erens Mutter. Eine lächelnde Frau war darauf zu sehen.

Eren nahm sich ein Bündel und entfernte die Klammern. Er sah sie durch. Es waren Briefe von seiner Mutter an seinen Vater. Liebesbriefe. Sie begannen alle mit *Mein Lieber* und waren unterschrieben mit *Deine Lillith*. Sie waren alle lang, zogen sich über eine Seite, manche sogar über zwei oder drei Seiten. Sie handelten davon, wie sehr seine Mutter seinen Vater liebte, und beschrieben ihre Treffen sehr ausführlich.

Erinnerst du dich an das Café am See? Wir haben die Enten gefüttert und Karottenkuchen gegessen, als die Sonne hinter den Bäumen versank. Ich glaube, ich war noch nie so glücklich wie mit dir. Wenn ich bei dir bin, komme ich zur Ruhe. Das Leben verblasst unter meiner Liebe zu dir. Warum muss ich dich geheim halten? Ich verstecke unsere Liebe in einer Truhe auf dem Dachboden.

Die Kombination ist die Zimmernummer des Hotels, in dem wir unsere erste Nacht verbracht haben, du erinnerst dich – wie solltest du dich nicht erinnern können?

Eren errötete. Er hob die Hand und verbarg sein Gesicht vor Morgan, obwohl in der Dunkelheit des Dachbodens kaum etwas zu sehen war. Er brach hier in etwas sehr Persönliches ein, aber er konnte sich nicht mehr zurückhalten. Nie hatte er gespürt, dass seine Mutter und sein Vater diese Zuneigung füreinander geteilt hatten, aber natürlich musste es einmal so gewesen sein.

Er ging die Briefe durch und las einen anderen.

Mein Lieber, wie sehr erstrahlt doch dieses banale Leben, wenn nur die Aussicht besteht, dich zu treffen. Mein Leben wäre so langweilig, wenn du nicht wärst, und ich weiß, ich habe ein paar Entscheidungen getroffen, auf die ich nicht stolz bin. Wenn wir nur zusammen sein könnten. Eines Tages werden wir es sein. Dann werden wir für immer zusammen sein. Ich verspreche dir, ich werde es bald tun.

Das war merkwürdig. Was tun? Welche Entscheidungen? Er überflog den Rest des Briefes, aber es kam nichts mehr von Interesse. Er griff sich den nächsten.

Mein Lieber, es tut mir leid. Ich brauche mehr Zeit. Bitte, du musst mir mehr Zeit geben. Ich stecke fest, ich stecke hier fest und weiß nicht, wie ich wegkommen soll. Aber zu wissen, dass du da bist am Ende der Straße, gibt mir die Kraft, auszubrechen. Ich verspreche dir, ich werde es ihm bald sagen.

Eren zog sich der Magen zusammen, obwohl er nicht richtig wusste, warum eigentlich. Dieser Brief war sehr merkwürdig und von einer seltsamen Dringlichkeit. Und wovon sprach seine Mutter überhaupt? Er las den Rest. Ganz unten auf der Seite hatte sie wie immer unterzeichnet, aber ein PS angefügt.

Deine Lillith. PS: Umseitig habe ich unser Foto angehängt. Schau, wie glücklich wir sind, mögen wir immer so glücklich sein.

Eren sah einen kleinen gezeichneten Pfeil unten in der Ecke der Seite, er drehte das Blatt um. Oben mit einer Büroklammer befestigt war ein Foto.

Entsetzt ließ Eren den Brief fallen, taumelte zurück und stieß gegen einen Kartonstapel, sodass der oberste nach unten fiel und eine kleinere Lawine auslöste.

Morgan sah auf. »Was ist?«

Eren hatte noch zu tun, das, was er auf dem Foto gesehen hatte, zu verarbeiten. Aber mit einem Mal passte jetzt alles zusammen. Alles wurde klar – zum ersten Mal seit Langem. Zum ersten Mal überhaupt.

Das Gefühl an jenem Tag, jenem schrecklichen Tag, an dem er Mr. Jefferies gefunden hatte – das Gefühl, ihm wäre etwas entgangen, ein wichtiges Detail. Er hatte gedacht, es wäre der Hausmeister gewesen. Er hatte wirklich gedacht, es wäre der Hausmeister gewesen. Aber so war es nicht, überhaupt nicht. Er hatte die letzten Monate den Falschen gejagt.

Morgan hob den Brief mit dem Foto auf und richtete den Strahl der Taschenlampe darauf. Dann klappte ihm der Mund auf, und seine übliche Selbstgefälligkeit war mit einem Schlag verschwunden. »Oh«, war alles, was ihm dazu einfiel. »Was zum Teufel hat das zu bedeuten?«

Er hielt Eren das Foto hin, der es nun erneut ansah. Ein Foto, aufgenommen in einem Park, an einem Teich. Seine Mutter lächelte, sie schien glücklicher, als sie es zu Hause jemals gewesen war. Und neben ihr, den Arm um sie gelegt, ebenfalls lächelnd, war Mr. Jefferies.

Es war so einfach. Er hatte es nicht gesehen. Aber manchmal übersah man eben die simpelsten Dinge. Er war schon auf dem Heimweg gewesen, als ihm einfiel, dass er sein Notizbuch vergessen hatte, also war er umgekehrt, war umgekehrt und zurück in den Mathe-Raum gegangen, wo er Mr. Jefferies fand, der von der Decke hing. Miss Rain nahm ihn mit ins Lehrerzimmer, wo er nicht mehr aufhören konnte zu weinen. Und dann kam sein Vater. Sein Vater, der sagte, er habe draußen auf ihn gewartet. Aber sein Vater hatte ihn doch gar nicht abholen sollen. Eren war doch zu Fuß nach Hause gegangen.

391. Die Truhe seiner Mutter, wo sie ihre Liebe für Mr. Jefferies verschlossen hatte. Die Zahl an der Tafel war Mr. Jefferies' letzter Hinweis gewesen. Sein letzter Aufschrei – damit der Täter zur Rechenschaft gezogen werden würde.

Stille Tränen liefen Eren übers Gesicht.

Morgan sah ihn an. »Eren, was hat das zu bedeuten?« Er klang fast flehentlich.

Eren öffnete den Mund, aber es kam nur ein qualvoller Schrei heraus. Es war alles so einfach. Und so wahr. »Ich glaube nicht, dass Martin Mr. Jefferies umgebracht hat«, sagte er schluchzend. »Weil es mein Vater gewesen ist.«

»Ich kapier es immer noch nicht«, sagte Morgan. Sie waren nach wie vor auf dem Dachboden, beide hatten lange geschwiegen.

»Mein Vater«, sagte Eren nüchtern, als beantwortete er eine Frage im Unterricht. »Mein Vater hat Mr. Jefferies umgebracht.«

»Aber woher willst du das denn wissen?«

»Er war da an dem Tag. Und er hätte nicht da sein sollen. Das hab ich übersehen. Es hat nichts mit dem Hausmeister zu tun. Sondern mit einem, der da war, obwohl er dort nichts verloren hatte. Meinem Vater.«

»Aber dafür gibt es doch bestimmt eine Erklärung«, sagte Morgan und starrte auf das Foto, als versuchte er ihm ein weiteres nicht vorhandenes Geheimnis zu entlocken.

»Meine Mutter hat Mr. Jefferies geliebt, das hier ist seine Truhe. Die Zahlenkombination, Morgan, die Kombination an der Tafel.«

»Was bedeutet das hier, schau?«, sagte Morgan und hielt ihm den Brief mit dem Foto hin. »*Sehen wir uns am 24.?*«

Eren musste es gar nicht hören. Er wusste es ja schon. Er war klug. Er war klüger als jeder, den er kannte. Mr. Jefferies, sein Vater, seine Mutter, sogar Morgan. Sie sahen es nicht. Aber vor ihm lag alles ausgebreitet. Und er wusste, dass sein Vater seinen Lehrer umgebracht hatte.

»Mein Vater hat mir erzählt, was passiert ist. Sie sagte, sie wäre auf einer Konferenz in der City. Ich erinnere mich noch – ich weiß, mein Vater war sauer, sie hatten sich gestritten. Es war ein Sonntag, der 24. Oktober.«

Eren schaute ihn an. Die Welt wurde durch seine Tränen verzerrt. Und vielleicht würde sie nie wieder normal aussehen.

»Sie ist nicht auf diese Konferenz gegangen. Sie wollte sich mit ihm treffen. Und so ist sie gestorben. Sie wurde von einem Auto überfahren, als sie auf dem Weg zu ihm war.«

Eren wischte sich die Augen und schniefte.

Morgan betrachtete wieder das Bild. »Aber …«

Eren sammelte die Briefe auf dem Boden ein. Plötzlich kam Leben in ihn. Er schleuderte sie in die Truhe und riss Morgan das Papier aus der Hand, warf einen letzten Blick auf die lächelnden Gesichter von Jefferies und seiner Mutter und legte auch dieses Bild in die Truhe.

Morgan erhob sich. »Eren, ich …«

»Halt den Mund.«

»Hat er das wirklich getan?«

»Das Fenster war weit offen. Das Fenster im Mathe-Raum. Er hätte leicht rausspringen und sich in seinen Wagen setzen können, um dort zu warten.«

»Warum hat die Polizei das nicht herausgefunden?«

»Keine Ahnung«, sagte Eren und hasste seine eigene Stimme. Er klang … als wäre etwas in ihm kaputtgegangen.

»Aber die Polizei sollte doch eigentlich alles wissen.«

»Keine Ahnung. Aber es passt. Er war traurig. Er hatte Probleme. Es sah aus, als hätte er Selbstmord begangen.« Eren schloss den Truhendeckel. Es fühlte sich endgültiger an, als es sein sollte. Ihm war, als steckte die ganze Welt in dieser Kiste und würde von ihm darin eingesperrt. Die Schuld seines Vaters – alles darin eingesperrt.

Eren drehte an den Zahlen und verriegelte das Schloss. Danach ging er wie ein Zombie nach unten, ohne richtig zu verstehen, was er tat.

Schneller, als er gedacht hatte, befand er sich wieder in seinem Zimmer. Er warf die Taschenlampe in die Ecke und setzte sich, ans Bett gelehnt, auf den Boden, barg den Kopf zwischen den Knien und weinte. Er weinte und weinte um seine Mutter, um Mr. Jefferies, um seinen Vater und um sich selbst.

Als er endlich aufblickte, war es dunkel im Zimmer. Draußen war es finster, und Morgan saß auf seinem Schreibtischstuhl und sah ihn an.

»Er hat Mr. Jefferies umgebracht«, sagte Eren, und so, wie er es sagte, war es irgendetwas zwischen einer Feststellung und einer Frage.

Er stützte den Kopf in beide Hände. Sein eigener Vater – ein Mörder. Er wusste, dass es stimmte, aber er wollte, dass es nicht so war. Sein Vater hatte Mr. Jefferies den Gürtel um den Hals gelegt, hatte ihn mitten im Zimmer am freiliegenden Leitungsrohr aufgehängt und war durch das Fenster geflohen. Sein eigener Vater.

»Stell dir vor, wie berühmt wir werden«, sagte Morgan leise.

Eren sah ihn an. »Was?«

»Ich meine, dein eigener Dad. Wir werden berühmt, Eren, alle in der Stadt werden über uns reden. Die Kinderdetektive.«

»Was erzählst du da?«

»Wir haben einen Mord aufgeklärt. Darum geht es doch, oder? Herauszufinden, wer Mr. Jefferies umgebracht hat. Und berühmt zu werden.«

Und neben seiner Verzweiflung entdeckte Eren noch ein zweites Gefühl: sengende Wut. »Was erzählst du da, verdammt?«

»Wenn wir es den Leuten sagen, werden wir berühmt.«

»Was ist bloß mit dir? Ich hab es gemacht, weil es richtig war.«

»Oh.« Morgan schien aufrichtig beeindruckt – als wäre alles bloß ein Spiel gewesen.

»Ja, das war mir schon klar, am Anfang, aber nach Weihnachten? Da dachte ich mir, du machst es aus dem gleichen Grund.« Zum ersten Mal sah Eren jetzt den echten Morgan vor sich. Ein grauenhaft oberflächlicher Mensch, unreif und verantwortungslos. Ein Mensch, der es als seine große Chance sah, wenn die Welt seines Freundes in Trümmern lag. Morgan war nicht mehr sein Freund.

»Keiner darf es erfahren«, sagte Eren mit zusammengebissenen Zähnen.

»Was?«

»Keiner darf jemals erfahren, was mein Vater getan hat.«

»Aber, Eren ...«

»Keiner. Verstehst du? Keiner. Meine Mutter ist tot. Ich kann meinen Vater nicht auch noch verlieren.«

»Aber, Eren ...«

Und da war er – der Augenblick. Der Augenblick, an den sich Eren sein Leben lang erinnern würde. Er erinnerte sich, wie einsam er sich fühlte, wie klein er sich vorkam im Vergleich zu allem anderen in der Welt, wie sehr die Wut alles beherrschte. Er erinnerte sich an seine Tränen, die auf seine Jeans tropften und dunkelblaue Flecken hinterließen. Er erinnerte sich an Morgans kindliches Gesicht. Vor allem aber erinnerte er sich an die nächsten vier Wörter, die aus dem Mund dieses Idioten kamen.

»Ich möchte berühmt werden.«

Er sah nur noch rot. Er stürzte sich auf seinen ehemaligen Freund. Morgan sprang vom Schreibtischstuhl, der gegen die Wand krachte, und Eren stürzte gegen den Schreibtisch und schlug sich den Kopf an.

Fassungslos sah Morgan auf ihn herab, als er sich hochstemmte.

»Verschwinde«, sagte Eren mit einer Stimme, die nicht mehr seine war.

Morgan sah auf ihn herab.

»Verschwinde«, schrie er und stürzte sich erneut auf ihn. Morgan lief aus dem Zimmer, und Eren warf die Tür zu. Er hörte den Jungen die Treppe hinunterlaufen und die Eingangstür zuknallen.

Eren fiel auf die Knie und heulte. Er kroch ins Bett und zog sich die Decke über den Kopf. So lag er, so reglos wie möglich, während seine Tränen in die cremefarbenen Laken sickerten.

Mr. Jefferies war tot, und sein Vater hatte ihn getötet. Er hatte den Beweis dafür gefunden, oben auf dem Dachboden. Warum hatte er es getan? Weil er Jefferies die Schuld am Tod von Erens Mutter gab? Wie konnte sein Vater das tun? Wie konnte überhaupt jemand so etwas tun? Jemanden töten? Die vergangenen Monate fühlten sich an wie ein endloser Strom an Fragen.

»Es tut mir leid, Eren, es tut mir so leid«, hatte sein Vater an jenem Tag gesagt. Jetzt wusste er, was er wirklich damit gemeint hatte.

Immer und immer wieder hatte er es gesagt. Damals hatte er nicht gewusst, warum. Aber jetzt. Und er wünschte sich, er würde es nicht wissen. Er wünschte sich, er hätte die Ermittlungen sein lassen. Was konnte er schon erreichen? Aber er wusste, warum er es getan hatte. Er wollte beweisen, dass sich sein Lehrer nicht umgebracht hatte, dass die Welt nicht so finster war. Jetzt allerdings war sie finsterer als jemals zuvor.

Während er so dalag, fragte er sich, wie es jetzt mit ihm weitergehen sollte. Er fragte sich, ob er, wenn er es richtig versuchte, wenn er sich richtig anstrengte, nicht einfach hier in der Wärme seines Betts sterben könnte. Wahrscheinlich nicht, außerdem wusste er, dass es nicht funktionieren würde.

Er musste weitermachen. Er musste von irgendwoher die Kraft nehmen, auch wenn er meinte, er könnte es nicht. Keiner konnte wissen, was er herausgefunden hatte, am wenigsten sein Vater. Er würde dieses Wissen weglegen, in seinem Kopf – es wegsperren und den Schlüssel wegwerfen. Er würde sich zwingen, es zu vergessen. Sein Vater war immer noch sein Vater, weil er das sein musste. Wenn Eren überleben wollte, dann musste es so sein.

Er lag da, länger, als es möglich schien, sein Atem normalisierte sich langsam, seine Tränen trockneten. Er starrte auf seine Hände, stellte sich vor, wie sie Mr. Jefferies einen Gürtel um den Hals legten und ihn am Rohr an der Decke befestigten. Nach einer Weile dachte er an seine Mutter. Er dachte daran, wie glücklich sie mit Jefferies ausgesehen hatte, wie freundlich sie gewesen war. Und mit dem Gesicht seiner Mutter vor Augen fand er den Frieden, um in einen sanften Schlaf zu gleiten.

Etwa gegen ein Uhr hörte er, wie die Eingangstür aufging und wieder geschlossen wurde und sein Vater zurückkehrte.

Er hatte Albträume, so schlimm, dass er dachte, in seinem Kopf würden Sirenen gellen. Aber als er die Augen aufschlug, waren die Sirenen immer noch da. Er setzte sich auf, das Laken rutschte nach unten. Es war Licht im Zimmer, die Sonne schien durch die Fenster und brannte in seinen Augen. Er sprang auf und sah aus dem Fenster, und ihm drehte sich der Magen um.

Es war eine widerliche Szene. Zwei Streifenwagen auf dem Bürgersteig – zwei Polizisten standen neben den Wagen und redeten miteinander. Von der anderen Straßenseite sahen die Nachbarn aus den Fenstern. Das alte Ehepaar gleich gegenüber war sogar vor die Tür getreten und machte aus seiner Neugier keinen Hehl.

Vielleicht hatte das alles gar nichts damit zu tun. Vielleicht war es reiner Zufall. Aber als die Polizisten in ihren jeweiligen Streifenwagen die Blinklichter und Sirenen ausschalteten, wusste er, dass es nichts anderes sein konnte. Sie wussten es. Und die Polizisten kamen auf der Einfahrt zu ihrem Haus.

Er geriet in Panik, konnte sich aber nicht bewegen. Er wusste nicht, was passieren würde. Er war vom Schlaf noch ganz benommen, wusste aber, dass sein Vater in Schwierigkeiten war.

Er sah aus dem Fenster, als die zwei Polizisten zu ihrer Tür gingen. Eren hörte, wie sie geöffnet wurde. Er hörte die Stimme seines Vaters. Dann Schreie. Dann hatten sie ihn. Sie legten ihm Handschellen an. Was machten sie? Sie legten ihm Handschellen an, und er versuchte sich zu wehren, aber einer von ihnen warf ihn ins Gras und kniete sich auf ihn.

Noch mehr Nachbarn kamen aus ihren Häusern, um zu sehen, was los war. Am liebsten hätte er sie angeschrien, dass sie verschwinden sollen. Er konnte ihren Anblick nicht ertragen. Aber er stand da wie erstarrt. Am Fenster.

Der andere Polizist war nicht mehr zu sehen, dann hörte Eren ihn im Haus. Was geschah hier? Wie ... wie war es geschehen? Woher wussten sie es? Wie hatten sie es herausgefunden?

Und als Eren die anderen Polizisten die Treppe hochkommen hörte, eine Stufe nach der anderen, stand die Antwort vor ihm, kristallklar. Zwei Wörter. Ein Name.

Morgan Sheppard.

44

Sheppard holte Luft – er atmete ein und langsam wieder aus. Seltsam, das sollte doch gar nicht möglich sein. Weil er doch tot war. Weil man nicht mehr atmete, wenn man tot war – so war das. Und dass er noch lebte, war nicht möglich. Er war doch in die Luft gesprengt worden.

Obwohl es, wie er zugeben musste, kein bisschen wehtat. Das Sterben. Aber das sollte es doch, oder? Es musste wehtun. Hatte es aber nicht.

Und wenn er so darüber nachdachte, hatte sich auch die Explosion irgendwie komisch angehört. Fast etwas blechern. Als hätte sie sich gar nicht ereignet. Als wäre sie nur aus einem Lautsprecher gekommen.

Er schlug die Augen auf. Das Zimmer war noch da. Genau so, wie es zuvor gewesen war. Mandy, das Mädchen mit den Kopfhörern, Ryan und Constance, alle waren noch da – und sahen so verwirrt aus, wie er sich fühlte.

Waren sie wirklich noch am Leben? War es möglich? Oder war der Tod dem Leben so ähnlich? Er hielt seine zitternde Hand hoch und betrachtete sie. Sie war da – er war noch da. Es ging ihm gut – besser sogar. Er lebte.

Er sah zum Bett. Zum Timer. Er blinkte 00:00:00.

»Was ist passiert?«, fragte Ryan. Er war weiß wie die Wand.

»Es hat nicht funktioniert«, sagte Mandy.

Nichts war passiert. Der Lärm der Explosion, die Lichter waren in dem Moment losgegangen, als der Timer auf null gesprungen war. Eine Täuschung? Ein vorgetäuschter Tod?

Sheppard erhob sich, er stand auf Beinen, von denen er

geglaubt hatte, sie würden ihn nie mehr tragen. Sogar dass er noch atmete, war ein Grund zur Freude – ein Grund zum Feiern. Aber dafür würde später Zeit sein. Die Explosion war fehlgeschlagen, der Pferdemann hatte eingegriffen. Sie waren am Leben. Glücklicherweise waren sie am Leben. Und jetzt war es an der Zeit, das Weite zu suchen.

Es war ein Spiel mit ihnen getrieben worden – mit ihnen allen.

»Es wird keine Explosion geben«, sagte Sheppard, der seine schiere Freude unterdrücken musste. »Mandy hat von Anfang an recht gehabt.«

Die anderen schienen zwei Schritte hinterherzuhinken. Das Mädchen hatte die Augen noch geschlossen. Constance war ungewöhnlich still. Ryan stierte ihn mit weit aufgerissenen Augen an. Mandy räusperte sich. »Dass das alles fürs Fernsehen ist?«

»Ja«, sagte Sheppard. »Oder nein. Vielleicht nicht fürs Fernsehen, vielleicht fürs Internet oder so. Ich wette, es ist alles inszeniert worden. Ich wette, der Pferdemann hat alles gefilmt. Und jetzt hat er, was er wollte, und wir können gehen.«

»Aber was wollte er?«

Sheppard sah in die Zimmerecken, ob dort nicht doch was zu finden war, was wie eine Kamera aussah. Er wusste, sie wurden von der Pferdemaske beobachtet. Man musste kein Genie sein, um darauf zu kommen, dass alles aufgezeichnet wurde. »Er wollte sehen, wie ich mich winde. Er wollte der Welt zeigen, dass ich keinen Mord aufklären kann. Na ja …« Er hob die Hände. »Das hast du geschafft. Es ist dir geglückt. Aber es ist mir egal. Ich weigere mich, es wichtig zu nehmen. Wer immer du bist, es ist vorbei.«

Mandy stand auf, Ryan folgte ihr. Beide gingen ums Bett herum, als wateten sie durch Sirup.

»Ist es vorbei?«, fragte Mandy.

»Ja«, sagte Ryan.

»Er hat, was er wollte«, sagte Sheppard. »Das Ende wie von ihm vorhergesehen. Grundkurs in Realität, ein Happy End will doch sowieso keiner. Die Geschichte der Pferdemaske endet mit unserem Tod.«

»Aber wir sind nicht tot«, sagte Mandy.

»Spielt keine Rolle. Das war ihm nie wichtig. Wichtig war ihm nur, dass wir scheitern und sterben. Das haben die Kameras gefilmt. Es war bloß ein Spiel.«

»Aber ich hab immer noch das Gefühl, dass etwas nicht stimmt«, sagte Ryan, trat einen Schritt zurück und musterte den Raum.

Mandy sah von Ryan zu Sheppard, als überlegte sie, wem sie glauben sollte. Sie schien sich für Sheppard zu entscheiden und lächelte. »Worauf warten wir dann?«

Das Mädchen mit den Kopfhörern kroch unter dem Tisch hervor und kam zu ihnen. Und sogar Ahearn hinter ihnen schien glücklich zu sein – sie sang eine Art beschwingtes Kirchenlied. Fast hätte Sheppard mit eingestimmt.

Er ging zur Tür, die anderen folgten. Es war alles vorbei. Endlich. Und wie dumm von ihnen, dass sie alle darauf hereingefallen waren. Ein Mord in einem Hotelzimmer – eine Leiche in der Badewanne. Das Gebäude in die Luft sprengen. Eine Inszenierung – das wohldurchdachte Bemühen, sie alle hinters Licht zu führen. Sheppard war drauf hereingefallen – er hatte um sein Leben und das der anderen gefürchtet. In einem Feuerball vernichtet zu werden. Und wie viel Arbeit musste aufgewendet worden sein, um das alles zu orchestrieren? Einen Massenmord begehen, nur um es einem Menschen heimzahlen zu können? Das wäre zu viel gewesen, egal, wer sich hinter der Pferdemaske verbarg.

Aber Winter? Winter war tot. Daran bestand kein Zweifel. Winter war wofür gestorben? Für einen Schwindel. Einen Jux. Manches passte noch nicht so ganz, aber seine Erleichterung war so überwältigend, dass es ihm schwerfiel, daran zu denken. Wenn er erst einmal draußen war, würde er keine Ruhe geben, bis er Winters Mörder gefunden hatte. Zuerst aber musste er hier raus.

Sheppard griff zur Klinke. Das Licht leuchtete jetzt grün. Er hatte gewusst, dass es so sein würde. Geh durch den Gang, hinunter zur Lobby. Ruf die Polizei. Sie muss erfahren, was hier vor sich gegangen ist. Und dann schnappe frische Luft, gehe raus und lebe. »Wer ist bereit, nach Hause zu gehen?«, sagte er und klang hoffnungsvoller, als er jemals gewesen war.

Zustimmende Rufe hinter ihm. Von allen.

Sheppard drückte die Klinke durch.

Er holte tief Luft, atmete ein und aus. Er war noch am Leben.

Er schwang die Tür auf.

Dahinter lag eine Betonwand.

45

Sie waren still – nicht ruhig, sondern vollkommen, absolut still, als wären sie an Ort und Stelle zu Stein erstarrt. Direkt hinter der Tür lag eine graue Betonwand. Sonst nichts. Er verstand nicht – es wollte ihm nicht in den Kopf.

Nein.

»Nein«, sagte er laut und brach damit das Schweigen. Er berührte den Beton. Er war kalt und rau. Er drückte dagegen, hoffte, dass er vielleicht nachgab, aber das tat er nicht. Die Mauer war massiv und unerschütterlich. »Nein, nein, nein, nein, nein, nein, nein, nein.« Er schlug mit der Faust dagegen, stechende Schmerzen waren die Folge. »Ah …«

»Was ist das?«, fragte Mandy – zu mehr schien sie nicht imstande. »Wie ist das möglich?«

»Ich hab es doch gesagt«, sagte Ryan. »Ich hab es doch gesagt, irgendwas stimmt nicht.«

Mandy schüttelte den Kopf. »Wie soll das ein Hotel sein? Warum gibt es in einem Hotel eine falsche Tür? Sheppard, bitte, was hat das zu bedeuten?«

»Wir sind nicht in einem Hotel«, sagte Sheppard. »Das alles sollte uns bloß irreführen. Es sollte uns … beschäftigen.«

»Aber ich hab einen Gang gesehen. Ich hab den Gang gesehen im Guckloch«, sagte Mandy und stellte die Wirklichkeit infrage – das, was jetzt unmittelbar vor ihr lag.

Sheppard schloss die Tür und sah durch den Spion. Er konnte einen Hotelkorridor erkennen, verzerrt und verformt wie durch eine Fischaugenlinse. Er sah weg, dann wieder hindurch, um sich zu überzeugen, dass er es sich nicht nur einbildete. »Es muss ein kleiner Bildschirm sein, der irgendeinen Gang zeigt. Ein Gang ist zu sehen – er ist nur nicht hier.«

Das Mädchen mit den Kopfhörern gab einen leisen Laut von sich und wich zurück.

»Was soll das?«, fragte Ryan. Diesmal war er wütend. »Sie haben gesagt, das Spiel ist vorbei.«

»Dachte ich auch.« Wieder berührte Sheppard den Beton, als suchte er etwas – ein klein wenig Hoffnung. Aber er fand nichts. Die Wand war massiv und undurchdringlich.

»Wie soll das ein Hotel sein?«, fragte Mandy wieder, als würden sie alle in einer aberwitzigen Zeitschleife festsitzen.

»Wir sind nicht in einem Hotel«, sagte er, leiser diesmal, und drehte sich zu Mandy und den anderen um. »Wir waren nie in einem Hotel. Die Handys.« Mandy war verwirrt. »Deswegen hat er sie uns gegeben. Er wollte uns einen Hinweis zukommen lassen. Keiner von uns hatte ein Signal, obwohl wir doch hoch über London waren. Oder zumindest sein sollten.

Und die Lüftungsschächte. Die haben nirgendwohin geführt. Weil es nichts gibt, wohin sie führen könnten. Alles, was wir zu wissen glauben, ist vielleicht falsch. Uns wurde alles nur vorgegaukelt. Vielleicht sind wir gar nicht in London.«

Mandy und Ryan sahen ihn an und wirkten verzweifelter denn je.

»Der Timer.« Eine Stimme hinter ihnen. Das Mädchen mit den Kopfhörern. »Der Timer läuft wieder.«

Sheppards Gedanken rasten. »Das, was das Mädchen … das, was Rhona in Winters Praxis gesehen hatte. Der

Grund, warum sie hier ist. Die Immobilienurkunde. Wir sind nicht im Great Hotel. Wir sind da, wo ...«

»Sheppard«, sagte Mandy und berührte ihn an der Schulter. Er zuckte zusammen, lächelte sie aber traurig an. »Wo sind wir?«

»Wir sind da, wo wir die ganze Zeit waren. Unter der Erde.«

46

Unter der Erde. Eingesperrt in einem Kasten. Mit einem Mörder. Vielleicht zwei Mördern.

»Unter der Erde?«, sagte Mandy. »Wie ist das möglich? Wie können wir unter der Erde sein? London liegt da draußen.« Sie zeigte zum Fenster. Constance Ahearn folgte ihrem Finger und lachte.

Auch Sheppard sah zum Fenster. Und ging hinüber. Er starrte aufs Glas. Das Londoner Stadtzentrum gegen Mittag. Nichts, was dort deplatziert gewesen wäre. Er konnte es fast spüren – die City. Das kribbelnde Gefühl, zu etwas zu gehören, das größer war als alles, was man sich überhaupt vorstellen konnte. Aber es konnte nicht sein. Und je eingehender Sheppard das Bild betrachtete, desto deutlicher wurde es. Es war kaum zu bemerken – man sah es erst, wenn man danach suchte –, aber das Bild war leicht körnig. Aus Pixeln aufgebaut. Von höchster Qualität, trotzdem ein Fake. Wie hatte er das hingekriegt? Sheppard richtete den Blick so weit wie möglich nach unten. Es sah wirklich so aus, als würde er von einem hochgelegenen Hotelfenster in die Tiefe blicken. Die Perspektive war perfekt.

»Ich hätte es erkennen müssen«, sagte Sheppard und legte die Hand an die Fensterscheibe. Er fasste zum oberen Fensterrand, dorthin, wo das Glas auf den Rahmen traf. »Es gab genug Hinweise. Oft hat er sie noch nicht mal versteckt. Aber ich habe sie nicht bemerkt. Natürlich nicht. Wie waren nie in einem Hotelzimmer.«

»Aber ...«, begann Mandy. Ryan legte ihr die Hand auf die Schulter und brachte sie zum Schweigen.

»Er hat recht. Ich hab es ebenfalls nicht kapiert, bis jetzt. Die Toilette steht für sich allein und ist nicht an ein umfassendes Leitungssystem angeschlossen, wie es in einem Hotel der Fall wäre. Ich hab mir nichts dabei gedacht … aber jetzt …«

»Das ist Irrsinn. Sie beide sind vollkommen verrückt«, sagte Mandy.

»Irrsinnig, ja, aber das heißt nicht, dass es falsch ist«, sagte Sheppard und schlug gegen die Fensterscheibe. Sie klickte leise. »Wenn es kein Hotelfenster ist, können wir es vielleicht doch einschlagen.«

»Kann mir bitte jemand erklären, was hier vor sich geht?«, schrie Mandy.

Und dann kam das vertraute Feedback. Ein Klang, den er schon einmal in diesem Zimmer gehört hatte, im ersten Moment aber nicht einordnen konnte. Erst als er die Stimme hörte, erinnerte er sich wieder.

»Hallo, alle zusammen«, sprach die Pferdemaske.

Sheppard fuhr herum. Überrascht sprang das Mädchen beiseite. Alle sahen zum Fernseher und zum Mann mit der Pferdemaske.

Wer ist er? Die Pferdemaske, der Pferdemann. C, der Böse. So viele Namen – aber keiner, der von Belang war.

Es sah aus, als hätte er sich in den drei Stunden nicht vom Fleck gerührt, wahrscheinlich hatte er sie die ganze Zeit beobachtet. Und die Show zweifellos genossen. Hatte sie glauben lassen, sie würden rauskommen, und dann kurzerhand das Skript umgeschrieben.

Wir sind alle in Gefahr. In größerer Gefahr als vorher.

Jetzt wusste der Mörder, dass es keinen Ausweg gab, was konnte ihn jetzt noch davon abhalten, weiter zu morden? Sie alle umzubringen? Vielleicht war der Maskierte gar nicht mehr ihr Hauptfeind.

»Wo sind wir?«, fragte Sheppard und trat vor.

»Unter der Erde, wie Sie gesagt haben. Wo genau, das spielt für Ihre gegenwärtige missliche Lage keine Rolle, nicht wahr?«, sagte der Pferdemann mit seiner gewohnt dumpfen Stimme.

»Warum halten Sie uns hier gefangen? Sie haben doch bekommen, was Sie wollten«, sagte Sheppard und zeigte auf die Zimmerecken, wo er die Kameras vermutete. »Ihr Spielchen ist exakt so aufgegangen, wie Sie es geplant haben. Ich habe versagt.«

Mandy drängte sich vor. »Wir haben jeden im Zimmer genannt. Wie sollen wir versagt haben?«

Der Pferdemann ließ seine schimmernden Plastikaugen mit ihrem starren Blick von links nach rechts schweifen – von Sheppard zu Mandy und zurück. »Es reicht nicht, einfach jeden Namen zu nennen. Das hätten Sie von Anfang an tun können. Sie sollten schon *wissen*, wer Simon Winter umgebracht hat und warum. Die Gefangenschaft scheint Ihrem Denkvermögen nicht förderlich zu sein. Vielleicht hätte ich dieses Experiment in einer etwas luftigeren Umgebung durchführen sollen, mehr in der Öffentlichkeit.«

»Wer hat Simon Winter getötet?«, fragte Sheppard.

Der Pferdemann lachte. »Na, von mir werden Sie das nicht erfahren. Genau darum geht es doch.«

»Das Spiel ist vorbei. Und ich habe die Schnauze voll. Also sagen Sie es schon.«

Der Pferdemann schien es sich tatsächlich zu überlegen. »Hmmm. Nein. Morgan, verstehen Sie, Ihr Problem im Moment ist doch, dass Sie nicht das Positive sehen. Sie sind noch am Leben, ergo haben Sie immer noch Zeit, es herauszufinden.«

»Was soll das heißen? Sie werden doch nicht irgendeinen unterirdischen Raum sprengen. Ich bezweifle, dass Sie das jemals vorhatten. Warum sollen wir mit Ihnen kooperieren?«

»Weil Sie nicht unbedingt den Ausgang gefunden haben, oder? Und weil ich jetzt seit sechs Stunden Luft in Ihren kleinen Raum pumpe zu recht hohen Kosten, wie ich bemerken möchte. Aber vor ungefähr zwei Minuten habe ich die Zufuhr abgestellt.«

Stille – um die Information zu verarbeiten.

»Was?«, entfuhr es Ryan.

Sheppard spürte wieder diese Unruhe – die Kontrolle entglitt ihm. »Was meinen Sie?«

»Ich meine genau das. Ich habe sie abgestellt. Ich habe die Luftzufuhr unterbrochen. Wenn Sie zum Timer sehen, dann sollte er Ihnen jetzt den neuen Countdown anzeigen. Mit den besten Grüßen des Great Fake Hotel.«

Genau wie das Mädchen mit den Kopfhörern gesagt hatte. Sheppard sah zum Nachttisch. Der Timer zeigte eine neue Zahl – und wieder zählte er runter. Vierundzwanzig Minuten.

»Es sollte noch so an die fünfundzwanzig Minuten dauern, bis keine Luft mehr im Raum ist. Das sind zusätzliche fünfundzwanzig Minuten. Sie sollten mir alle dankbar sein. Aber nach etwa fünfzehn Minuten werden sich gewisse Gehirnareale abschalten, also ...«

»Lügner!«, schrie Sheppard.

Der Pferdemann hielt inne. »Sie müssen mir nicht glauben. Nur zuhören. Ich habe in den vergangenen drei Stunden Luft in den Raum geleitet – das sorgt für ein Geräusch. Das Geräusch, das Sie für die Aircondition gehalten haben. Hören Sie es noch?«

Alle verstummten. Sheppard lauschte. Nichts mehr war zu hören.

»Der Raum ist jetzt luftdicht versiegelt.«

Mandy gab ein Quieken von sich – sie unterdrückte einen Schrei. Ryan sah aus, als müsste er sich gleich übergeben, und Rhona hielt sich an den Kopfhörern um ihren Hals fest. Nur Constance wirkte völlig ungerührt.

Ersticken. Schlimmer als verbrannt zu werden.

Es war von Anfang an so geplant gewesen. Ein weiterer Schritt, um ihn zu brechen.

»Wissen Sie, ich glaube, ich gebe auf. Es reicht«, sagte Sheppard, was das genaue Gegenteil dessen war, was er sich dachte. Denn insgeheim überlegte er, wie er rauskommen konnte. Und nach wie vor fragte er sich, wer Winter umgebracht hatte. Aber selbst wenn er es herausfinden würde, wer wusste schon, ob die Pferdemaske ihn gehen ließ? Vielleicht war alles völlig umsonst. »Wer sind Sie?«

»Das wissen Sie immer noch nicht? Nach dieser langen Zeit wissen Sie es nicht. Das ist einer der Gründe, warum Sie überhaupt hier sind. Sie verhexen jeden – am meisten aber sich selbst. Genau deshalb habe ich das alles inszeniert.«

»Was?«, fragte Sheppard.

»Sie wissen es noch nicht einmal. Ich wette, Sie zermartern sich das Hirn, wer ich bin, aber Sie kommen nicht darauf. Weil Sie nicht wie ein normaler Mensch funktionieren. Sie denken oder fühlen nicht wie ein normaler Mensch. Sie sind eine Schande.«

Flirrend rasten seine Gedanken von einer Person zur anderen – die schützende Schale, die er um die tiefsten, dunkelsten Erinnerungen gelegt hatte, splitterte endlich auf. Aber das reichte noch nicht. Seine Erinnerung hatte sich vor langer Zeit aus dem Staub gemacht. Die Drogen, der Alkohol hatten ihn vieles vergessen lassen. Besonders das, was er unterdrückte. Oder, nein, man konnte es nicht als unterdrücken bezeichnen, wenn man etwas mit aller Gewalt in den hintersten Winkel seines Gedächtnisses schob und dort vermodern ließ.

»Ich habe es dir von Anfang an gesagt, Morgan, ich bin dein bester Freund«, sagte der Pferdemensch jetzt und griff sich an die Maske. Selbst jetzt verstand Sheppard nicht. So war er eben – er lebte nicht in der Vergangenheit, dazu konnte er sich nicht durchringen. Die Menschen kamen und gingen, ohne dass er jemals eine Beziehung zu ihnen aufbaute. Es war ganz normal, dass sie spurlos aus seinem Leben wieder verschwanden.

Der Pferdemensch fasste in den Nacken und zog die Maske weg.

Ein Mann, von dem er noch nicht einmal mehr wusste, dass er sich an ihn erinnerte. Aber er erinnerte sich. Unverkennbar. Er war fünfundzwanzig Jahre älter als damals, als Sheppard ihn zum letzten Mal gesehen hatte. Jetzt war er ein Mann mit stechendem Blick, Falten, einem breiten Lächeln. Einem Lächeln, das ihm so bekannt vorkam. Dieses Lächeln hatte sich nicht verändert. In einem Vierteljahrhundert hatte es sich keinen Deut verändert. Sheppard war sprachlos, rang nach Worten. Und der Mann im Fernseher lächelte nur dieses Lächeln.

Das Lächeln von Eren Carver.

47

Hallo, Morgan«, sagte Eren.
Sheppards Knie gaben nach. Nach Luft ringend sackte er zu Boden.

Wie ist das möglich? Und die relevantere Frage: *Warum habe ich es nicht gewusst?*

Fünfundzwanzig Jahre – fünfundzwanzig Jahre war es her. Und jetzt war er hier. Wie hatte er ihn vergessen können – warum hatte er ihn nicht sofort erkannt? Konnte er wirklich so begriffsstutzig sein? Die Erinnerungen, die er mithilfe von Alkohol und Pillen so tief in sich vergraben hatte, drängten an die Oberfläche. Mr. Jefferies. Erens Dad, der von der Polizei abgeholt wurde. Damit war der kleine Morgan Sheppard berühmt geworden (was er sich immer gewünscht hatte), aber Eren hatte damit ohne Vater dagestanden. Eren war der Einzige, der der Maskierte hatte sein können – und er hatte keinen einzigen Gedanken an ihn verschwendet.

Er hatte ihn Morgan genannt. Das erste Indiz. Niemand nannte ihn noch beim Vornamen. Sein PR-Manager, sein Agent, sogar seine Armada von Freundinnen – alle nannten ihn nur noch Sheppard. Er hatte mit seinem Agenten darüber gesprochen – es war ja nicht so, dass er seinen Vornamen nicht mochte, aber sein Nachname gefiel ihm einfach besser. *Sheppard ist ein guter, starker Name, ein Name, dem man vertrauen konnte. Von geradezu biblischer Dimension – wenn man so wollte.*

Die Brille. Das Nächste. Sheppard trug in der Öffentlichkeit keine Brille, wahrscheinlich seit seiner Schulzeit nicht mehr. Er hasste sie, also trug er sie kaum und kniff lieber die Augen zusammen. Er war fürchterlich kurzsichtig, hatte aber gelernt, damit zurechtzukommen. Als er älter wurde, war er auf Kontaktlinsen umgestiegen, hatte aber immer eine Brille in der Wohnung herumliegen, wenn ihn keiner sehen konnte. Er erinnerte sich noch an seine erste Brille. Seine Mutter hatte ihn gezwungen, sie jeden Tag aufzusetzen, was er auch brav getan hatte. Aber noch vor der ersten Unterrichtsstunde hatte er sie abgenommen, weil er sie nicht ausstehen konnte. Er hatte sie sich in die Gesäßtasche gesteckt und im Spaß gesagt (es aber ernst gemeint), dass er sich hoffentlich auf sie draufsetzen und sie kaputt machen würde.

Es lag alles so klar auf der Hand, aber selbst jetzt, als er Erens Gesicht auf dem Fernsehbildschirm vor sich hatte, wollte er es nicht glauben. Obwohl die Indizien eindeutig waren, obwohl ihm die Wahrheit ins Gesicht starrte.

»Eren?«, sagte er, das Gesicht unglaublich nah am Bildschirm.

»Hallo, alter Freund«, antwortete Eren lächelnd. »Aber ich heiße nicht mehr Eren. Eren war mir ein wenig zu schlicht und ein wenig zu sehr mit schlechten Erinnerungen verbunden. Ich heiße jetzt Kace. Kace Carver. Gefällt dir der Name?«

»Kace? Was soll das sein?«

»Das ist mein Name.«

»Nein. Du heißt Eren.«

Eren runzelte die Stirn. »Wir mögen ja eine gemeinsame Vergangenheit haben, du und ich. Aber ich warne dich, Morgan, versuche nicht so zu tun, als würdest du mich kennen. Du hast mich damals vor langer Zeit im Stich gelassen, und ich habe mich seitdem verändert. Das hast du auch getan, in deinem Fall aber eher zum Schlechteren –

falls das überhaupt möglich ist. Wer hätte gedacht, dass es dazu kommen würde?«

»Einen Moment ...« Ryan. Wenigstens glaubte Sheppard, dass er es war. Die Worte hörte er noch, aber er konnte nicht mehr unterscheiden, von wem sie kamen. »Wovon redet er? Wer ist das überhaupt?«

Wie es erklären ...

»Sheppard.«

»Wir sind an dem Punkt angelangt, auf den ich mich am meisten gefreut habe«, sagte Carver. »Es ist an der Zeit, dass sich unser Held hier, unser Protagonist, erklärt.«

»Eren«, sagte Sheppard und streckte die Hand zum Bildschirm aus. »Hör auf, lass uns raus. Bitte.«

»Nein. Das tue ich nicht. Weil du im Lauf dieser Farce anscheinend nichts gelernt hast. Du hast noch nicht mal gewusst, wer ich bin.«

»Aber jetzt weiß ich es, Eren. Ich kenne dich. Ich erinnere mich an dich. Ich erinnere mich an alles, was wir gemacht haben. Es tut mir leid. Es tut mir so leid. Wir waren Freunde. Ich erinnere mich an alles. Nur lass uns bitte gehen.« Eine Träne lief Sheppard über die Wange. Er weinte – er konnte sich nicht erinnern, wann er zum letzten Mal geweint hatte. »Bitte, Eren.«

»Nenn mich nicht Eren«, sagte Eren. »Der bin ich nicht mehr.«

»Lass bitte die anderen gehen. Bitte, das geht nur dich und mich was an. Diese Leute haben damit nichts zu tun«, sagte Sheppard und wies mit einer ausholenden Geste auf die anderen.

Eren schien zu grübeln und kniff die Augen zusammen. »Das ist uncharakteristisch selbstlos von dir. Alles in Ordnung mit dir? Hast du Verdauungsprobleme? Ich kann nur mutmaßen, dass du es tust, um irgendwie das Gesicht zu wahren. Du glaubst immer noch, du kommst hier raus, was?«

Er glaubte es nicht mehr. Er wusste nichts mehr.

»Nein, nein, ich werde keinen von euch gehen lassen. Anfangs dachte ich, ich setze euch alle da rein. Setze euch da rein wie Fliegen in ein Glas und sehe zu, wie ihr herumsummt und nicht wisst, was ihr tun sollt. Aber jetzt bin ich neugierig geworden. Jetzt will ich wissen, ob du es schaffst. Mehr als das, ich möchte sehen, wie du stirbst. Ich finde es also ganz gut, wenn ich dich da drinnen versauern lasse. Aber wenn du es schaffst, wenn du es hinkriegst, dann lasse ich die anderen frei.«

Die anderen ...

»Wenn ich den Mord aufkläre, lässt du die anderen gehen?«

Eren schien frustriert. »Ist dein Gehirn schon so ermattet? Das habe ich doch gerade eben gesagt, oder?«

»Kann mir jemand verraten, was hier vor sich geht?« Mandy diesmal. Aber er konnte an nichts anderes mehr denken. Nicht jetzt.

»Und was passiert mit mir?«, fragte Sheppard.

»Ich finde, wir sollten mal nett miteinander plaudern.« Wieder lächelte Eren.

Sheppard nickte nur. »Okay.«

»Klär den Mord auf, Morgan, oder stirb mit deinen Zimmergenossen. Es ist deine Entscheidung. Aber kannst du bitte noch was für mich tun?«

»Ja ... natürlich.« Was für ein wehleidiger Waschlappen er doch geworden war. Er wusste, dass Eren sein einziger Ausweg war. Kapierte Eren das nicht? Kapierte Eren nicht, dass er alles tun würde?

»Sag die Wahrheit, Morgan«, kam es von Eren. »Sag wenigstens ein einziges Mal in deinem Leben die Wahrheit.«

Sheppard brach auf dem Boden zusammen und ließ seinen Tränen endlich freien Lauf. Eren Carver. Der Junge, der sein bester – sein einziger – Freund gewesen war.

Aber etwas war anders. Etwas war mit ihm geschehen. Etwas war ihm zugestoßen.

Und während ihm die Tränen in den Augen brannten, wurde ihm klar: Morgan Sheppard – der war Eren zugestoßen.

48

»Sheppard. Sheppard.«
Wer war es?

Die Luft fühlte sich dicker an. War es wirklich so, oder lag es nur daran, weil er wusste, dass der Sauerstoffgehalt mit jeder Sekunde abnahm? Er und die anderen kamen mit jedem Atemzug dem Tod ein Stück näher. Er brauchte keinen Timer, er brauchte keinen Countdown mehr, um zu wissen, dass es schlecht um sie stand – schlechter als je zuvor. Tod durch Ersticken – der Tod, der sich um den Körper windet, sich das Herz packt und das Leben aus einem herauspresst.

»Sheppard. Verdammt.«

Die Vorstellung, in einer Zimmerecke hockend zu ersticken, während die Augen immer röter wurden, brachte ihn schließlich dazu, sich zu erheben. Er stieß sich mit den Händen ab und belastete vorsichtig die Beine. Sie schienen okay zu sein. Er stand auf.

Eren Carver. Sein alter Freund hatte recht gehabt.

Er hatte ihn vergessen, ja. Er hatte die Erinnerung an Mr. Jefferies' Tod zusammengeknüllt und in seinem Gedächtnis ganz nach hinten gestopft. Er hatte sich 1992 seine eigene Version dieser Ereignisse zusammengestellt und angefangen, sie zu glauben. Und das machte alles noch schlimmer.

Sheppard musste die Hand ausstrecken, damit er das Gleichgewicht fand. Er ging um das Bett herum. Ryan und Mandy standen immer noch da, das Mädchen befand sich wieder an seinem Platz unter dem Schreibtisch, und Constance schaukelte auf dem Stuhl vor und zurück. Es reichte nicht, sie einmal oder sogar zweimal im Stich gelassen zu haben. Eren würde ihn so oft wie möglich demütigen.

»Sheppard?«, sagte Ryan. Der junge Mann schwankte zwischen Wut und Panik. Ihm schien nicht zu gefallen, dass er nicht wusste, was hier geschah. »Was zum Teufel soll das alles? Wer ist das? Und was meint er mit *die Wahrheit sagen*?«

»Bitte, Sheppard«, sagte Mandy. In ihrem Blick lag keine Hoffnung mehr.

Das Mädchen starrte nur noch regungslos auf den Timer. Sie schien durch den Ärmel ihres Hoodie zu atmen, als könnte sie dadurch weniger Luft verbrauchen.

Constance hatte die Augen geschlossen und sah aus, als würde sie schlafen. Offensichtlich war ihr alles gleichgültig geworden.

Sheppard sah sie alle an. Alles, wovor er sein Leben lang davongelaufen war, hatte sich ihren Gesichtern eingeschrieben. Er erinnerte sich, wie er damals gewesen war. Er hatte nur berühmt sein wollen. Darin unterschied er sich jetzt kaum von damals, ein Gedanke, bei dem er lächelte. Er wollte nur berühmt sein.

Manchmal wollen wir nichts anderes, als wahrgenommen werden. Winter hatte das mal gesagt. Er erinnerte sich. Genau das hatte er immer gewollt. Wahrgenommen werden.

War es das? Und als er daran dachte, war er erleichtert. Es blieb noch mehr als genug Zeit. »Ich bin ein Lügner. Ein Schwindler. Um es ganz einfach zu sagen.«

»Was?«, sagte Ryan.

»Man kennt mich als den Kinderdetektiv. Aber das stimmt nicht. Ich habe 1992 den Mord an George Jefferies nicht aufgeklärt, ich hatte noch nicht mal irgendeinen Anteil daran. Der Mord wurde von Eren Carver aufgeklärt, dem Sohn des Täters. Er war brillant, einfach fantastisch, wie ich es niemals sein kann. Er war mein Freund. Und ich habe ihn verraten. Ich habe ihm in jeder Hinsicht die Identität geraubt. Fünfundzwanzig Jahre lang habe ich jedem erzählt, ich hätte den Fall gelöst. Und Eren hat nichts dazu gesagt, weil der Lauf der Dinge schon zu weit fortgeschritten war. Jeder hat geglaubt, ich wäre es gewesen. Aber Morgan Sheppard ist eine Nullnummer.

Das ist der Grund, warum wir hier sind. Der Mann im Fernsehen, das ist Eren oder wie immer er sich jetzt nennt. Er quält mich, um zu beweisen, dass ich nicht der bin, für den ich mich ausgebe. Und er hat recht damit.«

Er senkte den Blick, er konnte den anderen nicht mehr in die Augen schauen. Eren beobachtete alles, und soweit er es zu sagen vermochte, taten die anderen es auch. Hoffte er. Es war an der Zeit, dass Morgan Sheppard starb – oder zumindest der Mensch, zu dem Morgan Sheppard geworden war. Diesen Menschen gab es nicht mehr – er hatte ihn abgestreift wie eine alte Schlangenhaut. Nicht weil er es so wollte, sondern weil er keine andere Wahl hatte. Und Sheppard wusste nicht, ob das seinem Wandel die Sinnhaftigkeit raubte.

Keiner um ihn herum rührte sich, aber er hatte noch ein Letztes zu tun. Wenn er in seinem Leben noch nie etwas Selbstloses getan hatte, dann jetzt wenigstens das hier. Er musste drei der vier Menschen in diesem Zimmer retten – einer von ihnen hatte einen Freund von ihm getötet, und die anderen drei hatten es verdient, zu leben. Zum Teufel, sie hatten es alle verdient, zu leben.

Der Mörder. Wir sind mit einem Mörder zusammen.

Sheppard war zu weit gegangen – er wusste es. Er hatte die Grenzen dieses Abgrunds überschritten. Er hatte die ganze Welt betrogen. Und das wäre das Einzige, woran man sich erinnern würde.

Seine Buße bestand darin, auf einen Timer zu starren und möglichst flach zu atmen.

»Wovon verdammt noch mal reden Sie?«, sagte Ryan.

»Es ist alles wahr.« Er atmete ein und aus – genoss den tiefen Atemzug. Und gelobte, dass es das letzte Mal sein sollte. Von nun an wollte er nur noch ganz flach atmen. Um ihnen genügend Zeit zu verschaffen, doch noch rauszukommen.

Mandy sah immer noch aus, als wären seine Worte noch nicht ganz bei ihr angekommen. Alle anderen aber schienen begriffen zu haben. Das Mädchen beobachtete ihn mit rastlosem Blick. Constance zeigte wieder ein wenig Interesse und sah sich um. Ryan hatte ein hochrotes Gesicht und schien kurz vor einem Wutausbruch.

»Ist das Ihr Ernst?«, sagte er und stolzierte auf ihn zu wie ein radschlagender Pfau. »Das ist alles, worum es hier geht? Ihretwegen soll ich sterben? Von Anfang an ist es nur um Sie gegangen? Ich, Mandy, Rhona, sogar Constance und Alan. Wir sind alle nichts wert? Außer als Spielfiguren, die man Ihnen in den Weg stellen kann?«

»Es tut mir leid«, sagte Sheppard. Mehr konnte er nicht sagen.

»Sie sind ein Witz«, entfuhr es Ryan. »Ein kranker Arsch. Wie haben Sie es bloß mit sich selbst ausgehalten?«

Völlig problemlos. »Ryan, es tut mir leid. Ich wollte nicht, dass das passiert.«

»Ja, natürlich wollten Sie es nicht. Trotzdem …«

»Ryan, ich brauche Sie alle. Sie müssen mir helfen. Ich werde Sie retten. Ich werde Sie und Mandy und das Mädchen und Ahearn retten. Himmel noch mal, ich werde sogar Alans Leichnam retten, damit er ein anständiges Begräbnis bekommt. Ich weiß, ich bin am Ende. Ich weiß, ich bin so gut wie tot. Eren wird mich hier nicht davonkommen lassen.«

»Woher wollen Sie das wissen?«

»Weil ich Eren kenne. Er ist kompromisslos – er ist mehr als das. Er pocht auf Gerechtigkeit. Verstehen Sie?«

»Warum sollen wir überhaupt noch auf Sie hören? Warum sollten wir Ihnen vertrauen?«

»Weil es noch nicht vorbei ist. Sie können mich hassen, so sehr Sie wollen – aber später.«

»Er hat recht«, sagte Mandy mit tonloser Stimme.

»Danke«, sagte Sheppard zu ihr. Er versuchte zu lächeln. Es fühlte sich an, als müsste er Gewichte stemmen, als würden die Hanteln in den Mundwinkeln sitzen. Er kam nicht recht weit. Nicht, wenn er dabei unterbrochen wurde.

Mandy schlug ihm ins Gesicht. Stärker, als er es bei einer so zierlichen jungen Frau für möglich gehalten hatte. Sein Kopf wurde zur Seite gerissen, und er spürte den Abdruck ihrer Hand auf der Wange.

Mandy, das liebe Mädchen, das immer an seiner Seite gestanden hatte, war jetzt wütend. »Wie haben Sie das nur machen können? Wie haben Sie das nur machen können?« Und wieder, weil sie anscheinend an nichts anderes mehr denken konnte: »Wie haben Sie das nur machen können?«

Sheppard sah sie an. Die Tränen trockneten auf seiner rechten Wange, die linke brannte.

Die Luft war definitiv dicker geworden – sie schien beinahe sichtbar zu Boden zu sinken. Sheppard konnte es aus den Augenwinkeln sehen. Wie Spiegelungen einer Zeit, die nie gelebt worden war. Und seine Begierden waren zusammen mit diesen anderen Leben auf einem Regal ganz hinten in seinem Gedächtnis verstaut.

Ein neues Gefühl bemächtigte sich seiner. Er verwechselte es mit dem Bedürfnis, sich wieder zu übergeben.

»Ich muss was trinken«, sagte Sheppard und behielt Mandy im Auge. Sie musterte ihn, als wäre er der Teufel, aber er glaubte auch zu erkennen, dass sie sich erweichen ließ. »Ich muss was trinken. Und dann bringe ich Sie alle in Sicherheit.«

Er wollte ins Badezimmer, aber eine Hand schoss unter dem Tisch hervor und packte ihn am Bein. Das Mädchen mit den Kopfhörern sah zu ihm hoch und deutete auf den Timer. Er schien schneller abzulaufen als zuvor. Er beschleunigte.

Noch fünfzehn Minuten.

Sheppard sah zu dem Mädchen und nickte. Lächelte.

Sie zog ihren Arm weg. »Ich heiße Rhona ... du Arsch. Nicht Mädchen mit den Kopfhörern, verstanden?«

Sheppard verging das Lächeln, er nickte gehorsam. Er ging an Ryan vorbei, ohne ihn eines Blicks zu würdigen.

»Sie wissen hoffentlich, was Sie tun«, rief ihm Ryan hinterher. Sheppard öffnete die Badezimmertür und sah zu ihnen zurück. Sie alle beobachteten ihn – natürlich.

Constance war immer noch mit den Handschellen an den Stuhl gefesselt. Weder lächelte sie, noch ruckelte sie vor und zurück. Sie wirkte verängstigt – es war das erste Mal, dass Sheppard sie verängstigt sah.

Er taumelte ins Badezimmer und wusste genauso wenig wie vorher, wie er sie alle retten sollte.

49

Sheppard hatte fast vergessen, wo sie Alan abgelegt hatten. Er trat ins Badezimmer und spürte etwas unter seinem Fuß quietschen. Eine von Alans Händen. Er sprang gegen die Tür zurück.

Nachdem er sich wieder gefasst hatte, schob er sich um den Anwalt herum, bemühte sich, nicht ins Blut zu treten, und ging zum Waschbecken. Er drehte das warme Wasser auf. Der tote Simon Winter lag immer noch in der Wanne – er sah ihn im Spiegel. Winter, ein Bauernopfer in Erens Plan. Er empfand noch mehr Mitleid mit dem alten Mann, der so leicht manipuliert worden war.

Sheppard ließ Wasser in beide Hände laufen und platschte es sich ins Gesicht. Es tat gut. Er musste wach und aufmerksam bleiben. Er würde seine armselige Sucht beherrschen müssen. Er musste alle retten – nichts anderes zählte noch.

Er beugte sich über das Waschbecken, schloss die Augen und hielt das Gesicht in den aufsteigenden Dampf, der den Schweiß auf seiner klammen Haut wusch.

Er schlug die Augen auf.

Der Spiegel war angelaufen. Als würde nichts mehr hinter ihm existieren. Aber er spürte Winter.

Winter hatte in seinem Leben immer eine bedeutende Rolle eingenommen. Samstagnachmittags hatte er bei ihm seine Therapiesitzungen gehabt. Anfangs hatte er sich dagegen gesträubt, aber nach einer Weile war er auf sie angewiesen gewesen. Winter hatte so seine Art gehabt, ihm gewisse Dinge zu erklären, er hatte alles unterhaltsamer dargestellt, als es in Wirklichkeit war. Er hatte Sheppard beigebracht, mit seinem wachsenden Ruhm umzugehen, hatte ihm erzählt, welche Gedanken schädlich und welche förderlich seien. Er hatte Sheppard beigebracht, ein besserer Mensch zu sein.

Hätte ich bloß auf ihn gehört.

Sheppard zog Winters Notizbuch aus der Tasche. Er hatte immer noch keine Ahnung, warum es der alte Mann bei sich getragen hatte – ein altes Notizbuch mit Aufzeichnungen zu lange zurückliegenden Sitzungen. Er überflog die Bemerkungen, die sich auf ihn bezogen – betrachtete die unterstrichenen Wörter. Das hatte Winter über ihn gedacht? Aggressiv? Missgelaunt? Anscheinend wichtige Wörter – aber warum hatte Winter auch »Außerdem neuer düsterer Albtraum …« unterstrichen? Noch nicht einmal den ganzen Satz. Er las weiter: »Albtraum, in dem er ein Weizenfeld vor sich sieht. In der Ferne liegt eine Scheune – ein Bauernhof. Er steht in Flammen. Morgan steht auf dem Feld und sieht zu. Und dabei erhebt sich aus dem Weizenfeld eine Vogelscheuche. Und Morgan weiß, dass diese Vogelscheuche den Hof in Brand gesteckt hat. Die Vogelscheuche lächelt ihn an. Dann wacht er auf.« Sheppard war gebannt. Er hatte diesen Traum ganz vergessen. Er hatte ihn jede Nacht geträumt – war schweißgebadet aufgewacht und hatte sich immer eingenässt. Es begann gleich nachdem … gleich nachdem er das gemacht hatte.

Aber das Bild an der Wand? Das Bild an der Wand stellte diesen Traum bis in die letzten Einzelheiten dar. Ein seltsames Bild für ein Hotelzimmer – das hatte er sich noch gedacht, als er es gesehen hatte. Jetzt lief es ihm kalt über den Rücken, wenn er nur daran dachte. Mandy hatte es ebenfalls als unheimlich bezeichnet.

Er las weiter: »Ich bräuchte mehr Informationen, um

den Albtraum wirklich zu verstehen. Klingt wie ein klassisches ›Die Geister, die ich rief‹-Szenarium, allerdings weiß ich nicht, wie das auf Morgan zutreffen soll. Daneben sagt Morgan – NB: WICHTIGER PUNKT –, das Schlimmste an dem Traum allerdings ist, dass er weiß, dass die Kinder oben im Haus bei lebendigem Leib verbrennen.«

Sheppard hätte fast das Notizbuch fallen lassen. Kinder oben? Warum entsetzte ihn das so? Hatte jemand … Er sah auf die Seite, musterte die unterstrichenen Wörter, die Formulierungen der Traumbeschreibung. Und plötzlich fiel der Groschen.

Sheppard betrachtete die Wörter. Was hatten sie zu bedeuten? Wie konnten sie überhaupt etwas bedeuten? Er strich mit dem Finger darüber. Zu breit. Zu …

Er starrte auf die Wörter. Und er dachte nach.

Nein.

Es kam alles zurück. Die Luft war jetzt zum Schneiden dick. Das Atmen fiel ihm schwer.

Nein. Nicht …

Aber jetzt passte alles zusammen.

50

Vorher …

Sie umklammerte die Einladung so fest, dass die Karte in der Mitte ganz zerknitterte. Sie war viel zu früh dran – aber sie konnte zu Hause nicht mehr rumsitzen. Außerdem würde sie den Eingang im Auge behalten und auf eine günstige Gelegenheit warten müssen.

Insgeheim wollte sie sich davon überzeugen, dass es eigentlich eine schlechte Idee war. *Angenommen, die Türsteher kennen die Frau? Angenommen, sie wissen, wie sie aussieht? Was dann? Werden sie die Polizei rufen?* Was würde sie dann machen? Die Hände hochnehmen, »schon gut, Sie haben ja recht« sagen und einfach davongehen? Dafür hing zu viel davon ab.

Sie würden sie nicht erkennen. Sie musste reinkommen.

Es war ganz einfach. Sie würde warten, bis am meisten los war. Selbst wenn sie die Frau kannten, würde es dann kaum einem auffallen. Die Türsteher würden vollauf beschäftigt sein – und dabei konnte ihnen ein Fehler unterlaufen. Sie würde sich durchmogeln.

Sie sah auf die Uhr. Wirklich noch viel zu früh. Also ließ sie sich im Café auf der gegenüberliegenden Straßenseite nieder. Es war gerade mal fünf – die Party fing nicht vor acht an. Nach den Partygesetzen würden bis zehn die Leute eintreffen. Sie bestellte sich einen Kaffee und wartete.

Sie vergewisserte sich, dass ihr Diktiergerät funktionierte. Sie schaltete es ein und aus. Die Batterie war voll. Dann dachte sie nach und sah zwischendrin gelangweilt irgendwelche Youtube-Videos auf ihrem Laptop. Eine Weile lang kamen nur Videos über ihn – sie sah seine arrogante Visage in dieser verdammten Sendung, sah, wie er sich über die anderen erhob, sah die Zuschauer, die begierig alles aufnahmen, bald darauf lief aber nur noch, was in der Seitenleiste der Reihe nach erschien – Top Ten der englischen Spuk-Hotels, Nyan-Cat-Remixes, die witzigsten Dinge, die Babys jemals angestellt haben, das Zeug, das das Internet auf seiner endlosen Reise zur Zerstörung der Welt am Laufen hält.

Um sieben schloss das Café. Sie bat darum, etwas länger bleiben zu dürfen, aber nachdem sie in zwei Stunden bloß einen kleinen Kaffee bestellt hatte, kam man ihr nicht entgegen. Sie zog in ein Pub weiter unten in der Straße um und ließ sich am Fenster nieder. Den Club hatte sie immer noch im Blick, aber nicht mehr so gut.

Sie bestellte sich an der Theke eine Diet Coke und zog erneut ihr Diktiergerät aus der Tasche. An, aus. Das Licht blinkte auf. Immer noch alles in Ordnung.

Das Internet war schuld an ihm. Er hätte ein Ausreißer im stinknormalen Tagesprogramm werden können – jemand, von dem der Großteil der Bevölkerung überhaupt nichts mitbekam, weil die meisten spätestens um neun Uhr morgens die Kiste ausstellten und zur Arbeit aufbrachen. Aber man lebte im Zeitalter des Internets, und jede Sendung konnte verhackstückt und online gestellt und von Abermillionen abgerufen werden. Im Internet war er zu Hause und musste noch nicht mal was dafür tun. Der Sender erstellte ihm eine eigene Website, auf der Clips seiner Sendung zu sehen waren. Sein Youtube-Channel wurde schnell mit Zehn-Minuten-Ausschnitten geflutet – Gehörnte Promis, Absolute Wahrheit, Bettenreport. Acht Millionen Abonnenten waren sein Publikum, ein geiferndes Pack, das unglaublich schnell anwuchs, weil es an seiner Abart Sherlock-Holmes'scher Heiterkeit seinen Spaß hatte. Das hieß, wenn Sherlock ein Idiot gewesen wäre. Das meiste, was er bei seinen Ermittlungen herausgefunden haben wollte, stimmte noch nicht mal. Er war ein Ermittler, der nichts ermittelte. Er war in erster Linie ein Promi – ein Fernsehstar, ein Internetstar, es spielte keine Rolle. Er war genau richtig, auch wenn alles an ihm ein einziger Fake war.

Als das Licht draußen fahler wurde, steckte sie ihren Laptop weg und vergewisserte sich nochmals, ob das externe Mikro am Diktiergerät funktionierte. Sie zeichnete sich selbst beim Ablesen des Bierdeckels auf – auch ein blindes Chamäleon wechselt die Farbe, um sich seiner Umgebung anzupassen. Sie spielte die Aufnahme ab. Klang gut. Im Club würde es viel lauter sein, aber wenn sie nahe genug ranging, würde sie die Stimmen aufzeichnen können. Und genau das würde sie tun. Zu viel hing davon ab, als dass sie sich einen so simplen Fehler erlauben konnte.

Es war erst zwei Wochen her, seitdem … seitdem … Die Leute nannten es Tragödie. Eine Tragödie – so kalt und so distanziert. Vielleicht wurde es deshalb so genannt, weil die Menschen Abstand zum Geschehen gewinnen wollten. Aber das wollte sie nicht. Sie wollte die Gründe verstehen. Sie war bereit dazu. Sie war voller Wut – sie war es, die sie morgens aus dem Bett trieb und sie durch den Tag brachte. Ihr Bruder hatte es nie gemocht, wenn sie wütend war, er hatte es ihr angesehen, wenn sie sich von ihr auffressen ließ. Ihr Bruder hatte ihr immer gesagt, sie dürfe sich von ihrer Wut nicht beherrschen lassen – sie solle den Deckel draufmachen, solange es noch einen Deckel gab. Ansonsten würde es nämlich in ihrem Leben nichts anderes mehr geben.

Aber sie lebte, und er war tot. Und das alles war Morgan Sheppards Schuld.

Jetzt saß sie im Pub und war wütend. Sie war so unendlich wütend. Aber sie war auch einfallsreich. Ihr Journalistik-Studium war fast abgeschlossen, und sie hatte sich das Aufnahmegerät und Mikro an der Uni ausgeliehen. Sie war bereit.

Denn sie lebte und wollte einfach nicht verstehen, warum er tot sein musste.

Sie sah aus dem Fenster. Gegen halb neun tröpfelten die ersten Gäste im Club ein. Das Brickwork war ein unterirdisch gelegener Nachtclub gleich in der Nähe der U-Bahn-Station Leicester Square. Er war unglaublich teuer und unglaublich exklusiv. Sie war noch nie dort gewesen und hatte auch jetzt nicht das Recht, dort zu sein. Es war eine Privatveranstaltung für Fernsehleute und ihre Promi-Freunde. Die Einladung, die sie geklaut hatte, gehörte einer niederen Charge, die an der Sendung mitarbeitete.

Eine schnatternde Schar junger Frauen näherte sich dem Eingang, unaufgefordert zogen sie ihre Einladung hervor. Sie wurden an der Tür von einem stämmigen Glatzkopf in schwarzem Anzug aufgehalten. Der Türsteher hatte eine Liste in der Hand. Die Frauen wurden der Reihe nach abgehakt und verschwanden im Club.

Um neun fuhr eine Limousine vor, und sie sah ihn aussteigen. Er trug einen Smoking und schwankte bereits. Die Türsteher fragten ihn nicht nach seinem Namen.

Sie überlegte, ob sie reingehen sollte, aber es gab keine Schlange, und sie wollte nichts riskieren. Eine halbe Stunde später hielt sie es nicht mehr aus. Mittlerweile hatte sich eine etwa dreißigköpfige Schlange gebildet, sie trank den Rest ihrer Diet Coke, richtete sich auf der Toilette noch die Haare und ging nach draußen. Als sie sich anstellte, bemerkte sie, wie zerknittert ihre Einladung war. Sie versuchte sie glatt zu streichen, was es aber nur schlimmer machte.

Die Schlange bewegte sich langsam voran. Sie mischte sich, so gut es ging, unter die anderen Frauen. Nur ein einziger Mann hatte sich angestellt, ein zugeknöpfter Typ, der einen gleichmütigen Eindruck machte und völlig fehl am Platz wirkte. Er sprach kein einziges Wort, während die Frauen um ihn herum lachten und Witze rissen, manchmal auch über ihn. Die Frauen waren die üblichen zweidimensionalen Abziehbilder – Püppchen, die in ihrer Flachheit nicht zu überbieten waren. Ihr Bruder hätte sie als »Frisch aus O.C., California« bezeichnet, einer dämlichen Serie über hübsche Leute mit hübschen Problemen, die sie, als sie jünger gewesen waren, zusammen gesehen hatten.

Als sich die Gruppe der Tür näherte, wurden sie zunehmend nervös und schrill. Die, die sich um die Einladungen hätte kümmern sollen, hatte sie vergessen und stattdessen Getränke mitgebracht. Dafür, dass sie noch gar nicht im Club waren, hatten sie schon ziemlich viel getankt. Aber ihre Namen mussten auf der Liste gestanden haben, denn sie wurden alle durchgewinkt – was womöglich überhaupt nichts mit ihrem nuttigen Aussehen zu tun hatte. Zweifel erfassten sie.

Was machte sie hier? Wirklich? Die Hauptrolle in ihrem eigenen kleinen Spionage-Thriller spielen? Es war dumm. Sie drehte sich um und sah eine ganze Phalanx von sexy jungen Frauen die Treppe hinunterkommen, die ihr den Rückweg abschnitten. Sie spürte das Diktiergerät in der Hand.

Du bist viel mehr, als du denkst. Du bist stark, stärker als er. Und du hast die Zeitungen gelesen – er wird das nicht unbeschadet überstehen, wart's nur ab. Du bist klüger, als er sich jemals vorstellen kann. Die Stimme ihres Bruders. Ihre Gedanken äußerten sich oft mit seiner Stimme. Er war schon immer zuversichtlicher gewesen als sie.

Erneut loderte ihre Wut auf.
Du bist so weit gekommen.
Mach jetzt keinen Rückzieher.

Ohne einen weiteren Gedanken betrat sie den Club – die Türen entließen sie auf eine dunkle Tanzfläche, auf der sich dicht die Gäste drängten. Sie zwängte sich durch sie hindurch in die Richtung, wo sie die Bar vermutete, schob sich an unkenntlichen Silhouetten vorbei, die gelegentlich von aufblitzenden bunten Lichtern erhellt wurden. Sie kam nur langsam voran. Sie fühlte sich wie in einer wahnsinnig schwierigen Frogger-Version und musste mehrmals zurückweichen, um nicht an die Getränke der anderen Gäste zu rempeln. Schließlich erreichte sie die Bar.

Sie bestellte sich einen Gin Tonic. Nachtclubs waren unerträglich, solange das eigene Urteilsvermögen nicht getrübt war. Im nüchternen Zustand erkannte sie unweigerlich den absoluten Irrsinn dieser Sauffabrik, in der sich die Gäste einpferchen ließen. Sie erhielt ihr Getränk und bezahlte dafür eine astronomische Summe. So teuer kam einen der Durst in London.

Sie sah sich um. Die Tanzfläche nahm den größten Teil des Raums ein, aber es gab rechts und links Sitzabteile. Und das nächste Abteil links von ihr war abgetrennt – der VIP-Bereich. Dort fand sie, was sie suchte. Dort saß er, hinter einer Kordel wie aus einem Theater. Sie beobachtete ihn, wie er lächelte und redete und schwankte, obwohl er saß. Er hatte diesen Blick freudiger Bestürzung aufgesetzt. Und er war hackedicht. Die anderen im VIP-Bereich kannte sie nicht, abgesehen von einem, der möglicherweise einer der Moderatoren von Morgenkaffee waren. Die übrigen Männer sahen wie Geschäftsleute aus und wurden von spärlich bekleideten Frauen begleitet, die so taten, als hätten sie einen Preis gewonnen, nur weil sie hier sein durften. Dazu kam ihre Selbstgefälligkeit. Woran es ihnen mangelte, war Selbstachtung.

An die Theke gelehnt, beobachtete sie ihn. Sie hasste ihn. Glühender, ungezügelter Hass. Sie hatte so etwas noch nie gespürt. Sie verstand, warum manchmal Hass mit Liebe gleichgesetzt wurde. Es fühlte sich gleich an. Wo immer du bist, was immer du tust – es ist da. Die Liebe zieht einen zu jemandem hin, genauso ist es mit dem Hass. Aber aus den exakt gegenteiligen Gründen. Man betrachtet jemanden, den man liebt, und sieht ein ganzes Leben ausgebreitet vor sich liegen – ein Leben, wie es sein könnte. Beim Hass aber sieht man die Zerstörung – ein Leben, wie es einst gewesen war. Beide Empfindungen können Menschen zu schrecklichen Dingen treiben.

Die Wut bist nicht du. Ihr Bruder hatte es gesehen, bevor sie es selbst wahrgenommen hatte. Und er hatte die Gefahren gesehen.

Drei Gin Tonic später fühlte sich die Welt anders an, wie eine Welle, die sanft an einen unbekannten Strand spülte. Er war immer noch im VIP-Bereich und schüttete unvorstellbare Mengen an Alkohol in sich hinein. Sie starrte ihn unumwunden an, aber keiner schien es zu bemerken. Die Musik war ohrenbetäubend laut, das Licht gedimmt, die Wahrscheinlichkeit, gesehen zu werden, gering. War das alles?, fragte sie sich. Wenn er den VIP-Bereich nicht verließ, hatte sie das alles unternommen, um ihn dann den ganzen Abend bloß anzustarren … Würde alles umsonst gewesen sein?

Bei ihrem vierten Drink sprach sie jemand an. Ein junger Mann, der zu sehr von sich eingenommen war. Ganz schlecht.

»Wow, mir gefällt dein Outfit«, sagte er mit dem Enthusiasmus eines Selbsthilfe-Coach. »Du bist sehr still. Du hast dich den ganzen Abend mit niemandem unterhalten. Allein hier?«

Bei seinen Worten zuckte sie leicht zusammen. Die Vorstellung, die ganze Zeit von ihm beobachtet worden zu sein, war nicht besonders verlockend. »Ich bin mit anderen verabredet«, sagte sie. »Ich warte noch auf sie.«

»Wie heißt du?«

»Zoe«, antwortete sie, ohne zu zögern.

»Ich bin Tim«, sagte der Mann. Tim war ein langweiliger Name, selbst wenn er erfunden sein sollte. »Ich arbeite mit einer Zoe zusammen. Aber sie ist nicht hier.« Suchend blickte er sich um.

Sie bemerkte es nicht. Denn sie beobachtete ihn, als er – nicht Tim – sich schwankend erhob. Er flüsterte einer der Frauen etwas ins Ohr, und sie lachte ausgiebig. Dann trat er über die Absperrung und blieb mit dem rechten Fuß hängen. Erneut kam Gelächter aus dem VIP-Bereich, und er drehte sich zu ihnen um und reckte den Daumen. Er torkelte davon und verschwand in der Menge der Tanzenden.

»Darf ich dich auf einen Drink einladen?«, fragte Tim, während sie schon vom Hocker glitt und sich von der Theke entfernte. Tims Gefühle waren ihr egal – sollte sich eine andere Zoe darum kümmern.

Sie folgte der dunklen Gestalt, die sie für ihn hielt, über die Tanzfläche. Es spielte keine große Rolle, ob er es wirklich war. Sie wusste, wohin er wollte. Der einzige Ort, den ein Mann, der eine Stunde lang Unmengen in sich hineingeschüttet hatte, aufsuchen würde. Die Toilette.

Sie riss ihren Blick von der Menge los und sah sich suchend um. Zwei Neonschilder. Auf einem stand »John«, und erst als sie das zweite am anderen Ende der großen Fläche entdeckte – »Yoko« –, verstand sie. Sie folgte dem

»John«-Pfeil, aber jemand baute sich vor ihr auf. Im nächsten Stroboskopblitz erkannte sie den Typen von der Bar – Tim. Der Scheißtyp, der ihr nachstellte – sie hatte ihn unterschätzt. »Ich würde dir wirklich gern einen Drink ausgeben.«

»Ich bin nicht interessiert«, erwiderte sie scharf. Sie wollte um ihn herum, aber er stellte sich ihr in den Weg. Sie hatte dafür keine Zeit – Sheppard würde nicht lange brauchen, immerhin war er ein Mann. Sie wollte sich ihre Chance nicht entgehen lassen.

»Schon komisch, ›Zoe‹. Ich kenne nur eine ›Zoe‹ am Set.« Tim verschliff die Silben – er war betrunken.

»Ich bin neu«, fauchte sie und zwängte sich an ihm vorbei. Tim packte sie am Arm. Sie drehte sich um. »Lass … mich … los.«

»Tu ich, wenn du mit mir was trinkst«, kam es fröhlich von Tim – wahrscheinlich hielt er das alles immer noch für eine etwas handgreiflichere Form des Flirtens.

»Versteh mich nicht falsch, aber vorher würde ich mich lieber erschießen.«

»Sei nicht so.« Tim packte sie auch am anderen Arm – sie konnte ihm jetzt nicht mehr entkommen. Das war schlecht. Und die Gelegenheit, auf die sie so lange gewartet hatte, rückte in immer weitere Ferne. Plötzlich kochte ihre Wut hoch – in diesem Augenblick hätte sie den kleinen Scheißer umbringen können, nur damit sie an die große Beute rankam. »Bist du nicht hier, um deinen Spaß zu haben?«

»Du willst wissen, warum ich hier bin?«, stieß sie unwillkürlich hervor. »Ich bin hier, um ein wenig mit deinem Herrn und Meister Morgan Sheppard zu plaudern. Ihr seid nämlich alles erbärmliche Idioten, wenn ihr mit diesem Monster feiert und euch an ihn klammert, weil euch dieser

Arsch nach oben bringen kann. Es interessiert euch einen Dreck, was er getan hat, oder? Wahrscheinlich habt ihr ihm dabei auch noch geholfen.«

Tim hatte Mühe, gedanklich hinterherzukommen, er lockerte seinen Griff. Alles, was sie loswerden wollte – warum sie hier war –, sprudelte einfach aus ihr heraus, sie fand kein Ende mehr. Dass Tim gar nicht ihr beabsichtigtes Ziel gewesen war, schien nicht mehr wichtig zu sein.

Dann begann sie zu weinen. »Morgan Sheppard zerstört das Leben anderer Menschen. Und ihr steht außen rum und filmt es fürs Fernsehen. Wofür? Aus reinem Eigennutz. Erinnerst du dich an ihn? Erinnert sich irgendwer an meinen Bruder? Sean Phillips? Er war in Mr. Sheppards, in deiner Sendung. Vor drei Jahren. Mit seiner Freundin, der Mutter seines Kindes. Morgan Sheppard hat nachgewiesen, dass Sean eine Affäre hatte. Obwohl er gar keine hatte. Ich kann es beweisen – ich kann zweifelsfrei beweisen, dass er keine Affäre hatte. Aber Morgan Sheppard hat sein Leben zerstört.«

Tim schien sich nicht mehr wohl in seiner Haut zu fühlen. Sie brüllte jetzt, wegen der Lautstärke der Musik nahm es aber keiner um sie herum wahr.

»Er hat sich umgebracht«, schrie sie. »Mein Bruder hat sich umgebracht.«

Tim ließ sie los.

»Er hat sich umgebracht«, sagte sie noch einmal. Sie schlug die Hände vors Gesicht und weinte. Sie hasste es. Wie sehr sie das mitnahm. Sie hasste die Tränen.

Sean in ihren Gedanken schwieg. Er hatte nichts zu sagen. War's das? War sie allein?

Tim starrte sie immer noch an. »Okay«, sagte er. »Weißt du was, mir ist es lieber, wenn meine Frauen – du weißt schon – etwas weniger durchgeknallt sind. Ich werde meinen Drink also allein trinken, und du hast hoffentlich noch einen schönen Abend.« Damit verschwand in der wogenden Masse.

Sie trocknete sich die Augen. Vielleicht hatte sie ja immer noch eine Chance, Sheppard abzufangen. Sie wandte sich in Richtung Toilette, und ihr Herz setzte aus.

Da war er, direkt vor ihr. Der von sich so eingenommene Drecksack, mit glasigem Blick und zufriedenem Grinsen. Er kam durch die Menge direkt auf sie zu. Sie hatte ihn vor der Toilette verpasst, aber jetzt kam er zu ihr. Sie waren nur Zentimeter voneinander entfernt – und dann ging er an ihr vorbei. Fast konnte sie seine Selbstverliebtheit spüren, die ihn wie eine Dunstfahne umgab.

Sie fuhr herum. Gleich wäre er wieder in der Menge untergetaucht. Hier war sie. Ihre letzte Chance.

»Sheppard!«, rief sie.

Sheppard blieb stehen und drehte sich um. Er hatte sie gehört, wusste aber nicht, dass sie es war, natürlich nicht, er blickte sich um und versuchte herauszufinden, wer nach ihm gerufen hatte.

Sie hielt den Atem an, als sein Blick auf sie fiel. Wie lang dauerte es? Es konnte nicht mehr als eine Sekunde sein, aber ihr kam es vor wie eine Stunde. Und in dieser Zeit hätte sie nur den Mund aufmachen müssen – hätte den Mund aufmachen und das sagen sollen, was sie sagen wollte. Aber sie konnte es nicht. Ob es an ihrer Erschöpfung lag, an Tim oder an Sheppards Gesicht, das sie jetzt vor sich sah, jedenfalls konnte sie es nicht. Plötzlich war es Wirklichkeit.

Und dann war es vorbei. Noch einmal ließ er den Blick schweifen, dann wandte er sich ab und wurde wieder von der Dunkelheit verschluckt. Und dann war es unwiderruflich vorbei. Mit einem Mal wurde ihr schwindlig, sie taumelte zur Wand. Rutschte nach unten, barg den Kopf auf den Knien und machte sich so klein wie möglich. Tränen kamen. Und hörten nicht mehr auf.

Irgendwann sah sie auf. Zwei Männer lachten über sie. Sie ignorierte sie, stand auf und schob sich mit einer Vehemenz, die die beiden verstummen ließ, an ihnen vorbei. Sie zwängte sich über die Tanzfläche. Sah nicht zum VIP-Bereich, sah nicht zu ihm. Sie konnte es nicht.

Sie trat an die Bar und bestellte sich einen weiteren Gin Tonic. Nur einen noch, um die Sammlung zu erweitern. Sean hatte immer gesagt, alle in ihrer Familie hätten eine unverwüstliche Leber.

Sie stieß auf nichts und alles an. Kippte ihn in zwei Schlücken. Starrte auf das leere Glas und dachte daran, wie sie gescheitert war. Vielleicht würde sie sich einfach volllaufen lassen – vermutlich keine schlechte Methode, um alles vergessen zu können.

»Kann ich dir noch einen ausgeben?«, hörte sie eine Stimme hinter sich. Hatte es sich Tim mit jeder anderen hier verscherzt und war zu dem Schluss gekommen, dass eine Durchgeknallte immer noch besser war als gar keine? Aber als sie aufblickte, stand ein anderer vor ihr. Der smarte Typ, den sie am Eingang in der Schlange gesehen hatte.

»Gin Tonic«, sagte sie. Schroff.

Den anderen schien es nicht zu stören. Er winkte dem Barmann und gab die Bestellung auf. Sie nahm ihn näher in Augenschein. Er war jung, aber nicht so jung wie er. Dreißig, vielleicht fünfunddreißig. Er hatte eine rechteckige Brille und trug einen Anzug mit roter Krawatte. Er machte einen ernsten, aber anziehenden Eindruck. Den meisten würde er als ganz normaler Typ vorkommen. Aber er hatte etwas an sich. Etwas, was ihr schon vorhin in der Schlange aufgefallen war – eine gewisse Präsenz.

Er schob ihr das Getränk hin – er hatte sich selbst ein Pint bestellt.

»Du machst einen etwas aufgelösten Eindruck«, sagte er.

»Mir geht es gut.«

»So was ist immer widerwärtig«, sagte er und wies auf die Leute um sie herum. »Alles monomanische Egozentriker.«

»Warum bist du dann hier?« Sie nippte an ihrem Drink.

»Weil es immer gut ist, die Menschen im Auge zu behalten. Sonst hat man irgendwann das Nachsehen.« Sie verstand ihn vollkommen. Und alles, was er sagte, schien in sich stimmig zu sein. »Warum bist du hier?«

Sie lächelte traurig. »Ich musste ein paar Antworten bekommen.«

»Und hast du sie bekommen?«

»Ich hatte die Gelegenheit dazu. Und hab sie nicht ergriffen.«

Er musste ihr trauriges Gesicht bemerkt haben, denn er sagte: »Na ja, du musst dir keinen Vorwurf machen – es hängt nicht immer alles von den Antworten ab. Manchmal lohnt es sich nicht, auf sie zu warten. Guten Menschen widerfährt Schlechtes. So ist das nun mal auf der Welt.«

Er hatte recht. Sie stieß mit ihrem Glas gegen seines, nicht laut, aber als Geste der Zustimmung genug.

In den VIP-Bereich kam Bewegung. Sheppards Kollege war ohnmächtig geworden, und der Typ selbst machte viel Aufhebens darum. Er deutete zum DJ, woraufhin die Musik verstummte.

Sheppard sprang auf einen der Tische, Flüssigkeit spritzte auf, als wäre er in einer Lache gelandet, und er griff zu einem Mikro. »Ein dreifaches Hoch auf den sturzbesoffenen Rogers.«

Sie kannte diesen Rogers nicht, nahm aber an, dass es

sich um den zusammengeklappten Kollegen handelte. Der gesamte Club schmetterte ein »Hipp, hipp, hurra«. Sie machte nicht mit, ebenso wenig der Mann neben ihr.

Als alles vorbei war und die Musik wieder einsetzte, sagte der Mann: »Also, dieser Morgan Sheppard, das ist jemand, der ein wenig zurechtgestutzt gehörte.«

Sie sah ihn an, und er sah sie an.

»Kace Carver«, sagte er und streckte ihr die Hand hin.

Sie wollte schon »Zoe« sagen, hielt aber inne. Dann räusperte sie sich, sagte »Mandy« und schüttelte ihm die Hand.

Zum ersten Mal an diesem Abend lächelte sie.

51

Die Synapsen in Sheppards Gehirn arbeiteten auf Hochtouren. Winter hatte es ihm so einfach gemacht – und trotzdem hatte er es nicht gesehen. Aber jetzt lag alles klar auf der Hand. Die einzig mögliche Schlussfolgerung. Winter hatte eine Fährte für ihn ausgelegt – vielleicht hatte er vorhergesehen, wie alles enden würde, und für Sheppard aus Brotkrumen eine Spur gelegt. Hätte er etwas mehr drauf, hätte er es schon früher sehen müssen.

Er wankte aus dem Badezimmer und betrachtete die anderen. Das Notizbuch in der Hand. Ein Finger immer noch auf der Seite mit den unterstrichenen Wörtern – und der Beschreibung des Albtraums. »*A*ggressiv. *M*issgelaunt. Außerdem *n*euer *d*üsterer *A*lbtraum, in dem …« Die Antwort, nach der er gesucht hatte. Er wusste zwar nicht genau, worauf Winter hinauswollte, aber er buchstabierte es sich zusammen. Ein Worträtsel – ein unglaublich leichtes noch dazu.

»Sie waren es«, sagte er leise und wollte nicht, dass es die Wahrheit war.

Ryan blickte sich um.

Die Anfangsbuchstaben der unterstrichenen Wörter – der Reihe nach gelesen – ergaben AMANDA. Die Falle, die Winter für Mandy gestellt hatte. Zweifellos hatte er ihr von dem Traum erzählt und gehofft, ihr würde etwas herausrutschen. Was dann auch passiert war.

Das Mädchen mit den Kopfhörern sprang auf. Aber sie kam zu spät. Mandy hatte es mitbekommen, sie packte die Teenagerin. Zu seiner Überraschung hatte Mandy das

Messer in der Hand – sie musste es ihm aus der Gesäßtasche gezogen haben – und hielt es dem Mädchen an die Kehle. Die Teenagerin gab keinen Laut von sich, sie sah bloß verständnislos zu Sheppard.

»Keiner rührt sich«, sagte Mandy und sah jeden der Reihe nach an. »Bei der ersten Bewegung schneide ich ihr die Kehle durch.«

Also besser still halten. Er konnte es noch gar nicht richtig fassen. Mandy, die freundliche junge Frau, die ihm die ganze Zeit zur Seite gestanden hatte.

Ryan schien ebenso überrumpelt zu sein und hob kapitulierend die Hände.

Ganz langsam tastete sich Mandy rückwärts zu Ahearn, die freudig aufkreischte. Mandy achtete nicht auf die Irre, sondern schob sich an ihr vorbei, bis sie mit dem Rücken am Fenster stand und Sheppard oder Ryan nicht mehr von hinten auf sie losgehen konnten.

»Mandy, was soll das?«, fragte Ryan.

»Los, Sheppard«, entgegnete Mandy. Auch sie klang nicht mehr wie zuvor. Sie klang jetzt kalt und hart. »Erklären Sie es ihm.« Sie fuchtelte mit dem Messer vor dem Hals des Mädchens herum, als könnte sie es kaum erwarten, dass endlich Blut floss.

»Was? Sie?«, entfuhr es Ryan.

»Ich hab mich geirrt«, sagte Sheppard und überlegte, wie er an Mandy herankommen konnte, bevor sie etwas Verrücktes tat. Er hatte die Hände erhoben und machte einen Schritt auf sie zu. Mandy, nur auf seine Augen fixiert, schien es nicht zu bemerken. »Es war alles von Anfang an darauf ausgerichtet, mich in die Irre zu führen. Die Wunden ... die Wunden in Winters Bauch, sie waren so tief, dass ich es nicht für möglich gehalten habe, dass Mandy es gewesen sein könnte. Und mir sind ein paar Dinge entgangen, zumindest sind sie mir nicht aufgefallen, nicht zu dem Zeitpunkt – aber natürlich war sie in der Lage, Simon Winter ein Messer in den Bauch zu rammen.«

Sie hat mich hochgezogen, das war mit das Erste, was sie getan hat. Wie stark sie ist, ging mir noch durch den Kopf.

»Gleich am Anfang … Sie haben mir vom Boden aufgeholfen. Wäre ich tatsächlich Ermittler, hätte ich es bemerkt.« Ein weiterer Schritt nach vorn.

Sie hat mir eine Ohrfeige gegeben. Mein Gesicht flog zur Seite, so hart war der Schlag. Wut. Die Wut in ihren Augen. Wut, die sich tage-, monate-, jahrelang angestaut haben musste. Die ihre Augen in Flammen setzte.

Irgendwie weiß ich, dass eine Familie in diesem Haus ist, dass dort Kinder verbrennen. Da hatte sie sich vollends verplappert, aber es war ihr noch nicht mal aufgefallen. Winter war clever – sehr clever –, und Sheppard hatte es die ganze Zeit übersehen.

Ryan konnte ihm nicht helfen – er verstand es immer noch nicht. Das ließ ihn zögern und machte ihn unnütz. Das Mädchen wand sich in Mandys Griff, den Blick fest auf das Messer an seinem Hals gerichtet. Er konnte nicht ausschließen, dass Mandy es tun würde. Er kannte sie nicht – nicht mehr. Ein weiterer kleiner Schritt.

»Sie sind stark, aber das heißt noch lange nicht, dass Sie eine Mörderin sind. Aber es gab ja noch weitere Indizien, nicht wahr? Weitere Gründe, Sie zu verdächtigen«, sagte er und rückte wieder ein Stück näher. »Als Sie aufgewacht sind und anscheinend über jeden Bescheid gewusst haben. Wahrscheinlich hätten Sie mir noch mehr erzählt, wenn ich Sie danach gefragt hätte. Auf jeden Fall haben Sie mir immer gerade so viel mitgeteilt, damit ich nicht misstrauisch wurde.«

Sie wusste eine Menge über Constance. Ihren Namen,

an welchem Theater sie engagiert war. Aber sie war damit durchgekommen, schließlich war Constance eine bekannte Schauspielerin. Jede Wette, dass sie über jeden im Zimmer eingehend unterrichtet war.

Ein Schritt, kurz eingeatmet, Mandy sah von ihm zu Ryan und lächelte in sich hinein, als wäre sie zufrieden mit dem, was sie erreicht hatte. Sheppard hätte nie gedacht, einmal diesen Ausdruck auf ihrem Gesicht zu sehen.

Er war jetzt gleichauf mit dem Fernseher. Das Mädchen beobachtete ihn. Ihr entging nichts, so wie immer. Die stille Beobachterin. In den vergangenen drei Stunden hatte sie vielleicht zehn Sätze gesagt. Aber sie sah Dinge, die andere nicht sahen, allein aufgrund ihrer Schweigsamkeit. Sheppard nickte ihr kurz und knapp zu, sein Kopf bewegte sich kaum. Sie sah ihn an, dann erwiderte sie die Geste.

Mandy war zu abgelenkt, vielleicht zu sehr von sich eingenommen, um es zu bemerken.

»Ich versteh überhaupt nichts«, sagte Ryan. »Das erklärt doch nicht, was sie getan hat.«

»Sie spielt uns gegeneinander aus, Ryan. Als Alan erstochen wurde, befand sich Constance direkt hinter ihm, richtig? Aber wer stand gleich neben ihr?«

Ryan antwortete nicht. Es war nicht nötig.

»Constance hat Alan umgebracht, scheinbar grundlos. Zumindest schien es so, anfangs.«

Er warf einen Blick zu Ryan. Endlich ein Aufblitzen in seinen Augen.

»Dieses ganze wirre Zeugs, das Constance von sich gegeben hat, das kam gar nicht von ihr. Es wurde ihr eingeflüstert. Ich habe ihr in die Augen gesehen, sie hat ganz offensichtlich jedes Wort davon geglaubt, nur habe ich es ihrem Irrsinn zugeschrieben. Tut mir leid, Ms. Ahearn, aber Sie wurden belogen. Wir alle wurden belogen.«

»Wie konnte Mandy jemanden dazu bringen, einen Menschen zu töten? Ich hab es doch mit eigenen Augen gesehen – Ahearn war es.«

»Wollen Sie darauf was erwidern?«, sagte Sheppard zu Mandy, und als sie den Kopf schüttelte, fuhr er fort: »Haben Sie auch nur zwei Worte mit Constance gewechselt, Ryan? Nein, es gab hier nur eine Person, die mit Constance gesprochen hat – im Flüsterton, damit es niemand hören konnte.«

Sheppard sah zu Mandy, um sich zu vergewissern, dass seine Mutmaßungen auch richtig waren. Das schien der Fall zu sein.

»Sie wussten von ihren religiösen Überzeugungen, und Sie haben sie gegen sie eingesetzt. Maria Magdalena – wirklich?«

Mandy lächelte; jetzt war sie eine hässliche, vor Selbstgerechtigkeit strotzende Frau. »Ich hab alles ein wenig ausgeschmückt. Und mir selbst einen netten Namen verpasst.«

»Sie haben sie benutzt. Sie haben aus ihr eine Mörderin gemacht«, sagte Sheppard.

Mandy legte den Kopf schief und verzog den Mund zu einer koketten Schnute. »Geben Sie es doch zu, sagen Sie doch, dass Sie stolz auf mich sind.«

»Und wozu das alles? Um die ganze Sache spannender zu machen?«

»Ach, kommen Sie«, seufzte Mandy. »Hughes war doch ein gnadenloser Langweiler. Er hat sich hier aufgeführt, als wäre er der König der Welt. Er musste weg.«

Sheppard versuchte zu ignorieren, wie mühelos sie ein Menschenleben abtat. »Sie haben das alles inszeniert, oder? Sie und Eren und Winter. Sie haben Winter hierhergelockt und ihn umgebracht. Sie haben auch ihn benutzt. Sie sind krank.«

Mandy lachte. »Winter war von Anfang an mit dabei, Sheppard. Er wusste, worauf er sich einließ. Winter hat Sie so sehr gehasst wie wir alle. Sie haben sein Leben zerstört, so wie Sie unseres zerstört haben, Sie erinnern sich?«

»Ich kenne Sie nicht. Ich habe Sie vor dem heutigen Tag nie gesehen.«

»Nein, aber Sie kannten meinen Bruder. Nur können Sie sich wahrscheinlich nicht mehr an ihn erinnern. Sie erinnern sich nicht an Sean Phillips, hab ich recht? Den Sie in den Selbstmord getrieben haben?«

Sheppard zögerte, er machte einen kleinen Schritt zurück. Bei dem Namen klingelte es, er glaubte, in irgendeinem Produktionsmeeting darüber in Kenntnis gesetzt worden zu sein. Aber er konnte sich nicht an Mandy erinnern. Was allerdings nicht viel hieß, er konnte sich ja noch nicht mal an die Ereignisse des Vortags erinnern. »Egal, was ich getan habe, das ist noch lange kein Grund, einen Unschuldigen zu töten.«

»Sean Phillips war unschuldig. Ganz anders als Winter. In ihm herrschte Finsternis – das brennende Verlangen nach Rache. Genau wie bei mir und Kace. Winter war freiwillig mit dabei. Er wollte unbedingt Ihr Gesicht sehen, wenn Sie aufwachen. Wenn Ihnen klar würde, was Sie getan haben. Leider war seine Zeit schon vorher gekommen.«

»Sie haben ihn benutzt.«

»Ja«, sagte Mandy. »Ziemlich dumm für einen Psychologen, sich benutzen zu lassen, meinen Sie nicht auch?«

»Ich meine, er war intelligenter, als Sie ihm zugestehen. Ich meine, er hat alles durchschaut. Leider zu spät. Er hat mir eine Botschaft hinterlassen. Und mir mitgeteilt, wer ihn umgebracht hat. Ich glaube nicht, dass Sie so perfekt sind, wie Sie meinen.«

»Fantastisch, wunderbar«, sagte Mandy. »Auch Sie haben es zu spät durchschaut. Sie sind wirklich ein ganz erbärmlicher Mensch, Sheppard, und jetzt weiß es die ganze Welt. Sie sind ein Hochstapler, und Sie haben Blut an Ihren Händen, das nie mehr weggewaschen wird. Wir haben Sie besiegt.«

»Eren wusste, wie er mich kriegen kann«, sagte Sheppard. »Er wusste, dass ich eine junge blonde Frau nie verdächtigen würde. Er wusste, dass Sie mein Typ sind.«

Mandy runzelte die Stirn. »Sparen Sie sich Ihre abscheulichen Kommentare. Kace und ich lieben uns. Er würde mich niemals auf diese Weise benutzen. Ich habe einen ebenso triftigen Grund, Sie zu hassen, wie er. Warum halten Sie mich nicht für diejenige, die hinter dieser ganzen Sache steckt?«

»Sie stecken nicht hinter der Sache, weil Sie hier im Zimmer sind. Fast tun Sie mir schon wieder leid.« Sheppard stockte. Mandy musste mittlerweile mitbekommen haben, dass er sich auf sie zubewegt hatte. Er war keine Armlänge mehr von ihr entfernt. Wahrscheinlich könnte er das Mädchen packen. Jedenfalls hoffte er das.

Allerdings gab Mandy durch nichts zu verstehen, dass es ihr aufgefallen wäre. »Sie müssen kein Mitleid mit mir haben. Warum soll ich Ihnen leidtun? Sparen Sie sich das.« Das Messer an der Kehle des Mädchens zitterte vor Wut.

Sheppard machte sich bereit. »Sie tun mir leid, weil wir hier alle benutzt werden.« Er suchte den Blick des Mädchens und nickte unmerklich. »Sie auch.«

Das Mädchen zögerte nicht – und schlug die Zähne in Mandys Handgelenk.

52

Mandy heulte vor Schmerzen auf, wand das Handgelenk frei und stach blindwütig in die Luft. Sheppard wich dem Messer aus, packte das Mädchen und stieß es aufs Bett, wo es erst mal in Sicherheit war. Auch Ryan hatte reagiert, er war übers Bett gesprungen und ging jetzt auf Mandy los.

Mandy allerdings hatte anderes vor. Sie umklammerte ihr gerötetes Handgelenk und stürzte sich mit einem wilden Schrei auf Sheppard. Sheppard wich zu spät aus, sodass beide in den Vorraum in Richtung Eingangstür taumelten.

Beide gingen zu Boden. Sheppard kam unter ihr zu liegen, packte sie am verletzten Handgelenk, worauf sie stöhnend das Messer losließ. Klappernd fiel es ihr aus der Hand. Sheppard sah ihm hinterher und bekam mit, wie Ryan Constance die Handschellen abnahm. Das Mädchen saß immer noch wie betäubt auf dem Bett.

Eine Sekunde später hatte sich Mandy gefangen, sie bekam seinen Hals zu fassen, umklammerte ihn mit beiden Händen und drückte mit erstaunlicher Kraft zu. Röchelnd versuchte er die mittlerweile stickige Luft in die Lunge zu saugen, bis es ihm gelang, sie von sich zu stoßen. Mandy krachte in den offen stehenden Wandschrank. Sofort stürzte er sich auf sie, sie wich aus und krallte sich mit den Fingernägeln in sein Bein. Und Sheppards Faust, getragen von der Wucht seiner Bewegung, traf auf die Schrankrückwand, eine dünne Fasergipsplatte, die sofort nachgab und brach. Die gesamte Hand bohrte sich in die aufgesplitterte Öffnung. Er steckte fest.

Mandy in seinem Rücken schnaufte schwer. Sie griff hinter sich und hob – das konnte er nur vermuten – das Messer auf. Er versuchte die Hand herauszuziehen, die sich allerdings umso mehr zu verkeilen schien, je stärker er zog. Er sah über die Schulter. Mandy kam mit dem Messer auf ihn zu.

»Mandy«, flehte er, während er vergeblich seine Hand zu befreien versuchte.

»Sie wissen gar nicht, wie lange ich darauf gewartet habe, Sie mal betteln zu hören«, sagte Mandy und holte mit dem Messer aus.

»Nein«, schrie Ryan und warf sich auf Mandy.

Mandy wirbelte in dem Augenblick herum, in dem Ryan auf sie losging. Sheppard sah, was passieren würde, noch bevor er den Schrei hörte. Ryan packte sie, und sie stieß ihm das Messer in den Bauch.

Ryan brüllte auf.

Mandy war entsetzt. »Ich ... ich ...«

Ryan fasste sich an den Bauch, Blut sickerte zwischen seinen Fingern heraus. Er sank auf die Knie.

Mandy hielt das Messer hoch, auf dem jetzt Ryans Blut glänzte.

Sheppard, der seine Chance gekommen sah, zerrte mit aller Kraft an der Wand, bis sein Handgelenk zusammen mit einem großen Stück Gipswand endlich freikam. Er schnappte sich noch die am Boden liegenden Handschellen und warf sich auf Mandy. Wieder holte sie mit dem Messer aus. Sheppard, dem jetzt alles egal war, achtete nicht mehr darauf und griff nach ihrem freien Handgelenk. Als sie erneut das Messer hob, hatte Sheppard bereits die Handschelle um ihr Gelenk gelegt und zuschnappen lassen.

Mandy kreischte auf. Sie holte weiter mit dem Messer aus, verfehlte ihn aber knapp. Die Klinge zerschlitzte nur sein Hemd und ritzte ihm leicht die Haut auf der Schulter. Er packte sie am zweiten, noch freien Handgelenk, bog ihr den Arm auf den Rücken und ließ die Handschelle einschnappen. Erst jetzt ließ sie das Messer fallen.

»Nein!«, schrie Mandy. Von Ryan war nur ein Stöhnen zu hören.

»Wie geht es ihm?«, fragte Sheppard und sah zu Ryan. Er lehnte am Bett und sah hinunter auf seine Wunde. Das Mädchen drückte ihm das Federbett gegen den Bauch. Der dicke Stoff färbte sich bereits rot.

»Er verliert Blut«, sagte sie.

Mandy war nicht mehr in der Lage, sich zu artikulieren; wild knurrte und fauchte sie Sheppard an.

Was jetzt? Was sollte er jetzt tun?

Sheppard öffnete die Badezimmertür und versuchte Mandy hineinzuschieben. Als sie die Leichen von Simon Winter und Alan Hughes sah, versteifte sie sich. Er musste Gewalt anwenden, um sie in den Raum zu stoßen.

»Sheppard«, rief Mandy mit eiskalter Stimme – sie wollte ihn wirklich tot sehen. War sie vorher schon so gewesen, oder hatte Eren sie erst dazu gemacht? »Ich hätte es vielleicht nicht getan, aber er wird kein Erbarmen kennen. Kace wird Sie umbringen. Und dann kommt er mich holen.«

Sheppard knallte die Tür zu. Sofort wurde von der anderen Seite dagegen getreten. Er stemmte den Fuß dagegen und ignorierte ihre Schreie, bis sie verstummten. Dann nahm er den Fuß weg. Nichts mehr – sie war still.

Er ging zu Ryan. »Ryan, alles in Ordnung?«

Ryan blickte zu ihm auf. Er bewegte den Mund, aber es kam kein Laut heraus.

»Er stirbt, Sheppard«, sagte das Mädchen, dessen Hände blutrot waren. »Wir müssen die Blutung stoppen. Wir müssen Hilfe holen.«

Sheppard presste nun ebenfalls die Hand gegen die Wunde. »Das können wir nicht. Es gibt keinen Weg nach draußen.«

»Wir wissen, wer Winter ermordet hat. Ist es jetzt nicht vorbei?«, fragte das Mädchen.

»Ich weiß es nicht.«

Aber noch im selben Moment hörte er etwas. Ein leises zischendes Geräusch.

Langsam nahm er die Hand von der Decke und erhob sich. Er ging um Ryan und dem Mädchen herum und sah zum Timer.

Drei Minuten, zwölf Sekunden.

Die Anzeige veränderte sich nicht mehr. Sie war stehen geblieben.

Sheppard atmete lange aus. »Ich glaube, es kommt wieder Luft herein.« Er sah zu dem Mädchen und zu Ryan, der leise stöhnte. Das Mädchen sah jedoch nicht zu ihm, sondern hatte den Blick auf den Wandschrank gerichtet.

Er ging zu ihr. »Was?«

Im Wandschrank war die Gipswand weggebröckelt und gab den Blick frei auf die dahinterliegende Ziegelwand. Einer der Ziegel hatte sich allerdings gelöst, und in der Lücke konnte Sheppard eine Öffnung erkennen. »Ich glaube, es hat sich gelockert«, sagte er. Er trat mit dem Fuß gegen die Ziegelwand. Beton- und Ziegelstaub rieselten herab, aber nichts bewegte sich.

Erneut trat er dagegen. Immer noch nichts. Ryans Stöhnen ließ ihn weitermachen, wie besessen trat er gegen die Wand, bis sie endlich einbrach.

Eine schmale Öffnung tat sich auf, dahinter ein senkrechter Schacht mit einer Leiter. Er steckte den Kopf hinein und sah nach oben. Es war dunkel. Die Leiter verlor sich in der Finsternis. Er drehte sich zu dem Mädchen um.

»Da ist eine Leiter. Ich glaube, hier geht es hinaus.«

Besonders glücklich sah das Mädchen nicht aus – lediglich ein Hauch von Erleichterung huschte über sein Gesicht. Sie packte eine neue Ecke der Decke und presste sie gegen Ryans Wunde. »Gehen Sie«, sagte sie. »Holen Sie Hilfe. Ryan hält nicht mehr lange durch.«

»Aber ich kann Sie nicht ...«

»Sheppard«, kam es scharf von ihr. Sie sah jetzt älter aus als zuvor. »Sie müssen los. Sie wollten uns retten. Also retten Sie uns.«

Widerstrebend nickte er. Noch einmal sah er zu Ryan, der seinen Blick nur kurz erwiderte. Vielleicht bildete er es sich ein, aber er glaubte, dass der junge Mann ebenfalls genickt hatte.

»Ich beeile mich«, sagte Sheppard. »Ich komme zurück.«

»Gehen Sie schon«, sagte das Mädchen ungeduldig.

Sheppard drehte sich um. Er verschwand im Schrank, zwängte sich in die dunkle Öffnung und umfasste die ersten Sprossen der Leiter – sie fühlte sich kalt und hart an. Das war es also – das Ende. Wo blieb das Gefühl grenzenloser Erleichterung?

Denn als er die Leiter hinaufstieg, hatte er vor allem Angst.

53

Vorher …

Um 9 Uhr morgens betrat Kace Carver den Eingangsbereich des Pentonville-Gefängnisses. Er kannte die öden Wände, die fleckigen Teppichböden, die abgewetzten Stuhlbezüge, als wäre er hier zu Hause. Der Eingangsbereich war schmal und beengt, die Rezeption lag hinter einer dicken Plexiglasscheibe. Er ging zum Schalter und schob seine Besuchserlaubnis durch den dünnen Schlitz.

»Ich möchte Ian Carver sehen«, sagte er und machte sich nicht die Mühe, die Person hinter dem Schalter und hinter der Glasplatte anzusehen. Die waren immer gleich. Hier war kein Platz für Freundlichkeiten. Als Nächstes würde seine Besuchserlaubnis überprüft werden, und dann konnte die Farce beginnen. Man würde Kace durchsuchen, seine persönlichen Gegenstände durchsehen, dann würde man ihn in einen Raum führen, der noch schäbiger war als dieser hier. Ein Raum mit Tischen und Stühlen und hoffnungsvollen Gefängnisinsassen, die nach ihren Angehörigen Ausschau hielten. Er hasste es. Es war erbärmlich. Ihre Hoffnungslosigkeit umschloss sie wie ein Vakuum.

»Hmm …«, kam es von der Frau hinter der Plexiglasscheibe. Ein neuer Ton. So klangen die Leute hier sonst nicht. Kace betrachtete sie. Durch die Scheibe wurden ihre Gesichtszüge leicht verzerrt, aber sie war eine ältere Frau in einem grauen Kleid. Über der linken Brust trug sie eine Pfauen-Brosche. Entgegen der Kleidervorschriften. »Entschuldigen Sie, Mr. Carver, können Sie bitte noch einen Moment warten?«

Sie deutete zum Sitzbereich. Carver wandte sich ab, setzte sich aber nicht. Er fragte sich, was das »Hmm« zu bedeuten hatte.

Die Frau hinter der Scheibe griff zum Telefon und wählte. Kace hörte nicht, was sie hinter vorgehaltener Hand sagte.

Er rührte sich nicht und behielt die Frau im Blick, während sie telefonierte. Sie legte auf und lächelte ihm zu.

»Nur ein paar Minuten, Mr. Carver.«

»Kann ich durch?«

»Sie werden abgeholt, Mr. Carver. Nehmen Sie doch Platz.«

Kace nahm nicht Platz. Er starrte mehrere Minuten auf die Rezeptionistin, bis ein kleiner, hagerer Mann in Anzug um die Ecke kam. Er machte nicht den Eindruck, als würde er sich sonderlich wohlfühlen. Nie und nimmer war er ein Wärter – er hätte noch nicht einmal eine Toastscheibe in Gewahrsam nehmen können.

»Mr. Carver«, begrüßte er ihn und streckte ihm seine zitternde Hand hin.

Kace schüttelte sie. Sie war kalt und klamm. Etwas stimmte nicht.

»Ich bin Evan Wright, der Familienbeauftragte in Pentonville. Würden Sie mir bitte in mein Büro folgen?«

»Ich würde lieber meinen Vater sehen.«

Evan Wright lächelte verhalten. »Bitte.« Er wies in den Gang.

Ihm blieb nichts anderes übrig, als dem Beauftragten in ein kleines, mit Aktenschränken und Papierstapeln voll gestelltes Büro zu folgen.

Der Mann glitt hinter seinen Schreibtisch und setzte sich. Sofort schien er ruhiger zu werden. Nachdem ein Schreibtisch zwischen ihnen stand, war jetzt alles in Ordnung. Kace nahm Platz.

»Wann haben Sie Ihren Vater, Ian Carver, zum letzten Mal gesehen?«, fragte Mr. Wright.

»Letzte Woche. Am Wochenende. Ist was passiert?«

»Welchen Eindruck hat er auf Sie gemacht?« Mr. Wright ging auf Kaces Frage nicht ein.

»Gut. So weit es einem im Gefängnis gut gehen kann. Es ging ihm den Umständen entsprechend gut. Können Sie mir sagen, was los ist?« Kace war genervt, und er wusste, was passierte, wenn er wütend wurde. Er hatte Dr. Winter im Ohr: »Nutzen Sie Ihre Wut. Lassen Sie sich von ihr nicht beherrschen. Sie beherrschen sie.«

Wright hob die Hand, als würde er Kaces Wutausbruch vorhersehen. Dann ließ er sie sinken und lächelte wieder dieses seltsame, traurige Lächeln. »Ihr Vater war vergangene Woche sehr merkwürdig. Normalerweise benimmt er sich unauffällig. Normalerweise hält er sich von den, na, sagen wir, lebhafteren Gestalten hier in Pentonville fern. Aber mit einem Mal kam er einigen Personen in die Quere.

Ein Gefängnis ist ein seltsamer Ort. Es gibt keinen wirklichen Begriff von Zeit. Alles kann sich von einer Sekunde auf die andere ändern. Ihr Vater hat sich Feinde gemacht. Mächtige Feinde.«

»Warum?«

»Wir haben gehofft, Sie würden das möglicherweise wissen.«

»Nein. Es ... es ...« Kace suchte nach Worten, die sich nicht finden lassen wollten. »Es ging ihm gut.«

»Soweit wir sagen können, hat er eine Art psychische Krise durchlaufen.«

»Soweit Sie sagen können? Sie leiten das Gefängnis. Fragen Sie ihn doch einfach«, sagte Kace.

Wieder dieses Lächeln. Und da wusste Kace es. Sie hatten Ian Carver nicht gefragt, weil es keinen Ian Carver mehr gab, den man hätte fragen können.

Mr. Wright räusperte sich. Alle paar Sekunden wandte er den Blick ab, als suchte er nach einer unsichtbaren Checkliste, auf der er einzelne Punkte abhaken konnte. »Unserem Wissen nach jährt sich gerade der Todestag Ihrer Mutter, nicht wahr? Vielleicht war Mr. Carver deshalb so ... unberechenbar. Er war leider an einer heftigen Auseinandersetzung beteiligt.«

»Einer Auseinandersetzung?« Kace musste fast lachen. Wie feige er doch war, dieser Mr. Wright. Wright konnte ihm noch nicht mal in die Augen schauen, geschweige denn klar benennen, was seinem Vater zugestoßen war.

»Ja«, sagte Wright. »Ihr Vater und einige andere Insassen haben sich gestritten, und ...«

»Er ist dabei getötet worden«, beendete Kace den Satz und wünschte sich, korrigiert zu werden.

Stattdessen sah Wright ihn nur an. »Es tut mir sehr leid.«

»Leid?« Kace erwartete eigentlich, dass er es laut herausschrie, aber er flüsterte nur. »Es tut Ihnen leid? Wo waren die Wärter?«

»Es wird eine eingehende Untersuchung geben, um festzustellen, wie das passieren konnte.«

»Wer war es?«

»Wie bitte?«

»Wer hat meinen Vater getötet?«

»Das kann ich Ihnen leider nicht sagen.«

»Sagen Sie mir, wer meinen Vater getötet hat.« Etwas in Kace erwachte, etwas, was lange, lange geschlafen hatte. Eine unstillbare Wut. Und er wollte lachen. Er wollte lauthals losschreien. Sein Vater war tot.

»Wir werden alles in unserer Macht Stehende tun, um

herauszufinden, wie es geschehen konnte. Ich möchte Ihnen im Namen der Justizvollzugsanstalt Pentonville mein Beileid aussprechen. Alles wird getan, um Ihnen in dieser schwierigen Zeit beizustehen.«

Kace stand auf. »Mein Vater ist tot«, sagte er und schob seinen Stuhl unter den Tisch. »Ich habe hier nichts mehr verloren.«

Er verließ das Büro und hörte Mr. Wright gar nicht mehr, der ihm noch nachrief und etwas von Untersuchungen und der Feststellung der Todesursache faselte. Er ging an der Rezeption vorbei, obwohl die Rezeptionistin ihn bat, noch einige Formulare zu unterzeichnen. Er ging über den Parkplatz zu seinem Wagen, während andere Besucher kamen, um ihre zweifellos noch lebenden, geliebten Angehörigen zu sehen.

Lange saß er im Auto. Er saß dort, schwieg, bewegte sich kaum, atmete kaum. Es war ein kalter Tag, aber jetzt kam er ihm noch kälter vor. Sein Vater war tot. Er war eine vierunddreißigjährige Waise. Warum berührte ihn das so sehr? Er war allein. Lange saß er in seinem Auto.

Er saß nur da.

Und irgendwann begann er zu lachen.

54

Es nahm kein Ende. Immer weiter und weiter ging es nach oben, als würde er aus der Hölle selbst aufsteigen. Seine Waden pochten vor Schmerzen, wenn er den Fuß auf die nächste Stahlsprosse schob. Sein Bein tat weh, dort, wo Mandy ihm die Fingernägel hineingekrallt hatte. Irgendwo unter sich konnte er Ryan und das Mädchen hören. Irgendwie war es nicht richtig, sie zurückzulassen, aber was konnte er anderes tun?

Es fühlte sich an wie in den Lüftungsschächten. Die Luft war dünner als im Zimmer. Es war anstrengend, sich die Leiter hinaufzuhangeln.

Er hatte sich gerade an die rhythmische Abfolge von Anstrengung und Schmerzen gewöhnt, als er mit dem Kopf beinahe gegen eine Luke krachte. Sie war in der Dunkelheit kaum zu erkennen – ein unscheinbarer Deckel, der die schrecklichen Dinge unter Verschluss hielt, die sich dort unten ereignet hatten.

Er spürte die Luke gerade noch rechtzeitig, hielt mitten in der Bewegung inne und streckte die Hand aus, um sie abzutasten. Sie fühlte sich kalt und schwer an. Er strich mit den Fingern darüber und stieß in der Mitte auf ein Eisenrad. Nachdem er das Gewicht verlagert und festen Stand hatte, packte er mit beiden Händen das Rad. Es war sehr schwergängig, nach einigen Sekunden aber ließ es sich drehen. Er hakte sich mit den Beinen ein und drehte so lange, bis sich die Luke löste.

Er drückte dagegen, sie war schwerer als erwartet, und er musste alle Kraft aufwenden, um sie hochzustemmen.

Schließlich, als sie senkrecht stand, fiel sie in ihrem Scharnier nach hinten weg und knallte mit einem dumpfen Kratzen gegen einen Widerstand.

Er atmete tief die kalte frische Luft ein und schob den Kopf nach draußen. Er befand sich innerhalb eines anscheinend kleinen, steinernen Gebäudes wie ein Stall. Eng und schmal und irgendwie hastig aufgeschichtet. Zwischen den Ritzen der krumm und schief gesetzten Steine fiel das Sonnenlicht herein.

Er zog sich durch die Luke und setzte endlich die Beine auf festen Boden. Ein Seufzen entfuhr ihm. Er strich über die kalten und rauen Steine. Sie fühlten sich echt an, echter als alles, was er an diesem Tag erlebt hatte.

Die halb vermoderte Holztür hing in den Angeln. An ihr haftete das schimmelige Plakat eines Soldaten, der sich mit jemandem unterhielt. »Sie haben geredet … und das waren die Folgen. Unbedachte Worte kosten Menschenleben.«

Der Zweite Weltkrieg. Ein Bunker aus dem Zweiten Weltkrieg. Darin mussten sie untergebracht gewesen sein. Ein Kriegsbunker, der zu einem Zimmer im Great Hotel umgebaut worden war. Er hatte sich täuschen lassen, zum Teufel, sogar Ryan, der im Hotel gearbeitet hatte, war darauf hereingefallen. Die Detailgenauigkeit war erstaunlich. Es sah tatsächlich aus wie ein Hotelzimmer im Zentrum von London, aber in Wirklichkeit war es ein unscheinbarer Bunker tief unter der Erde. Wie lange hatte es gedauert, um so etwas zu bauen? Wie viel Arbeit war dafür nötig gewesen? Der Umbau des Bunkers, die Planung der Kidnappings, die Betreuung der Entführten, bis alles bereit war, damit sie aufwachen konnten, das Auslegen der Spuren.

Ein einziger, schrecklicher Gedanke.

Eren muss mich wirklich hassen.

Aber »Hass« erschien ihm nicht das passende Wort.

Langsam schob Sheppard die Tür auf. Sonnenlicht strömte herein. So hell, dass er für einige Sekunden geblendet war. Er beschattete die Augen und sah sich um. Eine Wiese – saftig grün. Nicht unbedingt der helle Sommertag, der ihnen unten im Bunker vorgegaukelt worden war. Eher matt und kalt. Der Wind begrüßte ihn und peitschte über sein Gesicht, als er nach draußen trat. Möwen kreischten, es roch nach Salz in der Luft. Er sah in Richtung des Lärms, den zwei Möwen veranstalteten, die über dem Hügel hinter der Wiese auftauchten. Dort war das Gras länger, struppiger. Waren sie in der Nähe des Meers?

Er blickte in die andere Richtung und sah weitere Wiesen. Er beschloss, den Weg zum Hügel einzuschlagen, und marschierte los. Seiner Intuition folgend. Obwohl er sich auf die nicht mehr verlassen konnte. Er war ein Idiot, und jeder wusste es. Vor allem Eren.

Aber wo war er?

In Großbritannien. Er fühlte es, roch es, spürte es, so wie man es nur spüren konnte, wenn man zu Hause war. Aber er hatte keine Ahnung, wo genau.

Weitere Möwen erschienen am von dunklen Wolken durchzogenen Himmel, als er den Hügel hinaufstapfte. Zwei der Vögel stießen plötzlich in die Tiefe, jagten hintereinander her. Frei. Gemeinsam.

Ehe er sich versah, war er oben. Der Boden wurde unebener und lockerer. Er hatte Sand unter den Füßen.

Wie er es erwartet hatte. Das Land fiel wellenförmig zu einem Strand hin ab, der sich, so weit das Auge reichte, vor ihm erstreckte. Unter der einsetzenden Flut wurde der Strand mit jeder Welle schmaler. Selbst im trüben Licht glaubte Sheppard, niemals etwas Schöneres gesehen, sich niemals lebendiger gefühlt zu haben.

Der Anblick war vollkommen.

Bis …

Da war jemand. Eine kleine Gestalt am Strand. Vielleicht eine Meile entfernt. Er wusste, wer es war.

Und er wusste, dass dieser Jemand auf ihn wartete.

55

Vorher …

Winter mochte sie nicht bei sich im Haus. Eren war schon da gewesen, klar, aber irgendwas an ihm und der jungen Frau gefiel ihm nicht. Sie saßen an seinem Küchentisch und hatten Blätter vor sich ausgebreitet. Vor Eren befand sich ein großer handgezeichneter Grundriss eines Hotelzimmers, den er bei seinem Aufenthalt im Great Hotel selbst angefertigt hatte.

Vor ihm und Phillips lagen aufgefächert die Kurzbiografien von Menschen – richtigen Menschen –, sie waren die Kandidaten. Zwei von ihnen würden zu Figuren in einem Spiel werden, das sie niemals würden verstehen können. Winter war in den vergangenen fünf Stunden die einzelnen Profile durchgegangen.

»Sind wir fertig?«, fragte Phillipps. Sie klang gelangweilt.

Eren lächelte. »Ich glaube schon. Simon, wollen Sie die Liste mit unseren Glückspilzen durchgehen?«

Winter hatte einen schalen Geschmack im Mund. »Die Ehre überlasse ich Ihnen«, sagte er und schob den Stapel zu Eren hin.

»Ich habe gehofft, dass Sie das sagen würden.« Eren lachte und griff sich das erste Blatt. Er drehte es um und zeigte es den anderen beiden, als wollte er es einer Schulklasse präsentieren. An dem Blatt war mit einer Büroklammer ein Foto von Phillips befestigt. Ansonsten waren die Einzelheiten ihrer Rolle aufgeführt – als wäre es der Spickzettel für ein Fantasy-Spiel.

Phillips lächelte.

»Hier also haben wir unsere einzigartige Amanda Phillips, unsere Schlange im Rough. Ihre Aufgabe ist es, dafür zu sorgen, dass das Spiel wie beabsichtigt abläuft. Du, Mandy, bist das wichtigste Puzzleteil. Du musst Morgans Verbündete werden, er muss glauben, dass du auf seiner Seite stehst. Er wird dich mögen – du bist jung und hübsch. Und er ist dumm. Solange du keinen Fehler machst und verrätst, welche Rolle du spielst, wird er nie dahinterkommen.«

»Ich werde dich nicht enttäuschen«, erwiderte Phillips und legte Eren die Hand auf den Arm. Das, war Winter aufgefallen, geschah immer öfter. Sie versuchten es vor ihm zu verbergen, aber er bemerkte es doch. Sie hatten eine Liebesbeziehung – vielleicht ging es schon seit Wochen so. Anfangs, davon war er überzeugt, hatten sie sich gegenseitig bloß für ihre jeweiligen Zwecke benutzt. Aber jetzt war nicht mehr zu übersehen, wie verliebt Phillips war. Auch Eren wusste es.

»Weiter«, sagte Eren und nahm das nächste Blatt zur Hand. »Ryan Quinn. Der im Great Hotel arbeitet, ihn zu überzeugen dürfte am schwierigsten werden. Aber er ist ein wichtiger Spieler – er sorgt für die nötige Legitimität, falls jemand infrage stellen sollte, dass sie sich in einem Hotel befinden. Wir müssen Ryan Quinn täuschen, und wenn uns das gelingt, lassen sich auch alle anderen von uns hinters Licht führen.

Die Nächste ist Constance Ahearn. Simon und ich haben jemanden gesucht, der für Probleme sorgen würde. Vielleicht bringen wir Morgans dunkle Seite zum Vorschein, wenn er mit ihrem Irrsinn konfrontiert wird. Ahearn wird verzweifelt sein, und das reißt jeden im Zimmer mit runter. Für dich, Mandy, wird das knifflig werden. Ahearn ist im höchsten Maße labil, das heißt, du solltest dich ihrer annehmen und sie zu irgendwas anstacheln, falls es ein wenig zu ruhig wird. Zu deinen wichtigsten Aufgaben gehört es also, an Ahearns Seite zu bleiben, sei der kleine Engel auf ihrer Schulter und flüstere ihr dieses oder jenes ins Ohr. Egal was. Sheppard mag Labilität nicht, vor allem will er sich nicht mit Problemen herumschlagen. Wenn er dir vertraut, wird er dir Ahearn überlassen, damit du dich um sie kümmern kannst.«

Eren und Phillips lachten. Auch Winter versuchte zu lächeln. Aber er konnte nicht. Das alles wurde zu ernst.

»Als Nächstes haben wir Alan Hughes.« Winter stockte der Atem – er hatte Hughes' Namen in die Diskussion geworfen, nur um etwas querzuschießen. Hughes war ein engagierter Anwalt, das hatte er daran gesehen, wie er mit dem MacArthur-Fall umging. Hughes könnte den Mord aufklären, falls Sheppard scheitern sollte. *Und das willst du jetzt, oder? Du willst, dass Sheppard gewinnt?* Er wusste es nicht mehr. Aber das ging ihm alles viel zu schnell, und er sah schon jetzt, wie alles aus dem Ruder laufen würde. Gut, es machte den Anschein, als hätte Eren noch alles unter Kontrolle. Aber ...

Los, sprich es schon aus.

Aber Eren war wahnsinnig.

Er hatte es zu spät erkannt. Eren war ein guter Schauspieler, wahrscheinlich ein besserer als Morgan. Es überraschte ihn nicht, dass sie in der Schule befreundet gewesen waren. Sie waren die beiden Seiten ein und derselben Medaille.

»Hughes wird ein Kraftzentrum im Zimmer sein. Er ist auf jeden Fall Sheppards Gegenspieler. Das verspricht ein Heidenspaß zu werden.« Strahlend sah Eren zu Winter. »Gute Wahl, Simon.«

Winter schob den Stuhl zurück und stand auf. »Ich muss die Grundstücksurkunde von oben holen.« Eine sinnlose Lüge, jeder wusste, warum er das Zimmer verlassen wollte.

Eren hatte schon das nächste Blatt in der Hand. *Rhona Michel … Es ist ganz allein deine Schuld, es ist ganz allein deine Schuld.* Warum hatte er Eren davon erzählt?

»Machen Sie, Simon«, sagte Eren. »Sie wissen, dass uns nichts anderes übrig bleibt. Sie hat am meisten gesehen. Wenn Sie doch bloß die Tür abgesperrt hätten, was? Die arme Rhona …«

»Sprechen Sie ihren Namen nicht aus«, sagte Winter. »Lassen Sie das.« Er trat um den Tisch herum und verließ so schnell wie möglich die Küche. Draußen im Flur lehnte er sich gegen die geschlossene Küchentür, während ihm stumme Tränen über die Wangen liefen.

In was hatte er sich hier hineingeritten? In was hatte er alle anderen hineingeritten? Diese armen Menschen würden seinetwegen durch die Hölle gehen. Was konnte er tun? Lag es in seiner Macht, das alles noch zu stoppen? Er war viel zu tief darin verstrickt, um noch zur Polizei zu gehen – er konnte Erens Plan nicht auffliegen lassen, ohne seine eigene Beteiligung daran einzugestehen. Und er konnte nicht ins Gefängnis.

»Ist er fort?« Phillips. Durch die Tür. »Ich glaube gehört zu haben, wie er nach oben gegangen ist.«

»Er wird eine Weile fort sein.« Eren. »Alles wegen dieser Michel, diesem Mädchen. Er kann nicht mit den Konsequenzen seines Handelns umgehen. Ich befürchte, er hat kalte Füße bekommen. Wir müssen uns darum kümmern.«

Phillips: »Müssen wir ihn daran erinnern, warum er hier ist?«

Eren räusperte sich und senkte noch mehr die Stimme. Winter musste angestrengt lauschen, um noch etwas zu verstehen. »Nein. Er arbeitet jetzt gegen uns. Ich weiß nicht recht, warum er diesen Hughes als Kandidaten ausgewählt hat.«

»Dann nehmen wir Hughes doch einfach aus dem Spiel.«

»Dafür, fürchte ich, ist es schon zu spät. Außerdem können wir das mit Hughes vielleicht zu unserem Vorteil wenden. Was wir nicht wenden können ... ist Simons Einstellung.«

»Was machen wir also?«

»Ich denke, das weißt du schon«, sagte Eren, und Winter sah regelrecht vor sich, wie er lächelte. »Schließlich haben wir noch keine Leiche ausgewählt.«

Winter begann unkontrolliert zu zittern, so heftig, dass er von der Tür wegtreten musste. Sie würden ihn umbringen. Seine Rolle im Spiel hatte sich verändert. Er musste raus, er musste weg, er müsste überall sein, nur nicht hier. Er würde sterben.

Aber wohin? Sie wussten, wo er wohnte – sie saßen ja, Herrgott, in seiner Küche. Der Zorn, der Eren Morgan entgegenbrachte – ihm, Winter, würde er nicht weniger davon entgegenbringen. Er kannte Eren seit Jahren, kannte seine tiefsten, dunkelsten Geheimnisse. Eren würde ihn finden, egal, wo er sich versteckte. Und wenn nicht, dann würde er Abby finden. Verdammt, sie hatten sie ja schon. Er hatte sie bereits früher belauscht und erfahren, dass Phillips ebenfalls in Abbys Coffeeshop zu arbeiten begonnen hatte.

Er würde Eren nicht entkommen.

Jetzt weinte Winter stille Tränen der Angst. Wie könnte er noch einmal aus der Sache herauskommen? Wie sollte er Eren davon abhalten, das diesen Menschen anzutun? Und dann – ein Gedanke, ein fast unmöglich verschrobener Gedanke. Beides zugleich ging nicht – aber er konnte Morgan helfen. Ja, denn so gut er Eren kannte, Morgan kannte er noch besser. Er könnte ihm irgendwie eine Botschaft zukommen lassen.

Aber das heißt ... Ja. Genau. *Das heißt, dass du sterben musst.* Und vielleicht war das das Opfer, das er bringen würde – nein, kein Opfer. Vielleicht war es seine Belohnung. Dafür, dass er von seiner Wut so aufgefressen, dass er zu etwas so Abscheulichem verwandelt worden war. Zu einem wahren Ungeheuer. Eren und diese geistlose Mandy Phillips. Er würde gern behaupten, dass sie ihn benutzten, in Wirklichkeit aber hatte er bereitwillig bei ihrem Treiben mitgemacht. Alles war so schnell gegangen, dass sein Gewissen nicht mehr mitgekommen war. Vielleicht fand das alles damit also ein Ende.

Abby wäre in Sicherheit. Das war das Wichtigste. Und letztlich hätte er damit das Richtige getan.

Aber bist du dazu in der Lage? Kannst du da hinuntersteigen in dem Wissen, dass du sterben wirst? Nein. Aber er würde hinuntersteigen in dem Wissen, das Richtige zu tun.

Winter wischte sich mit dem Taschentuch die Augen trocken, er spürte, wie sich eine Endgültigkeit über ihn legte wie eine dünne Decke in einer Sommernacht. Es war also entschieden.

Alles, was er brauchte, war ein Plan.

Und als er wieder die Küche betrat und sich zu den beiden Menschen gesellte, die ihn umbringen würden, hatte er einen.

Carver rückte den Notizblock näher an die Nachttischlampe. Der allgemeine Eindruck war das Wichtigste. War nur eine Kleinigkeit fehl am Platz, konnte das alles ruinieren. Deshalb war er äußerst sorgfältig vorgegangen. Oft war er im Great Hotel abgestiegen, hatte Abertausende Fotos gemacht. Er hatte alles ausgemessen: den Abstand zwischen Notizblock und Lampe, den Abstand zwischen Fernseher und der Speisekarte des Zimmerservice, banale Dinge, die für sich allein nicht besonders wichtig waren. Zusammengenommen aber waren sie vielleicht von Bedeutung – sie trugen dazu bei, eine Illusion zu erschaffen.

Amanda war »draußen« und brachte die Bildschirme in Position, die das Stadtzentrum von London aus einer hochgelegenen Perspektive zeigten. Sie hatte nicht geglaubt, dass es funktionieren würde, aber Carver hatte sie mit einem maßstabsgerechten Modell überzeugt. Jetzt überwog bei ihr wieder die Skepsis. Ein großer gekrümmter Bildschirm war unterhalb des Fensters angebracht und erzeugte eine gewisse Tiefenwirkung. Amanda stellte nun einen weiteren Bildschirm dahinter, der mit dem exakt gleichen Bild gespeist wurde, aber die Illusion von Weite vermitteln würde. Es war wie bei alten Filmsets – einer Küche mit einem Fenster hinaus in den Garten zum Beispiel –, man musste jeden Blickwinkel bedenken, in dem das Publikum das Fenster sehen konnte, und entsprechend genügend Garten erschaffen. Dadurch erzeugte man die Illusion, dass wirklich ein Garten hinter dem Fenster lag – so wie hier die Illusion der Londoner Skyline erzeugt wurde. Das Bild war ein Livefeed, dazu wurde ein qualitativ hochwertiger Audiofeed aus dem echten Zimmer im Great Hotel eingespielt, sodass die gedämpften Geräusche des Verkehrs, der Flugzeuge und der Stadt zu hören waren. Das alles war reines Blendwerk, sah aber gut aus – mehr als passabel.

»Du bist dir sicher, dass es so sein soll?«, sagte Mandy, stieg über das »Fenster« und betrachtete ihre Arbeit. »Ich sehe bloß Bildschirme mit einem Bild von London. Ja, sie passen zusammen und sehen gut aus und hören sich gut an. Aber es sind bloß Bildschirme.«

»Du siehst Bildschirme, weil du weißt, dass es Bildschirme sind«, sagte Carver. »Diese Leute werden gestresst sein, so gestresst wie noch nie in ihrem Leben – ihre Gehirne werden ihnen etwas anderes vorgaukeln und die Leerstellen füllen. Und du musst so tun, als ob.« Carver ging zu ihr und legte ihr vorsichtig die Hände auf die Augen. Sie kicherte wie ein Schulmädchen (was bei ihm ein unangenehmes Kribbeln auf der Haut hervorrief). »Und jetzt konzentrier dich«, sagte er, bevor er die Hände wegnahm. »Was siehst du?«

»London«, sagte sie etwas zu triumphierend. Sie sprang hoch und küsste Carver auf die Wange.

Er zwang sich zu einem Lächeln. Natürlich war er nicht davon überzeugt – von nichts hier. Jeder Aspekt des Plans konnte jeden Moment scheitern. Die Bildschirme. Die Leiche. Das Messer. Die Handys. Und Mandy. Er vertraute Mandy – egal, wie sehr er sie verachtete –, und er ging davon aus, dass sie ihre Rolle erfüllen würde. Von Anfang an, als sie sich im Brickwork kennengelernt hatten, hatte er gewusst, dass sie die Richtige für die Aufgabe war – aber er hätte lügen müssen, wenn er behauptete, er wäre nicht doch ein klein wenig beunruhigt.

Dr. Winter schlug einen Nagel in die Wand. Er nahm ein Gemälde, um das er persönlich gebeten hatte, und hängte es auf. Natürlich hatte Carver es abgesegnet – es sprach seinen Sinn fürs Makabre an. Dr. Winter hatte gesagt, in Wirklichkeit habe in dem Hotelzimmer, in dem er gewesen sei, das Bild eines friedlichen Sommertages gehangen. Das hier aber sei sehr viel angemessener.

Mandy betrachtete es. »Wo zum Teufel haben Sie das aufgetrieben?«

»Auf einem Flohmarkt.« Winter zuckte mit den Schultern. »Ich dachte mir, das sieht doch recht merkwürdig aus.«

Mandy strich mit den Fingern über die getrocknete Farbe. »Da haben Sie recht, Doc.«

Dr. Winter lachte. »Ich muss immer wieder hinsehen.

Ich weiß nicht, was ich schrecklicher finde – das Lächeln der Vogelscheuche oder die Tatsache, dass vielleicht Kinder oben im Haus sind und bei lebendigem Leib verbrennen, während die Vogelscheuche zusieht.«

Carver zog eine Augenbraue hoch. Mandy schien gleichermaßen beeindruckt. »Na, vielleicht klaue ich Ihnen den Satz«, sagte sie.

»Nur zu.« Dr. Winter lächelte.

Carver räusperte sich. »Simon, können Sie im Badezimmer noch mal alles überprüfen?«

»Eren, das habe ich schon dreimal gemacht. Alles ist in Ordnung. Alles funktioniert.«

»Bitte, sehen Sie noch mal nach.«

Winter runzelte die Stirn, wandte sich aber Richtung Badezimmer. Carver hörte, wie die Tür aufging und geschlossen wurde. Winter hatte nicht unrecht – er hatte schon etwa sechs Stunden in dem kleinen Raum zugebracht und sich dabei, ob man es glauben wollte oder nicht, als recht fähiger Klempner erwiesen. Carver war von Anfang an klar gewesen, dass sie eine funktionierende Klospülung und ein funktionierendes Waschbecken brauchten. Die Badewanne war okay, keiner würde auf die Idee kommen, sie zu benutzen. Aber die anderen sanitären Annehmlichkeiten mussten richtig an eine Wasserleitung angeschlossen werden. Auch wenn niemand auf die Toilette musste, würde Sheppard unter Alkohol- und Drogenentzug leiden. Die Wahrscheinlichkeit war hoch, dass er sich die Seele aus dem Leib kotzte.

Carver schob den Notizblock in die Mitte, zog den Stift aus seiner Tasche und legte ihn neben den Block. Neben die Bibel. Denn die fand sich in allen Hotels, egal, wie viel Sterne es hatte. In jedem Hotel in vorgeblich christlichen Ländern. Carver hatte das schon immer abscheulich anmaßend empfunden. Hoffentlich würde die Bibel wenigstens dazu beitragen, Constance Ahearns Irrsinn anzufachen. Um die Dinge ins Rollen zu bringen.

»Sieht aus, als wären wir fertig«, sagte Mandy und sah sich um.

»Ja«, sagte Carver. »Nur eine letzte Sache noch.«

Schweigend zog er das Messer unter einem der Kissen auf dem Bett hervor. Er reichte es ihr – mit dem Griff voran.

»Jetzt also«, sagte Mandy. Carver glaubte zu hören, wie aufgeregt sie klang. »Nach allem, was wir geplant haben.« Sie nahm das Messer entgegen und betrachtete es im Licht.

»Du musst es nicht tun, das weißt du. Ich kann es machen und es so aussehen lassen, als wärst du es gewesen.« Sie sah zu ihm, und er bemerkte, dass sie – genau wie beabsichtigt – seine Besorgnis als Sorge um sie auffasste.

»Ich kann das«, sagte sie. »Du glaubst doch an mich, oder?«

»Natürlich«, sagte Carver und gab ihr einen Kuss.

»Hier ist alles in Ordnung.« Dr. Winters gedämpfte Stimme war durch die Wand zu hören.

Mandy und Carver sahen sich an. Er nickte. Sie nickte ebenfalls.

Mehr war nicht nötig.

56

Sheppard überlegte, ob er kehrtmachen und in die entgegengesetzte Richtung davongehen sollte. Aber er wusste, dass er es nicht konnte. Er wusste, er musste dem Mann am Ende des Strands gegenübertreten – er wusste, das wäre das Ende der Geschichte.

Er stapfte die Düne zum Strand hinunter, versank im lockeren Sand und wäre fast hingefallen. Unten am Strand war der Untergrund fester, er kam besser voran als auf der Düne.

Er holte Winters Handy aus der Tasche – kein Signal. Er fluchte – immer noch kein Signal, obwohl er aus diesem Loch gekrochen war. Trotzdem wählte er den Notruf – nichts. Wo war er? Er würde schnell ein Handy auftreiben müssen, sonst würde Ryan sterben. Am ehesten würde er ein funktionierendes Gerät bei Eren bekommen – also marschierte er auf ihn zu. In gewisser Weise hatte er es verdient. Keiner sollte seinetwegen zu leiden haben.

So lange hatte er Eren ausgeblendet, hatte ihn unter anderen Erinnerungen, unter Alkohol, Drogen, durchzechten Nächten und unzähligen Fernsehfolgen begraben. Eren war ein Geist im Räderwerk seines Verstands.

Würde er sich jemals erholen können, falls er das hier überlebte? Würde er das falsche Hotelzimmer ebenso ausblenden können, wie er Eren ausgeblendet hatte? Würde alles, was an diesem Tag geschah, zu einem tief in ihm vergrabenen schlechten Traum verblassen? Die Menschen – nichts weiter als Produkte einer gestörten Einbildung, Versatzstücke aus dem Unbewussten? Meinte er, er würde das im Lauf der Zeit wirklich glauben? So wie er irgendwie geglaubt hatte, er habe den Mord an Mr. Jefferies aufgeklärt? Welches Leben würde Morgan Sheppard danach noch bleiben?

Hier am Strand zu sterben wäre vielleicht ein passendes Ende. Die Fußnote zu einem Leben. Er stapfte voran. Mit jedem Schritt wurden die Beine schwerer – am liebsten hätte er sich einfach in den Sand gelegt. Hätte sich hingelegt und wäre gestorben. Das war's dann, und so hätte es schon immer enden müssen.

Er freute sich, diesem Raum entkommen zu sein. Noch einmal den Himmel sehen zu können. Er war schon immer gern im Freien gewesen – er brauchte die Freiheit. Wahrscheinlich hielt er sich immer gern einen Fluchtweg offen. Nur, jetzt würde er nicht davonlaufen. Im Gegenteil.

Er dachte an all das, was in seinem Leben falsch gelaufen war. Die Partys, die Schmerzmittel, der Alkohol und die Pillen. Jeder einzelne Tag war unglaublich verschwommen. Die letzten Jahre verschmolzen in ihrer Gleichförmigkeit nahtlos ineinander über. Und nichts hatte irgendwelche Konsequenzen nach sich gezogen, zumal er sich sowieso an kaum etwas erinnerte. Und begonnen hatte das alles mit dem Tag, an dem er wegen Erens Dad zur Polizei gegangen war.

Das hier aber würde nun jeder im Gedächtnis behalten. Der verlogene Ermittler. Was für eine Schlagzeile – mit der man sicherlich ein paar Exemplare zusätzlich verkaufen konnte. Die Klatschpresse würde ihn zu Fall bringen.

Die Gestalt vor ihm war jetzt etwas näher, aber immer noch so weit entfernt, dass er die Gesichtszüge nicht ausmachen konnte. Ein schwarzer Umriss vor mattem Sand. Aber die Gestalt beobachtete ihn – das war das Einzige, was Sheppard mit Sicherheit sagen konnte. Wahrscheinlich wartete er schon seit geraumer Zeit auf ihn.

Geh einfach weiter.

Was würde jetzt im Fernsehstudio passieren? Würden sie Tränen um ihn vergießen, würden sie weinen, ohne zu wissen, warum? Ihre Trauer um ihre Arbeitsplätze als Trauer um ihn missinterpretieren? Jemand würde vielleicht ein teures Begräbnis organisieren. Höchst exklusiv – gute Publicity für den Sender. Ein offener Sarg und daneben Platten voller Kaviar. Hummertoast. Champagner, um auf das Scheusal, das endlich fort war, anzustoßen.

Die Sendung würde wahrscheinlich auch ohne ihn weitergehen. Es wäre dumm, die Publicity nicht zu ihrem Vorteil zu nutzen. Ein frisches Gesicht. Verdammt, warum nicht sogar Eren und oder wie er sich jetzt nannte? Jemand, der es verdient hatte. Man könnte eine Gedenksendung zusammenstellen, bevor an den neuen Moderator übergeben würde – ein Wachwechsel. Business as usual – sack die Kohle ein und mach weiter. Das galt für jeden, in einer Woche wäre er vergessen.

Er hatte nicht viele Freunde. Ihm fiel kein einziger ein, den er hätte anrufen können. Es gab Douglas, aber das war was anderes. Es war in Douglas' ureigensten Interesse, mit ihm auszukommen – schließlich wurde er dafür exorbitant gut bezahlt. Es gab ein paar Leute im Studio, mit denen er sich ab und zu unterhalten hatte. Er kannte sie noch nicht mal so gut, um ihren Namen mit Sicherheit zu wissen. Und je länger er über sie nachdachte, desto weniger wusste er, ob er sich diese Namen nicht ebenfalls bloß eingebildet hatte.

Es gab einige Ex-Freundinnen. Michelle von der Uni, eine fitte junge Englisch-Studentin. Er hatte sie in die Wüste geschickt, sobald er seinen Fernsehvertrag unterzeichnet hatte. Als er sie das letzte Mal gegoogelt hatte, war sie glücklich verheiratet und schwanger gewesen. Auf ihren Facebook-Fotos, heiteren, strahlenden Aufnahmen, lächelte sie auf eine Art und Weise, wie er es nie an ihr gesehen hatte. Er stellte sie sich Zeitung lesend mit ihrem Mann und dem Baby im Hochstuhl am Frühstückstisch vor. »Hach, mit dem war ich mal zusammen.« Und das wäre es dann. Als Nächstes Suzie, eine Frau, die vor nichts Respekt hatte, am wenigsten vor sich selbst. Sie war nicht an der Welt interessiert und die Welt nicht an ihr. Sie machte Jagd auf Promis, hatte Sheppard herausgefunden, als er sie mit einer Boy-Band im Bett erwischte – mit allen fünf von ihnen. Sheppard gab ihr den Laufpass, und sie nahm ihr bisschen Selbstachtung mit sich fort. Daraufhin fiel er in ein Loch, das er mit zahllosen Affären füllte. Die wenigen, an die er sich noch erinnern konnte, waren ganz besonders schäbig und von Alkohol oder Drogen oder beidem angetrieben. Es waren so viele, kaum waren sie fort, schon hatte er sie vergessen. Keine würde ihm auch nur eine Träne nachweinen, es sei denn, es brächte ihr ein bisschen Aufmerksamkeit ein.

Nein, wem er wahrscheinlich am meisten fehlen würde, das wäre sein Dealer. Er hatte viel Geld in den Unternehmergeist eines jungen Junkies gesteckt, der zufälligerweise ein schlechter Medizinstudent war, aber Wert auf eine gewisse Geschäftsetikette legte. Als er keine Rezepte mehr bekam, hatte er umdenken müssen. Er wusste nicht, wie viele Pillen er im Lauf der Jahre gekauft hatten – wahrscheinlich genug, um einer kleinen Armee den Garaus zu machen –, aber er war überzeugt, dass sich sein Dealer einzig wegen ihm im Lauf der Jahre über Wasser halten konnte. Wie hieß er noch? Sheppard sah sein Gesicht vor sich, der Name aber war ihm entfallen. Er war hyperaktiv, sein Medizinstudium hatte er offensichtlich sausen lassen, und immer wollte er, dass Sheppard noch blieb und mit ihm

Call of Duty spielte. Sheppard wusste es zu schätzen, dass er nie den Preis erhöht oder ihn an die Zeitungen verkauft hatte. Das nämlich hätte er gemacht.

Sheppard sah auf. Mittlerweile hatte er eine gehörige Strecke zurückgelegt. Der Mann vor ihm trug einen Anzug mit einer roten Krawatte. Als Sheppard das erkannte, wurde ihm klar, dass es gar nicht anders sein konnte. Der schwer zu fassende Mann mit der roten Krawatte aus Constances Geschichte. Der Böse.

Er hielt zwei schwarze, glänzende, spitz zulaufende Schuhe in der Hand – die Füße waren im Sand vergraben. Er sah nicht zu Sheppard, sondern aufs Meer hinaus und wirkte auf seltsame Weise verklärt. Sheppard kannte diesen Gesichtsausdruck aus jüngeren Jahren. Der Blick, wenn er aufgeregt war.

Sheppard näherte sich, stapfte langsam weiter, und erst als er direkt neben ihm stand, wandte der andere den Kopf.

Kace Carver lächelte, es war kein fieses, niederträchtiges Lächeln, sondern aufrichtig, als würde er sich wirklich freuen, seinen alten Freund wiederzusehen. »Hallo, Morgan«, sagte er.

57

Er klang, als wäre nichts geschehen – als hätten sie sich jahrelang nicht gesehen und wären sich nun zufällig auf der Straße wiederbegegnet.

»Eren«, antwortete Sheppard, dem die frische Luft die Kehle austrocknete. Seine Stimme war nicht mehr als ein heiseres Flüstern.

Er reagierte nicht – nicht gleich, aber sein Lächeln schwand ein wenig. Der Blick wurde weniger freundlich. Er wandte sich ab und sah wieder hinaus aufs Meer. »So hat mich schon lange keiner mehr genannt. Mir wäre es lieber, du würdest es auch nicht tun. Ich heiße jetzt Kace.«

»Warum?«, fragte Sheppard.

»Weil es den Jungen, den du gekannt hast, nicht mehr gibt. Vor dir steht ein neuer Mensch. Der Carver, den du geschaffen hast. Also, was hältst du von ihm?« Carver hob die Arme und drehte sich auf der Stelle wie jemand, der in einem Laden ein neues Kleidungsstück anprobiert.

Am liebsten hätte Sheppard auf ihn eingeschlagen, ihm sein hübsches Gesicht ramponiert. »Du bist ein Monster«, sagte er schließlich.

Carver gluckste. »Na, du siehst selber auch nicht unbedingt umwerfend aus.« Carver musterte ihn von oben bis unten. »Wirklich eine Pracht. Ich hab nicht gedacht, dass du einen so schlimmen Anblick abgeben würdest. Ich meine, mein Gott, bist du erbärmlich.«

»Du hast mich in einen Bunker gesperrt, damit ich da drinnen sterbe«, sagte Sheppard und hasste sich selbst, weil es wie eine Entschuldigung klang.

»Ja, hab ich. Trotzdem bist du jetzt hier. Ist das nicht ein Wunder – die menschliche Zähigkeit, das Bedürfnis zu überleben? Na ja, vielleicht war das ja auch alles Teil des Plans.« Carver zwinkerte ihm zu.

Sheppard sah hinaus aufs Meer. Er konnte es nicht mehr ertragen, ihm weiterhin ins Gesicht zu sehen. »Wo sind wir?«

Carver blickte sich um. »In Luskentyre, ein Strand auf den Äußeren Hebriden. Du bist in Schottland, Morgan.«

»Wie ist das möglich? Ich war in Paris, wie kann ich jetzt in Schottland sein? Alle anderen waren in London und jetzt hier?«

»Das ist nichts Übernatürliches, Morgan. Es hat nichts mit Zauberei zu tun. Nur mit Naturwissenschaften. Den Naturwissenschaften und einem Privatjet.«

Sheppard musste darüber herzhaft lachen, aber als er zu Carver blickte, wurde ihm schnell klar, dass Carver es ernst meinte. »Privatjet?«

Carver räusperte sich. »Na ja, wenn du mir diese Fragen stellst, kann ich sie dir ja auch beantworten. Ich schulde dir eine Erklärung, bevor du abtrittst.«

Bevor du abtrittst.

Sheppard hatte keine Kraft mehr. Es fehlte ihm der Wille, laut schreiend davonzulaufen. Er nickte nur. Er wollte es wissen. »Gut.«

Auch Carver nickte. »Du weißt nicht, wie lange ich auf diesen Augenblick gewartet habe. Ich hege dir gegenüber eine besondere Abneigung, Morgan Sheppard, und wenn du fragst, warum, dann hast du wirklich nicht aufgepasst. Ich habe dich beobachtet, alle deine kläglichen Beziehungen, deine billige Fernsehsendung, deinen Drogenmissbrauch. Manchmal war ich direkt hinter dir, ich hätte dir ins Ohr flüstern können – aber du hast mich nie wahrgenommen. Ich hab mich mit der Rolle des Beobachters begnügt, aber dann hat sich etwas geändert.

Vor drei Jahren ist nämlich mein Vater im Gefängnis gestorben. Ich habe ihn jede Woche besucht, seitdem mich meine Tante zu ihm gelassen hat. Ich habe keinen Besuchstermin ausgelassen – und dann, eines Tages, als ich zu ihm wollte, war er nicht mehr da. Er war fürs Gefängnis nicht geschaffen. In gewisser Hinsicht hat es mich entsetzt, wie lange er überhaupt durchgehalten hat. Zwei Typen haben ihm mit einem zugespitzten Plastikmesser die Augen ausgestochen und dann die Kehle durchgeschnitten. Als die Wärter ihn fanden, war die Hälfte von ihm auf dem Boden verteilt. Manche sagen, die Wärter hätten mit unter der Decke gesteckt. Ich denke also, mein Vater wurde getötet, weil er zu nett war.

Das war das erste Mal, dass ich das Ausmaß meines Hasses kennengelernt habe. Das war der Moment, an dem es vorbei war und an dem es gerade erst begann. Ich wusste, der, der mir mein Leben zerstört hat, läuft irgendwo herum, wirft sich Pillen ein wie Tic-Tacs und rumpelt durch das Leben von anderen Menschen, als wären sie einen Dreck wert. Ich wusste, ich muss ihn aufhalten. Das war meine Pflicht.

Mein Vater hat mir ein nicht übermäßiges Vermögen hinterlassen. Es hätte für meinen Unterhalt nicht gereicht. Ich habe alles verkauft. Sogar ... nein, *vor allem* ... das Haus. Das brachte genug ein für einen Neuanfang. Ich kaufte mir eine kleine Wohnung in Milton Keynes. Nichts Großartiges, aber es reichte.

Das restliche Geld investierte ich in Aktien. Ein riskantes Unterfangen, könnte man sagen. Aber für mich war es ein Leichtes. Wie du dich vielleicht erinnerst (oder auch nicht, so, wie die Dinge stehen), habe ich schon immer über einen besonderen Verstand verfügt. Ich ging an den Aktienmarkt heran, so wie ich auch an einen, sagen wir mal, Mordfall herangehen würde. Ich analysierte alles, jede Eventualität, jede potenzielle Entwicklung. Fast hat es mir Spaß gemacht. Aber es war auch viel zu einfach. Ich mache es immer noch – aber ich habe das Interesse verloren. Wenn man erst einmal so viel Geld hat – na, dann wird sogar das langweilig.

Also brauchte ich was Neues. Und da hatte ich eine Idee. Dich endlich aufzuspüren. Und dir vor Augen zu führen, was du angerichtet hast. Ich hatte das nötige Kapital, ich brauchte bloß einen Plan dazu.«

»Was war mit den anderen? Mandy und Winter?«, fragte Sheppard.

»Mir wurde schnell klar, dass ich bei diesem Unterfangen Hilfe brauchte. Es stand viel Arbeit an. Eine meiner Helferinnen fand ich bei einer deiner gottverdammten Partys. Sie hatte sich ins Lokal geschlichen, weil sie dir das Geständnis entlocken wollte, dass du ihren Bruder umgebracht hast. Nicht direkt natürlich. Du machst nie etwas, was dich in Schwierigkeiten bringen könnte, oder? Du ziehst die indirekte Methode vor.

Amanda Phillips war jedenfalls hochmotiviert – sie war fast so sehr auf Rache aus wie ich selbst. Du hast es vielleicht selbst gesehen – das Brennen in ihrem Blick. Wusstest du überhaupt, dass du das bei anderen hervorrufen kannst? Wie auch immer, Amanda war jedenfalls sofort mit an Bord, und um zu verhindern, dass sie wieder abspringt – wofür die Wahrscheinlichkeit gering war –, ließ ich es sogar zu, dass sie sich in mich verliebte. Es war ganz einfach – sie war verletzlich, und ich war schon immer mit einem gewissen Charisma gesegnet. Wir verbündeten uns gegen dich. Bald darauf hätte sie alles für mich getan. Sogar getötet, sie wäre sogar für mich gestorben. Natürlich hätte sie nie gedacht, dass ich sie dort unten sterben lasse. Selbst als wir die Sprengkörper anbrachten, dachte sie, ich würde noch irgendwie nach unten rauschen und sie retten, in dem Fall, dass wir alles in die Luft jagen. Sie war so clever, aber wie heißt es so schön? Liebe macht blind, leider. Ich wollte es ja nicht glauben, aber es ist nur allzu wahr. Dr. Winter rumzukriegen war ein wenig schwieriger. Obwohl du seine Tochter auf die schiefe Bahn gebracht hast und er die Wahrheit kannte ...«

»Du warst das«, sagte Sheppard. »Du hast es ihm erzählt. Davon hat er an dem Abend gesprochen.«

»Ich verrate dir ein kleines Geheimnis, Morgan. Ich war an diesem Abend anwesend.« Carver lachte. »In der Küche. Was für eine Aufführung.«

Sheppard schauderte. Eren war da gewesen – hatte er wirklich einen Schritt hinter ihm gestanden?

»Trotzdem, Winter zögerte. Der alte Mann hatte nämlich seine moralischen Grundsätze. Das Schwierige daran ist – im Voraus weiß man nie, wie weit sie gehen, bevor sie ihre Grundsätze aufgeben. Woher soll man also wissen, wo man aufzuhören hat? Winter war ein fragiler Charakter. Irgendwann ist er eingebrochen. An jenem Abend nämlich – du erinnerst dich. Er hat sich als sehr nützlich erwiesen mit seinem Wissen zum Beispiel über Medikamente, die einen über einen längeren Zeitraum außer Gefecht setzen. Und er war gut darin, Dinge zu tun, die ich mir nicht selbst aufhalsen wollte. Wie ins Hotel zu gehen oder das Stück Land zu erwerben, auf dem der Bunker liegt. Es ist immer schön, wenn man einen Partner hat. Na ja, halb Partner, halb Bauernopfer.

Denn ich musste dafür sorgen, dass alles so ablief, wie ich es wollte. Wir mussten uns daher um jeden kümmern, der möglicherweise etwas spitzkriegen könnte. Zum Glück brauchten wir Leute im Zimmer, das passte also hervorragend. Wir mussten keine zufälligen Kandidaten auswählen. In gewisser Weise meldeten sie sich nämlich selbst. Und Mandy passte perfekt mit hinein – außerdem konnte sie wunderbar die Rolle der hübschen jungen naiven Frau ausfüllen. Das Mädchen, das zufällig ganz dein Typ ist. Perfekt – fast so, als hätte das Schicksal es so bestimmt.

Es gab allerdings jemanden, den ich nie auf dem Radar hatte. Jemanden, der nie in diesem Raum sein sollte. Alan Hughes. Dr. Winter ist vom Skript abgewichen und hat meine Pläne für seine Zwecke benutzt. Also habe ich meine Pläne geändert.

Mandy sollte als deine Verführerin mit im Raum sein, aber Dr. Winter war nie als Leiche vorgesehen. Er sollte sich mit mir alles ansehen und mir mit seiner professionellen Meinung beistehen. Aber er meinte, er müsse das alles persönlich nehmen, und er machte Sachen, von denen er uns nichts erzählt hat. Zum Schluss war er sehr wütend – nicht nur auf dich, sondern auf die ganze Welt. Es ging um seine Tochter – er fand heraus, dass Mandy eine Stelle in dem Coffeeshop angenommen hatte, um sie zu überwachen. Ich wusste also, dass er irgendwann um sich schlagen würde, zu einem Zeitpunkt, auf den ich keinen Einfluss haben würde. Also mussten wir ihn loswerden – und wir brauchten eine Leiche in der Badewanne. Natürlich wusste er das nicht – der alte Trottel.«

Nein, dachte Sheppard. *Winter hat mehr drauf, als du ihm zugestehst. Er hat alles durchschaut. Er hat gewusst, dass er in den Tod geht – und daher beschlossen, mir mitzuteilen, wer ihn umgebracht hat.* Das ging Sheppard durch den Kopf, aber er brachte immer noch kein Wort heraus.

»Klar, wenn Winter in der Wanne lag, würde das deine Ermittlungen von Grund auf verändern. Du würdest Winter erkennen und wärst damit in der Lage, dir einen Teil der Wahrheit zusammenzureimen. Ich habe lange darüber nachgedacht, letztlich bin ich aber zu dem Schluss gekommen, dass du nicht genügend Informationen besitzt, um auf mich zu kommen. Und selbst wenn du es herausgefunden hättest, was hättest du schon tun können? In gewisser Weise war es besser, Winter dort zu haben. Ich habe deinen Blick gesehen, als du ihn entdeckt hast.«

Carver lächelte. Sheppard wurde übel. Ein alter Mann starb, und für Eren war nur wichtig, dass er es damit einem anderen noch schwerer machen konnte.

»Ursprünglich hatte ich vor, zufällig eine Leiche auszuwählen, damit es schwieriger würde. Im Grunde hast du dieses Spiel also auf dem niedrigsten Schwierigkeitslevel gespielt. Und es trotzdem nicht geschafft.«

Eine Windbö zerrte an Carver, aber er stand kerzengerade da.

»Sehr viel schwerer war es, alle in den Raum zu bekommen. Die Bühne war bereitet, aber wir brauchten die Akteure. Die meisten konnten wir ohne Zwischenfall schnappen – wir setzten dazu Gas ein, um die jeweilige Person einzuschläfern, dann schafften wir sie in einen Lieferwagen, wo wir ihr ein Narkotikum verabreichten, das während der Reise in regelmäßigen Intervallen aufgefrischt wurde. Wir nahmen dazu meinen Privatjet, erst holten wir dich, dann alle anderen aus London. Mandy blieb bei dir und sorgte dafür, dass du nicht aufwachst, während wir die anderen besorgten. Du meinst, es wäre alles eine Frage von wenigen Stunden gewesen, seitdem du in Paris eingeschlafen bist. In Wahrheit waren es zwei Tage.«

»Zwei Tage? Wie ist das möglich?«

Carver lächelte. »Die meisten sind darüber immer sehr erstaunt, aber in Krankenhäusern werden Patienten stunden-, oft tagelang in Schlaf versetzt. Die längste jemals durchgeführte OP hat, weißt du, volle vier Tage gedauert. Der menschliche Körper ist ein wunderbares Ding, Morgan. Du solltest das wissen. Wie viel Alkohol hast du deiner Leber zugemutet? Trotzdem hältst du dich noch auf den Beinen. Der Körper passt sich an, er repariert sich selbst, er verzeiht und vergisst.«

Sie schwiegen eine Weile. Sheppard wusste nicht, was er sagen sollte – es gab nichts mehr zu sagen.

Carver schien der gleichen Meinung zu sein. »Ich denke, das war's dann. Ich weiß, du hast dir das alles wahrscheinlich anders vorgestellt, aber so ist es nun mal. Die grausame Wahrheit, die ich in den letzten drei Jahren herausgefunden habe, lautet: Mit Geld kann man sich wirklich alles kaufen. Aber alles reicht mir nicht. Nein, ich wollte etwas ganz Bestimmtes.« Carver zog eine kleine kompakte Pistole aus dem Hosenbund. Sheppard hatte noch nie im Leben eine richtige Schusswaffe gesehen, allein bei ihrem Anblick verkrampfte er sich. »Noch irgendwelche Fragen?« Er entsicherte die Waffe. »Oder sollen wir anfangen?«

Sheppard presste die Worte heraus. »Anfangen? Was haben wir bislang gemacht?«

»Gespielt.«

»Gespielt? Leute sind gestorben, Eren.« Angst in seiner Stimme, die er unmöglich verbergen konnte. »Was willst du noch? Du wolltest, dass ich es sage? Ich habe es gesagt. Du hättest alles verdient gehabt, was ich habe. Ich gebe es zu. Ich bin nichts ohne dich. Von Anfang an.«

Carvers Gesicht lief plötzlich rot an. Als er jedoch das Wort ergriff, klang er so ruhig wie zuvor. »Du weißt, dass du dir das hier selbst zuzuschreiben hast. Du bist durch das

Leben gestampft, ohne jemals auch nur irgendwelche Konsequenzen zu spüren zu bekommen. Ich bin der Mann am Ende der Straße. Das ist der Weg, auf den du uns vor fünfundzwanzig Jahren gebracht hast, Morgan. Und du wirst dafür die Verantwortung übernehmen müssen.«

Sheppard öffnete den Mund und spürte, dass er wieder reden konnte. Oder dass es ihm erlaubt war zu reden. »Ich war noch ein Kind. Ich war elf Jahre alt.«

»Und du bist scheinbar immer noch eins. Wahrscheinlich muss ich dir einiges anrechnen. Es gibt nicht viele Elfjährige, die es schaffen, die ganze Welt zu täuschen. Die ganze Zeit über hättest du reinen Tisch machen können, aber das ist nie geschehen. Du bist erbärmlich. Du hast dich in deinem Müll vergraben und irgendwann alles selbst geglaubt. Du – ein Ermittler? Du kannst noch nicht mal dich selbst retten. Wie sollst du dann andere schützen?«

»Ich habe Menschen gerettet ...«

Carver lachte. »Redest du von den Leuten unten im Bunker? Ahearn und Quinn und Michel. Und wovor genau hast du sie gerettet? Vor dir selbst?«

»Nein. Vor dir.«

»Du hast Hughes nicht gerettet. Du hast Winter nicht gerettet. Ahearn geht jetzt für den Rest ihres Lebens ins Gefängnis. Genau wie meine kleine Gehilfin Amanda. Und Quinn – der liegt jetzt dort unten im Sterben. Weil du sie nicht schützen konntest.«

»Wie hätte ich es stoppen können? Ich war gefesselt ...«

»Ach, halt den Mund. Hughes und Winter sind deinetwegen tot. Ahearn und Amanda sind deinetwegen zu Mörderinnen geworden. Was daran verstehst du nicht? Das alles ist deinetwegen passiert.«

Sheppard fühlte sich unendlich schwach. Erens Anschuldigungen zerrten stärker an ihm als der Wind. Er sah zu

Boden. Seinetwegen – es war nicht zu bestreiten. Das alles war aber auch wegen Eren geschehen, doch irgendwie war sein alter Freund dafür blind.

»Das ist also das Ende deines Plans? Das Ende deiner Geschichte? Du willst mich umbringen?« Sheppard sah Eren in die Augen.

Carver blickte auf die Waffe in seiner Hand und schwenkte sie in seine Richtung. »Ja. Irgendwie poetisch. Ich dachte daran, dich zu ertränken, aber selbst mir sind Grenzen gesetzt.«

Aus irgendeinem Grund musste Sheppard darüber lächeln. Geschah das alles überhaupt? Das Delirium, die Auszehrung, die Erschöpfung. Ihm kam alles nur noch wie ein Traum vor. Vielleicht steckte er immer noch unten im Bunker, röchelte nach Luft, während der Timer auf null herunterzählte. War das alles bloß der letzte Atemzug eines Sterbenden? Er wusste nicht, was besser wäre, am Ende aber liefe es sowieso auf dasselbe hinaus.

Vielleicht war es so am besten.

Menschen waren gestorben. Alan Hughes. Simon Winter. Mandys Bruder. Er hatte das Leben von Winters Tochter ruiniert. Er hatte von der Welt nur genommen – immer nur genommen. Vielleicht war es an der Zeit, mal etwas zurückzuzahlen – die Schulden zu begleichen.

»Also«, sagte Carver. »Bist du bereit, alter Freund?«

Er richtete die Pistole auf Sheppards Kopf.

58

»Auf die Knie«, sagte er und stellte die Schuhe in den Sand, damit er die Waffe mit beiden Händen halten konnte.

Sheppard gehorchte.

Warum sich wehren?

»Warum hast du mich nicht einfach umgebracht? Warum nicht gleich am Anfang? Warum das alles? Dieses ganze Theater …?«

Carver lachte. Er stand über Sheppard gebeugt und drückte ihm den Lauf an die Stirn. »Weißt du noch, damals in der Schule? Du warst immer so von dir überzeugt. Genau wie später, dein Leben lang. Im Unterschied zu jetzt. Verstehst du, ich musste dir zeigen, wie es sich anfühlt, wenn man scheitert. Du warst immer ein Drecksack. Ich hätte wissen müssen, dass du so was abziehst. So was wie das hier. Dein ganzes Leben war nichts als ein großer Witz. Das musste ich dir klarmachen.«

»Was ist mit dir passiert, Eren?«

»Du bist mir passiert. Und nenn mich nicht so.«

»Dein Vater war schuldig, Eren.«

»Nenn mich nicht so. Und wenn, dann hat sich mein Vater schuldig gemacht, weil er seine Familie geschützt hat.«

Sheppard musste darüber fast lachen. »Seine Familie geschützt? Ach? Hast du dich nie gefragt, warum dein Vater so lange gewartet hat, bis er Jefferies umgebracht hat? Er hat niemanden geschützt. Er war eine wandelnde Zeitbombe, die irgendwann hochging. Er hat das einzig und allein für sich selbst getan.«

»Das spielt keine Rolle«, zischte Carver.

»Nein, Eren, das ist das Einzige, was wichtig ist. Es war kein Mord im Affekt. Er hatte einen ausgeklügelten Plan. Und eines Tages nahm er seinen ganzen Mut zusammen und setzte ihn in die Tat um. Wie erbärmlich. Sieht ganz danach aus, als würdest du nach ihm schlagen.«

»Meine Mutter, diese Hure, wollte sich an dem Tag, an dem sie starb, mit Jefferies treffen. Mein Vater war am Boden zerstört. Also hat er angemessene Maßnahmen ergriffen.«

»Er hat diese Maßnahmen sechs Jahre später ergriffen«, sagte Sheppard.

»Halt's Maul!«, schrie Carver.

Sheppard sah zu ihm auf – und er erkannte, dass von Eren Carver tatsächlich nichts mehr übrig war. Vor ihm stand ein anderer. Der Mensch über ihm war so von sich überzeugt, dass er gar nicht sah, was er selbst hier tat. Und, ja, vielleicht war er, Morgan Sheppard, der Auslöser für alles gewesen, vielleicht hatte er am Anfang gestanden, aber der Weg, dem dieser Mensch hier vor ihm seitdem gefolgt war, der war sein ganz eigener Weg gewesen – es war der Weg von Kace, nicht von Eren.

Vielleicht sah Carver, dass Sheppard verstand. »Du hast das alles getan«, stieß er hervor und fuchtelte mit der Pistole herum, als wäre sie ein Dirigentenstab. »Du hast das alles getan. Und wenn du hier stirbst und dein Blut im Sand versickert, dann erinnerst du dich vielleicht daran, dass du das alles so gewollt hast. Das ist das Ende des Wegs, auf den du uns beide gebracht hast. Das geht auf deine Kappe.«

Sheppard holte Luft. »Nein, Kace, das geht auf unser beider Kappe.«

Carver richtete den Lauf wieder auf Sheppards Stirn. »Morgan, es ist vorbei.«

»Du meinst ... du meinst, ich hab dich um die Chance gebracht, selbst der Held zu sein? Du meinst, ich hätte dir dein Leben kaputt gemacht? Aber beides zugleich konnte ich nicht. Du warst doch nie ein Held. Du warst immer ein Ungeheuer. Entweder hättest du deine eigene Familie zerstört, oder du hättest einen Mord billigend in Kauf nehmen müssen. Wofür hättest du dich entschieden? Du bist hier der Schurke.«

»Sag das noch mal, und ich schwöre bei Gott ...«

»Du bist der Schurke. Ich mag ein fürchterlicher Mensch sein. Ich habe anderen Menschen das Leben ruiniert. Ich habe einige, nein, viele Dinge getan, derer ich mich zutiefst schäme. Aber ich kann mich ändern. Du, du wirst immer ein Ungeheuer bleiben.«

Der Pistolengriff krachte gegen Sheppards Kopf, seine Nase barst in einer Explosion aus Schmerzen und Blut. Er schrie auf.

Carver lachte. »Du bist ein Schmarotzer. Du meinst, irgendeiner auf der Welt wird dich vermissen?«

»Nein«, sagte Sheppard und spuckte Blut. »Nicht im Geringsten.«

Er sah seine Eltern vor sich, seine ehemaligen Freundinnen, seine Kollegen. Alle, die er von sich gestoßen hatte. Der einzige wirkliche Freund, den er jemals hatte, stand kurz davor, ihm eine Kugel in den Kopf zu jagen.

Das ist nicht das Ende.

Mit letzter Kraft schnellte er vor und überrumpelte Carver. Er warf sich ihm gegen die Beine, gleichzeitig ging die Pistole los. Die Kugel streifte Sheppards rechtes Ohr, aber Carver sackte zu Boden. Die Pistole glitt ihm aus der Hand und landete ein gutes Stück von ihnen beiden entfernt.

Bevor sich Sheppard nach der Waffe strecken konnte, schlug ihm Carver ins Gesicht. Er sah alles nur noch verschwommen, tastete mit einer Hand nach der Pistole, packte mit der anderen Carvers Kopf und drückte ihn in den Sand.

Carver schrie auf.

Sheppard blinzelte sich den Sand aus den Augen, bekam die Pistole zu fassen und schleuderte sie, ohne darüber nachzudenken, von sich. Mit einem Platschen landete sie im Wasser. Sheppard sah ihr hinterher, was Carver dazu nutzte, ihm einen Kinnhaken zu verpassen.

Sheppard ging zu Boden. Carver richtete sich auf, zerrte ihn am Hemdkragen zum Wasser, beugte sich über ihn und packte seinen Hals. »Ich brauche keine Waffe, um dich umzubringen.«

Zu spät wurde Sheppard klar, was passieren würde. Kurz riss Carver Sheppards Kopf hoch, bevor er ihn ins eiskalte Wasser tauchte. Sheppard hatte noch nicht mal mehr Zeit, Atem zu holen – er bekam keine Luft mehr und strampelte wild um sich. Wie lange würde er durchhalten? Wie viel Zeit blieb ihm noch?

Carver zerrte ihn hinaus ins tiefere Wasser. »Das sind die Konsequenzen, Morgan.«

Blind schlug Sheppard um sich, ohne Carver direkt zu treffen, aber es reichte, damit dieser ihn losließ. Sheppard fiel mit dem Gesicht in den Sand, holte erneut mit den Beinen aus und traf Carver am Knie.

Jetzt. Du musst jetzt weg.

Sheppard warf sich in eine anbrandende Welle und mühte sich, den Kopf über Wasser zu halten. Carver taumelte von ihm weg und sank anschließend auf alle viere. Sheppard watete zu ihm, packte ihn an den Schultern und zog ihn an der Krawatte hoch. Carver knurrte durch zusammengebissene Zähne, seine Lippe war aufgeplatzt.

»Danke, Kace, du hast mir gezeigt, dass sich die Menschen ändern können«, sagte Sheppard. »Vielleicht gibt es für mich ja doch noch Hoffnung.«

Carver starrte ihn nur an. »Es ist noch nicht vorbei, Morgan. Wenn nicht heute, dann irgendwann einmal. Egal, wo du bist, ich werde dich finden. Egal, wie sicher du dich fühlst, ich werde Himmel und Hölle in Bewegung setzen, um dich aufzuspüren. Also bring mich um.« Seine Stimme hatte nichts Menschliches mehr an sich.

Sheppard lächelte. »Nein, ich glaube nicht. Das ist nicht mein Stil.«

Er rammte Carver die Stirn so fest gegen den Kopf, wie er nur konnte.

59

Ganz am Anfang …

»Ich hab mir schon gedacht, dass es einen ganz bestimmten Grund gibt, den Unterricht zu schwänzen«, sagte Eren. Er und Morgan zogen seit zwei Stunden zu Fuß durch die Londoner Innenstadt. Es war Freitag, 14.30 Uhr, und Eren verpasste die Mathe-Stunde mit Mr. Jefferies. Er mochte Mr. Jefferies und hatte schon jetzt ein schlechtes Gewissen wegen der ausgefallenen Stunde.

Sie waren elf Jahre alt und ganz allein in London unterwegs. Morgan hatte ihnen eine Befreiung von der Schule besorgt. Seine Mum, so seine Ausrede, würde mit ihnen eine ganz bestimmte Ausstellung besuchen. Morgans Mum hatte sie noch nie zu irgendwas mitgenommen, und Eren hatte nur eingewilligt, weil er dachte, es würde sowieso nicht klappen. Aber es hatte geklappt, und so waren sie jetzt hier.

Morgan sprang ausgelassen über den Bürgersteig und schlängelte sich durch die Touristenmassen. Sie hatten sich zum Leicester Square durchgeschlagen und noch weiter, und Eren glaubte allmählich, dass es gar kein richtiges Ziel gab.

»Spürst du das, Eren«, sagte Morgan und drehte sich zu ihm um. »So fühlt sich die Freiheit an.«

Eren war in Gedanken immer noch bei der verpassten Mathe-Stunde. »Ich denke mir bloß … na ja, was, wenn wir Hausaufgaben aufbekommen? Wir hinken dann dem Stoff hinterher und so. Vielleicht sollten wir zurück.«

Morgan blieb stehen. »Entspann dich, Eren, okay? Es ist nur eine Mathe-Stunde. Die Schule ist nicht alles.«

»Irgendwie schon«, sagte Eren.

Morgan seufzte und hielt Eren an beiden Armen fest. »Eren, Kumpel, uns wird nichts passieren. Ich hab einen wasserdichten Plan, mit dem haben wir später mal garantiert Erfolg.«

»Was ist es diesmal? Turner bei den Olympischen Spielen? Schriftsteller? Wetteransager?«

»Ich weiß noch nicht, was, aber ich weiß, dass wir beide, du und ich, eines Tages berühmt sein werden.«

»Hmmm.«

»Schau!« Morgan drehte Eren herum. »Schau dir das an.« Sie standen vor einem Hotel. Es machte einen äußerst teuren Eindruck. Männer standen davor, einer von ihnen hielt die großen Glastüren auf, um einen Mann in Anzug eintreten zu lassen. Kurz erhaschte Eren einen Blick auf die Lobby. Wunderschöner Marmorboden und Menschen in geschniegelten Uniformen.

»Siehst du das? Dieses Etepetete-Zeugs? Eines Tages werden wir hier auch absteigen, Eren.«

Eren sah zu seinem Freund. »Okay, aber wie?«

»Weil wir es uns leisten können. Wir haben dann Zimmer in coolen Städten mit einer Minibar, und wir trinken um zehn Uhr morgens Bier und sagen Sätze wie ›Es ist jetzt irgendwo fünf Uhr‹.«

»Du magst kein Bier. Du hast die Flasche getrunken, die du deiner Mum aus dem Kühlschrank geklaut hast, und dann hast du gekotzt.«

»Ja, aber ich werde es so lange trinken, bis ich es mag«, sagte Morgan.

Eren seufzte. »Ich weiß wirklich nicht, was wir hier sollen.«

»Wir leben im Augenblick, Eren«, sagte Morgan. »Du benimmst dich immer so … so alt. Immer machst du dir zu viele Gedanken. Können wir nicht mal so tun, als wären wir einfach super, ohne einen Plan für die ganze Zukunft zu haben? Ich bin einfach nur ... im Augenblick ... wie hat Miss Rain gesagt?«

»Spontan?«, sagte Eren.

Morgan klatschte in die Hände und strahlte. »Ja, ich bin spontan.«

»Okay.« Jetzt lächelte auch Eren. »Ich schlage dir eine Wette vor. Du nutzt dein Spontansein und ich mein Nachdenken, und dann sehen wir ja, wohin wir damit kommen. Der Gewinner ist der, der am weitesten kommt. Und der Verlierer muss dem Gewinner das Zimmer in diesem doofen Hotel zahlen.« Mit dem Kopf wies er zum Gebäudeeingang.

»Einverstanden, mein Freund.« Morgan lachte. »Jetzt komm schon, irgendwo hier in der Nähe gibt es einen super Asiaten.« Er marschierte wieder los, so schnell, dass Eren laufen musste, um mit ihm Schritt zu halten. »Meine Mum war mit mir da beim Essen, weil sie ein schlechtes Gewissen hatte, als sie mich im Supermarkt vergessen hat.«

»Schwänzen wir deshalb die Schule? Um beim Asiaten zu essen?«

»Nein«, sagte Morgan und stieß Eren an. »Wir sind nur zufällig hier. Siehst du, Eren, das ist Spontaniosität.«

»So heißt das nicht. Aber ist auch egal.« Eren musste um eine Touristengruppe herumgehen, die sich um eine Karte drängte. »Du hast mir noch gar nicht erzählt, wie dein neuer toller Erfolgsplan aussieht.«

Morgan lachte. »Was hältst du davon, in einer Band zu spielen?«

»Ich meine, das ist das Dümmste, was ich jemals gehört habe«, sagte Eren, und beide brachen in schallendes Gelächter aus.

Als sie sich wieder eingekriegt hatten, lief Morgan über die Straße (natürlich ohne auf das grüne Männchen zu warten) und winkte Eren zu. »Es geht hier durch eine schmale Gasse.«

Eren überquerte die Straße, als es sicher war, und als Morgan um die Ecke verschwand, sah er zurück zum Hotel, vor dem sie eben gestanden hatten. Aus der Ferne sah es noch einschüchternder aus – ein schmales Gebäude, das hoch in den Himmel ragte. Auf der Fassade glitzerte mattgolden der Name »The Great Hotel«.

Eren prägte sich den Anblick ein und folgte Morgan zum Asiaten.

Wie würde Morgan das nennen?

Ah ja – er folgte Morgan in die Zukunft.

60

Sheppard schrie auf, während Carver in den Sand fiel und mit blutendem Kopf reglos liegen blieb. Bewusstlos. Es war sehr viel schmerzhafter gewesen, als es in den Filmen immer aussah. Er tauchte die Hand ins Wasser und wischte sich über die Stirn. Dann knickten seine Beine weg, und er fiel rückwärts in eine Welle.

Mühsam kroch er zurück an den Strand und übergab sich – irgendeinen purpurfarbenen Schleim wie zuvor.

War er vorbei? Dieser Albtraum? Er wollte nicht daran denken. Vielleicht war das hier nur eine weitere Stufe im Plan. Vielleicht tat Carver nur so.

Nein. Sein alter Freund lag reglos da, hatte die Augen geschlossen und atmete flach. Aus dem Schnitt an der Stirn tropfte in unregelmäßigen Abständen Blut. Jetzt, da er so still dalag, sah Sheppard wieder Eren vor sich. Den kleinen Jungen, der Super Nintendo gespielt und sich mit ihm in Filme geschlichen hatte – den Jungen, der der freundlichste und klügste Mensch war, den er jemals gekannt hatte.

Wie hatte das alles geschehen können? Wie sind wir hierhergekommen?

Ein Blinzeln. Und sie waren in Erens Zimmer. Damals. Als sie noch Kinder gewesen waren. Er wollte sie warnen.

Geht nicht auf den Dachboden.

Ein Blinzeln. Und wieder war er am Strand. Und über ihm der Himmel, der Regen ausspuckte. Tropfen fielen auf sein Gesicht.

Ryan und das Mädchen. Sie brauchten Hilfe.

Er stützte sich auf den Ellbogen und sah hinüber zu Carver. Zitternd fasste er in dessen Hosentaschen. Nichts. Aber in der rechten Jacketttasche steckte ein Handy.

Er zog es heraus und ließ sich auf den Rücken fallen. Er musste schlafen – musste sich ausruhen. Aber nicht, bevor er ...

Er wählte den Notruf und hielt sich das Gerät ans Ohr.

Es dauerte eine Weile, bis eine Verbindung aufgebaut wurde, er dachte schon, es würde nicht funktionieren. Aber endlich war ein leises Klingeln zu hören.

Carver neben ihm atmete stoßweise, war aber immer noch nicht bei Bewusstsein. Vom Himmel ertönte ein lautes Donnern.

Eine einsame Seemöwe strich über den Himmel. Wahrscheinlich war sie auf dem Heimweg. Sheppard atmete ein und spürte, wie die Luft in den Körper strömte. Er hatte sich nie schlimmer gefühlt. Oder besser.

Das Klingeln setzte aus. Er hörte eine Stimme.

»Hallo?«, sagte Sheppard und schloss die Augen.

61

Drei Monate später ...

Im sommerlichen Paris war es warm, aber nicht unerträglich heiß. Er schlenderte durchs Stadtzentrum und beobachtete die Touristenmassen, die sich mit den Einheimischen vermischten. Diesmal hielt er sich nicht mit den touristischen Sehenswürdigkeiten auf, sondern ließ sich durch die schmalen Gassen mit ihren eigentümlichen Cafés und Läden treiben. Der Wind trug ihm Fetzen von französischen und englischen Unterhaltungen zu. Manches davon verstand er sogar.

Seinem Bein ging es mittlerweile wieder besser, ein leichtes Hinken war noch bemerkbar, aber es kümmerte ihn kaum noch. Anders als in London wurde er von den Passanten nicht erkannt, und dafür war er dankbar. Außerdem sah er nicht mehr aus wie früher. Er hatte sich verändert.

Gegen zwölf traf er im La Maison ein. Sie war schon da und saß an der Bar. Er erkannte sie sofort. Seine Erinnerungen an sie waren verschwommen, so bruchstückhaft wie die Gespräche, die er belauscht hatte. Aber er war in Gedanken oft bei ihr gewesen. So lange, dass sie ihm jetzt sehr vertraut vorkam. Sie hatte ihre langen, braunen Haare hinter die Ohren gesteckt, ein freundliches, jugendliches Gesicht. Das, was ihn von Anfang an angezogen hatte.

»*Bonjour*«, sagte sie lächelnd.

»*Bonjour.*« Er setzte sich auf den Hocker neben ihr.

»Du siehst anders aus«, sagte sie und betrachtete ihn aufmerksam mit ihren versonnenen Augen.

»Ja«, sagte er. »Und du siehst bezaubernd aus.«

»Kann ich dir was bestellen?«, fragte sie und deutete auf ihren Cocktail.

Er konnte ihn riechen. Alkohol – süß und scharf. Er hätte nichts anderes gewollt. Eigentlich.

»Mineralwasser«, sagte er, und als sie ihn seltsam ansah, fügte er hinzu: »Ich versuche aufzuhören.« Jeden Tag aufs Neue.

»*Tu vas prendre une boisson de femme seule?*«

»*Je le crains*«, sagte er nach einigem Nachdenken.

Sie war überrascht.

»*Tu parles français?*«

»Nur ein wenig. Ich nehme Unterricht.«

Sie winkte dem Barmann, der sofort zu ihnen kam. Sie gehörte nicht zu den Frauen, die man warten ließ. »*L'eau pétillante, s'il vous plaît.*« Der Barkeeper stellte ihm eine Flasche mit sprudelndem Wasser und einem Glas hin. Als sie bezahlen wollte, winkte er nur ab. Er schien ganz hingerissen von ihr. Schwer, es nicht zu sein.

»Warum lernst du Französisch?«

»Der Arzt sagt, es hilft, den Verstand am Laufen zu halten. Außerdem gibt es da diese Frau, die ich mag und die hin und wieder ins Französische fällt, also dachte ich mir, es wäre vielleicht ganz nützlich.«

»Wie galant. Sie muss eine glückliche Frau sein.« Sie nahm einen Schluck von ihrem Cocktail. »Es überrascht mich, dass du mich gefunden hast. Wir haben nicht viel voneinander gewusst, als wir … du weißt schon …«

Er lächelte. »Ja, ich weiß … Ein paar im Sender waren mir noch einen Gefallen schuldig.«

»Ich hab mich erkundigt – ich hab gehört, du hast gekündigt.«

Er goss sein Glas voll. »Ja. Hab ich wohl. Es war nicht richtig, weiterzumachen. Sie wollten, dass ich bleibe – jede

Publicity ist gute Publicity –, aber ich konnte nicht mehr. Du hast die ganze Geschichte gehört?«

»Ja.«

»Und es ist dir egal?«

»Meine Großmutter hat immer gesagt: ›*Un homme sans demons est pas un homme du tout.*‹ Ein Mann ohne Dämonen ist überhaupt kein Mann.«

»Stimmt. Das hab ich verstanden. Das war ja leicht.«

Sie lachte. »Was willst du jetzt machen?«

»Zum ersten Mal in meinem Leben hab ich nicht die geringste Ahnung.«

»Wie furchterregend«, sagte sie und lächelte ihn an.

»Ja.« Er räusperte sich und nahm einen Schluck. Die Bar füllte sich mit Touristen, es wurde wärmer. »Ich muss dich was fragen – der Grund, warum ich dich finden musste.«

»Ja?«

Er sah sie an – sah ihr in die dunkelblauen Augen und fragte sich, ob es sie interessierte, welche Geheimnisse dort schlummerten. »Hast du gewusst, was passieren wird? Hast du Eren ... Kace Carver gekannt?« Der Name kam ihm immer noch schwer über die Lippen. Wieder war er am Strand, Salzwasser klebte ihm auf der Haut, Blut an seinem Hemd. »Mir will nicht aus dem Kopf – vielleicht hatte er jemanden, der mich in mein Zimmer gelockt hat.«

»*Non.* Ich hab dich zum letzten Mal gesehen, als ich Eis holen ging. Ich bin zurückgekommen und hab an die Tür geklopft, aber es hat niemand aufgemacht. Ich bin ungefähr eine halbe Stunde geblieben – und hab immer wieder geklopft. Ich dachte, du wärst gegangen – oder eingeschlafen. Es war nicht das erste Mal, dass mich jemand versetzt hat. Aber ich konnte nichts tun. Also ...«

»Also hast du die ganze Angelegenheit einfach vergessen.«

»Ja. Bis ich die Nachrichten gesehen habe. Und dann hab ich es gewusst.«

»Du hättest damit an die Öffentlichkeit gehen können, das weißt du. Und die Geschichte verkaufen können.«

»Hätte ich. Hab ich aber nicht.«

Er nickte. Sie erzählte die Wahrheit – sie schien keine zu sein, die log.

»Wie geht es den anderen?«, fragte sie. »Die, die mit dabei waren?«

Er dachte nach. Er hatte sie seit einer Weile nicht mehr gesehen. Und jedes Treffen war irgendwie unangenehm verlaufen. Er hatte Ryan einige Male im Krankenhaus besucht, aber es war seltsam. Als wäre ihre gemeinsame Geschichte vorüber. Sie würden durch das, was in diesem Raum geschehen war, immer verbunden sein. Aber es war vorbei. »Es geht ihnen ganz gut, soweit ich weiß«, sagte er. »Hughes' Beerdigung ist nächste Woche. Aber ich weiß noch nicht, ob ich hingehen soll.«

»Du solltest hingehen«, sagte sie. »Du bist es ihm schuldig.«

Er hatte mit sich gerungen. Nun war es laut ausgesprochen. Er wusste, er sollte teilnehmen.

»Ist er im Gefängnis?«, fragte sie. Es war klar, wen sie meinte.

»Der Prozess steht bald an. Amanda – ich meine Phillips ...« In den Zeitungen waren sie alle nur mit Nachnamen erwähnt worden. »... ist bereits verurteilt. Und Ahearn wurde in Broadmoor eingeliefert. Es stellte sich heraus, dass sie viele ihrer Medikamente nicht nimmt.«

»Die *méchants* sind hinter Gitter. *Une fin heureuse?*«

»Nein, mein *fin* wird, glaube ich, nicht *heureuse* sein.«

»Das ist doch unsinnig.«

Er nahm einen weiteren Schluck vom Wasser. Aus irgendeinem Grund war er nervös. Vielleicht eine Art posttraumatisches Stresssyndrom. Sein Arzt sagte, das seien die Nebenwirkungen, wenn man normal und nüchtern sei. Er beschloss, es mal auszuprobieren. »Hast du schon was gegessen? Kennst du ein gutes Lokal?«

»Soll das ein Rendezvous sein?«

»Denke schon.«

Sie überlegte kurz. »Okay. *J'adorerais ça.*«

»Gut. Toll«, sagte er und gluckste. »Mir fällt gerade ein, ich kenne immer noch nicht deinen Namen.«

Sie lachte und streckte ihm die Hand hin. »Ich bin Audrey.«

Er schüttelte sie. »Morgan Sheppard.«

Sie lachte. »Ich weiß.«

Danksagung

Vor allem anderen: Wäre mein Großvater nicht gewesen, der mich in meiner Liebe zu den Büchern immer bestärkt und mich dazu angeregt hat, selbst zu schreiben, wäre ich wohl nie Autor geworden. Da dieser Roman als Abschlussarbeit eines Creative-Writing-Studiums an der City University London entstand, geht die Zahl derer, denen ich zu Dank verpflichtet bin, ins Astronomische. Als Erstes möchte ich der Kursleiterin Claire McGowan danken, die immer da war, wenn ich Hilfe brauchte, sowie meinem persönlichen »Promi-Gast«-Tutor A.K. Benedict, der vom Start weg an mich glaubte, auch wenn ich es selbst nicht mehr tat. Ohne die Anleitung dieser beiden würden Sie dieses Buch nicht in Händen halten. Sie waren immer da und halfen mir auf, wenn ich am Boden lag (einmal nicht nur sinnbildlich). Dank auch an William Ryan, der mir in den frühen Arbeitsphasen seine Hilfe anbot. Und natürlich an all die wunderbaren Menschen, die ich im Lauf des Studiums kennengelernt und von denen ich Hilfe erhalten habe. Bessere Studienkollegen hätte ich mir nicht wünschen können. An die #SauvLife-Crew (simpel gesagt, wir sind eine Crew, und wir mögen Sauvignon Blanc), Fran Dorricott, Jenny Lewin und Lizzie Curle, die zu den talentiertesten und nettesten Leuten gehören, die ich jemals kennengelernt habe. An meine wunderbare und unglaublich engagierte Agentin Hannah Sheppard, die mir mit einer Engelsgeduld auch noch die grundlegendsten Dinge der Branche erklärte. An meine fantastische Lektorin Francesca Pathak, die von der ersten Zeile an hinter diesem

Buch stand und der es gelang, in Rekordzeit eine Pferdekopf-Maske aufzutreiben, womit sie mich ehrlich beeindruckte. Und schließlich an alle bei Orion, die es geschafft haben, dass ich mich dort sehr heimisch fühle. An euch alle ein unglaublich großes Danke.